Le chapitre final de la saga *Crossfire*

En se révélant leurs plus noirs secrets, Eva et Gideon ont brisé l'ultime barrière qui les empêchait d'être ensemble.

Mais si le couple qu'ils forment désormais n'a cessé de résister à ceux qui œuvraient en coulisses pour les séparer, le bonheur auquel ils aspirent l'un et l'autre se dérobe encore. Car, au cœur de la toile serrée que constitue leur passé, des histoires improbables et mortifères se sont tissées, qui pourraient mettre un terme définitif à leur amour.

Exalte-moi

Du même auteur
chez Flammarion Québec

SYLVIA DAY

Exalte-moi

La série *Crossfire*

Traduit de l'anglais (États-Unis)
par Agathe Nabet

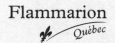

Flammarion
Québec

Catalogage avant publication de Bibliothèque et Archives nationales
du Québec et Bibliothèque et Archives Canada
Day, Sylvia
       Crossfire
       Traduction de : One with you.
       Sommaire : t. 5. Exalte-moi.
       Texte en français seulement.
       ISBN 978-2-89077-613-5 (v. 5)
       I. Nabet, Agathe. II. Titre. III. Titre : Exalte-moi.
PS3604.A986C7614 2012   813'.6   C2012-942105-7

COUVERTURE
Photo : James Guilliam/Getty Images
Conception graphique : Olga Grlic/St. Martins Press
Photo de l'auteur : © Paul Gilmore

INTÉRIEUR
Composition : Nord Compo

Titre original : ONE WITH YOU
Éditeur original : St. Martin's Press, New York

Dépôt légal : 3ᵉ trimestre 2016

Imprimé au Canada

www.flammarion.qc.ca

Celui-ci est dédié à Hilary Sares,
qui s'est trouvée prise avec moi dans le feu croisé
de la série Crossfire
de la première à la dernière ligne.

1

New York. La ville qui ne dort jamais, qui n'a même jamais sommeil. Mon appartement de l'Upper West Side bénéficiait du niveau d'insonorisation qu'on attend d'une propriété aussi coûteuse, mais les bruits de la ville filtraient malgré tout – chuchotements des pneus sur l'asphalte, crissements de protestation des freins et concert incessant des Klaxons des taxis.

Alors que je sortais de ce café de Broadway, l'énergie de la ville m'enveloppa d'un coup. Comment avais-je pu vivre sans la cacophonie de Manhattan ?

Comment avais-je pu vivre sans *lui* ?

Gideon Cross.

J'encadrais son visage de mes mains et j'eus l'impression qu'il se lovait entre elles. Cet aveu de vulnérabilité me transperça comme une lame. Voilà seulement quelques heures, je pensais qu'il ne changerait jamais et que partager sa vie m'imposait d'accepter beaucoup trop de compromis. À présent, son courage me faisait douter du mien.

Avais-je exigé davantage de lui que de moi-même ? L'idée que j'aie pu l'inciter à évoluer pendant que je m'entêtais à rester la même me fit honte.

9

Il était là, devant moi, si grand et si fort. En jean et T-shirt, une casquette de base-ball au ras des yeux, il ne ressemblait en rien au magnat que le monde croyait connaître, et cependant, cet irrésistible pouvoir d'attraction qui le caractérisait demeurait. Pour preuve, la façon dont les gens lui jetaient un coup d'œil en passant près de nous, puis se retournaient pour le regarder de nouveau.

Qu'il porte une tenue décontractée ou un costume trois-pièces, la puissance de son corps musclé était indéniable. La façon dont il se tenait, l'autorité qui émanait de lui l'empêchaient de se fondre dans le décor.

Si New York absorbait toutes les énergies, Gideon tenait la ville au bout d'une laisse dorée.

Et il m'appartenait. Il avait beau avoir mon alliance au doigt, j'avais encore parfois du mal à le croire.

Il ne serait jamais un homme ordinaire. Il incarnait la férocité teintée d'élégance, la perfection veinée de défauts. Il était le point de fusion de mon univers, de tout l'univers.

Il venait pourtant de prouver qu'il était capable de s'incliner, de plier jusqu'au point de rupture afin d'être avec moi. Ma détermination à prouver que je méritais un tel effort avait fini par payer.

Autour de nous, les rideaux de fer des boutiques commençaient à se lever. La circulation s'intensifiait, voitures noires et taxis jaunes slalomant sur la chaussée inégale. Les riverains prenaient possession des trottoirs pour promener leur chien ou aller faire un jogging à Central Park, grappillant ce qu'ils pouvaient sur la journée de travail qui s'annonçait.

La Mercedes se gara le long du trottoir. L'imposante silhouette de Raúl se découpait derrière le volant. Angus rangea la Bentley derrière elle. Deux voitures, pour nous conduire en deux endroits différents. En quoi ceci était-il un mariage ?

Le fait est que c'en était un, c'était *notre* mariage, même si nous ne voulions ni l'un ni l'autre qu'il en soit ainsi. J'avais dû établir une limite quand Gideon avait voulu souffler mon patron à l'agence de pub pour laquelle je travaillais.

Je comprenais que mon mari ait envie que je rejoigne Cross Industries mais, qu'il tente de me forcer la main en agissant dans mon dos, je ne pouvais le permettre, surtout pas à un homme tel que lui. Soit nous étions ensemble – et nous prenions les décisions ensemble –, soit nous étions trop éloignés l'un de l'autre pour que notre relation fonctionne.

Je levai les yeux pour contempler son beau visage. J'y vis du remords et du soulagement. Et de l'amour. Tellement d'amour.

Avec ses yeux de la couleur de la mer des Caraïbes et son épaisse chevelure brune, il était à couper le souffle. La main qui avait sculpté son visage avait réussi à atteindre un tel degré de perfection que c'en était fascinant. J'avais été captivée par son visage au premier regard, et je le demeurais, au point que j'avais parfois du mal à réfléchir rationnellement en sa présence. Gideon m'éblouissait, tout simplement.

C'était surtout l'homme, sa personnalité, son énergie indomptable, sa force, son intelligence aiguë associée à un cœur qui pouvait se révéler si tendre qui provoquaient cet éblouissement.

— Merci, dis-je.

Je lui effleurai le front du bout des doigts et ressentis un picotement, comme chaque fois que je touchais sa peau.

— De m'avoir appelée. De m'avoir parlé de ton rêve. D'être venu me rejoindre ici.

— Je te rejoindrais n'importe où.

Il avait prononcé ces mots d'un ton fervent, comme s'il s'agissait d'un serment.

Chacun a ses démons. Ceux de Gideon étaient maintenus en cage par sa volonté de fer quand il était réveillé. En revanche, dès qu'il s'endormait, ils revenaient le tourmenter sous la forme de violents cauchemars qu'il avait longtemps refusé de partager avec moi. Nous avions tant en commun, mais les abus dont nous avions été victimes constituaient un traumatisme qui nous rapprochait et nous éloignait tout à la fois. Ce qui m'incitait à me battre davantage pour Gideon et ce que nous avions ensemble. Nos agresseurs nous avaient déjà trop pris.

— Eva... Tu es la seule force sur terre capable de m'éloigner de toi.

— Merci pour ça aussi, murmurai-je, le cœur serré – notre récente séparation avait été violente pour l'un comme pour l'autre. Je sais que ce n'était pas facile pour toi de me laisser respirer, mais nous en avions besoin. Et je sais que j'ai exercé une forte pression sur toi...

— Trop forte.

Le mordant de sa réplique m'arracha un sourire. Gideon n'était pas homme à se laisser refuser ce qu'il désirait. S'il avait détesté être privé de moi, cette privation lui avait cependant permis d'avancer.

— Je sais, soufflai-je. Et tu m'as laissé faire par amour.

— C'est plus que de l'amour.

Ses mains me saisirent les poignets avec cette autorité qui ne manquait jamais de susciter en moi l'envie de capituler.

J'acquiesçai. Je n'avais plus peur d'admettre que nous avions besoin l'un de l'autre à un degré que certains auraient trouvé malsain. C'était notre identité, notre bien commun. Un bien précieux.

— Nous irons ensemble chez le Dr Petersen.

Cela sonnait comme un ordre, mais son regard fouilla le mien comme s'il s'agissait d'une question.

— Toujours aussi autoritaire, le taquinai-je.

Je voulais que nous nous quittions sur une note joyeuse. Une note d'espoir. Quelques heures à peine nous séparaient de notre rendez-vous hebdomadaire avec le Dr Petersen, qui tombait à point nommé. Nous venions de franchir un cap et son aide nous serait utile pour réfléchir à la direction qu'il nous faudrait prendre à partir de maintenant.

— Tu adores cela, répondit-il en me prenant par la taille.

— C'est *toi* que j'adore.

— Eva.

Son souffle tremblant me caressa le cou. Manhattan nous entourait sans parvenir à s'immiscer entre nous. Quand nous étions ensemble, plus rien d'autre n'existait.

Un gémissement étouffé m'échappa. Gideon m'avait tellement manqué que le sentir de nouveau contre moi me tira un frisson de délices. J'inhalai son odeur avec bonheur tout en caressant son dos musclé. J'étais accro à cet homme – cœur, corps et âme –, il était ma drogue, et les jours que je venais de traverser sans lui m'avaient laissée tremblante et désorientée, incapable de fonctionner normalement.

Son corps était tellement plus imposant que le mien qu'il m'enveloppait toute. Je me sentais en sécurité dans ses bras, aimée et protégée. Rien ne pouvait plus m'atteindre ni me faire de mal. Je voulais que lui aussi se sente en sécurité avec moi. Qu'il sache qu'il pouvait baisser la garde et respirer, parce que j'étais capable de nous protéger tous les deux.

J'allais devoir me montrer plus forte, plus rusée, plus effrayante. Nous avions des ennemis, et Gideon les affrontait seul. Il était naturellement protecteur, c'était un de ses traits de caractère que j'admirais profondément. J'allais toutefois devoir montrer au monde que je pouvais être un adversaire aussi redoutable que mon mari.

Plus important, c'était à Gideon que j'allais devoir le prouver.

Je m'appuyai contre lui et absorbai sa chaleur. Son amour.

— Je te retrouve à 5 heures, champion.

— Pas une minute de plus, ordonna-t-il d'un ton bourru.

Je ne pus m'empêcher de rire – j'aimais toutes ses facettes, y compris les moins policées.

— Sinon quoi ?

Il s'écarta et me gratifia d'un regard qui me fit recroqueviller les orteils.

— Sinon je viens te chercher.

L'heure matinale – à peine plus de 6 heures – aurait dû m'inciter à pénétrer chez mon beau-père sur la pointe des pieds. Mais j'avais l'esprit si occupé par tous les changements que j'allais devoir opérer que j'entrai d'un pas décidé.

J'avais tout juste le temps de prendre une douche, pourtant je décidai de m'en passer. Cela faisait si longtemps que Gideon ne m'avait pas touchée. Je ne voulais pas effacer le souvenir de son contact. Cela me donnerait la force de faire ce qui devait être fait.

Le cliquetis d'un interrupteur brisa le silence.

— Eva ?

Je sursautai, poussai un cri, me retournai vivement et découvris ma mère assise sur l'un des canapés du salon.

— Tu m'as fait une de ces peurs ! lançai-je d'un ton accusateur en portant la main à mon cœur.

Elle se leva, sa longue robe de satin ivoire tourbillonnant autour de ses jambes. J'étais son unique enfant, et cependant nous donnions l'impression d'être des sœurs. Monica Tramell Barker Mitchell Stanton était obsédée par son physique. Elle avait réussi dans la vie grâce à des mariages avantageux. Sa beauté juvénile constituait son patrimoine le plus précieux.

— Oui, je sais que nous devons parler du mariage, enchaînai-je. Mais je dois me préparer pour aller travailler et faire mes bagages pour rentrer à la maison ce soir...

— Tu as une liaison ?

Sa question claqua comme un coup de fouet et me choqua davantage que son embuscade.

— *Quoi ?* Non !

Ses épaules se détendirent.

— Dieu merci ! Veux-tu m'expliquer ce qui se passe ? Cette dispute avec Gideon, c'était sérieux ?

Très sérieux. Pendant un moment, j'avais même cru que ses décisions avaient mis un terme à notre histoire.

— C'est en train de s'arranger, maman. Un simple incident de parcours.

— Un incident de parcours qui t'a poussée à l'éviter pendant des jours ? Ce n'est pas ainsi qu'on règle ses problèmes, Eva.

— C'est une longue histoire...

— Je ne suis pas pressée, déclara-t-elle en croisant les bras.

— Moi, si. Il se trouve que je travaille.

15

Visiblement, ma réplique la blessa. Je me sentis aussitôt coupable.

À une époque, j'avais souhaité ressembler à ma mère. Je passais des heures à essayer ses vêtements, titubais sur ses stilettos et me tartinais le visage avec ses produits de beauté et de maquillage. J'essayais d'imiter sa voix haletante et ses manières sensuelles, persuadée que ma mère était la plus belle et la plus parfaite des femmes. Sa façon de se comporter avec les hommes, les regards dont ils la couvaient, la rapidité avec laquelle ils répondaient à ses besoins... oui, je rêvais d'être aussi ensorcelante qu'elle.

J'avais fini par devenir son portrait craché, à l'exception de la couleur des yeux et du style de coiffure. Notre ressemblance s'arrêtait cependant là. Du point de vue de la personnalité, nous n'aurions pu être plus différentes, et j'en tirais une certaine fierté. J'avais cessé de lui demander conseil, sauf en matière de mode ou de décoration.

Cela allait changer. Dès maintenant.

Au fil de ma relation avec Gideon, j'avais testé toutes sortes de tactiques, mais je m'étais toujours abstenue de me tourner vers la seule personne qui savait mieux que quiconque ce que c'était que d'être mariée à un homme puissant et influent.

— J'ai besoin d'un conseil, maman.

Mes paroles demeurèrent un instant suspendues entre nous, puis ma mère écarquilla les yeux de surprise et se laissa choir sur le canapé, les jambes coupées. Sa réaction fut un choc car elle me disait à quel point je l'avais exclue de ma vie.

Meurtrie, je m'assis en face d'elle. J'avais appris à être prudente quand je partageais des informations avec elle, gardant pour moi celles qui risquaient de déclencher une discussion qui me rendrait folle.

Cela n'avait pas toujours été ainsi. En me privant de mon innocence, Nathan, le fils de mon ex-beau-père, m'avait également privée de la relation tendre et complice que j'avais avec ma mère. Après avoir découvert que j'avais été abusée sexuellement, elle était devenue protectrice à l'excès, au point de m'étouffer. Elle était très sûre d'elle dans tous les domaines, sauf lorsqu'il s'agissait de moi. Avec sa fille, elle se montrait anxieuse et indiscrète, et son comportement frisait parfois l'hystérie. Au fil du temps, je m'étais bien trop souvent efforcée d'esquiver la vérité, de dissimuler des secrets à ceux que j'aimais juste pour avoir la paix.

— Je ne sais pas comment être la femme dont Gideon a besoin, avouai-je.

Elle se redressa aussitôt, l'air outré.

— C'est *lui* qui a une liaison ?

— Non ! Personne n'a de liaison, ajoutai-je avec un rire contraint. Nous ne nous infligerions jamais cela. Nous ne le pourrions pas. Arrête de t'inquiéter à ce sujet.

Je ne pus m'empêcher de me demander si la récente infidélité de ma mère avec mon père n'était pas la véritable source de ses inquiétudes. Cela lui pesait-il sur la conscience ? S'interrogeait-elle sur son union avec Stanton ? Je ne savais que penser de tout cela. Si j'adorais mon père, j'étais convaincue que mon beau-père était le mari idéal pour ma mère.

— Eva...

— Gideon et moi nous sommes mariés en secret il y a quelques semaines.

Cet aveu me fit instantanément un bien fou.

Ma mère battit des cils. Une fois. Deux fois.

— Quoi ?

— Je ne l'ai pas encore dit à papa, continuai-je. Je compte l'appeler aujourd'hui.

17

Ses yeux s'embuèrent.

— Pourquoi ? Mon Dieu, Eva ! Comment avons-nous pu nous éloigner à ce point ?

— Ne pleure pas, dis-je en me levant pour aller m'asseoir près d'elle.

Je voulus lui prendre les mains, mais elle m'attira dans ses bras. Respirant son parfum familier, j'éprouvai ce sentiment de paix qu'on ne peut trouver qu'entre les bras d'une mère. L'espace d'un instant, en tout cas.

— Ce n'était pas prévu, maman. On était en week-end et Gideon me l'a proposé, il s'est occupé de tout... C'était spontané. L'impulsion du moment.

Elle s'écarta de moi. Son visage était sillonné de larmes et son regard, étincelant.

— Il t'a épousée sans contrat de mariage ?

Je ris, forcément. La première chose à laquelle elle pensait concernait l'aspect financier. L'argent était depuis si longtemps le moteur de sa vie.

— Il y a un contrat.

— Eva Lauren ! L'as-tu fait relire par un avocat ? Ou cela a-t-il été aussi spontané que le reste ?

— J'en ai lu chaque mot.

— Tu n'es pas juriste ! Eva, je t'ai quand même appris à être un peu plus maligne que cela !

— Un enfant de six ans en aurait compris les termes, répliquai-je, agacée. Tu n'as aucun souci à te faire.

Le vrai problème dans mon mariage, c'était que Gideon et moi étions entourés de gens qui se mêlaient de notre relation, si bien que nous n'avions plus le temps d'aborder les questions qui étaient essentielles.

— Tu aurais dû demander à Richard de le lire. Je ne comprends pas que tu ne l'aies pas fait. C'est irresponsable. Je ne vois pas com...

— Je l'ai lu, Monica.

Nous tournâmes la tête d'un même mouvement. Stanton entra dans la pièce, sanglé dans un costume bleu marine et cravaté de jaune, prêt à affronter sa journée d'homme d'affaires. J'avais dans l'idée que Gideon aurait cette allure au même âge : dynamique et distingué, la quintessence du mâle alpha.

— Vraiment ? m'étonnai-je.

— Cross me l'avait fait parvenir, il y a quelques semaines, répondit Stanton en s'approchant de ma mère. Je n'aurais pu exiger de meilleures conditions, assura-t-il en lui prenant la main.

— Il y en a toujours de meilleures, Richard ! répliqua-t-elle sèchement.

— Il prévoit des cadeaux pour toutes les dates anniversaires, y compris celles des enfants, et n'impose aucune contrainte à Eva en dehors du recours éventuel à un conseiller conjugal. En cas de dissolution, le partage des biens serait plus qu'équitable. J'ai été tenté de demander à Cross s'il avait pris la peine de le faire relire par ses avocats. J'imagine qu'ils n'étaient pas du tout favorables à ce contrat.

Ma mère garda le silence le temps d'assimiler l'information, puis se leva, frémissante d'indignation.

— Tu savais qu'ils allaient se marier ? Tu le savais et tu ne m'as rien dit ?

— Je l'ignorais, bien sûr, dit-il d'un ton cajoleur en l'attirant dans ses bras. J'ai pensé qu'il prenait les devants. Tu sais bien que ces choses-là demandent souvent des mois de négociations. Quoique, en l'occurrence, je n'ai strictement rien trouvé à redire.

Je me levai à mon tour. J'allais devoir me dépêcher si je voulais être à l'heure au travail. Aujourd'hui plus que n'importe quel jour, je ne tenais pas à arriver en retard.

— Où vas-tu ? s'enquit ma mère en s'écartant de Stanton. Nous n'avons pas fini cette conversation. Tu ne peux pas lâcher une telle bombe et te sauver !

Je me retournai et lui répondis en quittant la pièce à reculons :

— Il faut vraiment que je me prépare. On peut déjeuner ensemble, si tu veux ?

— Tu plaisantes, je sup...

— Corinne Giroux, l'interrompis-je.

Ma mère arrondit les yeux, puis les étrécit. Un simple nom. Je n'eus pas à en dire davantage.

L'ex de Gideon était un problème qui ne requérait aucune explication supplémentaire.

On découvre rarement Manhattan sans éprouver une impression de déjà-vu. Ses gratte-ciel ont été immortalisés dans tant de films et de séries télévisées que l'histoire d'amour qui unit New York à ses habitants s'est répandue dans le monde entier.

Je ne faisais pas exception à la règle.

J'adorais l'élégance Art déco du Chrysler Building. J'avais appris à situer l'endroit où je me trouvais par rapport à la position de l'Empire State Building. La hauteur vertigineuse de la Freedom Tower qui dominait à présent le centre-ville me laissait toujours bouche bée. Mais le Crossfire Building constituait une classe à part. J'avais pensé cela avant même de tomber amoureuse de l'homme dont la vision avait présidé à sa création.

Une fois que Raúl se fut garé le long du trottoir, j'admirai l'écrin de verre bleu saphir dans lequel était enchâssé le gigantesque obélisque. Je levai la tête et mon regard glissa jusqu'à son sommet, cet espace baigné de lumière qui abritait les locaux de Cross Industries. Autour de moi, le trottoir grouillait d'hommes et de femmes d'affaires qui se rendaient au travail, une sacoche dans une main, un gobelet de café dans l'autre.

Je sentis la présence de Gideon avant même de le voir, mon corps entier vibrant de bonheur alors qu'il sortait de la Bentley qui venait de se ranger derrière la Mercedes. L'air autour de moi se chargea d'électricité, de cette énergie crépitante qui annonçait l'orage.

J'étais l'une des rares personnes à savoir que c'était l'âme tourmentée de Gideon jamais en repos qui alimentait l'orage.

Je me tournai vers lui et souris. Ce n'était pas une coïncidence que nous soyons arrivés en même temps. Je le devinai avant même que son regard me le confirme.

Il portait un costume anthracite, une chemise blanche et une cravate de serge gris-argent. Des mèches d'un noir d'encre frôlaient son col et ses mâchoires avec une désinvolture très sexy. Il me regardait toujours avec cette férocité empreinte d'un désir charnel qui m'avait littéralement brûlée lorsque nous nous étions rencontrés. À présent, il y avait de la tendresse dans ses yeux et une franchise qui comptait davantage pour moi que tout ce qu'il me donnerait jamais.

Je fis un pas vers lui comme il s'approchait.

— Bonjour, monsieur Noir Danger, le saluai-je.

Un sourire ironique se dessina sur ses lèvres, et son regard amusé se réchauffa.

— Bonjour, madame Cross.

Je tendis la main et je me sentis bien dans ma peau quand il s'en empara.

— Ce matin, j'ai annoncé à ma mère que nous étions mariés.

Il arqua un sourcil surpris, puis son sourire se fit victorieux.

— Bien.

Je ris de sa possessivité éhontée et lui donnai une petite tape sur l'épaule. Vif comme l'éclair, il m'attira à lui et déposa un baiser au coin de mes lèvres qui souriaient déjà.

Sa joie était contagieuse. Je la sentis pétiller en moi, éclairer les zones qui avaient été si sombres ces derniers jours.

— J'appellerai mon père pendant ma pause du matin pour le lui dire.

Il retrouva son sérieux.

— Pourquoi maintenant et pas avant ?

Il parlait bas, de façon à n'être entendu que de moi. Les passants nous prêtaient à peine attention, j'hésitai pourtant à lui répondre, me sentant trop exposée.

La vérité jaillit pourtant plus aisément que jamais. J'avais caché tant de choses à ceux que j'aimais. De petites choses et d'autres plus graves. Pour tenter de maintenir le statu quo et tout en espérant un changement.

— J'avais peur.

— Et maintenant, tu n'as plus peur, murmura-t-il.

— Non.

— Tu me diras pourquoi ce soir.

J'acquiesçai.

Sa main se referma sur ma nuque, tendre et possessive. Son visage impassible ne révélait rien, mais ses yeux – ces yeux d'un bleu si intense – brillaient d'émotion.

— On va y arriver, mon ange.

L'amour s'insinua en moi et m'échauffa le sang comme la première gorgée d'un bon vin.

— Aucun doute, murmurai-je.

J'étais encore la seule à savoir que je comptais quitter la prestigieuse agence de publicité d'ici très peu de temps. Aussi franchir les portes de Waters, Field & Leaman me fit-il un drôle d'effet. Megumi Kaba agita la main depuis le comptoir d'accueil, puis tapota son oreillette pour m'indiquer qu'elle était en ligne et ne pouvait me parler. Je lui rendis son salut et gagnai mon bureau d'un pas décidé. J'avais du pain sur la planche, un nouveau départ à organiser.

Pourtant avant, il y avait plus important. Je laissai tomber mon sac à main et ma sacoche dans le tiroir du bas de mon bureau, m'assis devant mon écran et me rendis sur le site de mon fleuriste préféré. Je savais ce que je voulais. Deux douzaines de roses blanches dans un grand vase de cristal rouge.

Blanc, symbole de pureté, d'amitié, d'amour éternel. Blanc comme le drapeau de la reddition. En imposant une séparation à Gideon, j'avais tracé une ligne de front, et finalement j'avais gagné. Mais je ne voulais pas être en guerre contre mon mari.

Contrairement à mon habitude, je n'essayai même pas d'écrire un message astucieux pour accompagner les fleurs. Je laissai mon cœur parler.

Tu es un miracle, monsieur Cross.
Je te chéris et t'aime tellement.
Mme Cross

Je validai ma commande, puis tentai d'imaginer ce que Gideon penserait de mon cadeau. J'aurais aimé être témoin de sa réaction quand il le recevrait. Sourirait-il quand Scott, son secrétaire, les lui apporterait ? Interromprait-il sa réunion quelle qu'elle soit pour lire mon message ? Ou attendrait-il d'être seul pour en prendre connaissance ?

Je souris tandis que j'envisageais ces différentes possibilités. J'adorais offrir des cadeaux à Gideon.

Et j'allais bientôt disposer de davantage de temps pour les choisir.

— Tu démissionnes ?

Mark Garrity détacha les yeux de la lettre que je venais de lui remettre et leva vers moi un regard incrédule. Mon estomac se noua.

— Oui. Je suis désolée de ne pouvoir te donner un préavis plus long.

— Demain sera ton dernier jour ? ajouta-t-il en s'adossant à son fauteuil, ses yeux d'un brun chaud reflétant un mélange de surprise et de déception. Pourquoi, Eva ?

Je soupirai et calai les coudes sur mes genoux. Pourtant, une fois de plus, je pris le parti de la franchise.

— J'ai conscience que ce n'est pas du tout professionnel d'agir ainsi, mais je vais devoir revoir mes priorités et je sais que je ne pourrai pas accorder ma pleine et entière attention à mon travail, Mark. Je suis navrée.

Il soupira et passa la main dans ses boucles courtes.

— Ma foi… Que veux-tu que je te dise ?

— Que tu me pardonnes et que tu ne m'en veux pas ? C'est beaucoup demander, je sais, ajoutai-je avec un rire sans joie.

Il se força à sourire.

— Je déteste l'idée de te perdre, Eva. Je ne suis pas certain de t'avoir dit à quel point ton aide m'était précieuse. Je travaille vraiment mieux avec toi.

— Merci, Mark. Je suis touchée.

Ses compliments ne me facilitaient pas la tâche, même si jc savais que c'était la meilleure et la seule

24

décision possible. Mon regard dériva jusqu'à la fenêtre qui se trouvait derrière lui. N'étant que chef de projet junior, il avait un petit bureau et l'immeuble qui se trouvait de l'autre côté de la rue lui bloquait la vue, mais il symbolisait autant New York que l'immense espace de travail de Gideon Cross, au dernier étage.

De bien des façons, cette division pyramidale reflétait la manière dont j'avais tenté de définir ma relation avec Gideon. Je savais qui il était. Je savais surtout ce qu'il était : un homme qui incarnait à lui seul le niveau le plus élevé. Cela me plaisait, et je ne voulais pas qu'il change ; je souhaitais juste m'élever à son niveau par mes propres moyens. Ce que je n'avais pas envisagé, c'était qu'en refusant obstinément d'accepter que notre mariage modifie ce projet, c'était moi qui le tirais vers le bas.

Je ne pouvais plus espérer faire carrière dans mon domaine grâce à mes seuls mérites. Aux yeux de certains, mes succès ne seraient jamais dus qu'à mon mariage. Et j'allais devoir faire avec.

— Alors, quels sont tes projets ? s'enquit Mark.

— Franchement... cela reste encore à déterminer. Tout ce dont je suis sûre, c'est que je ne peux pas rester.

Mon mariage ne survivrait pas à une telle pression. Je l'avais déjà amené au bord du précipice en cherchant à créer une distance. À faire passer mes désirs au premier plan.

Gideon Cross était comme un océan, vaste et profond, et j'avais redouté de me noyer en lui au premier regard. Je ne pouvais plus me permettre d'avoir peur. Pas après avoir réalisé que ce qui m'effrayait le plus, c'était de le perdre.

En m'efforçant de rester neutre, je m'étais retrouvée ballottée en tous sens. Tout cela parce que je n'avais pas pris le temps de comprendre que, si je voulais le pouvoir, il me suffisait de le prendre.

— À cause du budget LanCorp ? hasarda Mark.

— En partie.

Je lissai ma jupe et chassai de mes pensées le vague ressentiment que je ressentais encore vis-à-vis de Gideon pour avoir cherché à débaucher Mark. LanCorp avait été le catalyseur de l'affaire. Ils avaient approché Waters, Field & Leaman en réclamant nommément Mark – et donc moi –, manœuvre que Gideon avait vue d'un très mauvais œil. L'escroquerie dont Geoffrey Cross s'était rendu coupable avait porté un coup fatal à la fortune de la famille Landon. Depuis, Ryan Landon et Gideon avaient reconquis chacun de son côté ce que leurs pères avaient perdu, toutefois Landon avait toujours soif de revanche.

— Essentiellement pour raisons personnelles, ajoutai-je.

Mark se redressa, posa les coudes sur son bureau et se pencha vers moi.

— Ce ne sont pas mes affaires et je ne te poserai pas de questions, sache juste que Steven, Shawna et moi sommes là pour toi si tu as besoin. Tu comptes beaucoup pour nous.

Sa gentillesse m'émut aux larmes. Son fiancé, Steven Ellison, et la sœur de celui-ci, Shawna, m'étaient devenus très chers depuis que j'étais à New York. Ils faisaient partie du petit réseau d'amis que je m'étais construit en même temps que ma nouvelle vie. Quoi qu'il advienne, je ne voulais pas les perdre.

— Je sais, répondis-je en souriant malgré ma peine. Si j'ai besoin de vous, j'appellerai, promis. Tout va bien se passer. Pour nous tous.

Mark se détendit et me rendit mon sourire.

— Steven va flipper. Je devrais peut-être t'obliger à le lui annoncer toi-même.

Le simple fait de penser à son fiancé, un costaud toujours jovial, chassa ma tristesse. Steven me passerait certainement un savon quand il apprendrait que je lâchais Mark. Cependant il le ferait avec humour.

— Tu ne vas quand même pas me faire ça ! répliquai-je sur le ton de la plaisanterie. C'était déjà suffisamment dur de te l'annoncer à toi.

— Je ne suis pas contre une certaine dureté.

Je ris. Mark et mon job allaient sacrément me manquer.

Quand vint l'heure de ma première pause, je me dis qu'il était encore très tôt en Californie et choisis d'envoyer un texto à mon père plutôt que de l'appeler.

Préviens-moi quand tu es levé, OK ? J'ai un truc à te dire. Et comme je savais que le fait d'être à la fois flic et père faisait de Victor Reyes un homme prompt à s'inquiéter, j'ajoutai en guise de post-scriptum : *Rien de grave, juste des nouvelles.*

J'avais à peine posé mon portable pour me préparer un café qu'il se mit à sonner. Le beau visage de mon père illumina l'écran.

La panique me saisit et ma main tremblait quand je m'emparai du téléphone. J'aimais mes deux parents, mais j'avais toujours pensé que mon père ressentait les choses plus profondément que ma mère, qui n'hésitait pas à me conseiller sur la façon d'atténuer mes défauts quand mon père ne semblait pas penser que j'en avais. L'idée de le décevoir, de le blesser, me terrorisait soudain.

— Salut, papa. Comment vas-tu ?

— C'est à moi de te poser cette question, ma chérie. Moi, je vais comme d'habitude. Et toi ? Que se passe-t-il ?

Je m'approchai de la table la plus proche et m'assis.

— Rien de grave, je te l'ai dit. Je ne t'ai pas réveillé, j'espère ?

— C'est mon job de m'inquiéter, répliqua-t-il, amusé. Je m'apprêtais à aller courir un peu avant de partir au boulot, donc, non, tu ne m'as pas réveillé. Quelle nouvelle as-tu à m'annoncer ?

— Heu… commençai-je avant d'avaler ma salive. Mince, c'est plus difficile que je ne le pensais. J'ai dit à Gideon que j'appréhendais de prévenir maman, mais que toi tu prendrais ça bien, et voilà que j'essaie de…

— Eva !

Je pris une profonde inspiration.

— Gideon et moi nous sommes mariés en secret.

Un silence irréel suivit.

— Papa ?

— Quand ? s'enquit-il, et sa voix enrouée me fit mal.

— Il y a quelques semaines.

— Avant que tu viennes me voir ?

Je me raclai la gorge.

— Oui.

Nouveau silence.

Mon Dieu, c'était si brutal ! Cela faisait seulement quelques semaines que je lui avais avoué avoir été abusée sexuellement par Nathan et cela l'avait brisé. Et maintenant cela…

— Papa, tu me fais peur. On était sur une île et c'était si merveilleux. La résidence où on était organise tout le temps des mariages, les formalités sont simplifiées… comme à Las Vegas. Il y a un officiant à plein temps et un employé qui délivre les certificats. C'était l'instant rêvé, en somme. L'occasion idéale. Papa, ajoutai-je, ma voix se brisant soudain, dis quelque chose, s'il te plaît.

— Je... je ne sais pas quoi dire.

Une larme brûlante roula sur ma joue. Ma mère avait préféré l'argent à l'amour, et Gideon incarnait à la perfection le genre d'hommes qu'elle avait préférés à mon père. Je savais que mon père n'avait pas réussi à surmonter ce trait de caractère de ma mère. Maintenant, c'était un véritable obstacle qui se dressait entre nous.

— Nous avons toujours l'intention de faire un mariage avec nos amis et nos familles...

— C'était ce à quoi je m'attendais, Eva, explosa-t-il. Bon sang, c'est comme si Cross venait de me voler quelque chose ! Je suis censé te remettre à lui, j'étais en train de m'y préparer et, pendant ce temps-là, il t'enlève et te prend ? Tu étais chez moi et tu ne m'as rien dit ? Ça fait mal, Eva. Ça fait vraiment mal.

Je fus incapable de retenir mes larmes. Elles jaillirent en un flot brûlant qui m'aveugla et me noua la gorge.

Je sursautai quand Will Granger ouvrit la porte.

— Elle doit être là, dit mon collègue. Eh bien, oui, la voi...

Il s'interrompit en voyant mon visage et son regard s'assombrit derrière ses lunettes rectangulaires.

Un bras l'écarta.

Gideon. Il s'encadra sur le seuil, son regard se riva sur moi et devint glacial. Il m'apparut alors tel un ange vengeur, aussi compétent que dangereux dans son élégant costume, ses traits durcis semblables à un masque.

Je m'efforçai de comprendre la raison de sa présence. Avant que j'y sois parvenue, il m'avait rejointe et jeta un coup d'œil à l'écran de mon téléphone avant de l'approcher de son oreille.

— Victor, dit-il d'un ton d'avertissement, apparemment vous avez bouleversé Eva, c'est donc à moi que vous allez parler.

Will battit en retraite et referma la porte derrière lui.

La voix de Gideon était cassante, mais ses doigts m'effleurèrent la joue avec une infinie douceur. Son regard était fixé sur moi, le bleu de ses yeux reflétant une rage froide qui m'arracha presque un frisson.

Il était bel et bien furieux. Et mon père aussi. Je l'entendais crier.

J'attrapai Gideon par le poignet et secouai la tête, soudain affolée à l'idée que les deux hommes que j'aimais le plus au monde se fâchent, voire se détestent.

— Ça va, murmurai-je. Je t'assure.

Il plissa les yeux et articula en silence : « Non, ça ne va pas. »

Quand il s'adressa de nouveau à mon père, sa voix était ferme et maîtrisée – ce qui la rendait d'autant plus terrifiante.

— Je comprends que vous soyez en colère et blessé, mais je ne veux pas que ma femme se mette dans tous ses états à cause de ça... Non, n'ayant pas d'enfant, je ne peux évidemment pas l'imaginer.

Je tendis l'oreille ; le fait que mon père ait baissé la voix signifiait qu'il se calmait, espérai-je.

Gideon se raidit soudain et sa main s'écarta de mon visage.

— Non, je ne serais pas content si ma sœur avait fait la même chose. En l'occurrence, ce n'est pas d'elle qu'il s'agit...

Je tressaillis. Mon père et Gideon avaient en commun d'être incroyablement protecteurs avec ceux qu'ils aimaient.

— Je suis disponible à tout instant, Victor. Je peux même venir vous voir, si vous le désirez. En épousant votre fille, j'ai accepté la pleine et entière responsabilité de son bonheur. Affronter les conséquences ne me pose aucun problème.

Il écouta avec attention la réponse de mon père, s'assit en face de moi, posa le téléphone sur la table et alluma le haut-parleur.

— Eva ? fit la voix de mon père.

Je pris une profonde inspiration et étreignis la main que Gideon me tendit.

— Je suis là, papa.

— Ma chérie, dit-il, ne te mets pas dans tous tes états, d'accord ? C'est juste que... il va me falloir un peu de temps pour encaisser. Je ne m'attendais pas à ça et... il faut que ça fasse son chemin dans ma tête. Est-ce qu'on peut se rappeler ce soir ? Après mon service ?

— Oui, bien sûr.

— Bien.

— Je t'aime, papa.

J'avais encore des larmes dans la voix. Gideon rapprocha sa chaise de moi, ses cuisses enserrant les miennes. Cette force que je puisais en lui ne laissait de m'étonner, c'était un soulagement de pouvoir m'appuyer sur lui. Le soutien que Cary m'apportait était différent. Mon meilleur ami faisait office de boute-en-train et de contrepoids. Il me secouait les puces quand il le fallait. Gideon, lui, formait un rempart contre le reste du monde.

Je devais désormais être assez forte pour admettre que ce rempart m'était parfois nécessaire.

— Je t'aime aussi, ma puce, répondit mon père avec un accent douloureux qui me brisa le cœur. Je te rappelle plus tard.

— D'accord. Je...

Que dire d'autre ? Je ne voyais pas comment arranger les choses.

31

— À plus tard.

Gideon coupa l'appel et s'empara de mes mains tremblantes. Son regard glacial fondit sous la chaleur de sa tendresse.

— Tu n'as aucune honte à avoir, Eva. C'est clair ?

— Je n'ai pas honte.

Il prit mon visage entre ses mains et essuya mes larmes.

— Je ne supporte pas de te voir pleurer, mon ange.

Je ravalai mon chagrin en me promettant de m'en occuper plus tard.

— Que fais-tu là ? Comment savais-tu… ?

— J'étais venu te remercier pour les fleurs, murmura-t-il.

Je réussis à sourire.

— Ah ! Elles t'ont plu ? Je voulais que tu penses à moi.

— J'y pense tout le temps. Chaque minute.

Il m'attrapa aux hanches.

— Tu aurais pu te contenter de m'envoyer un message, observai-je.

Le petit sourire qui naquit sur ses lèvres me fit battre le cœur.

— C'est vrai, mais ça m'aurait privé de cela, dit-il en m'attirant sur ses genoux pour m'embrasser à perdre haleine.

On se retrouve toujours à la maison, ce soir ? me texta Cary à midi alors que j'attendais l'ascenseur. Ma mère était déjà en bas et je tâchais de remettre de l'ordre dans mes pensées. Nous avions beaucoup à faire.

J'espérais qu'elle pourrait m'aider à m'en sortir.

C'est l'idée, répondis-je à mon bien-aimé (et parfois casse-bonbons) colocataire en pénétrant dans l'ascenseur. *Mais j'ai un RV après le boulot et je dois dîner avec Gideon. Risque d'être tard.*

Dîner ? Va falloir que tu me briefes.

Je souris. *Promis.*

Trey a appelé.

J'exhalai abruptement, comme si j'avais retenu mon souffle. Ce qui était sans doute le cas.

Je ne pouvais pas reprocher au petit ami intermittent de Cary d'avoir pris ses distances en apprenant que la copine occasionnelle de Cary était enceinte. Trey avait déjà eu du mal à encaisser l'annonce de la bisexualité de Cary, et ce bébé signifiait qu'il y aurait toujours un tiers dans leur relation.

Certes, Cary aurait dû être honnête avec Trey plutôt que de se ménager des portes de sortie, cela dit je comprenais la peur à l'origine de ses actes. Je ne connaissais que trop les pensées qui vous traversent l'esprit quand vous avez survécu à ce que Cary et moi avions enduré et que vous vous retrouvez soudain face à une personne merveilleuse qui vous aime vraiment.

Quand c'est trop beau pour être vrai, comment cela peut-il être réel ?

Je compatissais aussi avec Trey et, s'il décidait de rompre avec Cary, je respecterais sa décision tout en trouvant que c'est dommage – Trey était ce qui était arrivé de mieux à Cary depuis longtemps.

Qu'est-ce qu'il a dit ?

Je te raconterai.

Cary ! C'est cruel.

J'eus le temps de traverser le hall d'accueil avant qu'il me réponde.

Ouais, j'en sais quelque chose.

Mon cœur se serra, car il était difficile d'interpréter ce message comme l'annonce d'une bonne nouvelle. Je m'éloignai des portiques de sécurité que je venais de franchir avant de taper ma réponse.

Je t'aime follement, Cary Taylor.

Moi aussi, baby girl.

— Eva !

Ma mère venait vers moi. Juchée sur de fines sandales à talons, elle attirait tous les regards. De petite taille, Monica Stanton aurait dû disparaître dans cet océan d'employés en costumes, mais elle était trop exceptionnelle pour passer inaperçue.

Charisme. Sensualité. Fragilité. Ce cocktail explosif qui avait fait de Marilyn Monroe une star, ma mère l'illustrait à la perfection. Dans sa combinaison-pantalon sans manches bleu marine, elle semblait à la fois plus jeune qu'elle ne l'était et plus sûre d'elle, tandis que les panthères Cartier qui étincelaient à son cou et à ses poignets se chargeaient de faire savoir au monde qu'elle était un produit de luxe.

Elle fondit sur moi et m'enveloppa d'une étreinte qui me prit de court.

— Maman !

Elle s'écarta pour me scruter.

— Tu vas bien ?

— Oui. Pourquoi ?

— Ton père a appelé.

— Ah ! soufflai-je en la couvant d'un regard méfiant. Il n'a pas très bien pris la nouvelle.

— En effet, confirma-t-elle en glissant son bras sous le mien pour m'entraîner vers la sortie. Ne te fais pas de souci, il s'en remettra. Disons qu'il n'était pas tout à fait prêt à te laisser partir.

— Parce que je te ressemble.

Pour mon père, ma mère était celle qui l'avait quitté. Il l'aimait toujours alors qu'ils étaient séparés depuis plus de vingt ans.

— C'est absurde, Eva. Il y a peut-être une ressemblance, cependant tu es bien plus intéressante que moi.

Je ne pus m'empêcher de rire.

— Gideon aussi me trouve intéressante.

— Évidemment, répondit-elle avec un sourire étincelant qui fit trébucher l'homme que nous croisions. C'est un fin connaisseur en matière de femmes. Si ravissante sois-tu, ce n'est pas ta seule beauté qui l'aurait incité à t'épouser.

Je fis halte près de la porte à tambour pour la laisser passer. Un flot de chaleur moite s'abattit sur moi quand je la rejoignis sur le trottoir, et un voile de sueur me couvrit instantanément la peau. Je doutais parfois de réussir un jour à m'habituer à cette humidité, mais c'était l'un des prix à payer pour vivre dans cette ville que j'aimais tant. Le printemps avait été sublime et l'automne le serait aussi. Le moment idéal pour renouveler mes vœux avec l'homme à qui j'avais donné mon cœur et mon âme.

J'étais en train de remercier mentalement l'inventeur de l'air conditionné quand j'aperçus Benjamin Clancy, le chef de la sécurité de Stanton, qui patientait près d'une voiture noire.

Il me salua d'un hochement de tête. Malgré son attitude toujours très professionnelle, j'éprouvais pour lui tant de gratitude que je dus me retenir de l'embrasser.

Gideon avait tué Nathan pour me protéger. Et Clancy s'était assuré que Gideon n'aurait jamais à payer pour cela.

— Bonjour, lui dis-je, mon sourire se reflétant dans ses lunettes d'aviateur.

— Eva, c'est un plaisir de vous revoir.

— Un plaisir partagé, croyez-moi.

S'il s'abstint de sourire ouvertement – ce n'était pas son genre –, ce fut tout comme.

Ma mère se glissa sur la banquette arrière et je la suivis. Avant même que Clancy se fût installé au volant, elle pivota vers moi et s'empara de ma main.

— Ne t'inquiète pas au sujet de ton père. Il s'emporte facilement, mais cela ne dure jamais longtemps. Tout ce qu'il souhaite, c'est que tu sois heureuse.

— Je sais, dis-je en lui pressant les doigts. C'est tellement important pour moi que papa et Gideon s'entendent bien.

— Ils sont tous deux obstinés, ma chérie. Il y aura forcément des heurts de temps à autre.

Elle n'avait pas tort. J'aurais adoré qu'ils soient complices, comme ces hommes qui nouent une relation autour d'une passion commune, à grand renfort de tapes dans le dos. Hélas, j'allais devoir me contenter de la réalité, quelle qu'elle soit.

— Tu as raison, concédai-je. Ce sont de grands garçons. Ils se débrouilleront.

Du moins l'espérais-je.

— Bien sûr.

Je jetai un coup d'œil par la fenêtre en soupirant.

— Je crois avoir trouvé une solution pour neutraliser Corinne Giroux.

Un silence, puis :

— Eva, tu dois chasser cette femme de ton esprit. Le simple fait de penser à elle lui confère un pouvoir qu'elle ne mérite pas.

— C'est parce que nous avons cherché à nous cacher qu'elle est devenue un problème, répliquai-je. Le public est friand d'informations dès qu'il s'agit de Gideon. Il est beau, riche, sexy et brillant. Les gens veulent tout savoir de lui, et il a tellement protégé sa vie privée qu'ils ne savent quasiment rien. Ce qui a permis à Corinne d'écrire sa biographie sur leur histoire.

— Et que comptes-tu faire ? demanda ma mère d'un air méfiant.

Je sortis une petite tablette de mon sac à main.

— Ce qu'il nous faut, c'est encore plus de ceci.

Je retournai l'écran pour lui montrer une photo de Gideon et de moi prise quelques heures plus tôt, devant le Crossfire. Sa façon de me tenir la nuque était à la fois tendre et possessive, et le regard que je levais vers lui reflétait l'amour qu'il m'inspirait. Savoir que le monde entier serait témoin d'un instant aussi intime me répugnait, j'allais toutefois devoir m'y faire.

— Gideon et moi devons cesser de nous cacher, expliquai-je. Il faut qu'on nous voie. Nous sommes trop secrets. Le public veut voir le playboy milliardaire qui s'est finalement révélé être le prince charmant. Il veut des contes de fées, maman, des histoires qui finissent bien. Je dois donner aux gens ce qui les fait rêver pour qu'en comparaison Corinne et son livre aient l'air pathétiques.

Ma mère redressa les épaules.

— C'est une idée épouvantable.

— Pas du tout.

— C'est épouvantable, Eva ! Une vie privée chèrement acquise ne s'échange contre *rien*. Si tu nourris le public, leur faim ira croissant. Pour l'amour du ciel, tu ne veux quand même pas devenir une figure familière de la presse à scandale !

— Tu caricatures.

— Pourquoi prendre un tel risque ? s'entêta-t-elle, sa voix grimpant dans les aigus. À cause de Corinne Giroux ? Son livre sera oublié le lendemain de sa parution, alors que tu ne pourras jamais te débarrasser de l'attention que tu auras suscitée !

— Je ne comprends pas ton raisonnement. Comment veux-tu que je me marie avec Gideon Cross sans attirer l'attention ? Je préfère prendre les devants et organiser moi-même la mise en scène.

— Il y a une différence entre être une personnalité en vue et faire la une de la presse de caniveau !

Je soupirai intérieurement.

— Je pense sincèrement que tu dramatises.

Elle secoua la tête.

— Ce n'est pas la bonne façon de gérer la situation, crois-moi. En as-tu discuté avec Gideon ? Je l'imagine mal être d'accord avec toi.

Je l'observai, sidérée par sa réaction. J'avais cru qu'elle serait enthousiaste, elle qui ne jurait que par les « beaux mariages » et ce qui allait avec.

C'est alors que je remarquai la peur qui lui crispait la bouche et lui assombrissait le regard.

Je me giflai intérieurement pour ne pas avoir compris plus tôt que nous n'avons plus à nous soucier de Nathan.

— Maman !

— Non, acquiesça-t-elle du bout des lèvres. Mais voir tout ce que tu fais, tout ce que tu dis, disséqué à seule fin de divertir le monde pourrait se révéler également cauchemardesque.

— Je refuse de laisser à d'autres que moi le soin de décider comment mon mariage et moi-même seront perçus !

J'en avais assez d'être une victime. Je voulais être la battante, celle qui passait à l'offensive.

— Eva, tu ne réal...

— Propose-moi une solution qui ne consiste pas à rester les bras croisés en attendant que ça passe, ou laisse tomber, maman, répliquai-je avant de tourner la tête. Je ne changerai pas d'avis tant que je ne disposerai pas d'une autre stratégie.

Contrariée, elle soupira mais s'en tint là.

Cela me démangeait d'envoyer un texto à Gideon pour soulager ma colère. Il m'avait dit un jour que j'excellerais dans le domaine de la gestion de crise. Il m'avait même proposé de m'embaucher à ce titre chez Cross Industries.

Pourquoi ne pas commencer par quelque chose de plus intime et de plus important ?

2

— Encore des fleurs ? persifla Arash Madani en franchissant la porte vitrée de mon bureau.

Mon conseiller juridique s'avança jusqu'à l'espace détente où trônaient les roses blanches d'Eva. J'avais demandé qu'on les pose sur la table basse qui se trouvait directement dans ma ligne de mire. Résultat, elles avaient réussi à détourner mon attention des annonces des places boursières qui défilaient sur le mur d'écrans plats qui se trouvait derrière.

La carte qui accompagnait les fleurs reposait sur le plateau en verre fumé de mon bureau. Je l'effleurai du bout des doigts et la relus pour la centième fois.

Arash sortit une rose et la huma.

— Quel est le secret pour recevoir un bouquet de ce genre ?

Je m'adossai à mon fauteuil et notai vaguement que sa cravate émeraude était assortie aux carafes qui décoraient le bar. Jusqu'à son arrivée, ces carafes de couleurs vives et le vase rouge d'Eva avaient été les seules taches de couleur dans le vaste espace monochrome qui abritait mon bureau.

— Trouver la femme de sa vie.

Il remit la fleur dans le vase.

— Vas-y, Cross, appuie là où ça fait mal.

— Je préfère jubiler tranquillement. Tu as quelque chose pour moi ?

Il s'approcha de mon bureau avec un sourire qui ne disait que trop qu'il adorait son job – ce dont je n'avais jamais douté. Côté instinct prédateur, nous étions pratiquement à égalité.

— Le contrat Morgan se met gentiment en place, annonça-t-il en pinçant le pli de son pantalon pour s'asseoir dans un des fauteuils qui me faisaient face. On a réglé les points essentiels. Il reste encore quelques clauses à finaliser, mais on devrait être prêts la semaine prochaine.

— Parfait.

— Tu n'es guère causant. Que dirais-tu d'une petite réunion, ce week-end ? ajouta-t-il d'un ton faussement désinvolte.

Je secouai la tête.

— Eva voudra peut-être sortir, auquel cas je m'appliquerai à la faire changer d'avis.

Arash s'esclaffa.

— J'avoue que je m'attendais à ce que tu te cases – on en passe tous par là un jour ou l'autre –, je pensais cependant que j'aurais le temps de voir venir.

— Moi aussi.

Ce n'était pas tout à fait vrai. Jamais je n'avais pensé partager ma vie avec qui que ce soit. Mon passé projetait une ombre sur ma vie, c'est pourquoi je n'avais jamais éprouvé le besoin de partager mon histoire avant de connaître Eva. Puisqu'on ne peut pas changer le passé, à quoi bon le remâcher ?

Je me levai, m'approchai d'une des baies vitrées qui encadraient mon bureau et promenai les yeux sur la splendeur urbaine qui s'étendait à perte de vue.

Avant de rencontrer Eva, je n'imaginais pas qu'il puisse exister de par le monde une femme comme elle, capable d'accepter et d'aimer chacune de mes facettes. Je n'aurais pas même osé en rêver.

Comment avais-je pu la rencontrer ici, à Manhattan, dans l'immeuble même que j'avais fait construire en prenant un risque énorme et alors que tout le monde me le déconseillait ? Trop cher, m'avait-on dit, et inutile. Seulement, je voulais que le monde se souvienne du nom Cross pour de bonnes raisons. Mon père l'avait traîné dans la boue ; je l'avais élevé au sommet d'une des plus grandes villes du monde.

— Tu n'avais jamais manifesté la moindre intention de te ranger, reprit Arash. Si je me souviens bien, tu as emballé deux filles quand on a fêté le *Cinco de Mayo* et, à peine quelques semaines plus tard, tu me demandais de rédiger ce contrat de mariage insensé.

Je contemplai la ville, prenant pour une fois le temps d'apprécier le point de vue unique qu'offrait la situation privilégiée de mon bureau au sommet du Crossfire Building.

— M'as-tu jamais vu repousser la signature d'un contrat ?

— Accroître son portefeuille d'actions, c'est une chose, démarrer une nouvelle vie du jour au lendemain, c'en est une tout autre, gloussa-t-il. Alors, quels sont tes projets ? Étrenner ta nouvelle maison sur la plage ?

— Excellente idée.

J'avais prévu d'emmener ma femme dans les Outer Banks. L'avoir rien qu'à moi avait été paradisiaque. J'étais plus heureux quand j'étais seul avec elle. Elle me redynamisait, me poussait à imaginer une vie que je n'avais encore jamais eue.

J'avais bâti mon empire en ayant en tête le passé. Désormais, grâce à elle, je continuerais à construire en vue de notre avenir.

Comme je regagnais mon bureau, le voyant lumineux de mon téléphone clignota. C'était Scott, sur la 1. J'enfonçai la touche, et sa voix s'éleva du haut-parleur.

— Corinne Giroux est à l'accueil. Elle demande juste un instant pour déposer quelque chose qu'elle tient à vous remettre en main propre.

— Évidemment, ironisa Arash. Peut-être d'autres fleurs.

Je lui jetai un coup d'œil.

— Corinne est une erreur de parcours.

— J'aimerais bien que mes erreurs de parcours lui ressemblent.

— Garde cela en tête pendant que tu vas à l'accueil récupérer ce qu'elle tient tant à me remettre, rétorquai-je.

Il haussa les sourcils.

— Sérieux ?

— Si elle veut parler, autant qu'elle parle à mon avocat.

— Compris, patron.

Il se leva et sortit.

Je jetai un coup d'œil à la pendule. 16 h 45.

— Vous avez sans doute entendu, Scott. Afin que ce soit clair, Madani va s'en charger.

— Bien, monsieur Cross.

À travers le mur vitré de mon bureau, je regardai Arash se diriger vers l'accueil, puis chassai l'incident de mon esprit. Eva serait bientôt là, la seule chose que j'aie attendue toute la journée.

Bien sûr, cela ne pouvait pas se passer aussi simplement.

Un instant plus tard, un éclat écarlate attira mon regard. De l'autre côté de la vitre, je vis Corinne se diriger vers mon bureau d'un pas décidé, Arash sur ses talons. Elle releva le menton quand nos regards se croisèrent. Son petit sourire crispé s'épanouit, et la belle femme qu'elle était se transforma en une créature éblouissante. Je pouvais l'admirer comme j'admirais tout à l'exception d'Eva – objectivement, sans passion.

Maintenant que j'étais marié, et heureux de l'être, je prenais la mesure de l'affreuse erreur que j'aurais commise en épousant Corinne. Malheureusement pour tout le monde, celle-ci refusait de l'admettre.

Je me levai et contournai mon bureau. Du regard, j'ordonnai à Arash et à Scott de ne pas intervenir. Si Corinne tenait à me parler en personne, j'allais lui offrir une dernière occasion de faire les choses convenablement.

Elle entra dans mon bureau sur ses stilettos rouges. Sa robe bustier, assortie à ses chaussures, mettait en valeur ses longues jambes et la pâleur de sa peau. Ses cheveux n'étaient pas attachés, et des mèches brunes flottaient sur ses épaules nues. Elle était le contraire de mon épouse et la copie conforme de toutes les autres femmes qui avaient traversé ma vie.

— Gideon, tu as sûrement quelques minutes à accorder à une vieille amie ?

Je pris appui contre mon bureau et croisai les bras.

— J'étendrai même la courtoisie à ne pas appeler la sécurité. Sois brève, Corinne.

Elle sourit, mais ses yeux d'aigue-marine étaient tristes.

Une petite boîte rouge était coincée sous son bras. Elle s'arrêta devant moi et me la tendit.

— Qu'est-ce que c'est ? demandai-je sans la prendre.

— Ce sont les photos qui figureront dans le livre.

Je haussai les sourcils. Mû par la curiosité, je décroisai les bras et acceptai la boîte. Cela ne faisait pas si longtemps que nous avions été ensemble, pourtant je me souvenais à peine des détails. Tout ce qui subsistait, c'étaient des impressions, quelques événements marquants, et des regrets.

Corinne posa son sac sur mon bureau en s'arrangeant pour que son bras frôle le mien. Méfiant, j'appuyai sur le bouton qui opacifiait la paroi vitrée de mon bureau.

Si elle comptait se donner en spectacle, je ferais en sorte de la priver de public.

Soulevant le couvercle de la boîte, je découvris une photo de Corinne et moi, enlacés devant un feu de cheminée. Sa tête était nichée au creux de mon épaule, son visage levé vers moi pour m'inciter à l'embrasser.

Le souvenir de cet instant me revint aussitôt. Nous avions passé la journée chez un ami dans les Hamptons. Il faisait froid, c'était à la toute fin de l'automne.

La photo donnait l'impression que nous étions heureux et amoureux, et, d'une certaine façon, je suppose que nous l'étions. J'avais refusé l'invitation de mon ami à passer la nuit chez lui, et Corinne avait été visiblement déçue. Mes cauchemars m'interdisaient de dormir avec elle, et je ne pouvais pas non plus faire l'amour avec elle car la chambre d'hôtel que je réservai à cet effet se trouvait à des kilomètres de là.

Il y avait eu tellement de rebuffades de ce genre, de mensonges et de faux-fuyants.

Je pris une longue inspiration et oubliai le passé.

— Je me suis marié avec Eva le mois dernier.

Elle se raidit.

Je reposai la boîte sur le bureau, attrapai mon téléphone et lui montrai la photo qui figurait en fond d'écran : Eva et moi échangeant le baiser qui scellait nos vœux.

Corinne détourna les yeux. Puis elle fouilla dans la boîte et sortit une autre photo. Nous deux à la plage.

J'étais dans l'eau jusqu'à la ceinture. Corinne était cramponnée à moi, les jambes enroulées autour de ma taille, les mains enfouies dans mes cheveux. Elle riait, la tête rejetée en arrière, et sa joie irradiait. Je l'agrippais farouchement et la contemplais. Il y avait de la gratitude et de l'émerveillement dans mon expression, de l'affection, du désir. La plupart des gens y verraient de l'amour.

C'était ce que Corinne voulait. Je niais avoir jamais aimé quiconque avant Eva, ce qui était la stricte vérité. Mais Corinne avait décidé de me prouver le contraire de la façon la plus évidente.

Elle se pencha pour regarder la photo, puis tourna les yeux vers moi. Son attente était palpable, comme si elle s'attendait à ce que je sois frappé par une soudaine révélation. Ses doigts jouaient avec son collier et je me rendis compte qu'il s'agissait d'un pendentif que je lui avais offert, un petit cœur en or au bout d'une chaîne.

Je ne savais même plus qui avait pris cette photo ni où nous nous trouvions ce jour-là et je m'en contrefoutais.

— Qu'espères-tu prouver avec ces photos, Corinne ? Nous sommes sortis ensemble. Nous avons rompu. Tu t'es mariée et moi aussi. Il n'y a plus rien.

— Dans ce cas pourquoi réagis-tu ainsi ? Tu n'es pas indifférent, Gideon.

— Non, je suis agacé. Ces photos me permettent juste d'apprécier davantage ce que je partage avec Eva. Savoir qu'elles vont la blesser ne m'incite certainement pas à la nostalgie. Il est temps de nous dire définitivement adieu, Corinne, déclarai-je en soutenant son regard sans ciller. Si tu t'avises à revenir ici, la sécurité te refusera l'accès.

— Je ne reviendrai pas. Il faudra que tu...

Elle fut interrompue par la sonnerie de l'interphone. Je décrochai.

— Mlle Tramell est arrivée, monsieur.

J'actionnai l'ouverture de la porte. Un instant plus tard, Eva entrait.

Le jour viendrait-il où je pourrais la voir apparaître sans avoir l'impression que le sol se dérobait sous mes pieds ?

Elle s'arrêta abruptement, m'offrant le plaisir de la contempler à loisir. Sa blondeur naturelle accentuait le gris orageux de ses yeux dans lesquels je pouvais me perdre des heures durant – ce que je ne me privais d'ailleurs pas de faire. Elle était petite et possédait des rondeurs affriolantes, un corps d'une douceur délicieuse qui inciterait à se rouler dans un lit.

J'aurais pu être tenté de qualifier sa beauté d'angélique si sa sensualité à fleur de peau ne m'avait inspiré des pensées lascives et l'envie de les mettre aussitôt à exécution.

Sans prévenir, mon esprit s'emplit du souvenir de son parfum et du contact de sa chair sous mes mains. Le rire de gorge qui faisait ma joie et le tempérament vif et ardent qui me bouleversait appartenaient quant à eux viscéralement à ma mémoire. Mon être entier se mit à vibrer, animé d'un sursaut d'énergie qu'elle seule avait le pouvoir de faire naître.

Corinne parla la première.

— Bonjour, Eva.

Je me hérissai. Le besoin vital de protéger ce que j'avais de plus précieux au monde supplanta toute autre considération.

Je m'avançai vers ma femme. Elle était habillée sobrement comparée à Corinne. Une petite jupe noire à fines rayures et un chemisier de soie sans manches aussi chatoyant qu'une perle. Le flot de chaleur qui m'avait envahi était la seule preuve dont j'avais besoin pour savoir laquelle de ces deux femmes m'attirait le plus.

Eva. Maintenant et pour toujours.

Mon ange.

Je ne prononçai pas ces mots à voix haute ; je ne voulais pas que Corinne les entende. Quant à Eva, elle les devina, je le vis. Je lui pris la main, ressentis un frisson de reconnaissance qui me fit resserrer mon étreinte.

Elle s'écarta pour regarder derrière moi et salua celle qui n'était pas une rivale.

— Corinne.

Je ne pris pas la peine de me retourner.

— Je dois me sauver, dit Corinne. Gideon, ces copies sont pour toi.

— Emporte-les. Je n'en veux pas, lançai-je par-dessus mon épaule, incapable de détacher les yeux d'Eva.

— Tu devrais finir de les passer en revue, suggéra-t-elle en s'approchant.

Je lui décochai un coup d'œil agacé quand elle s'arrêta près de nous

— Pourquoi ? répliquai-je. Si j'ai intérêt à les voir, je pourrai toujours feuilleter ton bouquin.

Son sourire se figea.

— Au revoir, Eva. Gideon.

Alors qu'elle sortait, j'abolis la distance qui me séparait encore de ma femme d'un pas, m'emparai de son autre main et m'inclinai vers elle pour respirer son parfum. Un grand calme m'envahit.

— Je suis content que tu sois là, murmurai-je contre son front. Tu m'as tellement manqué.

Elle se laissa aller contre moi avec un soupir.

Je perçus la tension qui s'attardait en elle et lui étreignis les mains.

— Ça va ?

— Oui, ça va. Je ne m'attendais pas à la voir.

— Moi non plus.

Je détestais devoir m'écarter d'elle, et je détestais encore plus ces photos. Je regagnai mon bureau, remis le couvercle sur la boîte et la jetai dans la poubelle.

— Je quitte mon job, lâcha-t-elle. Je termine demain soir.

J'avais souhaité qu'elle prenne cette décision. J'estimais que c'était le mieux et le plus sage qu'elle pût faire. Je me doutais cependant que s'y résoudre n'avait pas dû être facile. Eva aimait son travail et les gens avec qui elle travaillait.

Sachant qu'elle lisait en moi à livre ouvert, je m'appliquai à garder un ton neutre.

— Tu as vraiment fait cela ?

— Eh oui.

— Et quels sont tes projets, dans l'immédiat ?

— J'ai un mariage à organiser.

— Ah.

Je ne pus réprimer un sourire. Après avoir passé des jours à redouter qu'elle ne revienne sur sa décision et ne mette fin à notre mariage, l'entendre dire qu'il n'en était rien fut un soulagement.

— Content de l'apprendre.

Je lui fis signe d'approcher.

— Seulement si tu fais la moitié du chemin, répliqua-t-elle, une lueur de défi dans le regard.

Comment lui résister ? Nous nous rejoignîmes au milieu de la pièce.

C'était pour cela que nous réussirions à franchir tous les obstacles qui se dresseraient devant nous : parce que nous nous retrouverions toujours à mi-chemin.

Eva ne serait jamais l'épouse docile que mon ami Arnoldo Ricci avait souhaitée pour moi. Elle était trop indépendante, trop entière. Aussi jalouse qu'une tigresse. Exigeante et entêtée, elle était capable de me défier juste pour me rendre fou.

Et cela fonctionnait comme cela n'aurait jamais pu fonctionner avec aucune autre femme, parce que Eva était faite pour moi. Je le croyais comme je ne croyais à rien d'autre.

— C'est ce que tu veux ? m'enquis-je à mi-voix, scrutant son visage pour y lire la réponse.

— Ce que je veux, c'est toi. Le reste n'est que logistique.

Ma bouche devint sèche, et mon cœur se mit à battre plus vite. Quand elle leva la main pour repousser mes cheveux, je lui attrapai le poignet et pressai sa paume contre ma joue. Les yeux fermés, je savourai son contact.

La semaine qui venait de s'écouler se volatilisa. Les jours passés loin l'un de l'autre, les heures de silence, la peur paralysante… Eva m'avait montré qu'elle était prête à aller de l'avant, que j'avais pris la bonne décision en parlant au Dr Petersen. En lui parlant *à elle*.

Non seulement elle ne s'était pas détournée de moi, mais elle me désirait encore davantage. *Tu es un miracle*, m'avait-elle écrit !

Eva soupira, et je la sentis se détendre complètement. Nous retissions des liens, prenions chez l'autre la force dont nous avions besoin. Savoir que je pouvais lui apporter une certaine paix intérieure m'ébranlait jusqu'au tréfonds.

Et elle, que pouvait-elle m'apporter ?
Tout.

La façon dont le visage d'Angus s'éclaira quand Eva sortit du Crossfire Building m'émut d'une façon inexplicable. Angus McLeod était discret par nature et de par sa formation. S'il ne manifestait que rarement ses émotions, il faisait une exception pour Eva.

Ou peut-être était-ce plus fort que lui. Et Dieu sait que je le comprenais !

— Angus, le salua Eva avec un grand sourire, vous êtes particulièrement fringant, aujourd'hui.

Je regardai l'homme que j'aimais comme un père porter la main à la visière de sa casquette et lui rendre son sourire, avec une pointe de gêne qui m'amusa.

Après le suicide de mon père, ma vie entière avait été bouleversée. Au cours des années difficiles qui avaient suivi, Angus avait été mon unique repère. Embauché comme chauffeur et garde du corps, il était finalement devenu un véritable garde-fou. Lorsque ma propre mère avait refusé de croire que je m'étais fait régulièrement violer par le thérapeute censé m'aider, je m'étais senti isolé et trahi. C'était Angus qui m'avait fourni un point d'ancrage. Il n'avait jamais douté de moi. Et quand j'avais quitté la maison, il m'avait tout naturellement suivi.

Une fois que les superbes jambes de ma femme eurent disparu à l'arrière de la Bentley, Angus se tourna vers moi.

— Ne gâche pas tout, cette fois, mon garçon.

— Je te remercie de ta confiance, répliquai-je avec un sourire en coin.

Je rejoignis Eva sur la banquette arrière, posai la main sur sa cuisse et attendis qu'elle me regarde.

— Je veux t'emmener à la maison de la plage, ce week-end.

Elle retint son souffle un instant, puis soupira.

— Ma mère nous a invités à Westport. Stanton a demandé à son neveu Martin de venir avec son amie Lacey. C'est la colocataire de Megumi, je ne sais pas si tu te souviens d'elle... Cary sera là aussi, évidemment. Enfin bref, j'ai dit que nous viendrions.

M'efforçant de ravaler ma déception, je considérai les options dont je disposais.

— J'aimerais qu'on passe du temps avec ma famille, poursuivit-elle. Et puis, ma mère veut discuter d'un projet dont je lui ai parlé.

Je l'écoutai me raconter la conversation qu'elle avait eue avec Monica à l'heure du déjeuner.

— Elle a assuré que tu n'aimerais pas cette idée, acheva-t-elle, les yeux rivés sur mon visage, sauf que tu as déjà utilisé les paparazzis, le jour où tu m'as gratifiée de cet affolant baiser en pleine rue. Tu voulais que cette photo soit publiée.

— Certes, sauf que l'occasion s'était présentée d'elle-même, je ne l'ai pas provoquée. Ta mère a raison... il y a une différence.

Elle fit la moue et je révisai en hâte ma stratégie. Si je voulais qu'elle s'implique et participe activement à tous les niveaux de ma vie, je devais l'encourager plutôt que la freiner.

— Toi aussi tu as raison, mon ange. S'il existe un public pour le livre de Corinne, cela signifie qu'il y a un marché qui demande à être satisfait et nous devons nous y intéresser.

Son sourire ravi fut ma récompense.

— Je me suis dit qu'on pourrait demander à Cary de prendre des photos, ce week-end. Des instantanés plus personnels et naturels que des photos prises sur le tapis rouge. On vendrait les photos qui nous plaisent le plus aux médias et on reverserait les bénéfices à Crossroads.

L'organisation caritative que j'avais fondée ne manquait pas de financements, toutefois cette démarche apporterait un bénéfice supplémentaire au projet d'Eva qui consistait à atténuer l'impact du livre de Corinne.

La publication de ce bouquin allait peiner ma femme, et j'étais prêt à lui apporter un soutien inconditionnel. Pour autant, je n'avais pas renoncé à me battre pour obtenir un week-end en tête à tête avec elle.

— On pourrait quand même s'offrir une journée ensemble, risquai-je, essayant d'obtenir le maximum pour donner ensuite l'impression de faire des concessions. On reste en Caroline du Nord de vendredi soir à dimanche matin, et on passe la journée de dimanche à Westport.

— Aller de Caroline du Nord au Connecticut, puis du Connecticut à Manhattan dans la même journée ? Tu as perdu la tête ?

— De vendredi soir à samedi soir, alors.

— On ne peut pas s'isoler ainsi, Gideon, objecta-t-elle d'une voix douce en posant sa main sur la mienne. On doit suivre le conseil du Dr Petersen pendant un moment. Sortir ensemble, voir du monde et trouver le moyen de gérer nos... conflits sans se servir du sexe comme d'une béquille.

Je la dévisageai.

— Tu n'es pas en train de dire qu'on doit se passer de sexe ?

— Jusqu'au mariage uniquement. Ce ne sera pas...

— Eva, on est déjà mariés. Tu ne peux pas me demander de ne pas te toucher.

— Si. C'est ce que je te demande.

— Non.

— Tu ne peux pas dire non, répliqua-t-elle avec un sourire en coin.

— C'est toi qui ne peux pas dire non, ripostai-je, le cœur battant. Tu en as autant envie que moi.

Mes paumes devinrent moites, et je sentis poindre un début de panique. C'était irrationnel et cela me rendit furieux.

Elle me caressa le visage.

— Il m'arrive de penser que j'en ai plus envie que toi, et je me suis faite à cette idée. Il n'empêche que le Dr Petersen a raison. On est allés trop vite et on s'est pris tous les ralentisseurs à cent à l'heure. Je me dis qu'il faut profiter du temps qu'on a encore devant nous pour ralentir. Rien que quelques semaines, jusqu'au mariage.

— Quelques semaines ? Merde, Eva !

Je m'écartai et me passai la main dans les cheveux. Puis je tournai la tête vers la fenêtre, l'esprit en ébullition. Qu'est-ce que cela signifiait ? Pourquoi demandait-elle cela ?

Comment allais-je faire pour la persuader de renoncer ?

Je la sentis se rapprocher, puis se blottir contre moi.

— Il me semble que c'était toi le grand partisan de la récompense à retardement, non ?

— Tu veux que je te rappelle ce que ça a donné ? répliquai-je en la gratifiant d'un regard noir.

Cette soirée était l'une des pires erreurs que j'aie jamais commise dans le cadre de notre relation. Les choses s'étaient très bien engagées, mais l'apparition inopinée de Corinne avait déclenché l'une des plus horribles disputes qu'Eva et moi ayons jamais eues – une dispute rendue plus explosive par la tension sexuelle que j'avais délibérément provoquée en retardant sa satisfaction.

— Nous étions différents, à l'époque, répondit-elle, son regard franc soutenant le mien. Tu n'es plus l'homme qui m'a ignorée à ce dîner.

— Je ne t'avais pas ignorée.

— Et je ne suis plus la même femme, persista-t-elle. J'admets que voir Corinne tout à l'heure m'a un peu énervée, même si je sais qu'elle ne représente aucune menace. Tu t'es engagé… Nous nous sommes engagés. Et c'est pour ça qu'on peut s'abstenir.

— Je n'en ai pas envie.

— Moi non plus. Je pense tout de même que c'est une bonne idée. Je trouve ça romantique et désuet d'attendre la nuit de noces, ajouta-t-elle avec un sourire attendri. Imagine un peu ce que sera la nôtre !

— Eva, on n'a pas besoin de pimenter notre vie sexuelle.

— On a besoin d'en avoir une pour le plaisir, pas parce qu'on compte dessus pour rester soudés.

— Pour ces deux raisons, et il n'y a aucun mal à cela.

À choisir, j'aurais préféré qu'elle me demande d'arrêter de manger.

— Gideon… ce que nous partageons est tellement extraordinaire, cela vaut la peine de faire un effort pour le rendre indestructible.

Je secouai la tête. L'angoisse que je ressentais me tapait sur les nerfs. C'était une perte de contrôle que je ne pouvais pas me permettre avec elle. Eva n'avait pas besoin de cela.

J'approchai les lèvres de son oreille.

— Si ne plus sentir mon sexe en toi ne te manque pas, je me dois d'insister, mon ange, pas de reculer.

Son frisson me tira un sourire.

— S'il te plaît, essaie, chuchota-t-elle malgré tout. Fais-le pour moi.

— Et merde, soupirai-je en m'affalant sur la banquette.

J'avais beau vouloir dire non, je ne pouvais pas. Même cela, j'étais incapable de le lui refuser.

— Ne sois pas fâché. Je ne te le demanderais pas si je ne pensais pas que c'est important d'essayer. Et puis ce ne sera pas long.

— Eva, cinq minutes, ce ne serait pas long. Là, on en prend pour des semaines.

— Pauvre chou... dit-elle en riant doucement. Tu fais la moue. C'est trop mignon.

Elle se pencha pour presser les lèvres sur ma joue.

— Et très flatteur, ajouta-t-elle. Merci.

— Ne compte pas sur moi pour te faciliter la tâche, répliquai-je.

Ses doigts glissèrent le long de ma cravate.

— Bien sûr que non. On va essayer de rendre ça amusant. Un défi. À qui craquera le premier.

— Moi, marmonnai-je. Rien ne pourrait m'inciter à remporter ce défi.

— Pas même moi ? Entourée d'un ruban – et rien d'autre – en guise de cadeau d'anniversaire ?

Je me rembrunis. Rien n'aurait pu me faire trouver cela amusant. Pas même la pensée d'Eva jaillissant nue d'un gâteau d'anniversaire.

— Qu'est-ce que mon anniversaire vient faire là ?

Eva me gratifia de son plus radieux sourire, ce qui n'eut d'autre utilité que d'accroître mon désir. Elle était toujours un rayon de soleil mais, quand elle se tordait de plaisir sous moi et gémissait pour que je la prenne plus...

— Ce sera la date de notre mariage.

Mon esprit échauffé mit une bonne seconde à intégrer cette annonce.

— C'est nouveau ?

— Oui. J'ai décidé ça tout à l'heure. Je suis allée sur Internet pendant ma pause. Je voulais savoir s'il y avait des événements en septembre et en octobre dont je devrais tenir compte pour arrêter une date. Puisqu'on va se marier sur une plage, il ne faut pas qu'il fasse trop froid, il faudra donc que ce soit ce mois-ci ou celui d'après.

— Louons le Seigneur d'avoir créé l'hiver, grommelai-je.

— Idiot. Toujours est-il que l'alerte Google qui te concerne...

— Tu fais encore ce truc ?

— ... m'a avertie d'un post nous concernant sur un site de fans. Il y avait...

— Un site de fans ?

— Oui. Il existe des tas de sites et de blogs qui te sont consacrés. Les vêtements que tu portes, les gens que tu fréquentes, les événements auxquels tu participes...

— Mon Dieu !

— Celui que j'ai consulté fournissait toutes sortes de renseignements personnels : taille, poids, couleur des yeux, date de naissance... Franchement, je t'avoue que je me suis sentie un peu mal à l'aise de découvrir que de parfaits inconnus en savaient davantage sur toi que moi. Autre raison pour laquelle je pense qu'il faut qu'on apprenne à se connaître davantage, à dialoguer...

— Je peux te réciter toutes les données que tu veux en te faisant l'amour. Problème résolu.

Elle eut un sourire ravi.

— Tu me fais rire. Bref, je me suis dit que ce serait une bonne idée de se marier le jour de ton anniversaire. Comme ça, tu ne risqueras pas d'oublier la date.

— Notre anniversaire de mariage est le 11 août, lui rappelai-je, flegmatique.

— Eh bien, on en aura deux à fêter, dit-elle en m'ébouriffant les cheveux. Ou encore mieux, on fera la fête non-stop du 11 août au 22 septembre !

Un mois et demi de réjouissances. Cette idée aurait presque suffi à rendre les semaines à venir supportables.

— Eva. Gideon.

Le Dr Petersen se leva et sourit quand nous entrâmes dans son cabinet. Je le vis baisser les yeux pour considérer nos mains jointes.

— Vous semblez en forme.

— Je me sens bien, déclara Eva d'une voix assurée.
Je ne dis rien et lui serrai la main.

Le bon docteur savait sur moi des choses que j'avais
espéré ne jamais partager avec qui que ce soit. C'était
pour cela que je ne me sentais pas très à l'aise avec
lui en dépit de l'atmosphère accueillante de son cabinet, tout en tons neutres et mobilier confortable. Le
Dr Petersen lui-même était un homme accueillant et
bien dans sa peau. Sa coupe de cheveux soignée adoucissait ses traits, sans parvenir à faire oublier combien
il était incisif et perspicace.

Se fier à quelqu'un qui connaissait aussi bien mes
points faibles n'était guère aisé, je m'y efforçais pourtant du mieux que je pouvais parce que je n'avais pas
le choix – le Dr Petersen jouait un rôle essentiel dans
mon mariage.

Je m'assis près d'Eva sur le canapé tandis que le
Dr Petersen prenait place dans son fauteuil. Il saisit
la tablette et le stylet posés sur l'accoudoir et nous
considéra de son regard bleu, pétillant d'intelligence.

— Gideon, commença-t-il, racontez-moi ce qui s'est
passé depuis que nous nous sommes vus, mardi dernier.

Je m'adossai au canapé et allai droit au but.

— Eva a décidé de suivre votre conseil d'abstinence
sexuelle jusqu'au mariage.

Le rire de gorge d'Eva ponctua ma déclaration. Elle
s'inclina vers moi et me pressa le bras.

— Avez-vous noté la nuance accusatrice ? demanda-
t-elle au docteur. C'est votre faute s'il va être privé de
sexe pendant deux semaines.

— Plus de deux semaines, relevai-je.

— Mais moins de trois, répliqua-t-elle avant de sourire au Dr Petersen. J'aurais dû me douter qu'il abor-
derait ce sujet en premier.

— Et vous, Eva ? Par quoi aimeriez-vous commencer ?

— Gideon m'a raconté les détails de son cauchemar récurrent hier soir, répondit-elle en me jetant un coup d'œil. Je trouve ça extraordinaire. C'est un cap vraiment important pour nous.

L'amour dans son regard était indubitable, de même que la gratitude et l'espoir. J'en eus la gorge nouée. Lui révéler toutes les horreurs qui me polluaient la tête avait été la chose la plus difficile que j'aie jamais faite – même parler de Hugh au Dr Petersen avait été plus facile –, et lui voir cette expression me récompensait amplement.

Les éléments les plus affreux de nos vies nous rapprochaient. C'était fou et c'était merveilleux. J'attirai sa main sur mes genoux et la pris dans les miennes. Je ressentais le même amour, la même gratitude et le même espoir qu'elle.

— Beaucoup de révélations de votre part, cette semaine, Gideon. Qu'est-ce qui les a suscitées ?

— Vous le savez.

— Eva a cessé de vous voir.

— Et de me parler.

— Était-ce parce que Gideon avait fait une proposition d'embauche au patron de l'agence pour laquelle vous travaillez ? demanda-t-il à Eva.

— Ça a été le catalyseur, reconnut-elle, mais nous avions atteint un point de rupture. Il fallait que quelque chose cède. On ne pouvait pas continuer à tourner en rond ainsi, à avoir sans arrêt les mêmes disputes.

— Vous avez donc fait le choix de vous retirer. On pourrait interpréter cela comme du chantage émotionnel. Était-ce votre intention ?

Les lèvres pincées, elle réfléchit.

— J'appellerais ça du désespoir.

— Pourquoi ?

— Parce que Gideon définissait les contours de notre relation. Et que je ne me voyais pas vivre jusqu'à la fin de mes jours à l'intérieur du cadre qu'il créait.

Le Dr Petersen prit des notes sur sa tablette.

— Gideon, que pensez-vous de la façon dont Eva a géré cette situation ?

Il me fallut une minute pour répondre.

— Ça m'a fait l'effet d'une fichue distorsion spatio-temporelle, en cent fois pire.

— Je me souviens que, la première fois que vous êtes venu me voir, Eva et vous ne vous parliez plus depuis quelques jours.

— Il avait coupé les ponts, dit-elle.

— C'est elle qui était partie, contrai-je.

Ce soir-là aussi, nous nous étions vraiment ouverts l'un à l'autre. Elle m'avait parlé des agressions de Nathan, m'avait laissé voir la source de ce qui nous avait inconsciemment attirés l'un vers l'autre. Après j'avais rêvé de mon propre viol, et elle avait insisté pour que j'en parle.

Je n'avais pas pu et elle était partie.

— Il avait rompu avec moi via une note de service ! déclara Eva, en se hérissant. Qui fait ce genre de choses ?

— Je n'avais pas rompu, rectifiai-je. Je t'avais mise au défi de revenir. Tu étais partie dès que les choses ne s'étaient...

— Voilà, ça c'est du chantage émotionnel.

Elle libéra sa main et pivota face à moi.

— Tu me fais la tête pour me forcer à accepter ton statu quo, enchaîna-t-elle. Les choses ne te plaisent pas telles qu'elles sont ? Très bien, tu ne m'adresses plus la parole jusqu'à ce que je craque.

— Ce n'est pas ce que tu viens de faire, peut-être ? Si je ne change pas, tu ne bouges pas.

Et cela me tuait. Elle avait si souvent montré qu'elle pouvait partir sans jeter un regard en arrière, alors que moi, je ne pouvais pas respirer sans elle. Ce déséquilibre fondamental dans notre relation lui permettait de toujours garder la main.

— Vous semblez éprouver du ressentiment, Gideon, intervint le Dr Petersen.

— Et pas moi ? lança Eva en croisant les bras.

— Ce n'est pas du ressentiment, dis-je en secouant la tête. C'est... de la frustration. Je n'arrive pas à me séparer d'elle, alors qu'elle en est capable.

— C'est injuste ! Et ce n'est pas vrai. Le seul moyen de pression dont je dispose, c'est de te manquer. Si je me contente de parler avec toi, au bout du compte, tu fais ce que tu veux. Tu ne te confies jamais à moi, tu ne me demandes jamais mon avis.

— J'essaie de changer.

— Maintenant, et il a fallu que je t'y pousse. Sois honnête, Gideon, quand tu m'as rencontrée, tu as réalisé qu'il y avait un vide dans ta vie et que je pouvais le combler. Tu voulais m'installer à demeure et qu'il en soit ainsi le reste de ta vie.

— Ce que je voulais, c'était que tu nous permettes... d'être nous-mêmes, qu'on savoure le fait d'être ensemble un moment.

— J'ai le droit de décider de dire oui ou non. Figure-toi que c'est important pour moi ! Tu ne peux pas me retirer ce droit ou faire la gueule quand ce que j'ai décidé ne te plaît pas !

— Mon Dieu !

L'instant de vérité avait sonné. J'eus l'impression de recevoir un direct à l'estomac. Au regard de son histoire, prendre conscience qu'Eva ait pu considérer, ne serait-ce qu'un instant, que je l'avais privée de ses choix fut un coup brutal.

— Eva...

Je savais ce dont elle avait besoin, je l'avais senti d'emblée. Je lui avais donné un mot de passe que je respectais toujours, en public comme en privé. Il lui suffisait de le prononcer pour que j'arrête. Je le lui rappelais souvent et m'assurais régulièrement qu'elle savait que le choix d'arrêter ou de continuer lui revenait.

J'avais échoué à établir un lien lorsqu'il s'agissait de son travail. C'était inexcusable.

— Mon ange, je n'ai jamais voulu que tu te sentes impuissante. Je ne ferais jamais cela. Je n'avais pas vu les choses sous cet angle. Je... je suis désolé.

Les mots ne suffisaient pas ; ils ne suffisent jamais. Je voulais être pour elle un nouveau départ. Comment pouvais-je espérer l'être si je me comportais comme les abrutis de son passé ?

Elle fixa sur moi ces yeux qui voyaient tout ce que j'aurais préféré cacher. Et pour une fois, je fus reconnaissant qu'elle ait un tel don.

Sa posture combative s'assouplit. Son regard se chargea de tendresse.

— Je me suis peut-être mal expliqué, reconnut-elle.

J'étais assis là, incapable de mettre des mots sur ce qui tournait dans ma tête. Quand nous avions parlé de former une équipe, de partager nos fardeaux, je n'avais pas relié cela à son besoin de pouvoir accepter ou refuser. Je pensais que je saurais la protéger des problèmes que nous affrontions et lui rendre les choses plus faciles. Elle le méritait.

Elle me tapota l'épaule.

— Est-ce que ça ne t'a pas fait du bien, ne serait-ce qu'un tout petit peu, de me raconter ton cauchemar, hier soir ?

— Je ne sais pas, répondis-je avant de pousser un soupir. Je sais juste que tu es contente de moi parce que je l'ai fait. Si c'est le prix à payer... alors soit.

Elle s'adossa au canapé, les lèvres tremblantes, et regarda le Dr Petersen.

— Et maintenant, je me sens coupable.

Silence. Je ne savais pas quoi dire et le Dr Petersen se contentait d'attendre patiemment, une attitude qui me rendait dingue.

Eva prit une profonde inspiration.

— Je pensais que, s'il essayait de suivre mes conseils, il verrait à quel point les choses pouvaient s'améliorer entre nous. Mais si je ne fais que l'acculer... si je ne fais qu'exercer un chantage sur lui...

Une larme roula sur sa joue, me transperçant comme une lame.

— Peut-être qu'on ne conçoit pas notre mariage de la même façon, ajouta-t-elle. Qu'arrivera-t-il si ça ne change pas ?

Je passai le bras autour de ses épaules, heureux qu'elle se laisse aller contre moi.

Ce n'était pas une reddition de sa part. Plutôt une trêve. C'était toujours mieux que rien.

— La question est importante, admit le Dr Petersen. Il faut la creuser. Qu'adviendra-t-il si Gideon ne se sent jamais à l'aise avec le degré d'ouverture que vous attendez de lui ?

— Je ne sais pas, souffla-t-elle en essuyant ses larmes. Je ne sais pas où ça nous conduirait.

Si elle était pleine d'espoir en entrant dans le cabinet, ce n'était plus le cas. Je lui caressai les cheveux et tâchai de trouver quelque chose à dire qui nous permettrait de revenir en arrière.

— Tu as quitté ton travail pour moi alors que tu n'en avais pas envie, commençai-je. Je t'ai parlé de mon cauchemar alors que je n'en avais pas envie. C'est ainsi que ça marche, non ? On fait l'un et l'autre des compromis.

— Vous avez quitté votre travail, Eva ? s'enquit le Dr Petersen. Pourquoi ?

Elle se blottit contre moi.

— Cela commençait à créer plus de problèmes et ça n'en valait pas la peine. Et puis Gideon a raison. S'il fait un petit effort, il est normal que j'en fasse un aussi.

— Je ne qualifierais pas de « petits » les compromis que vous avez consentis. En outre, vous avez tous deux choisi d'ouvrir la séance sur un autre sujet, ce qui suggère que vous n'êtes pas complètement à l'aise avec ce sacrifice. L'un de vous s'est-il demandé pourquoi vous étiez si pressés ?

Eva et moi le regardâmes.

— Vous froncez tous deux les sourcils, observa-t-il avec un sourire. J'en conclus que vous ne l'avez pas fait. En tant que couple, vous avez beaucoup de force. Vous ne partagez peut-être pas tout, mais vous communiquez et vous le faites de manière fructueuse. Il y a de la colère et des frustrations, néanmoins vous les exprimez et vous tenez compte des sentiments de l'autre.

Eva se redressa.

— Mais... ?

— Vous avez aussi tous deux des projets personnels et vous vous manipulez réciproquement pour les faire aboutir. Ce qui m'inquiète, c'est que vous n'êtes pas disposés à attendre que les problèmes se présentent d'eux-mêmes pour tenter de les résoudre au fur et à mesure. Vous faites l'un comme l'autre progresser votre relation à un rythme accéléré. Cela ne fait que trois mois que vous vous êtes rencontrés. À ce stade, la plupart des couples commencent à envisager une relation exclusive, or vous êtes déjà mariés depuis presque un mois.

— Pourquoi retarder l'inéluctable ? répondis-je.

— Si c'est inéluctable, pourquoi se précipiter ? objecta le Dr Petersen avec douceur. En vous forçant à agir avant d'être prêts, vous mettez votre mariage en danger. Votre façon de gérer les problèmes n'est pas identique. Gideon, vous avez tendance à dissocier, comme vous l'avez fait avec votre famille. Eva, si la relation ne fonctionne pas, vous vous le reprochez et vous remettez en question vos propres besoins, comme vous l'avez démontré dans vos relations sentimentales antérieures, toutes autodestructrices. Si vous continuez à vous manipuler de la sorte chaque fois que vous vous sentez menacés, vous allez finir par déclencher l'un de ces mécanismes d'autodéfense.

Je sentis mon cœur s'emballer, et Eva se raidit. Elle m'avait déjà dit la même chose, mais entendre son inquiétude formulée par un professionnel la validerait à ses yeux, je le savais. Je l'attirai contre moi et respirai son odeur pour me calmer. La haine que je ressentais en cet instant pour Hugh et Nathan était colossale. Ces deux-là avaient beau être morts et enterrés, ils continuaient à nous pourrir la vie.

— Nous ne les laisserons pas gagner, me chuchota Eva.

Je déposai un baiser au sommet de son crâne pour lui manifester ma reconnaissance. Nous avions les mêmes pensées au même moment, et j'en étais émerveillé.

Elle leva la tête et me caressa la joue, ses yeux gris emplis de tendresse.

— Je n'arrive pas à m'opposer à toi, tu sais ? dit-elle. C'est trop douloureux d'être loin de toi. Ce n'est pas parce que tu as fait le premier pas vers la réconciliation que je suis moins investie. Ça signifie juste que je suis plus têtue.

— Je ne veux pas me battre avec toi.

— Alors ne le faisons pas, répondit-elle simplement. On démarre quelque chose de neuf aujourd'hui. Tu m'as raconté ton cauchemar et j'ai quitté mon job. Contentons-nous de cela pour l'instant et voyons où ça nous mène.

— Entendu.

Au départ, j'avais prévu d'emmener Eva dîner dans un endroit tranquille. Finalement, j'optai pour le Crosby Street Hotel. Le restaurant était très fréquenté et les abords de l'hôtel grouillaient souvent de paparazzis. Si je n'étais pas prêt à prendre des mesures extrêmes, j'étais cependant disposé, comme nous en avions discuté avec le Dr Petersen, à rencontrer Eva à mi-chemin. Nous allions trouver notre terrain d'entente.

— C'est charmant, commenta Eva en balayant du regard les murs bleu pâle et les suspensions tamisées tandis que nous suivions l'hôtesse.

Quand nous atteignîmes notre table, je tirai sa chaise et jetai un coup d'œil circulaire. Eva attirait l'attention, comme toujours. Elle était absolument éblouissante, mais son sex-appeal était un ingrédient subtil. On le percevait dans sa façon de se mouvoir, son port de tête, son sourire.

Et elle m'appartenait. Le regard que j'adressai aux autres le proclamait sans détours.

Je m'assis en face d'elle et admirai la façon dont les chandelles nimbaient d'or son teint et ses cheveux. Ses lèvres entrouvertes invitaient aux baisers passionnés, de même que son regard. Jamais personne n'avait posé sur moi pareil regard, où la compréhension et l'acceptation se mêlaient à l'amour et au désir.

Je pouvais tout lui dire et elle me croirait. Un cadeau simple en apparence, et pourtant si rare et si précieux. Mon silence pouvait la faire fuir, la vérité, jamais.

— Mon ange, murmurai-je en lui prenant la main, je vais te le demander une dernière fois : es-tu sûre de vouloir quitter ton travail ? Est-ce que tu ne risques pas de me le reprocher dans vingt ans ? Si tu veux changer d'avis, il te suffit de le dire.

— Dans vingt ans, ce sera peut-être toi qui travailleras pour moi, répliqua-t-elle avant de laisser échapper un rire qui fit grimper mon désir en flèche. Ne t'inquiète pas, d'accord ? Je vis ça comme un soulagement, en fait. Je vais avoir beaucoup à faire : emballer, déménager, organiser. Une fois que ce sera derrière nous, je réfléchirai à l'étape suivante.

Je la connaissais. Si elle avait eu des doutes, je l'aurais senti. Ce que je perçus était différent. Nouveau.

Il y avait une flamme en elle.

J'étais incapable de la quitter des yeux, y compris quand je commandai le vin.

Après le départ du serveur, je m'adossai à ma chaise et savourai le simple plaisir de contempler ma magnifique épouse.

Eva s'humecta les lèvres de la pointe de la langue et se pencha vers moi.

— Tu es si follement sexy.

Je ne pus réprimer un sourire.

— Vraiment ?

Elle frotta son mollet contre le mien.

— Oui. Tu es – de très loin – l'homme le plus sexy du restaurant, et ça me plaît énormément. J'adore t'exhiber.

Je lâchai un soupir théâtral.

— Tu ne m'aimes que pour mon corps.

— Absolument. Qu'ai-je à faire de tes milliards ? Tu possèdes d'autres atouts.

Je piégeai sa jambe entre mes chevilles.

— Ma femme, par exemple. C'est le bien le plus précieux que je possède.

Elle eut un haussement de sourcils amusé.

— Que tu *possèdes* ?

Elle sourit au serveur quand il revint avec notre bouteille. Alors qu'il remplissait nos verres, Eva fit remonter son pied pour me taquiner tout en fixant sur moi un regard brûlant entre ses paupières à demi closes. Elle s'empara de son verre, fit tournoyer le liquide rouge sombre avant de le humer, puis d'en boire une gorgée. Le petit bruit satisfait qu'elle émit pour approuver mon choix m'échauffa violemment, ce qui était certainement le but. Sa lente caresse le long de ma jambe m'affolait. Après des jours de privation, la réponse de mon sexe ne se fit pas attendre.

Avant de rencontrer Eva, j'ignorais que le sexe pouvait étancher une soif plus profonde.

Je pris une gorgée de vin, attendis que le serveur se soit éloigné.

— Aurais-tu changé d'avis au sujet de ton vœu d'abstinence ? hasardai-je.

— Non. Je me contente d'entretenir la flamme.

— On peut être deux à ce jeu-là, la mis-je en garde.

— J'y compte bien, rétorqua-t-elle avec un grand sourire.

3

— Où as-tu l'intention d'aller ? demandai-je à Gideon comme il m'escortait dans le hall de mon immeuble.

L'Upper West Side était mon fief – pour le moment. L'Upper East, celui de Gideon. Le vaste espace vert de Central Park nous séparait – l'un des rares obstacles entre nous qui se franchissait aisément.

J'adressai un salut de la main à Chad, un des employés de nuit de l'accueil. Il me sourit en retour et inclina poliment la tête à l'intention de Gideon.

— Je monte avec toi, répondit-il en posant la main au creux de mes reins.

Si nonchalant fût-il, le geste n'en demeurait pas moins possessif et excitant. Il rendit ma tâche d'autant plus difficile une fois que nous eûmes atteint l'ascenseur.

— C'est ici que nous nous disons au revoir, champion.

— Eva...

— Si je me retrouve près d'un lit avec toi, je n'aurai pas la force de résister, confessai-je.

Je savais qu'il pouvait me convaincre par sa seule volonté. C'était d'ailleurs une des choses que j'aimais chez lui, la preuve que nous étions faits l'un pour l'autre.

— Je l'espère bien, me répondit-il avec un sourire à damner une sainte.

— Tu ferais mieux d'entamer le compte à rebours jusqu'à notre mariage. Moi, c'est ce que je fais. Minute par minute.

Et c'était insoutenable. Le lien physique que j'entretenais avec Gideon m'était aussi vital que le lien émotionnel. Je l'aimais. J'aimais le toucher, l'apaiser, lui donner ce dont il avait besoin... Jouir de ce droit était plus important que tout pour moi.

J'agrippai son bras musclé, le pressai doucement.

— Tu me manques aussi.

— Tu n'as pas à t'infliger ce manque.

— Quand tu veux, comme tu veux, murmurai-je, citant le principe de base de notre vie sexuelle. Une partie de moi souhaite te céder. Mais il y a quelque chose que je veux encore davantage. Je t'appellerai tout à l'heure, après avoir bavardé avec Cary, pour te dire ce que c'est.

Son sourire disparut. Son regard se fit avide.

— Tu pourrais venir dans l'appartement d'à côté pour me le dire tout de suite.

Je secouai la tête. À l'époque où Nathan représentait encore une menace, Gideon avait, sans que je le sache, investi l'appartement voisin du mien pour veiller sur moi. Comme il était propriétaire de l'immeuble – un, parmi les innombrables édifices de la ville qui lui appartenaient –, la chose lui avait été facile.

— Il faut que tu rentres chez toi, Gideon. Détends-toi, et profite de ce bel espace que nous partagerons bientôt.

— Ce n'est pas pareil sans toi. C'est vide.

Cet aveu me troubla. Avant de me connaître, Gideon avait organisé sa vie de façon à être seul – dans son travail il était seul maître à bord, sexuellement il privilégiait les aventures sans lendemain et il évitait sa famille.

— L'occasion rêvée de te débarrasser de tout ce que tu ne veux pas que je trouve quand j'emménagerai, le taquinai-je.

— Tu connais tous mes secrets.

— Demain, nous serons ensemble à Westport.

— Demain, c'est loin.

Je me hissai sur la pointe des pieds et déposai un baiser sur sa joue.

— Tu ne verras pas le temps passer – il te suffira de dormir et de travailler. On pourrait s'envoyer des sextos, ajoutai-je en baissant la voix. Je suis très créative, tu sais ?

— Je préfère l'original à la copie.

— Des vidéos, dans ce cas, ronronnai-je. Avec le son et tout.

Il tourna la tête et s'empara de ma bouche en un long baiser ardent.

— C'est par amour que j'accepte, murmura-t-il.

— Je sais, dis-je en m'écartant pour appuyer sur le bouton de l'ascenseur. Tu pourrais m'envoyer des photos coquines, toi aussi.

— Si tu veux des photos de moi, mon ange, tu devras les prendre toi-même.

Je reculai à l'intérieur de la cabine et agitai un doigt menaçant.

— Mauvais joueur.

Les portes commencèrent à se refermer et je dus agripper la main courante pour résister à l'envie de le rejoindre. Le bonheur nous apparaît sous bien des formes. Le mien avait celle de Gideon.

— Pense à moi, m'ordonna-t-il.

Je lui soufflai un baiser.

— Toujours.

En ouvrant la porte de mon appartement, une odeur de cuisine et la musique de Sam Smith m'assaillirent en même temps.

Je me sentis chez moi. Une bouffée de tristesse me submergea soudain à la pensée que ce ne serait bientôt plus chez moi. L'idée de vivre avec Gideon et d'être autant sa femme en privé qu'en public m'enthousiasmait. Mais le changement est toujours plus difficile quand votre vie d'avant vous rendait heureux.

Je posai mon sac sur un des tabourets devant le comptoir de la cuisine.

— Je suis là ! criai-je.

Ma mère avait décoré l'appartement dans un style traditionnel revisité. Je n'approuvais pas forcément tous ses choix, néanmoins j'aimais bien le résultat.

— Et moi, je suis ici, ma douce, répondit Cary, attirant mon attention vers le canapé sur lequel il était allongé, en bermuda et torse nu.

Svelte, bronzé, les abdos aussi magnifiquement ciselés que ceux de Gideon, même lorsqu'il ne travaillait pas, Cary avait l'allure du super-top model qu'il était.

— Comment s'est passé ton dîner ?

— Bien, dis-je en me débarrassant de mes escarpins tout en le rejoignant.

Autant en profiter pendant que je le pouvais encore. Je me voyais mal laisser traîner mes chaussures dans le luxueux salon du penthouse de Gideon. Ce genre de choses devait le rendre dingue. Et comme je me savais capable de faire d'autres choses qui le rendraient dingue, j'allais devoir sélectionner mes vices avec soin.

— Et le tien ? Tu as cuisiné, on dirait.

— Une pizza. À moitié artisanale. Tatiana en mourait d'envie.

— Qui ne se damnerait pour une pizza ? commentai-je en m'affalant sur le canapé. Elle est encore là ?

— Non.

Il détacha les yeux de la télé pour me regarder, l'air sérieux.

— Elle est partie furieuse. Je lui ai dit que nous n'allions pas emménager ensemble.

— Ah !

Pour être honnête, je n'aimais pas Tatiana Cherlin. Comme Cary, c'était un top model en vogue, quoiqu'elle n'ait pas encore atteint son niveau de célébrité.

Cary l'avait rencontrée sur un shooting. Leur histoire, purement sexuelle, avait pris un tournant radical quand elle avait découvert qu'elle était enceinte. C'était malheureusement arrivé alors que Cary venait de rencontrer un mec génial avec qui il se sentait prêt à entamer une vraie relation.

— C'est une décision importante, risquai-je.

— Et je ne suis pas sûr que ce soit la bonne, avoua Cary en se passant la main sur le visage. S'il n'y avait pas Trey, j'agirais correctement avec Tatiana.

— Qui a dit que ce n'était pas le cas ? Être de bons parents ne signifie pas forcément vivre ensemble. Regarde mon père et ma mère.

Il soupira.

— J'ai l'impression de faire passer mes priorités avant mon enfant, Eva. Est-ce que ça ne fait pas de moi le roi des égoïstes ?

— Ce n'est pas comme si tu coupais les ponts avec elle. Tu seras là pour elle et le bébé, mais pas ensemble.

Je tendis la main et enroulai une de ses mèches châtains autour de mon doigt. Mon meilleur ami avait affronté tant d'épreuves dans sa vie. Il avait été initié à la sexualité et à l'amour de manière si tordue que cela lui avait laissé des traces, en plus de mauvaises habitudes.

— Est-ce que ça signifie que Trey va rester avec toi ?

— Il n'a pas encore décidé.

— Il t'a appelé ?

— Non, j'ai craqué, et je l'ai appelé avant qu'il ne m'oublie complètement.

Je lui donnai une petite tape.

— Comme si ça risquait d'arriver. Tu es inoubliable, Cary Taylor.

— Tu parles, répliqua-t-il en s'étirant. Il n'avait pas l'air particulièrement ravi de m'entendre. Il m'a expliqué qu'il avait encore besoin de réfléchir à des trucs.

— Ce qui veut dire qu'il pense à toi.

— Ouais, à me coller une balle surtout, marmonna Cary. Il a déclaré que ça ne marcherait jamais entre nous si je vivais avec Tatiana, et quand je lui ai dit que j'allais régler ce problème, il a répliqué qu'il aurait l'impression d'être le salaud qui se mettait entre nous. C'est perdu d'avance. J'ai quand même tout balancé à Tatiana parce que je dois au moins essayer.

— Pas évident, observai-je en me disant que je n'aurais pas aimé être à sa place. Tâche de prendre les meilleures décisions possibles. Tu as le droit d'être heureux, Cary. C'est ce qui peut arriver de mieux pour tous ceux qui t'entourent, y compris le bébé.

— Si bébé il y a, rectifia-t-il en fermant les yeux. Tatiana dit qu'elle ne le gardera pas. Elle n'ira pas jusqu'au bout si je ne suis pas avec elle.

— Elle aurait peut-être pu prendre ses précautions avant, non ? observai-je, incapable de réprimer ma colère.

Tatiana était une manipulatrice. J'avais du mal à imaginer qu'elle ne serait pas un fléau pour un enfant.

— Je n'arrive plus à réfléchir, Eva. Je ne sais plus où j'en suis. C'est un tel merdier. Quand je pense que j'ai dit un jour qu'elle était facile à vivre, ajouta-t-il avec un rire sans joie. Elle s'en foutait que je sois bisexuel et que je couche à droite, à gauche. Quelque part, je suis rassuré qu'elle veuille aujourd'hui une relation exclusive, et pourtant je ne peux m'empêcher d'éprouver des sentiments pour Trey.

Il détourna les yeux. J'en étais malade de le voir aussi perdu.

— Je pourrais peut-être parler à Tatiana, suggérai-je.

Il tourna la tête vers moi.

— En quoi c'est censé aider ? Vous ne vous entendez pas toutes les deux.

— Je ne suis pas une grande fan, reconnus-je, mais je peux passer outre. Une conversation entre femmes – si elle est bien menée – pourrait être utile. En tout cas, ça ne peut pas empirer la situation, pas vrai ?

J'hésitais à ajouter autre chose. Je me rendais bien compte que ma proposition était naïve.

— Il y a toujours pire, ricana-t-il.

— Pour ceux qui choisissent de voir le verre à moitié vide, le réprimandai-je. Trey sait-il que tu as averti Tatiana que vous n'emménageriez pas ensemble ?

— Je lui ai envoyé un texto. Il n'a pas répondu. Remarque, je m'y attendais.

— Laisse-lui un peu de temps.

— Eva, ce qu'il veut, au fond, c'est que je sois cent pour cent gay. Dans sa tête, être bisexuel, ça signifie que je vais forcément aller voir ailleurs. Il ne comprend pas que le fait d'être attiré par les hommes et les femmes ne m'empêche pas d'être fidèle à une seule personne. À moins que ça ne l'arrange de le croire.

— Il est venu me voir pour m'en parler, une fois, et je ne lui ai pas très bien expliqué les choses. Peut-être que ça n'a pas aidé.

Je m'en étais voulu, après coup. J'allais devoir appeler Trey pour faire une mise au point. Cary s'était retrouvé à l'hôpital à la suite d'une agression quand Trey m'avait approchée et, à l'époque, je n'avais pas vraiment la tête à discuter de cela.

— Tu ne peux pas tout arranger à ma place, baby girl.

Il roula sur le ventre et me regarda.

— Mais je t'aime tellement d'essayer.

— Tu fais partie de moi, dis-je, m'efforçant de trouver les mots justes. J'ai besoin que tu ailles bien.

— J'y travaille, assura-t-il en repoussant ses cheveux de son visage. J'ai décidé de profiter de ce week-end à Westport pour me préparer à l'idée que Trey pourrait disparaître de ma vie. Il faut que je sois réaliste.

— Sois réaliste, moi, je garde espoir.

— Je te souhaite bien du plaisir.

Il s'assit, les coudes sur ses genoux.

— Ce qui me ramène à Tatiana. De ce côté-là, au moins, c'est clair. On ne peut pas être ensemble. Bébé ou pas, ça ne marcherait ni pour elle ni pour moi.

— Je respecte ce point de vue.

Résister à l'envie d'en dire plus me coûta. Cary pourrait toujours compter sur moi, mais il devait aussi tirer des leçons de la situation dans laquelle il se trouvait. Trey, Tatiana et Cary étaient tous trois en souffrance – alors qu'un bébé était en route – à cause des choix qu'il avait faits. Il repoussait ceux qui l'aimaient par ses actes, les mettant au défi de rester. Un test voué à l'échec. En affronter les conséquences lui permettrait peut-être d'effectuer un changement positif.

Il eut un sourire ironique.

— Je ne peux pas faire mon choix en fonction de ce que je vais y gagner. C'est chiant, mais il faut bien grandir de temps en temps.

— On en est tous là, répondis-je avec un sourire encourageant. J'ai lâché mon job, aujourd'hui.

L'accepter devenait plus facile chaque fois que je le prononçais à voix haute.

— Sérieux ?

— Sérieux, confirmai-je en levant les yeux au plafond.

— Tu veux que j'ouvre le bourbon et que je sorte les verres ?

— Beurk, fis-je en frissonnant. Tu sais que je ne supporte pas le bourbon. Et, franchement, du champagne et des flûtes seraient plus appropriés.

— Sans déconner ? Tu veux fêter ça ?

— Je n'ai pas besoin de noyer mon chagrin, c'est certain, déclarai-je en étirant les bras au-dessus de ma tête pour décontracter mes muscles tendus. J'y ai quand même pensé toute la journée.

— Et alors ?

— Ça va. Si Mark l'avait mal pris, j'aurais eu des remords, mais il va sans doute partir aussi et il est dans la boîte depuis plus longtemps que moi. Ça n'aurait pas de sens que je sois plus chamboulée que lui alors que je n'y étais que depuis trois mois.

— Les choses n'ont pas besoin d'avoir un sens pour être vraies, baby girl, riposta-t-il en attrapant la télécommande pour baisser le son.

— Tu as raison. J'ai rencontré Gideon la veille de mon premier jour chez Waters, Field & Leaman. D'un point de vue pratique, un boulot que tu as depuis trois mois et un mari avec qui tu vas passer toute ta vie, ce n'est pas comparable.

— De sensée, tu deviens pratique, nota-t-il en me jetant un coup d'œil. De pire en pire.

— Oh, tais-toi !

Cary ne me laissait jamais m'en tirer à bon compte. Et comme j'étais plutôt douée pour me raconter des histoires, son attitude intransigeante était le miroir dont j'avais besoin.

Mon sourire s'évanouit.

— Je veux plus, avouai-je.

— Plus de quoi ?

— Plus de tout. Gideon a cette aura, tu sais ? Il suffit qu'il entre dans une pièce pour que tout le monde le regarde et l'écoute. C'est ça que je veux.

— Tu es mariée à lui. Tu l'as obtenu de facto en même temps que son nom et son compte en banque.

— Je veux l'obtenir parce que je l'aurai mérité, Cary, dis-je en me redressant. Geoffrey Cross a laissé dans son sillage des gens qui sont prêts à se venger sur son fils. Et Gideon s'est fait ses propres ennemis, comme les Lucas.

— Les qui ?

Je plissai le nez.

— Cette cinglée d'Anne Lucas et son mari tout aussi cinglé. Oh, Cary ! réalisai-je tout à coup. Je ne t'ai pas dit. Tu te souviens de cette rousse que tu avais levée à ce dîner caritatif, il y a quelques semaines ? C'était Anne Lucas.

— Mais de quoi tu parles ?

— Je t'avais demandé de faire des recherches sur le Dr Terrence Lucas, tu te rappelles ? Anne est la femme de ce type.

Cary était visiblement perdu.

Je ne pouvais pas lui raconter que Terrence Lucas avait examiné Gideon quand il était enfant et avait menti, déclarant que celui-ci ne présentait aucun signe clinique d'abus sexuel. Il avait agi ainsi pour éviter un procès au frère de sa femme, Hugh. Je ne pouvais pas lui avouer non plus que Gideon avait couché avec Anne pour se venger de Terrence Lucas et que la ressemblance physique entre son frère et elle l'avait à tel point troublé qu'il en était encore hanté. Punir Anne des péchés de son frère n'avait fait que les abîmer psychiquement l'un et l'autre.

Et nous laissait, Gideon et moi, face à deux ennemis dangereux.

— Les Lucas ont une histoire compliquée avec Gideon. Je ne peux pas t'en dire plus, excepté que, si tu t'es retrouvé avec Anne ce soir-là, ce n'était pas un hasard. Elle avait calculé son coup.

— Pourquoi ?

— Parce qu'elle est timbrée et qu'elle savait que ça me prendrait la tête.

— Pourquoi tu te soucierais des gens avec qui je couche ?

— Cary, je me soucie de tout dès qu'il est question de toi.

Mon portable sonna. La mélodie de *Hanging by a Moment* m'apprit que l'appel venait de mon mari. Je me levai.

— Et dans ce cas précis, c'est le calcul qu'il y a derrière qui m'inquiète. Elle t'a spécifiquement ciblé parce que tu es mon meilleur ami.

— Je ne vois pas à quoi ça lui servirait.

— C'est une façon de faire un doigt d'honneur à Gideon. Ce qu'elle cherche par-dessus tout, c'est à attirer son attention.

— Tout ça me paraît délirant, dit-il en haussant les sourcils, enfin bon. Figure-toi que je suis tombé sur elle, il n'y a pas très longtemps.

— Quand ça ?

— La semaine dernière, je crois. Je venais de finir un shooting et mon Uber attendait devant le studio. Elle est sortie d'un café avec une copine au même moment. C'était le plus pur des hasards.

Je secouai la tête. La sonnerie de mon téléphone s'interrompit.

— Sûrement pas, rétorquai-je. Elle t'a dit quelque chose ?

— Oui. Elle m'a fait un peu de charme, ce qui n'avait rien d'étonnant vu ce qui s'était passé entre nous. Je l'ai arrêtée tout de suite en lui disant que je voyais quelqu'un. Elle l'a bien pris. Elle m'a souhaité bonne chance et m'a remercié pour le bon moment qu'on avait partagé. Et elle est partie. Fin de l'histoire.

Mon portable se remit à sonner.

— Si jamais tu la revois, change de trottoir et appelle-moi. D'accord ?

— D'accord, mais tu ne m'en dis pas assez pour que je comprenne quoi que ce soit à cette histoire.

— Laisse-moi le temps de répondre à Gideon, dis-je en me précipitant vers mon téléphone.

— Tu étais sous la douche ? ronronna Gideon. Tu es nue et toute mouillée, mon ange ?

— Oh, attends une minute ! soufflai-je en plaquant le téléphone contre mon épaule avant de m'adresser à Cary.

— Est-ce qu'elle portait une perruque quand tu l'as vue ?

Il prit un air étonné.

— Comment veux-tu que je le sache ?

— Elle avait bien les cheveux longs, la première fois, non ?

— Oui. Et la deuxième aussi.

Anne portait les cheveux courts et je n'avais jamais vu une seule photo d'elle coiffée autrement. Or elle avait mis une perruque rousse quand elle avait dragué Cary au dîner, raison pour laquelle Gideon ne l'avait pas remarquée.

Soit elle avait adopté un nouveau style.

Soit c'était le signe qu'elle avait un plan concernant Cary.

Je rapprochai le téléphone de mon oreille.

— Il faut que tu reviennes, Gideon. Et amène Angus avec toi.

Gideon avait sans doute perçu une note d'inquiétude dans ma voix, car il arriva escorté d'Angus et de Raúl. Quand j'ouvris la porte, ils étaient tous les trois sur le palier, mon mari se tenant au milieu, flanqué de ses gardes du corps. Dire qu'ils étaient impressionnants serait un euphémisme.

Gideon avait dénoué sa cravate et déboutonné le col de sa chemise. Ce côté un peu négligé était si sexy qu'un fourmillement d'excitation courut aussitôt dans mes veines. J'étais très tentée de lui ôter ses vêtements un à un afin de révéler le magnifique mâle. Habillé, Gideon suscitait le désir, mais le voir nu était sans commune mesure.

Mon regard se verrouilla au sien et me trahit. Il arqua un sourcil sombre et sa bouche s'incurva sur un sourire amusé.

— Bonjour à toi aussi, railla-t-il en réponse à mon regard ardent.

La sobriété de la mise de ses deux compagnons – complet noir, chemise blanche et cravate noire – offrait un contraste saisissant.

Je n'avais encore jamais vraiment remarqué à quel point Angus et Raúl paraissaient insignifiants quand ils se tenaient près de Gideon, qui paraissait tout à fait capable de gérer un corps à corps sans l'aide de quiconque.

Raúl affichait son habituel masque impassible. Angus aussi était stoïque, mais son coup d'œil espiègle m'apprit qu'il avait surpris mon regard empli de convoitise.

Je me sentis rougir et m'écartai pour les laisser entrer. Angus et Raúl gagnèrent le salon où attendait Cary, mais Gideon s'attarda près de moi tandis que je refermais la porte.

— Tu me dévores des yeux, mon ange. Pourtant, tu m'as bien demandé de venir avec Angus. Explique.

Cette sommation eut le don de me faire rire.

— Comment veux-tu que je ne te dévore pas des yeux alors que tu t'apprêtais visiblement à te déshabiller quand tu as appelé ?

— Je peux terminer ici, si tu veux.

— Tu réalises que je vais sans doute brûler tous tes vêtements après le mariage. Tu devrais toujours être nu.

— Ça pourrait pimenter mes rencontres professionnelles.

— Hum… Peut-être que je ne le ferai pas, finalement.

Je m'adossai à la porte.

— Anne a repris contact avec Cary.

La chaleur déserta le regard de Gideon, cédant la place à un froid glacial qui ne présageait rien de bon.

Il se dirigea vers le salon. Je m'empressai de le rattraper et lui pris la main pour lui rappeler que cette affaire nous concernait tous les deux. Je savais qu'il lui faudrait du temps pour s'habituer à cette idée. Il s'était battu seul pendant si longtemps.

— Répète-moi ce que tu as raconté à Eva, dit-il en s'asseyant face à Cary sur la table basse.

Il semblait prêt à attaquer Wall Street alors que Cary semblait plutôt disposé à attaquer une sieste, mais cela ne paraissait pas déranger mon mari le moins du monde.

Cary s'exécuta, jetant de temps à autre des coups d'œil vers Angus et Raúl.

— Et voilà, conclut-il. Ne le prenez pas mal, les mecs, mais à vous deux, vous faites un sacré paquet de muscles face à une rouquine qui ne doit pas peser plus de soixante kilos toute mouillée.

Personnellement, je lui en aurais plutôt donné soixante-cinq, mais c'était hors sujet.

— On n'est jamais trop prudent, déclarai-je.

— Que veux-tu qu'elle fasse ? répliqua Cary. Qu'est-ce qui vous rend tous aussi nerveux, franchement ?

Gideon s'agita.

— Nous avons eu… une liaison. Ce n'est pas le terme qui convient. Ce n'était pas joli.

— Tu l'as sautée, traduisit Cary. Je m'en doutais un peu.

— Il l'a baisée, précisai-je en me rapprochant pour poser la main sur l'épaule de Gideon.

Je soutenais mon mari, même si je n'approuvais pas ce qu'il avait fait. À vrai dire, la partie de moi qui était obsédée par Gideon avait pitié d'Anne. J'avais moi-même eu l'impression de devenir folle quand j'avais cru l'avoir perdu pour toujours.

Anne Lucas était néanmoins dangereuse comme je ne pourrais jamais l'être, et elle mettait en danger ceux que j'aimais.

— Elle n'apprécie pas qu'il soit avec moi.

— Quoi ? Genre *Attraction fatale* ?

— Elle est psychologue, alors je crois que c'est plutôt un mix entre *Attraction fatale* et *Basic Instinct*. Un marathon à la Michael Douglas version deux en un.

— Ne plaisante pas, Eva, intervint Gideon d'un ton crispé.

— Qui a dit que je plaisantais ? répliquai-je. Cary l'a vue avec cette longue perruque rousse qu'elle portait au dîner. Je pense qu'elle voulait qu'il la reconnaisse pour bavarder avec lui.

— Donc, c'est une cinglée, ricana Cary. Qu'est-ce que vous attendez de moi ? Que je vous prévienne si je la revois ?

— Je veux que ta protection soit assurée, dis-je.

— Accordé, acquiesça Gideon.

— En fait, vous ne plaisantez vraiment pas, constata Cary en se frottant les mâchoires.

— Tu as assez de soucis comme ça, lui rappelai-je. Je n'ai pas envie qu'elle s'en prenne à toi.

— Ça ne me tente pas trop non plus, admit Cary, pince-sans-rire.

— On s'en chargera, dit Angus.

Raúl hocha la tête, et les deux hommes quittèrent l'appartement.

Le regard de Cary passa de Gideon à moi, puis il se leva.

— Bien, j'imagine que vous n'avez plus besoin de moi, alors je vous laisse. On se revoit demain matin, me dit-il avant de s'engager dans le couloir qui menait à sa chambre.

— Tu es inquiet ? demandai-je à Gideon quand nous fûmes seuls.

— Tu l'es. Donc je le suis.

J'allai m'asseoir en face de lui sur le canapé.

— C'est moins de l'inquiétude que de la curiosité, en fait. Qu'espère-t-elle atteindre à travers Cary ?

— Elle veut s'amuser, Eva, soupira Gideon. C'est tout.

— Je ne crois pas. Elle a été très précise quand elle m'a mise en garde contre toi à ce dîner. Elle m'a dit que je ne te connaissais pas et que je ne voudrais pas de toi si c'était le cas.

Il serra les dents, et je sus que je venais de toucher une corde sensible. Il ne m'avait jamais raconté de quoi ils avaient parlé quand il était allé la voir à son cabinet. Peut-être lui avait-elle dit quelque chose d'équivalent.

— Je vais aller la trouver, annonçai-je.

Gideon me transperça d'un regard glacial.

— Il n'en est pas question.

Je ris doucement. Mon pauvre mari ! Il était habitué à ce que sa parole ait force de loi et il avait eu l'idée saugrenue d'épouser une femme comme moi.

— Nous avons parcouru beaucoup de chemin depuis le début de notre relation, il me semble cependant qu'à un moment donné, nous avons décidé de former une équipe.

— Et j'y suis prêt, répondit-il avec douceur, mais commencer avec Anne est une mauvaise idée. Tu ne peux espérer raisonner avec quelqu'un d'irrationnel.

— Je ne veux pas raisonner avec elle, champion. Elle cible mes amis et elle me voit comme ton point faible. Je veux qu'elle sache que je ne suis pas sans défense, et qu'en t'attaquant, c'est à nous deux qu'elle s'attaque.

— Anne est mon problème. C'est à moi de le régler.

— Si tu as un problème, Gideon, c'est aussi le mien. L'opération Gideva est en marche. Mon inaction ne fait qu'aggraver le problème que nous pose Anne. Dans son esprit, soit je suis au courant de ce qui se passe et je suis trop faible pour réagir, soit tu me caches des choses pour m'épargner, ce qui fait de moi une pauvre petite chose vulnérable. Dans un cas comme dans l'autre, tu fais de moi une cible et ce n'est pas ce que tu veux.

— Tu ne sais pas ce qu'elle a dans la tête, lâcha-t-il, crispé.

— Je sais qu'elle est tordue. Et c'est une femme. Crois-moi, il faut qu'elle découvre que j'ai des griffes et que je suis disposée à m'en servir.

— Qu'as-tu l'intention de lui dire ? demanda-t-il en me considérant d'un œil méfiant.

Une petite bouffée de triomphe m'envahit, pourtant je me retins de sourire.

— Franchement, je crois que le simple fait d'apparaître au moment où elle ne s'y attend pas suffira. Une embuscade, pour ainsi dire. Découvrir que, moi aussi, je la surveille fera office d'électrochoc. Restera-t-elle sur la défensive ou passera-t-elle à l'offensive ? Sa réaction nous fournira des renseignements sur ses intentions et nous en avons besoin.

— Ça ne me plaît pas, déclara Gideon en secouant la tête.

— Je m'en doutais, répondis-je en étendant mes jambes entre les siennes. Tu sais bien que j'ai raison. Ce n'est pas ma stratégie qui te dérange, Gideon. C'est le fait que ton passé ne disparaîtra pas et que tu ne veux pas que je me le prenne en pleine figure.

— Il disparaîtra, Eva. Laisse-moi régler ça.

— Tu dois te montrer plus analytique. Je fais partie de ton équipe, comme Angus et Raúl, sauf que je ne suis pas ton employée et que je suis tout sauf dépendante – je suis la meilleure moitié de toi-même. Il n'est plus seulement question de Gideon Cross. Ni de Gideon Cross et son épouse. Nous sommes Gideon et Eva Cross, et tu dois me laisser agir en conséquence.

— Tu n'as rien à prouver à personne, articula-t-il en se penchant vers moi, le regard intense.

— Vraiment ? Parce que j'ai l'impression que j'ai quelque chose à te prouver. Si tu penses que je ne suis pas assez forte...

— Eva.

Il glissa les mains sous mes genoux et m'attira vers lui.

— Tu es la femme la plus forte que je connaisse.

Je compris qu'il ne croyait pas vraiment à ce qu'il venait de dire. Pas comme je le souhaitais. Il voyait en moi une survivante, pas une guerrière.

— Dans ce cas, cesse de t'inquiéter, et laisse-moi faire ce que j'ai à faire.

— Je ne pense pas que tu aies quoi que ce soit à faire.

— Eh bien, tu vas devoir penser autrement, ripostai-je.

Je l'enlaçai et déposai un baiser sur le pli sévère au coin de sa bouche.

— Mon ange...

— Que les choses soit claires : je ne demandais pas la permission, Gideon. Soit tu participes, soit tu te tiens à l'écart. C'est à toi de voir.

Il lâcha un soupir contrarié.

— Où est le compromis que tu cherches toujours à obtenir de moi ?

Je m'écartai de lui et soutins son regard.

— Le compromis, c'est que, cette fois, tu me laisses essayer ma méthode. Si ça ne marche pas, on essaiera la tienne la prochaine fois.

— Oh, merci !

— Arrête. Pour commencer, on va s'asseoir et décider ensemble où et quand agir. Il faudra que Raúl note ses habitudes. Par définition, une embuscade est inattendue. Il faut donc la tendre dans un endroit où Anne se sent à l'aise et en sécurité. Histoire de la secouer joliment. C'est elle qui a établi les règles du jeu, ajoutai-je avec un haussement d'épaules. On se contente de les suivre.

Gideon prit une longue inspiration. Je pouvais pratiquement voir le cheminement de ses pensées, son esprit agile s'efforçant de trouver le moyen d'obtenir le résultat qu'il voulait.

L'obliger à prendre un chemin de traverse s'imposait.

— Ce matin, je t'ai dit que je t'expliquerais pourquoi j'avais décidé de dire à mes parents qu'on était mariés, tu te souviens ?

Ses pensées changèrent de cap et son regard s'aiguisa.

— Bien sûr.

— Je sais qu'il t'a fallu beaucoup de courage pour parler de Hugh au Dr Petersen. Surtout vu ce que tu ressens à l'égard des psys.

Et qui aurait pu lui reprocher sa méfiance ? Hugh était entré dans la vie de Gideon pour l'aider psychologiquement et avait abusé de lui.

— Eh bien, tu m'as incitée à être aussi courageuse que toi, achevai-je.

La tendresse adoucit les traits de son beau visage.

— J'ai entendu la chanson de Sarah Bareilles, aujourd'hui, murmura-t-il. Celle que tu avais chantée pour moi. Tu avais besoin que je le dise au Dr Petersen, ajouta-t-il.

— Oui, en effet.

C'était surtout Gideon qui en avait eu besoin. Les agressions sexuelles touchent notre intimité profonde. Il faut s'efforcer de les révéler. Ce n'est pas un secret sale et honteux qu'on enfouit dans une boîte. C'est une vérité hideuse, et la vérité – par nature – doit sortir du puits.

— Et toi, tu as besoin d'affronter Anne.

Je haussai les sourcils.

— Je ne cherchais pas à revenir là-dessus, mais... oui, c'est vrai.

Cette fois, Gideon acquiesça.

— D'accord. On va y réfléchir.

Je levai mentalement un poing victorieux. Gideva venait de marquer son premier point.

— Tu as dit aussi qu'il y avait une chose dont tu avais encore plus envie que de faire l'amour avec moi, me rappela-t-il en me défiant du regard.

— Je ne dirais pas les choses ainsi, rectifiai-je en glissant les doigts dans ses cheveux. La chose que j'aime le plus au monde, c'est faire l'amour avec toi. Toujours.

— Mais ?

— Tu vas me trouver bête.

— Ça ne m'empêchera pas d'avoir envie de toi.

Je le récompensai d'un baiser.

— Au secondaire, la plupart des filles que je connaissais avaient un copain. Tu sais comment c'est, hormones en ébullition et histoires d'amour compliquées.

— Il paraît, oui, lâcha-t-il avec flegme.

Je me serais giflée. Je me sentais tellement stupide d'avoir oublié ce que cette période avait dû être pour lui. Il n'avait jamais eu de copine avant de rencontrer Corinne à la fac. Ce que lui avait fait subir Hugh l'avait empêché de connaître les émois des romances adolescentes auxquelles je faisais allusion.

— Je t'écoute, mon ange.

Je me maudis intérieurement.

— Laisse tomber. C'est débile.

— Tu sais que tu ne t'en tireras pas comme ça.

— Rien que cette fois ?

— Non.

— S'il te plaît ?

Il secoua la tête.

— Crache le morceau.

— D'accord, soupirai-je. Les ados sont pendus au téléphone le soir parce que leurs parents les empêchent de se voir quand ils ont classe le lendemain. Alors ils passent des heures à parler de... peu importe. Je n'ai jamais connu ça. Je n'ai jamais... Je n'ai jamais eu de petit copain comme ça, avouai-je, gênée.

Je n'avais pas besoin d'en dire plus. Gideon savait comment j'avais été. Comment j'avais utilisé le sexe pour me sentir aimée. Les garçons avec qui j'avais baisé ne me téléphonaient pas. Ni avant ni après.

— Enfin bref, je m'étais dit qu'on pourrait faire ça tous les deux… en attendant le mariage. S'appeler tard le soir et parler, juste pour entendre la voix de l'autre.

Il m'observa avec attention.

— Ça avait l'air mieux dans ma tête, marmonnai-je.

Gideon demeura silencieux une longue minute. Puis il m'embrassa. Avec fièvre.

Je ne m'étais pas encore remise de ce baiser quand il s'écarta et déclara d'une voix plus qu'un peu enrouée :

— Je serai ce garçon-là pour toi, Eva.

Ma gorge se serra.

— Chaque étape, mon ange. Chaque rite de passage… *Tout*. Et tu seras cette fille-là pour moi, dit-il en essuyant la larme qui perlait au coin de mon œil.

— Mon Dieu ! soufflai-je avant de laisser échapper un rire tremblant. Je t'aime tellement.

— Maintenant, dit-il en souriant, je vais rentrer chez moi parce que c'est ce que tu veux. Et tu vas m'appeler et me redire tout ça, parce que c'est ce que je veux.

— D'accord.

Le lendemain matin, je me réveillai avant que le réveil sonne. Allongée dans mon lit, je pris le temps d'émerger et me concentrai sur l'idée que j'allais vivre ma dernière journée de travail.

Étonnamment, je me sentis heureuse. Impatiente, même. Il était grand temps que les choses bougent.

Surgit alors la question cruciale : comment allais-je m'habiller ?

Je me levai et allai me planter devant mon armoire. Après avoir passé en revue tout son contenu, j'arrêtai mon choix sur une robe fourreau vert émeraude avec décolleté et ourlet asymétriques. Elle révélait davantage mes jambes que d'ordinaire – du moins lorsque j'allais bosser –, mais pourquoi choisir une tenue stricte comme celle que je portais le premier jour où j'avais commencé ? Pourquoi ne pas profiter de l'occasion pour opérer la transition vers l'avenir ?

Cette journée serait la dernière d'Eva Tramell. Lundi, Eva Cross ferait ses débuts. Je la voyais d'ici. Petite et blonde auprès de son grand mari brun, mais aussi dangereuse que lui à tous points de vue.

Ou peut-être pas. Peut-être jouer sur la différence, justement. Les deux tranchants d'une seule et même lame…

Je jetai un dernier regard à ma psyché, puis gagnai la salle de bains pour me maquiller. Quelques instants plus tard, Cary passa la tête dans l'entrebâillement et siffla, admiratif.

— Tu es en beauté, baby girl.

Je reposai mon pinceau à rouge à lèvres sur son support.

— Merci, dis-je. Ai-je une chance de te convaincre de m'aider à faire un chignon ?

Il me rejoignit, uniquement vêtu d'un caleçon Grey Isles, à peine différent des affiches sur lesquelles il figurait dans cette tenue et qui s'étalaient absolument partout en ville.

— Traduction : peux-tu faire mon chignon à ma place ? Évidemment.

Cary se mit aussitôt au travail et réalisa en un tournemain un élégant chignon.

— C'était chaud hier soir, observa-t-il en ôtant la dernière épingle à cheveux de sa bouche. Le salon était rempli de types en costards noirs.

— Ils n'étaient que trois, lui rappelai-je en croisant son regard dans le miroir.

— Deux, plus Gideon, qui remplit une pièce à lui tout seul.

Difficile de le contredire sur ce point.

Il me décocha son sourire ultra-bright.

— Si on apprend que j'ai des gardes du corps, les gens vont se dire que je suis plus important qu'ils ne le pensaient ou que je me la pète grave. Les deux sont vrais, d'ailleurs.

Je me levai, me hissai sur la pointe des pieds et déposai un baiser sur son menton.

— Tu ne sauras même pas qu'ils sont là. Ils opéreront en mode discret.

— Tu paries que je les repère ?

— Cinq dollars, lâchai-je en le contournant pour aller chercher mes chaussures dans ma chambre.

— Quoi, cinq dollars ? Pourquoi pas cinq cents, madame Cross ?

— Profiteur !

J'attrapai mon portable sur le lit lorsque la sonnerie m'annonça l'arrivée d'un texto.

— Gideon monte.

— Pourquoi il n'a pas passé la nuit ici ?

— On a décidé de s'abstenir jusqu'au mariage, lançai-je par-dessus mon épaule en m'engageant dans le couloir.

— Tu déconnes ?

Il me rattrapa en trois enjambées.

— Je pensais que la lune de miel durait plus longtemps. Je croyais que les maris avaient droit à quelques années de gratifications sexuelles avant de faire ceinture ?

— Boucle-la, Cary ! répondis-je en récupérant mon sac.

Quand j'ouvris la porte d'entrée, je découvris Gideon, sa clef à la main.

— Mon ange.

Cary tendit la main devant moi et ouvrit le battant en grand.

— Je compatis, mec. Il suffit que tu leur passes la bague au doigt et elles serrent les cuisses.

— Cary ! m'exclamai-je en le fusillant du regard. Tu mériterais que je te colle mon poing dans la figure.

— Et qui bouclera ton sac de voyage ?

Il me connaissait trop bien.

— T'inquiète pas, baby girl, je serai prêt avec ton sac et le mien, assura-t-il avant de regarder Gideon. Je ne peux pas t'aider, malheureusement. Attends un peu de la voir dans ce bikini bleu La Perla que je vais glisser dans son sac. Tes bijoux de famille seront de la même couleur !

— J'ai bien envie de te coller mon poing dans la figure, moi aussi, répliqua Gideon d'un ton suave. Ainsi, tes yeux seront eux aussi assortis à son bikini.

Cary m'incita à franchir le seuil d'une petite poussée dans le dos et claqua la porte.

Midi approchait quand Mark se pencha par-dessus la paroi de mon bureau et me gratifia d'un de ses sourires en coin.

— Prête pour notre dernier déjeuner entre collègues ?

Je plaquai la main sur mon cœur.

— Tu m'achèves.

— Je peux te rendre ta lettre de démission si tu veux.

Je secouai la tête, me levai et balayai du regard mon poste de travail. Je n'avais pas encore rassemblé mes effets personnels. Je ne prendrais sans doute conscience de l'heure du départ que lorsque celle-ci sonnerait officiellement. Pour le moment, je n'étais pas encore prête à abandonner mon bureau et le rêve qu'il avait un jour représenté.

— Nous aurons d'autres déjeuners, dis-je en ramassant mon sac avant de me diriger avec lui vers les ascenseurs. N'espère pas te débarrasser de moi aussi facilement.

Megumi était déjà partie déjeuner, notai-je quand nous passâmes devant l'accueil, et c'était sa remplaçante qui s'occupait du standard.

Ne plus les voir chaque jour de la semaine, elle, Will et Mark, allait me manquer. Ils incarnaient mon petit New York, une part de ma vie qui n'appartenait qu'à moi. C'était ce que je redoutais le plus en quittant mon job : abandonner mon cercle social personnel.

J'allais m'efforcer de garder mes amis, bien sûr. Je prendrais le temps de les appeler et de faire des trucs avec eux, mais je savais comment les choses se passaient. Cela faisait des mois que je n'avais pas repris contact avec mes potes de San Diego. Ma vie ne ressemblerait plus à la leur. Nos rêves, nos objectifs, nos défis seraient à des années-lumière.

Il n'y avait que quelques personnes dans la cabine de l'ascenseur, et au fil des arrêts elle se remplit rapidement. Je pris mentalement note de demander à Gideon une de ces clefs qui permettaient de monter ou de descendre sans interruption. Après tout, il m'arriverait encore de venir au Crossfire – je ne m'arrêterais pas au même étage, voilà tout.

— Et toi ? demandai-je à Mark quand nous nous rapprochâmes pour faire de la place aux nouveaux arrivants. Tu en es où ? Tu pars ou tu restes ?

— Je vais suivre ton exemple, déclara-t-il.

À sa façon de relever le menton, je compris que sa décision était bel et bien prise.

— C'est super, Mark. Félicitations.

Une fois au rez-de-chaussée, nous traversâmes le hall dallé de marbre veiné d'or en direction des portiques de sécurité.

— On en a discuté avec Steven, reprit-il. T'embaucher a marqué une étape dans ma carrière. Le signe qu'elle avançait dans la bonne direction.

— Cela ne fait aucun doute.

Il sourit.

— Te perdre est un nouveau signe, ajouta-t-il. Le moment est venu pour moi de prendre un nouveau départ.

D'un geste, Mark m'invita à franchir la porte à tambour. La chaleur du soleil m'atteignit avant même que la rotation ne s'achève. Vivement l'automne ! Ce changement de saison interviendrait en même temps que celui qui se produisait dans ma vie.

Mon regard glissa sur la limousine noire de Gideon garée le long du trottoir, et je me tournai vers mon patron lorsqu'il me rejoignit sur le trottoir.

— Où allons-nous ?

Mark me jeta un coup d'œil amusé avant de chercher du regard un taxi libre parmi le flot de voitures.

— C'est une surprise.

— Super, dis-je en me frottant les mains.

— Mademoiselle Tramell ?

Je me retournai et découvris Angus près de la limousine. Avec son costume noir et sa casquette de chauffeur, il ne manquait pas d'allure, et cependant il se fondait si bien dans le décor que seul un observateur attentif aurait pu le suspecter d'avoir appartenu aux services secrets britanniques.

Son passé avait un côté tellement James Bond. Je l'enjolivais sans doute beaucoup trop. Cela me sécurisait de le savoir. Gideon était entre les meilleures mains.

— Bonjour, vous, lançai-je, une note affectueuse dans la voix.

Je ne pouvais m'empêcher d'éprouver une gratitude toute particulière à son égard. Il était au service de Gideon depuis des années, et il avait été le seul à lui apporter son soutien après Hugh. Angus était aussi la seule personne de notre entourage à avoir été témoin de notre mariage secret. Son expression quand il avait parlé à Gideon après la cérémonie... les larmes que j'avais vues briller dans leurs yeux... Le lien qui les unissait était indestructible.

Le regard brillant, il ouvrit la portière de la limousine.

— Où souhaitez-vous aller, tous les deux ?

Mark haussa les sourcils.

— C'est pour ça que tu m'as lâché ? La vache ! Je ne peux pas rivaliser.

— Tu n'as jamais eu à le faire, assurai-je avant d'ajouter à l'adresse d'Angus : Mark ne veut pas que je sache où nous allons, alors je vais monter et me boucher les oreilles.

Angus porta l'index à la visière de sa casquette et hocha la tête.

Un instant plus tard, nous étions en route.

Assis sur la banquette qui me faisait face, Mark regarda autour de lui.

— J'ai déjà loué des limousines, mais elles n'étaient pas aussi classe.

— Gideon a bon goût.

Quel que soit le style, moderne et contemporain comme son bureau, ou classique et traditionnel comme son appartement, mon mari étalait sa richesse avec style.

— Tu as beaucoup de chance, Eva, déclara Mark avec un grand sourire.

— C'est vrai, acquiesçai-je. Tout cela est merveilleux, ajoutai-je en désignant ce qui nous entourait. Mais la vraie récompense, c'est Gideon lui-même. C'est vraiment quelqu'un de fabuleux.

— Je sais ce que c'est de rencontrer quelqu'un de bien.

— Je n'en doute pas. Comment se passent les préparatifs de mariage ?

Mark gémit.

— Steven me tue. Est-ce que je veux du bleu ou du pervenche ? Des roses ou des lys ? Du satin ou de la soie ? En matinée ou en soirée ? J'ai essayé de lui faire comprendre qu'il peut faire ce qu'il veut, que la seule chose qui compte pour moi c'est lui, il m'a rembarré. Il m'a dit que j'avais intérêt à faire attention parce que je n'aurais plus jamais l'occasion de me marier. Et j'ai bien failli lui répondre : Dieu merci !

J'éclatai de rire.

— Et toi ? me demanda-t-il.

— Je commence à m'adapter. Dans ce monde de folie peuplé de milliards d'individus, Gideon et moi avons réussi à nous trouver. Comme dirait Cary, il faut fêter ça !

Tandis qu'Angus slalomait habilement à travers les perpétuels embouteillages du centre-ville, nous discutâmes danse et location de chaises. Mon regard s'évada de l'autre côté de la vitre à un moment donné et s'attarda sur le taxi qui patientait au feu rouge à côté de nous. Sur la banquette arrière, le portable coincé contre l'oreille, la passagère remuait les lèvres à toute allure tout en feuilletant fébrilement un carnet. Derrière elle, au coin de la rue, un vendeur de hot-dogs se démenait pour satisfaire les clients qui faisaient la queue.

Quand la limousine s'arrêta finalement et que j'en descendis, je reconnus l'endroit où nous nous trouvions.

Nous étions déjà venus dans ce restaurant mexicain niché en semi-sous-sol, et il se trouvait que j'aimais beaucoup l'une des serveuses.

— Tu as démissionné si vite que Shawna n'a pas eu le temps de demander sa journée, expliqua Mark en riant.

— C'est génial ! soufflai-je, la gorge nouée.

Cela commençait à sentir la fin, et je n'y étais pas vraiment préparée.

— Viens, dit-il en me prenant le coude pour me guider à l'intérieur.

Je ne tardai guère à repérer la table qui nous était réservée, décorée de ballons chatoyants sur lesquels étaient écrits *Bien joué*, *Meilleurs vœux* et *Félicitations*.

Les larmes me montèrent aux yeux.

Megumi, Will et Steven étaient assis à une table de six. Shawna se tenait derrière la chaise de son frère, et il était impossible de ne pas remarquer leurs deux crinières rousses.

— Eva ! s'écrièrent-ils à l'unisson, attirant les regards de tous les clients dans la salle.

— C'est pas vrai ! soufflai-je, touchée en plein cœur.

Soudain confrontée à ce que je laissais derrière moi, même si ce n'était pas définitif, un flot de tristesse et de doutes m'envahit.

— Je vous préviens, ajoutai-je, retrouvant ma voix, vous n'allez pas vous débarrasser de moi comme ça !

— Il n'en est pas question ! s'exclama Shawna, qui me rejoignit pour me serrer dans ses bras. On a un enterrement de vie de jeune fille à programmer !

Megumi m'étreignit dès que Shawna s'écarta.

— Il serait peut-être bon de zapper cette déplorable tradition, déclara une belle voix grave derrière moi.

Surprise, je me retournai et me retrouvai nez à nez avec Gideon. Il se tenait à côté de Mark, une superbe rose rouge à la main.

— Il m'a appelé tout à l'heure, avoua Mark avec un grand sourire, pour savoir si on avait prévu quelque chose et il a insisté pour venir.

Je souris à travers mes larmes. Je n'allais pas perdre mes amis et j'allais gagner tellement plus. Gideon était toujours là quand il le fallait, avant même que j'aie conscience que j'avais besoin de lui.

— Je te mets au défi de goûter leur sauce diablo, déclarai-je en tendant la main pour m'emparer de la rose.

Il eut un de ces adorables sourires qui avaient le don de me chambouler et qui produisit le même effet sur les autres femmes présentes. Sauf que son regard, la compréhension que j'y lus m'étaient exclusivement destinés.

— Cette fête est la tienne, mon ange.

4

Les fenêtres éclairées nimbaient d'un halo doré la grande maison qui se dressait en front de mer. Les spots encastrés dans le sol qui suivaient la courbe de l'allée étincelaient telle une nuée d'étoiles au crépuscule, et de luxuriants massifs d'hortensias entouraient une immense pelouse.

— C'est joli, non ? fit Eva agenouillée sur la banquette de cuir pour regarder par la fenêtre.

— Éblouissant, répondis-je.

En fait, ce compliment lui était adressé.

Eva vibrait d'excitation et d'un plaisir enfantin. J'en pris secrètement note afin d'en comprendre la cause. Son bonheur m'était vital. Il était la source du mien, le poids qui garantissait mon équilibre et me permettait de tenir debout.

Elle me jeta un coup d'œil par-dessus son épaule tandis que la limousine s'immobilisait devant l'escalier en façade.

— Tu ne serais pas en train de lorgner mon derrière ?

Je baissai les yeux sur ses fesses, idéalement mises en valeur par le short qu'elle avait enfilé après le travail.

— Maintenant que tu le dis...

Elle se retourna et s'assit sur la banquette en pouf-fant de rire.

— Ton cas est vraiment désespéré.

— Oui. Je l'ai su la première fois que tu m'as embrassé.

— Je suis certaine que c'est toi qui m'as embrassée.

— Tu crois ? demandai-je, réprimant un sourire.

— J'espère que tu plaisantes, rétorqua-t-elle, les sourcils froncés. Cet instant devrait être gravé dans ta mémoire.

Je fis courir ma main le long de sa cuisse nue.

— Est-il gravé dans la tienne ? murmurai-je, ravi à cette idée.

— Eh, vous deux ! intervint Cary en retirant ses oreil-lettes. Je suis là.

Le colocataire d'Eva avait regardé un film sur sa tablette sans se soucier de nous pendant les deux heures qu'avait duré le trajet en voiture, mais je n'avais pas oublié sa présence une seule seconde. Cary Taylor faisait partie de la vie de ma femme, et je l'acceptais, même si cela ne me plaisait pas vraiment. S'il aimait sincèrement Eva, je savais aussi qu'il lui arrivait de faire de mauvais choix qui la mettaient en danger.

Angus ouvrit la portière et Eva fut en haut des marches avant que j'aie le temps de poser ma tablette. Monica ouvrit la porte à l'instant où sa fille atteignait le perron.

Surpris par l'enthousiasme de ma femme qui avait souvent du mal à supporter sa mère, je la regardai avec curiosité.

Cary rassembla ses affaires en riant et les fourra dans un petit sac de voyage.

— C'est l'odeur qui lui fait cet effet-là, expliqua-t-il.

— Pardon ?

— Quand Monica prépare ses délicieux biscuits au beurre d'arachides, Eva se dépêche d'en rafler avant que j'arrive, sinon je les dévore tous.

Je pris note mentalement de me procurer la recette de ces biscuits et me tournai vers les deux femmes, qui s'embrassèrent en veillant à ne pas se toucher la joue pour ne pas abîmer leur maquillage avant de se tourner dans ma direction. Monica portait un pantalon corsaire et un chemisier tout simple, ce qui rendait la ressemblance avec sa fille frappante.

Cary gravit les marches deux à deux, fondit sur Monica qui l'accueillit à bras ouverts. Il l'enlaça et la souleva de terre, et leurs rires résonnèrent dans le crépuscule.

— Tu ne peux pas passer le week-end dans la limousine, mon garçon, fit Angus, qui se tenait près de la portière ouverte.

Amusé, je posai ma tablette sur la banquette et sortis.

— Cela ne te fera pas de mal d'avoir une famille, déclara-t-il avec un sourire.

— J'en ai déjà une, répondis-je en lui pressant l'épaule.

Pendant des années, Angus avait été ma seule famille. Et il m'avait amplement suffi.

— Pourquoi lambines-tu ? s'exclama Eva.

Elle revint vers moi, me prit la main et m'entraîna en haut des marches.

— Gideon, me salua Monica avec un sourire chaleureux.

— Monica, répondis-je en lui tendant la main.

À ma grande surprise, elle m'attira à elle pour m'étreindre.

— Je vous proposerais bien de m'appeler maman, fit-elle en s'écartant de moi, mais j'aurais l'impression d'être vieille.

Succédant à mon embarras, un fourmillement me parcourut, et je pris conscience de mon erreur de calcul.

Soudain, je pris conscience qu'épouser Eva la faisait mienne et me liait à ceux qu'elle aimait d'une manière très personnelle.

Les œuvres caritatives destinées aux enfants victimes d'agressions sexuelles que nous soutenions, Monica et moi, nous avaient donné l'occasion de nous croiser. Nos relations s'étaient donc inscrites dans le cadre du protocole qui régit ce genre d'événements.

Et d'un coup, tout cela était chamboulé.

Perdu, je jetai un coup d'œil à Angus. Apparemment, la situation délicate dans laquelle je me trouvais l'amusait, car il me décocha un clin d'œil avant de me laisser. Il contourna la voiture pour aller saluer Benjamin Clancy, qui se tenait près de la portière du conducteur.

— Le garage est là-bas, déclara Monica en désignant un bâtiment situé au-delà de la route, réplique exacte de la maison principale, quoique de dimensions plus modestes. Clancy va se charger d'installer votre chauffeur et de porter vos bagages à l'intérieur.

Eva tira sur ma manche et me fit entrer. Cary avait deviné juste. Une odeur de beurre vanillé me chatouilla les narines. Cet arôme rassurant de biscuits faits maison me donna envie de tourner les talons et de ressortir aussitôt.

Je n'étais pas préparé à cela. J'étais venu en tant qu'invité, en tant que compagnon d'Eva. Je n'avais pas prévu d'être accueilli comme un gendre, comme un membre de la famille à part entière.

— J'adore cette maison, m'avoua Eva en m'entraînant jusqu'au living-room.

C'était exactement ce à quoi je m'attendais. Une maison de bord de mer de standing avec des sièges recouverts de housses blanches et des objets de décoration nautiques.

— Tu aimes le plancher de bois sombre ? demanda-t-elle. J'aurais bien vu du chêne délavé, mais c'est un peu trop cliché, non ? Et ces teintes vertes, orange et jaunes plutôt que le bleu traditionnel ? Ça me donne envie de faire des folies quand on retournera dans les Outer Banks.

Elle n'imaginait pas à quel point j'aurais rêvé d'y être déjà. Là-bas au moins, j'aurais eu le temps de souffler avant de me retrouver confronté à une maison pleine de « proches ».

Le vaste séjour donnait directement sur la cuisine où Stanton, Martin, Lacey et Cary étaient assemblés autour de l'îlot central. Les deux pièces jouissaient d'une vue sur la mer grâce à une rangée de baies vitrées coulissantes qui ouvraient sur une grande véranda.

— Eh ! s'exclama Eva. Vous avez intérêt à m'avoir laissé des biscuits !

Stanton vint vers nous, tout sourire. En jean et polo, on aurait dit une version plus jeune de l'homme d'affaires qu'il m'arrivait de croiser à New York. Il s'était dépouillé de son allure professionnelle en même temps que de son costume, et j'eus l'impression de me retrouver face à un inconnu.

Stanton embrassa Eva sur la joue, puis se tourna vers moi.

— Gideon.

Habitué à ce qu'il m'appelle par mon nom, je n'eus pas le temps de voir venir l'accolade qui suivit.

— Félicitations, ajouta-t-il en me donnant une tape amicale dans le dos.

L'irritation me gagna. Ce changement était trop brutal. On me privait du passage graduel de collègue de travail à relation d'affaires, puis d'ami à membre de la famille.

Je repensai subitement à Victor Reyes. Il avait compris ce que signifiait ce mariage alors que j'en avais été incapable.

Tandis que j'adoptais une posture un peu raide, Stanton se tourna vers ma femme et lui sourit.

— Je crois que ta mère t'a laissé une fournée de biscuits au chaud.

— Génial ! s'exclama-t-elle en fonçant vers la cuisine, me laissant seul avec son beau-père.

Comme je la suivais du regard, Martin Stanton me salua de la main. Je hochai la tête en réponse. S'il s'avisait de me serrer dans ses bras, il risquait fort de recevoir mon poing dans la figure.

Je lui avais dit un jour qu'il devait s'attendre à me croiser dans les réunions de famille. Et maintenant que c'était le cas, cela me paraissait irréel. Comme si j'étais victime d'une farce.

Le rire d'Eva me parvint, et je reportai mon attention sur elle. Elle montrait sa main gauche à la jeune femme blonde qui se tenait près de Martin pour lui faire admirer la bague que je lui avais offerte lorsqu'elle était devenue ma femme.

Monica nous rejoignit. Sa beauté juvénile ne faisait que souligner l'âge de Stanton, attirant l'attention sur son casque de cheveux blancs et ses rides. Il était cependant évident qu'il ne se souciait absolument pas des décennies qui le séparaient de sa femme. Son visage s'illuminait quand il posait les yeux sur elle et son regard bleu délavé s'adoucissait.

Je me creusai la tête pour trouver quelque chose à dire.

— Vous avez une très belle maison, déclarai-je finalement.

— Elle n'était pas aussi belle avant que Monica s'en occupe, dit-il en glissant le bras autour de la taille de sa femme. On peut en dire autant à mon sujet, du reste.

— Richard, soupira Monica en secouant la tête. Je vous fais visiter, Gideon ?

— Offrons-lui d'abord un verre, suggéra Stanton en me jetant un coup d'œil. Il vient de passer deux heures en voiture.

— Du vin ? proposa-t-elle.

— Ou un scotch, peut-être ? ajouta Stanton.

— Un scotch, ce serait parfait, répondis-je, contrarié que mon embarras soit à ce point visible.

Je me sentais hors de mon élément, ce à quoi j'aurais dû être habitué depuis que j'avais rencontré Eva, mais elle avait toujours été une sorte de point d'ancrage, même quand elle me faisait chanceler. Tant que je m'accrochais à elle, je pouvais affronter toutes les tempêtes. Du moins le pensais-je.

La cherchant du regard, je fus soulagé de la voir s'approcher de moi d'un pas sautillant qui agitait sa queue-de-cheval.

— Goûte ça, ordonna-t-elle en portant un biscuit à mes lèvres.

J'ouvris la bouche et je refermai les dents une fraction de seconde trop tôt, lui mordant délibérément les doigts.

— Eh !

Elle fronça les sourcils. La douleur de la morsure eut l'effet escompté, et elle concentra son attention sur moi. Elle comprit tout de suite. Elle avait lu en moi.

— Tu veux aller dehors ? murmura-t-elle.

— Dans une minute, dis-je en désignant du menton le bar où Stanton me remplissait un verre.

Je lui attrapai le poignet pour la garder près de moi. La maintenir à l'écart du groupe m'agaçait. Je ne voulais pas être un de ces hommes qui étouffent la femme qu'ils aiment. Il me fallait du temps pour m'habituer à tout cela. La distance que je m'appliquais à maintenir

avec les autres, y compris Cary, ne serait pas accep-
table avec Stanton et Monica. Pas après avoir constaté
combien Eva prenait de plaisir à être avec sa famille.

Elle se sentait en sécurité parmi eux, détendue. Alors
que ce genre de réunions était pour moi synonyme de
danger.

Je m'ordonnai de me calmer quand Stanton revint
avec nos verres. Pour autant, je ne baissai pas la garde.

Martin approcha et nous présenta sa copine. Tous
deux nous félicitèrent. Les choses se passèrent comme
prévu et cela m'apaisa un peu, quoique pas autant que
le double scotch que je vidai d'un trait.

— Je vais lui montrer la plage, annonça Eva en me
prenant mon verre vide des mains.

Elle le posa sur une table basse tandis qu'elle m'en-
traînait vers la baie vitrée.

Il faisait plus chaud à l'extérieur – l'été semblait vouloir s'attarder. Une brise chargée d'embruns rabattit
mes cheveux sur mon visage.

Nous marchâmes jusqu'au rivage, main dans la main.

— Qu'est-ce qui se passe ? demanda-t-elle en me faisant face.

L'inquiétude dans sa voix me hérissa.

— Tu savais qu'il s'agissait d'une sorte de fête de
famille pour célébrer notre mariage ?

Mon ton était si tranchant qu'elle eut un haut-le-
corps.

— Je ne l'avais pas vue ainsi. Et maman n'a pas non
plus appelé cette petite réunion ainsi, mais j'imagine
que c'est logique.

— Pas pour moi.

Je pivotai sur mes talons et me mis à marcher face
au vent.

— Gideon ! appela Eva en s'élançant derrière moi.
Pourquoi es-tu fâché ?

Je me retournai d'un bloc.

— Je ne m'attendais pas à ça !

— À quoi ?

— Cette espèce de rituel d'intégration familiale.

— Je t'avais prévenu qu'ils étaient au courant, répondit-elle en plissant le front.

— Ça ne devrait rien changer.

— Heu... Dans ce cas, pourquoi le leur dire ? C'est toi qui voulais qu'ils le sachent, Gideon. Que croyais-tu qu'il se passerait ? ajouta-t-elle comme je ne répondais pas.

— Je n'avais pas prévu de me marier, Eva, alors pardonne-moi de ne pas y avoir pensé.

— D'accord, dit-elle, levant les mains en un geste de reddition. Je suis un peu perdue, là.

Et je ne savais pas comment rendre les choses plus claires.

— Je ne peux pas... Je ne suis pas prêt pour ça.

— Prêt pour quoi ?

Je désignai la maison d'un geste impatient.

— Pour ça.

— Tu peux être plus précis ? demanda-t-elle prudemment.

— Je... Non.

— Est-ce que j'ai raté quelque chose ? insista-t-elle avec une pointe de colère. Qu'est-ce qu'ils ont dit, Gideon ?

Il me fallut un moment pour comprendre qu'elle se rangeait de mon côté. Ce qui ne fit que m'énerver davantage.

— Je suis venu ici pour être avec toi. Et tu passes ton temps avec ta famille...

— C'est aussi ta famille.

— Je n'ai pas demandé à ce qu'elle le soit.

À la compréhension qui se lut brièvement sur son visage succéda la pitié. Je serrai les poings.

— Ne me regarde pas comme ça, Eva.

— Je ne sais pas quoi dire. De quoi as-tu besoin ?

J'exhalai un soupir rauque.

— D'alcool.

Sa bouche s'incurva sur un sourire.

— Je suis sûre que tu n'es pas le premier jeune marié qui a envie de boire en présence de sa belle-famille.

— On peut éviter de les appeler ainsi, s'il te plaît ?

Son sourire disparut.

— Qu'est-ce que ça changerait ? Tu peux les appeler M. et Mme Stanton si tu veux, mais...

— Ce n'est pas moi qui ignore où est ma place.

— Je ne suis pas certaine d'être d'accord, répliqua-t-elle, les lèvres pincées.

— Il y a deux jours, ils m'auraient serré la main et appelé M. Cross. Là, ce sont des embrassades, des « appelez-moi maman » et des sourires pleins d'attente !

— En fait, elle t'a demandé de ne pas l'appeler maman, mais je comprends. Tu es devenu leur beau-fils, et ça te fait peur. Pourtant, qu'ils s'en réjouissent n'a rien d'affreux. Tu préférerais qu'ils réagissent comme mon père ?

— Oui.

La colère et la déception, je savais gérer.

Sous la lune, Eva recula d'un pas, le regard sombre.

— Non, me rétractai-je en me ratissant les cheveux – la décevoir, elle, je ne savais pas comment gérer. Putain, je n'en sais rien !

Elle m'étudia pendant une longue minute. Je détournai les yeux, regardai la mer.

— Gideon... dit-elle en se rapprochant de moi. Je comprends, franchement. Ma mère s'est mariée trois fois. Chaque fois, je me retrouvais subitement avec une nouvelle figure de père que je...

— J'ai un beau-père, l'interrompis-je sèchement. Ce n'est pas la même chose. On n'en a rien à foutre qu'un beau-père ne vous aime pas.

— C'est de ça qu'il s'agit ? dit-elle en m'enlaçant. Ils t'aiment déjà, tu sais.

Je l'attirai plus près.

— Ils ne me connaissent pas.

— Cela viendra. Et ils t'aimeront. Tu es le gendre dont rêvent tous les parents.

— Ne dis pas de conneries, Eva.

Elle me repoussa d'un geste plein de colère.

— Tu sais quoi ? Si tu ne voulais pas de beaux-parents, tu n'avais qu'à épouser une orpheline.

Elle fit demi-tour et se dirigea vers la maison au pas de charge.

— Reviens ici, aboyai-je.

Sans se retourner, elle me fit un doigt d'honneur.

Je la rejoignis en trois foulées, lui saisis le bras et la fis pivoter vers moi.

— On n'a pas fini.

— Moi si, répliqua-t-elle en me foudroyant du regard. C'est toi qui as voulu te marier. Si tu as des remords, tu ne peux t'en prendre qu'à toi-même.

— Ne fais pas comme si c'était uniquement mon problème !

La fureur en moi ne faisait qu'accroître ma frustration.

— Désolée que tu n'aies pas compris que le mariage, c'était autre chose qu'une paire de fesses disponible à tout moment !

— Une paire de fesses indisponible quand ça t'arrange, contrai-je en sentant un muscle de ma mâchoire tressauter.

— Va te faire foutre.

— Excellente idée.

Elle se retrouva couchée sur le sable avant de comprendre ce qu'il lui arrivait. Je la clouai au sol et pressai ma bouche sur la sienne pour la faire taire. Elle se cambra, tenta de se débattre et j'attrapai sa queue-de-cheval pour l'immobiliser.

Elle planta les dents dans ma lèvre et je m'écartai en lâchant un juron.

— Tu te fous de moi ? rugit-elle.

Ses jambes s'enroulèrent autour des miennes, et je me retrouvai sous elle, les yeux rivés sur son beau visage furieux.

— C'est exactement pour ça que je ne veux pas qu'on couche ensemble. Tu te sers systématiquement du sexe pour résoudre tes problèmes.

— Tu as intérêt à ce que ça vaille le coup d'attendre, répliquai-je, lui cherchant querelle.

Elle s'appuya sur mes épaules

— Je vaux le coup, crétin. Pas mon cul. Je suis désolée que tu te sentes piégé. Et je suis vraiment désolée qu'être accueilli à bras ouverts te rende dingue. Il va falloir que tu t'y habitues parce que ça fait partie du lot.

Je le savais. Je savais que je devrais m'y faire parce que j'avais besoin d'elle. Mon amour pour elle était un piège. Il me poussait dans mes retranchements sans que je puisse en sortir. Il m'imposait une famille dont je n'avais nul besoin.

— Je ne veux pas de ça, décrétai-je.

Eva se figea, puis se redressa à genoux, ses cuisses m'encadrant les hanches.

— Réfléchis à ce que tu dis, m'avertit-elle.

— Je ne sais pas comment jouer ce rôle, Eva.

— Mon Dieu ! souffla-t-elle, sa colère l'abandonnant d'un coup. Contente-toi d'être toi-même.

111

— Je suis la dernière personne qu'ils pourraient souhaiter pour leur fille.

— Tu le penses vraiment ? demanda-t-elle en me scrutant. Tu le penses vraiment, conclut-elle. Gideon…

Je lui agrippai les cuisses pour l'immobiliser. Elle ne pouvait pas me quitter. Quoi qu'il advienne, je ne la laisserais pas me quitter.

Son expression soudain calculatrice m'incita à la méfiance.

— Bien, dit-elle. Sois toi-même. S'ils découvrent quel sale type tu es en réalité et qu'ils te détestent, tu préféreras ça de toute façon, pas vrai ?

— Laisse les jeux d'esprit aux psys, Eva.

— Je fais avec ce que tu me donnes, champion.

Un sifflement nous fit tourner la tête en direction de la maison. Martin, Lacey et Cary venaient de quitter la terrasse recouverte d'ardoise pour gagner la plage.

— De vrais jeunes mariés ! cria Lacey, mais elle était encore loin si bien qu'on l'entendit à peine.

Elle rit quand elle perdit l'équilibre sur le sable, renversant une partie du contenu du verre qu'elle tenait à la main.

— Tu veux qu'on s'engueule devant eux ? me demanda Eva.

Je pris une profonde inspiration, puis soupirai.

— Non.

— Je t'aime.

Je fermai les yeux.

Ce n'était qu'un simple week-end. Deux jours. On pourrait peut-être partir tôt dimanche…

Ses lèvres effleurèrent les miennes.

— On peut y arriver. Essaie, au moins.

Avais-je le choix ?

— Si ça te prend trop la tête, reprit-elle, tu n'as qu'à imaginer tous les affreux supplices que tu m'infligeras pour te venger pendant notre nuit de noces.

Mes doigts s'enfoncèrent dans sa chair. Je n'avais pas honte de reconnaître que le sexe avec ma femme – le simple fait d'y penser – passait avant presque tout le reste.

— Tu pourras même me texter tous tes projets diaboliques, proposa-t-elle. Pour que je souffre moi aussi.

— Garde ton téléphone sur toi.

— Monstre, souffla-t-elle en s'inclinant sur moi pour me gratifier d'un baiser aussi bref que suave. Tu es si facile à aimer, Gideon. Même quand tu es impossible. Un jour, tu t'en rendras compte.

J'ignorai sa remarque. L'important, c'était qu'elle était là, qu'elle restait près de moi, même quand je partais en vrille.

Le dîner fut simple – salade et spaghettis. Monica avait préparé le repas et s'était chargée du service, et Eva était aux anges. Le vin coula à flots, les bouteilles se vidant les unes après les autres. Tout le monde se détendit et rit. Même moi.

Je bénis la présence de Lacey qui, en tant que nouvelle venue, jouissait d'un maximum d'attention. Cela me permettait de respirer. À mesure que la soirée avançait, les joues d'Eva rosirent et ses yeux devinrent de plus en plus brillants. Elle rapprocha progressivement sa chaise de la mienne, jusqu'à ce que son corps doux et tiède soit tout près.

Sous la table, ses mains et ses pieds s'activaient, me touchant sans cesse. Sa voix était plus grave, son rire plus sensuel. Elle m'avait un jour avoué que l'alcool agissait sur elle comme un aphrodisiaque. De toute façon, j'aurais reconnu les signes même si je n'en avais rien su.

Il n'était pas loin de 2 heures du matin quand un bâillement de Lacey rappela à tout le monde qu'il était temps d'aller se coucher. Monica nous accompagna au pied de l'escalier.

— Vos affaires sont déjà dans la chambre, nous dit-elle. Demain matin, grasse matinée et brunch !

Eva se rembrunit. Elle n'avait visiblement pas envisagé que nous serions amenés à partager une chambre et un lit, contrairement à moi.

— Merci, Monica. À demain.

Elle s'esclaffa, prit mon visage entre ses mains et m'embrassa sur la joue.

— Je suis si heureuse, Gideon. Vous êtes exactement ce dont Eva a besoin.

Je me forçai à sourire. Elle n'aurait pas dit la même chose si elle avait eu conscience du danger que représentait pour sa fille le fait de partager son lit avec un homme en proie à des cauchemars qui le rendaient dangereux.

— Gideon… commença Eva tandis que nous gravissions les marches.

— Où allons-nous ? l'interrompis-je.

Elle me considéra du coin de l'œil.

— Tout en haut.

Sa chambre était effectivement située au dernier étage et occupait tout l'espace de ce qui avait sans doute été autrefois un vaste grenier. La faible pente du toit ménageait une belle hauteur sous plafond et devait offrir une vue impressionnante sur le détroit de Long Island à la lumière du jour.

Un lit king size occupait le centre de la pièce, face au mur de fenêtres. La tête de lit en cuivre formait une sorte de cloison et le divan placé de l'autre côté

114

faisait office de petit salon. La salle de bains occupait le reste de l'espace.

— Comment fait-on ? demanda Eva en se tournant vers moi.

— Laisse-moi m'en soucier...

M'inquiéter de partager un lit avec ma femme faisait partie de mon quotidien. Ma parasomnie sexuelle atypique – comme l'appelait le Dr Petersen – figurait en tête de liste de tous les obstacles qui menaçaient notre relation. Quand je dormais, je me retrouvais sans défense face à mon propre esprit tordu. Les nuits agitées, je représentais un danger physique pour celle que j'aimais le plus au monde.

— Quelque chose me dit que tu n'es pas aussi investi que moi dans ce projet d'attendre jusqu'au mariage, déclara-t-elle en croisant les bras.

Elle n'y était pas du tout.

— Je prendrai le divan, dis-je.

— Tu veux dire que tu me prendras sur le divan. Tu as...

— Je le ferai volontiers si tu m'y autorises, déclarai-je sèchement, mais je ne dormirai pas avec toi.

Elle s'apprêtait à répliquer, puis se ravisa. Elle avait compris.

Son humeur changea du tout au tout. Son regard perdit son éclat, son expression se fit prudente. Assister à cette transformation, savoir que je pouvais être une source de contrariété dans sa vie me rendait malade.

J'étais pourtant trop égoïste pour partir. Un jour, sa famille me verrait tel que j'étais et me haïrait.

Irrité, je cherchai mon sac de voyage du regard et l'aperçus sur une étagère à bagages, près de la salle de bains. Je m'en approchai, histoire de faire quelque chose – je ne voulais pas lire la déception et le regret dans le regard d'Eva.

— Tu ne dormiras pas sur le divan, lança-t-elle dans mon dos.

— Je n'avais pas l'intention de dormir.

J'attrapai ma trousse de toilette et passai dans la salle de bains. La lumière s'alluma quand j'entrai, révélant un lavabo et une baignoire sur pied. J'ouvris les robinets de la douche et ôtai ma chemise.

La porte s'ouvrit et Eva entra. Je lui jetai un coup d'œil tandis que mes mains s'immobilisaient sur ma braguette.

Son regard brûlant glissa sur mon corps, n'omettant rien, caressant tout.

— Il faut qu'on parle.

Son admiration me flattait et mes carences me rendaient furieux ; parler était la dernière chose dont j'avais envie.

— Va te coucher, Eva.

— Pas avant d'avoir dit ce que j'ai à dire.

— Je prends une douche.

— Parfait, répliqua-t-elle en se débarrassant de son T-shirt.

Les émotions qui bouillonnaient en moi fusionnèrent pour se transformer en un puissant désir. Tous mes muscles se raidirent.

Elle dégrafa son soutien-gorge.

Mon sexe durcit douloureusement quand elle libéra ses seins fermes et opulents. Je n'étais pas spécialement amateur de poitrine avant de connaître Eva. À présent, en revanche...

Mon Dieu ! Ses seins me faisaient perdre la tête.

— N'espère pas parler si tu te déshabilles, la mis-je en garde, le sexe palpitant.

— Tu vas m'écouter, champion. Ici ou sous la douche, c'est toi qui choisis.

— Ce n'est pas le moment de me chercher.

Son short tomba sur le carrelage.

Mon pantalon prit le même chemin avant qu'elle ait achevé de se débarrasser du triangle de soie qui lui tenait lieu de sous-vêtement.

En dépit de l'humidité qui allait croissant, les pointes de ses seins se dressèrent. Elle baissa les yeux sur mon sexe. Comme si elle s'imaginait le goûter, sa langue glissa sur sa lèvre inférieure.

La faim que j'avais d'elle remonta dans ma poitrine sous la forme d'un grondement. Eva en frissonna. Je voulais la toucher… poser mes mains et ma bouche partout sur elle…

Au lieu de quoi, je la laissai me contempler à sa guise.

Son souffle s'accéléra. Voir l'effet que j'avais sur elle était indéniablement érotique. Ce que je ressentais quand elle me regardait m'émouvait.

Elle restait près de la porte. Le nuage de vapeur qui s'échappait de la douche embuait les bords du miroir et me couvrait d'un voile de brume.

— Je n'ai pas été complètement honnête avec toi, Gideon.

Mes poings se serrèrent spontanément. Elle ne pouvait pas prononcer ces mots sans aiguiser mon attention.

— De quoi parles-tu ?

— Là, quand on était dans la chambre. Je t'ai senti battre en retraite et il y avait cette panique que je ressentais…

Elle se tut. Un long moment. J'attendis, jugulant mon désir et retenant mon souffle.

— Attendre jusqu'au mariage… Ce n'est pas seulement pour suivre le conseil du Dr Petersen, ni à cause de ta façon de gérer les conflits, dit-elle d'une voix tendue. C'est aussi pour moi. Tu sais comment j'étais. Je t'ai raconté. Mon rapport à la sexualité a longtemps été compliqué.

Elle se dandina d'un pied sur l'autre, et le poids de la honte lui fit baisser la tête. La voir dans cet état me fit mal. Je m'étais tellement soucié de mes propres réactions aux événements de la semaine passée que je n'avais même pas pensé à ce que ma femme endurait.

— Ça n'a pas été simple pour moi non plus, lui rappelai-je d'un ton bourru. Ça n'a jamais été ainsi entre nous.

Elle croisa mon regard.

— Non, jamais.

Mes poings se détendirent.

— Cela ne veut pas dire pour autant que tout est devenu simple et parfait dans ma tête, reprit-elle. Quand tu es parti dans la salle de bains, la première chose qui m'est venue à l'esprit, ç'a été de te baiser. Comme si cela avait le pouvoir de tout régler, de te calmer et de me rendre ton amour.

— Tu l'as toujours. Tu l'auras toujours.

— Je sais, dit-elle – et je lus dans ses yeux qu'elle était sincère. Pourtant, ça n'a pas suffi à faire taire la voix qui me murmure que je prends un trop grand risque. Que je vais te perdre si je m'obstine. Que le sexe est trop important pour toi pour que tu t'en passes aussi longtemps.

Je poussai un soupir. Combien de fois pouvais-je espérer avoir le droit de tout gâcher ?

— La façon dont je t'ai parlé sur la plage... Je suis vraiment nul, Eva.

— Parfois, sourit-elle. Tu es aussi ce qui m'est arrivé de mieux dans ma vie. Cette voix dans ma tête m'a pourri l'existence pendant des années. Maintenant, elle n'a plus autant de pouvoir. Et c'est grâce à toi. Tu m'as rendue plus forte.

— Eva.

Les mots me manquèrent.

— Je veux que tu penses à cela, continua-t-elle. Pas à tes cauchemars, ni à mes parents ou à quoi que ce soit d'autre. Tel que tu es, tu es exactement ce dont j'ai besoin et je t'aime. Tellement.

J'avançai vers elle.

— Je souhaite toujours attendre le mariage, déclara-t-elle tranquillement, quand bien même son regard trahissait son désir.

Elle attrapa mon poignet quand je tendis la main vers elle et soutint mon regard.

— Laisse-moi être la seule à te toucher.

— Je ne peux pas l'accepter.

— Bien sûr que si. Tu es plus fort que moi, Gideon. Tu as plus de volonté, plus de maîtrise.

Elle leva l'autre main pour m'effleurer le torse. Je la recouvris de la mienne et la plaquai contre ma peau.

— C'est ce que tu veux que je prouve ? Que je sais me maîtriser ?

— Tu t'en sors très bien, assura-t-elle en déposant un baiser sur ma poitrine, là où mon cœur battait. C'est moi qui ai des choses à prouver.

Elle s'était exprimée d'une voix douce, presque caressante. Le désir faisait rage en moi, et elle cherchait à m'apaiser. Je faillis rire tant je savais la chose impossible.

Et puis elle se rapprocha, son corps voluptueux se moulant à la perfection au mien, ses bras me serrant si fort qu'il ne restait plus aucun espace entre nous.

Je l'étreignis et appuyai le front contre sa tête. Je ne m'étais pas rendu compte à quel point j'avais besoin de la sentir tendre et compréhensive, dépouillée de tout faux-semblant.

Elle pressa la joue contre mon torse.

— Je t'aime tellement, murmura-t-elle. Est-ce que tu sens mon amour ?

Je fus bouleversé. Son amour pour moi, mon amour pour elle. Chaque fois qu'elle prononçait ces mots, ils m'atteignaient en plein cœur.

— Tu m'as dit un jour, chuchota-t-elle, qu'il y a un moment quand on fait l'amour où je m'ouvre et tu t'ouvres aussi et on est ensemble. Je veux te donner ça tout le temps, Gideon.

Qu'elle suggère qu'il puisse manquer quelque chose à ce que nous avions me fit me raidir.

— Le comment et le quand on ressent cela ont-ils tant d'importance ?

— Dis ce que tu veux, répondit-elle en rejetant la tête en arrière. Je ne te contredirai pas. Mais si tu te trouves un jour à l'autre bout du monde et que tu as besoin de réconfort, j'ai besoin d'être sûre que je serai capable de te le donner.

— Tu seras avec moi, murmurai-je, agacé à l'idée d'être un jour séparé d'elle.

— Pas toujours, répondit-elle en me caressant la joue. Tu devras parfois être à deux endroits à la fois. Tu finiras par me faire confiance pour te remplacer.

Je scrutai son visage, cherchant à déceler des failles dans sa résolution. Je n'y vis que de la détermination. Je ne comprenais pas vraiment ce qu'elle espérait accomplir, cependant il n'était pas question que je m'interpose. Si elle devait changer ou évoluer, il fallait que je l'accompagne si je voulais la garder.

— Embrasse-moi.

Si les mots franchirent mes lèvres comme un ordre, elle dut sentir le désir qui les sous-tendait.

Elle m'offrit sa bouche et je m'en emparai férocement, trop sans doute, tant la faim que j'avais d'elle était violente. Je la soulevai dans mes bras pour qu'elle m'entoure de ses jambes, pour qu'elle s'ouvre à moi et que je la pénètre.

Elle n'en fit rien. Elle resta suspendue dans mes bras, les mains enfouies dans mes cheveux, le corps tremblant du même désir insatiable que le mien. Les caresses de sa langue me rendaient fou et réveillaient le souvenir de celles qu'elle avait prodiguées au reste de mon corps.

Je luttai pour m'écarter alors que tout en moi me soufflait d'aller plus loin.

— J'ai besoin d'être en toi, dis-je d'une voix rauque, détestant avoir à formuler l'évidence.

Pourquoi m'obligeait-elle à l'implorer ?

— Tu y es, dit-elle en frottant sa joue contre la mienne. Moi aussi, j'ai envie de toi. Je suis trempée de désir. Je ressens un tel vide que c'est douloureux.

Je sentis des filets de sueur le long de mon dos.

— Eva... Laisse-moi te prendre.

Ses lèvres caressaient les miennes. Ses doigts frôlaient mes cheveux.

— Laisse-moi t'aimer autrement.

Pourrais-je endurer cela ? Il le fallait. J'avais juré de lui donner tout ce dont elle aurait besoin, d'être pour elle le début et la fin de tout.

Je la reposai sur le sol, allai jusqu'à la douche et coupai l'eau. Je m'approchai alors de la baignoire, bouchai l'écoulement et ouvris les robinets.

— Tu es fâché ? s'enquit-elle d'une voix si ténue que je l'entendis à peine par-dessus le bruit de l'eau.

Sa façon de croiser les bras en travers de sa poitrine trahissait sa vulnérabilité. Je lui dis la vérité.

— Je t'aime.

Ses lèvres frémirent, puis dessinèrent un beau sourire qui me coupa le souffle.

Je lui avais dit un jour que je la ferais mienne de toutes les façons possibles. Et c'était encore plus vrai en cet instant.

— Viens là, mon ange.

Elle laissa retomber ses bras et me rejoignit.

Le mouvement du lit me réveilla. Je clignai des yeux. La lumière du soleil inondait la chambre. Le visage d'Eva se précisa, cerné d'un halo de lumière et éclairé d'un grand sourire.

— Bonjour, marmotte, dit-elle.

Le souvenir de la nuit me revint en mémoire. Le long bain, les mains savonneuses de ma femme dans mes cheveux et sur ma peau. Sa voix tandis qu'elle me parlait du mariage. Son rire sensuel quand je l'avais chatouillée au lit. Ses soupirs et ses gémissements quand nous nous étions embrassés jusqu'à ce que nos lèvres soient enflées et endolories, tels des adolescents qui ne sont pas prêts à aller jusqu'au bout.

Je ne vais pas mentir, faire l'amour aurait hissé les choses à un autre niveau. Néanmoins, cette nuit restait mémorable et figurerait en bonne place parmi nos autres nuits d'amour.

Je pris soudain conscience de l'endroit où je me trouvais, de ce que cela signifiait, et j'eus l'impression de recevoir un seau d'eau froide sur la tête.

— J'ai dormi dans le lit.

— Oui, dit-elle en faisant un petit bond joyeux sur le matelas. Tu l'as fait.

C'était irresponsable de ma part. Je n'avais même pas pris les comprimés qu'on m'avait prescrits pour réduire le risque.

— Ne fais pas cette tête-là, me réprimanda-t-elle en se penchant pour déposer un baiser entre mes sourcils. Tu as dormi comme un loir. À quand remonte ta dernière nuit de vrai sommeil ?

— Ce n'est pas la question et tu le sais, répliquai-je en m'asseyant.

— Écoute, champion, on a assez de soucis comme ça pour ne pas se faire en plus du mauvais sang à propos de choses qui se sont bien passées, déclara-t-elle en se levant. Si tu cherches une raison pour t'énerver, sers-toi de Cary. C'est lui qui a mis ça dans mon sac...

Elle se débarrassa de son court peignoir blanc, révélant un bikini bleu marine minimaliste.

— Seigneur !

Tout le sang de mon corps convergea vers ma queue qui se dressa sous le drap pour manifester son enthousiasme. Eva éclata de rire en voyant surgir ce chapiteau.

— Ça te plaît, apparemment.

Elle leva les bras et se retourna pour me faire admirer la coupe brésilienne du slip. Le derrière de ma femme était aussi voluptueux que sa poitrine. Forcément, elle trouvait ses formes trop généreuses, mais je la désapprouvais totalement. Je n'avais pourtant jamais été de ceux qui apprécient les femmes plantureuses, Eva cependant m'avait fait changer d'avis, comme elle avait chamboulé ma vie.

Je n'avais pas la moindre idée du nom de l'étoffe dans laquelle avait été taillé ce bikini, quoi qu'il en soit il était dépourvu de coutures et la moulait si parfaitement qu'on l'aurait cru peint sur elle. Les liens très fins au niveau du cou, des hanches et du dos me donnèrent envie de l'attacher pour prendre ce dont j'avais besoin.

— Viens là, ordonnai-je en lui tendant les bras.

Elle s'éloigna d'un pas dansant. Je rabattis le drap et bondis hors du lit.

— Couché, vilain, me taquina-t-elle en filant vers le divan.

J'empoignai mon sexe et me masturbai tout en la poursuivant.

— Ça ne va pas se passer comme ça.

Ses yeux étincelèrent de malice.

— Eva...

Elle attrapa quelque chose sur le dossier de la chaise et courut jusqu'à la porte.

— Rejoins-moi en bas !

Je bondis en avant, la ratai de peu et me retrouvai face à la porte qu'elle venait de claquer.

— Loupé.

Je gagnai la salle de bains, me brossai les dents, enfilai un caleçon de bain et un T-shirt et descendis au rez-de-chaussée. Tout le monde était déjà rassemblé dans la cuisine, occupé à manger avec appétit. Un rapide coup d'œil à la pendule m'apprit qu'il était presque midi.

Je cherchai Eva des yeux, la découvris assise sur la terrasse, le téléphone à l'oreille. Elle avait enfilé une petite tenue blanche sans bretelles. Monica et Lacey portaient un vêtement tout aussi symbolique. Comme moi, Cary, Stanton et Martin étaient en caleçon de bain et T-shirt.

— Elle appelle son père tous les samedis, dit Cary qui avait suivi la direction de mon regard.

J'observai ma femme une longue minute. Elle ne souriait plus, mais semblait détendue.

— Servez-vous, Gideon, dit Monica en posant une assiette de gaufres et de bacon devant moi. Désirez-vous un café ? Ou un jus de fruits ?

Je jetai un nouveau coup d'œil à Eva avant de répondre :

— Un café – noir – ce sera parfait.

Monica se dirigea vers la cafetière qui trônait sur le comptoir et je la rejoignis. Elle me sourit – ses lèvres

124

étaient peintes du même rose que le haut de son maillot de bain.

— Bien dormi ? s'enquit-elle.

— Comme une souche.

Ce qui était vrai, mais relevait de la chance pure. Toute la maisonnée aurait pu être réveillée par une bagarre entre Eva et moi, elle luttant pour me libérer de mon cauchemar tandis que j'imaginais qu'elle était quelqu'un d'autre.

Jetant un coup d'œil par-dessus mon épaule, je surpris le regard sombre de Cary. Il avait été témoin de ce qui pouvait arriver et ne me faisait pas plus confiance que moi-même.

Je pris une tasse sur l'étagère vers laquelle Monica tendait la main.

— Je peux me servir, lui dis-je.

— Laissez-moi donc faire, Gideon.

Je ne discutai pas et la laissai m'offrir un café. Je remplis une tasse pour ma femme. Une fois que j'eus ajouté la quantité de crème qu'appréciait Eva, j'attrapai les deux tasses d'une main, ramassai de l'autre l'assiette que m'avait servie Monica et me dirigeai vers le patio.

Eva suivit mes gestes du regard comme je disposais le tout sur la table, puis leva les yeux vers moi quand je m'assis en face d'elle. Elle n'avait pas attaché ses cheveux et des mèches blondes voletaient autour de son visage au gré de la brise. J'aimais la voir ainsi, simple et naturelle. Ici et maintenant, elle était mon petit coin de paradis sur terre.

« Merci », articula-t-elle silencieusement avant de grappiller une lamelle de bacon. Elle se dépêcha de mâcher pendant que son père parlait.

— Je me concentrerai sans doute sur Crossroads, dit-elle, la fondation caritative de Gideon. J'espère y participer activement. Et j'ai aussi pensé que je pourrais retourner à la fac.

Je haussai les sourcils.

— J'aimerais qu'il puisse compter sur moi, poursuivit-elle en me regardant droit dans les yeux. Il s'est très bien débrouillé sans mon aide jusqu'ici et il a une équipe de conseillers très efficaces. Si je veux que nous parlions boutique ensemble, ce serait mieux que je comprenne ce qu'il raconte.

Je désignai mon torse de l'index. « Je t'apprendrai », articulai-je.

Elle me souffla un baiser.

— En attendant, je vais être très occupée par les préparatifs d'un mariage qui aura lieu dans moins de trois semaines. Je n'ai même pas encore envoyé les invitations ! Je sais que ce ne sera pas facile pour tout le monde de se libérer. Est-ce que tu pourrais envoyer un mail à la famille, d'ici là ? Pour les informer de la date ?

Eva grignota une autre tranche de bacon pendant que son père répondait.

— Nous n'en avons pas encore parlé, reprit-elle, mais je n'ai pas l'intention de les inviter. Ils ont perdu le droit de faire partie de ma vie en désavouant maman. Et vu qu'ils n'ont jamais cherché à me contacter, ça ne leur fera ni chaud ni froid, de toute façon.

Je portai les yeux sur l'étendue de sable et la mer au-delà. Je n'avais moi non plus aucune envie de rencontrer les grands-parents maternels d'Eva. Ils avaient rejeté Monica quand elle s'était retrouvée enceinte sans être mariée. Quiconque désapprouvait l'existence de ma femme avait intérêt à ne pas croiser mon chemin.

Eva discuta encore quelques minutes, puis elle mit fin à la conversation, posa son téléphone sur la table et laissa échapper un long soupir de soulagement.

— Tout va bien ? demandai-je.

126

— Oui, il allait mieux, aujourd'hui, répondit-elle avant de jeter un coup d'œil vers la maison. Tu ne voulais pas manger avec les autres ?

— Tu trouves ça antisocial ?

— Complètement, dit-elle avec un sourire ironique. Je ne peux pas te le reprocher, remarque.

Je l'interrogeai du regard.

— Je me suis rendu compte que je n'avais pas inclus ta mère dans les préparatifs de mariage, expliqua-t-elle.

Je m'enfonçai dans mon siège pour dissimuler la raideur soudaine de mon dos.

— Tu n'as pas à le faire.

Ses lèvres se pincèrent. Elle prit une tranche de bacon et me la tendit. Un véritable acte d'amour.

— Eva, dis-je, ce sera ton grand jour. Ne te sens pas obligée de faire quoi que ce soit d'autre que ce qui te plaît. Et couche avec moi, puisque ça fait partie des choses qui te plaisent.

Son sourire réapparut.

— Ce sera merveilleux de toute façon.

— Mais ?

— Je ne sais pas, dit-elle avec un haussement d'épaules. Penser aux parents de ma mère m'a fait penser aux grands-parents en général, et ta mère sera la grand-mère de nos enfants. Je ne veux pas que la situation soit gênante.

La pensée de ma mère et d'un enfant que j'aurais conçu avec Eva me perturbait. Ce flot d'émotions me dépassait.

— Nous nous en soucierons en temps voulu.

— Tu ne crois pas que notre mariage serait un bon point de départ ?

— Tu n'aimes pas ma mère, répliquai-je. Ne fais pas semblant de vouloir le faire pour le bien d'enfants qui ne sont pas encore là.

Eva recula légèrement sur sa chaise, puis tendit la main vers sa tasse.

— Tu as goûté les gaufres ?

Je savais que ce n'était pas dans sa nature de faire diversion face à un sujet sensible, je n'insistai donc pas. Si nous devions parler sérieusement de ma mère, il serait toujours temps de s'y atteler plus tard.

Elle reposa sa tasse, déchira une gaufre avec ses doigts et m'en tendit la moitié. Je l'acceptai pour ce qu'elle était : une offre de paix.

Puis je me levai et la pris par la main. J'avais envie de marcher sur la plage avec elle pour m'éclaircir les idées.

— Il n'y a pas de quoi.

Je tournai la tête et découvris Cary, allongé sur le sable à quelques pas de là.

— Je sais que tu apprécies le bikini que j'ai mis dans son sac, expliqua-t-il en désignant Eva du menton.

Elle était dans l'eau jusqu'à la taille, ses cheveux mouillés peignés en arrière. De grandes lunettes d'aviateur protégeaient ses yeux du soleil tandis qu'elle jouait au frisbee avec Martin et Lacey.

— C'est toi qui l'as choisi, Cary ? demanda Monica, tout sourire sous son élégant chapeau à large bord.

Je l'avais regardée sans rien dire, tandis qu'elle tartinait Eva de crème solaire – une tâche que j'aurais pourtant préféré accomplir moi-même. Monica maternait parfois Eva comme si elle était encore une petite fille. Et ma femme avait beau lever les yeux au ciel, je voyais bien qu'elle appréciait ces attentions. Leur relation était très différente de celle que j'entretenais avec ma mère.

Je n'irais pas jusqu'à dire qu'elle ne m'aimait pas. Elle m'aimait, à sa façon – dans une certaine mesure.

L'amour de Monica, en revanche, ne connaissait aucune limite, ce qu'Eva trouvait parfois étouffant.

Qui pouvait dire ce qui était le mieux ? Être trop aimé ou pas assez ?

Dieu savait que j'aimais Eva au-delà du raisonnable !

Il y eut un brusque coup de vent, et Monica posa la main sur son chapeau pour l'empêcher de s'envoler.

— Oui, c'est moi qui l'ai choisi, répondit Cary en roulant sur le ventre. Elle était en train de regarder les maillots une pièce et je me suis senti obligé d'intervenir. Ce bikini est fait pour elle.

Oh, que oui ! Je m'étais assis et, les bras enroulés autour de mes jambes repliées, je ne me lassais pas de contempler ma femme. Elle était mouillée, presque nue, et j'avais envie d'elle.

Comme si elle avait senti que nous parlions d'elle, Eva me fit signe de la rejoindre. Je hochai la tête, mais attendis un moment avant de me lever.

Je pris une brève inspiration en découvrant la température de l'eau ; je ne regrettai cependant pas de m'être décidé à y entrer quand Eva arriva et se plaqua contre moi. Ses jambes m'encerclèrent la taille et son sourire se mua en baiser ardent.

— Tu ne t'ennuies pas, j'espère ? murmura-t-elle.

Puis elle se contorsionna de façon à nous précipiter tous deux dans l'eau. Je sentis sa main recouvrir mon sexe et le presser doucement. Aussi souple qu'une anguille, elle s'échappa avant que j'aie refait surface, éclata de rire en retirant ses lunettes et fila vers la plage.

Je la rattrapai, la saisis par la taille et nous fis tomber, me débrouillant pour absorber le choc de notre chute sur le sable. Son glapissement de surprise fut ma récompense, de même que la sensation de son corps humide se tortillant sur le mien.

Je basculai et la plaquai au sol. Mes cheveux pendaient autour de mon visage, projetant des gouttes d'eau sur le sien. Elle me tira la langue.

— Je te baiserais si personne ne nous regardait, lui dis-je.

— Nous sommes des jeunes mariés. Tu as le droit de m'embrasser.

Je levai la tête. Tous les regards étaient braqués sur nous.

J'aperçus aussi Benjamin Clancy et Angus qui se rapprochaient d'une maison à une centaine de mètres de là. Malgré la distance, le scintillement de la lumière sur la terrasse révélait la présence d'un téléobjectif.

Je voulus m'asseoir mais, de ses jambes entremêlées aux miennes, Eva m'en empêcha.

— Fais-moi un vrai baiser d'amour, champion, exigea-t-elle d'un ton de défi.

Je me souvins de lui avoir déjà dit ces mots et du baiser à couper le souffle dont elle m'avait alors gratifié.

J'inclinai la tête et déposai un baiser sur ses lèvres...

5

Je somnolais plus que je ne dormais quand la porte de la chambre s'ouvrit. Après ce week-end au bord de la mer, les bruits de Manhattan qui filtraient dans l'appartement m'avaient tout à la fois apaisée et excitée. Même si j'étais encore loin de pouvoir passer pour une vraie New-Yorkaise, je me sentais déjà chez moi dans la ville.

— Allez, allez, debout là-dedans ! cria Cary avant de se laisser tomber si lourdement sur le matelas que je faillis dégringoler du lit.

Je me redressai, écartai les cheveux qui me tombaient sur le visage et le repoussai.

— Je faisais la grasse matinée, au cas où tu ne l'aurais pas remarqué.

— Il est 9 heures passées, feignasse, répliqua-t-il en s'allongeant à plat ventre. Je sais que tu es au chômage, mais est-ce que tu n'as pas une foultitude de trucs à faire ?

Dans mon demi-sommeil, j'avais réfléchi à la liste des corvées qui m'attendaient. Elle était si longue que la dresser m'avait épuisée.

— Si.

— Quel enthousiasme !

— J'ai besoin de café d'abord. Et toi ? dis-je en remarquant son pantalon cargo vert olive et son T-shirt noir à col en V. Qu'est-ce que tu comptes faire, aujourd'hui ?

— Je suis censé me reposer pour être au top demain sur le podium. Je suis donc à ton entière disposition.

Je tendis la main pour remonter mes oreillers et m'y adossai.

— Je dois contacter l'organisatrice du mariage, le décorateur et m'occuper des invitations.

— Il faut aussi que tu trouves ta robe.

— Je sais, répondis-je en fronçant le nez. Ce n'est pas prévu sur ma liste d'aujourd'hui.

— Tu plaisantes ? Même si tu optais pour du prêt-à-porter – ce qui est évidemment inenvisageable –, il suffit qu'il y ait la moindre retouche à faire – suivez mon regard en direction des seins et des fesses de la demoiselle – pour que tu te retrouves hors délai.

Cary avait raison. J'avais compris la veille l'enjeu que représentait cette robe lorsque les photos de Gideon et moi nous embrassant sur la plage s'étaient répandues sur Internet. Le nombre de blogs appelant à copier ma tenue de plage était hallucinant. Le bikini que je portais étant en rupture de stock sur le site du fabricant, les prix de ceux qu'on trouvait sur les sites d'occasion avaient battu des records.

— Je ne sais pas quoi faire, avouai-je. Je ne connais aucun styliste.

— Tu as de la chance, c'est la Fashion Week.

Cela acheva de me réveiller, et mon esprit se mit à turbiner.

— Non ? Comment ai-je pu passer à côté ?

— Tu étais très occupée à te vautrer dans ton malheur, me rappela-t-il, pince-sans-rire. Ta mère assistera forcément à quelques défilés, histoire de croiser du monde et de claquer quelques milliers de dollars. Accompagne-la.

— Je redoute de lui parler de quoi que ce soit vu la réaction qu'elle a eue hier, répondis-je en me frottant les yeux.

Cary fit la grimace.

— Oui, elle nous a offert le grand jeu, avec larmes et tout.

— On avait failli se disputer parce qu'elle voulait transformer mon mariage en opération publicitaire, et voilà que maintenant, elle fait comme si la moindre mention de l'événement dans la presse serait synonyme de cauchemar.

— Pour être juste, elle a mentionné très précisément la presse à scandale.

— Il en existe une autre, de nos jours ? soupirai-je, sachant que je ne pourrais échapper à une nouvelle discussion avec ma mère. Je ne comprends pas ce qui la met dans cet état. Je n'aurais pu rêver meilleure photo de Gideon et moi. Corinne Giroux aura l'air pathétique, à présent.

— C'est vrai, dit-il, sérieux. Et franchement, ça fait plaisir de voir Gideon aussi amoureux. Il était tellement crispé ce week-end que j'en suis venu à me demander s'il n'allait pas se défiler.

— Trop tard, répliquai-je d'un ton faussement léger.

En réalité, cela m'avait fait de la peine de voir à quel point Gideon supportait mal la moindre marque d'affection. L'amitié semblait être le seul lien qu'il tolère en dehors de notre mariage.

— Ça n'avait rien à voir avec toi ou ma famille, ajoutai-je. Tu te rappelles comment il s'était comporté à la fête de Vidal Records, chez ses parents ?

— Vaguement, répondit-il en haussant les épaules. Pas mon problème, de toute façon. Tu veux que je contacte des amis pour qu'ils fassent passer le mot dans le milieu pendant qu'on vaque à nos petites affaires, cette semaine ? Ton bikini a affolé la Toile. Quel couturier ne sauterait pas sur l'occasion de créer ta robe de mariée ?

L'idée d'éblouir Gideon avec une robe glamour conçue rien que pour moi me plaisait, mais...

— Je ne sais pas, soupirai-je. Mieux vaut éviter d'ébruiter la date du mariage. Je ne veux pas de cirque médiatique. Déjà qu'on ne peut pas partir en week-end sans qu'un photographe nous colle aux basques.

— Eva, tu dois agir.

Je tressaillis, puis passai aux aveux :

— Je n'ai même pas encore dit à ma mère que c'était le 22 septembre.

— Fais-le. Maintenant.

— Je sais.

— Baby girl, tu pourras avoir le meilleur organisateur de mariage du monde, ta mère est la seule femme capable de mettre sur pied une réception fabuleuse – spécifiquement conçue pour toi – en l'espace de quelques jours.

— On n'arrive pas à s'entendre sur le style !

Cary bondit du lit.

— Je déteste te faire de la peine. Ta mère s'y connaît mieux que toi. C'est elle qui a décoré cet appartement et qui achète tes fringues. Son style, c'est ton style.

Je le foudroyai du regard.

— Parce que c'est une pasionaria du shopping. Pas moi.

— Exact. Je t'apporte un café, conclut-il en m'envoyant un baiser.

Je repoussai les couvertures et me levai. Cary venait peut-être de marquer un point, mais c'était quand même moi qui assortissais mes vêtements.

J'attrapais mon téléphone sur la table de nuit dans l'intention d'appeler ma mère quand le visage de Gideon apparut sur l'écran.

— Bonjour, toi, répondis-je.

— Comment se passe ta matinée jusqu'ici ?

Son débit rapide d'homme d'affaires m'arracha un petit frisson de vanité. Il était déjà à fond dans le travail, et ça ne l'empêchait pas de penser à moi.

— Je viens à peine de tomber du lit, alors je ne peux pas trop te dire. Et la tienne ? Tu as fini d'acheter tout Manhattan ?

— Pas tout à fait. Il faut que j'en laisse un peu à la concurrence, sinon ce n'est pas drôle.

— Ce que tu aimes, ce sont les défis, observai-je en passant dans la salle de bains, où la cabine de douche me rappela instantanément le corps de mon mari nu. Que crois-tu qu'il se serait passé si je ne t'avais pas résisté, au début ? Si j'étais tombée dans tes bras au premier claquement de doigts ?

— Tu m'aurais tout autant fait perdre la tête. C'était inévitable. Déjeune avec moi, ce midi.

— Je suis supposée organiser un mariage, répliquai-je.

— J'entends un « oui ». C'est un déjeuner d'affaires, mais ça te plaira.

Je jetai un coup d'œil au miroir et découvris ma tignasse ébouriffée et les plis que ma taie d'oreiller avait imprimés sur ma joue.

— À quelle heure ?

— Midi. Raúl t'attendra en bas quelques minutes avant.

— Je devrais être raisonnable et refuser.

— Tu ne le feras pas. Tu me manques.

Je retins mon souffle. Il avait lâché cela d'un ton nonchalant, comme un autre aurait dit « je t'appelle ». Gideon n'était toutefois pas du genre à dire des paroles en l'air.

J'aurais quand même aimé sentir l'émotion au-delà des mots.

— Tu es bien trop occupé.

— Ce n'est plus pareil, dit-il. Ça me perturbe, de ne plus te savoir dans le même immeuble que moi.

Je ne pus retenir un sourire. Il y avait dans sa voix une indéniable nuance de perplexité. Cela n'aurait pas dû le déranger que je ne sois pas en train de travailler quelques étages en dessous de son bureau, puisqu'il ne pouvait pas me voir. Et pourtant, si.

— Qu'est-ce que tu portes, aujourd'hui ? demandai-je.

— Des vêtements.

— OK. Un costume trois-pièces ?

— Il en existe d'autres sortes ?

Pas pour lui, non.

— De quelle couleur ?

— Noir. Pourquoi ?

— Ça m'excite d'y penser.

C'était vrai, cependant ce n'était pas le but de ma question.

— Et ta cravate, de quelle couleur ?

— Blanche.

— Chemise ?

— Blanche aussi.

Je fermai les yeux, me l'imaginai. Je me souvenais de cette association.

— À rayures, lâchai-je.

S'il portait une chemise et une cravate blanches, il avait forcément choisi un costume à rayures pour garder une allure business.

136

— Oui. Eva... ajouta-t-il en baissant la voix, je ne saurais pas dire pourquoi, mais cette conversation me stimule prodigieusement.

— Parce que tu sais que je te vois dans ma tête. Sombre et dangereux, et diaboliquement sexy. Tu sais que ça me fait fantasmer de te regarder, même mentalement.

— Rejoins-moi ici. Tôt. Tout de suite.

Je m'esclaffai.

— Tout vient à point à qui sait attendre, monsieur Cross. Je vais devoir raccrocher.

— Eva...

— Je t'aime.

Je coupai la communication et me plaçai face au miroir. L'image de Gideon était encore toute fraîche dans mon esprit et la frimousse ensommeillée que me retourna mon regard ne me parut pas à la hauteur. J'avais changé de look quand j'avais cru qu'il m'avait quittée pour Corinne. J'avais intitulé le résultat obtenu « la nouvelle Eva ». Depuis, mes cheveux avaient repoussé et mes mèches s'étaient estompées.

— Je peux entrer ? demanda Cary depuis la chambre.

— Oui.

Je me tournai vers lui quand il pénétra dans la salle de bains, une tasse de café à la main.

— Changement de programme, annonçai-je.

— Ah ? fit-il en posant la tasse près du lavabo.

— Pendant que je file sous la douche, tu me déniches un salon de coiffure fabuleux qui peut s'occuper de moi d'ici une demi-heure.

— D'accord.

— Après, je fonce à un déjeuner pendant que tu te charges de passer quelques coups de fil pour moi. En échange, je t'emmène dîner ce soir. Dans le restaurant de ton choix.

— Je connais ce regard, chantonna-t-il. Toi, tu es en mission.

— Exactement.

Comme je n'avais pas besoin de me laver les cheveux, ma douche fut vite expédiée. Je m'empressai ensuite d'aller fouiller dans mon placard, ayant consacré le temps passé dans la salle de bains à réfléchir à ce que j'allais porter. Une robe d'un blanc éclatant, avec soutien-gorge intégré et jupe en forme de tulipe, qui drapait le buste et les cuisses divinement. Sa couleur et le coton dans lequel elle était taillée lui donnaient une petite touche décontractée malgré sa coupe élégante et sexy.

Trouver les chaussures assorties prit un peu plus de temps. J'envisageai d'abord des escarpins couleur chair, mais mon choix se fixa finalement sur des sandales à talons lacées bleu turquoise, qui s'harmonisaient avec les yeux de Gideon. J'avais une pochette assortie et des boucles d'oreilles en opale du même bleu étincelant.

Je disposai le tout sur le lit et reculai pour évaluer l'ensemble.

— Joli, commenta Cary derrière moi.

— C'est moi qui ai acheté ces chaussures, lui rappelai-je. Ainsi que la pochette et les bijoux.

Il rit et passa le bras autour de mes épaules.

— Mais oui, mais oui. Ton coiffeur est arrivé. J'ai demandé au salon de l'envoyer ici.

— Vraiment ?

— Je ne te vois pas aller dans un salon ordinaire sans que ça se termine en esclandre. Il va falloir que tu trouves quelqu'un en qui tu aies confiance pour te coiffer en privé. En attendant, tu auras Mario, le roi des ciseaux !

— Et de la couleur ?

— La couleur ? répéta-t-il en laissant retomber son bras pour me faire face. Qu'est-ce que tu as en tête ?

Je le pris par la main et me dirigeai vers la porte.

— Reste avec moi, Cary.

Mario était une boule d'énergie dont le crâne s'ornait de boucles à pointes violettes agencées avec art. Plus petit que moi et tout en muscles, il installa son matériel dans ma salle de bains tout en bavardant de connaissances communes avec Cary, lâchant parfois des noms qui ne m'étaient pas inconnus.

— Une vraie blonde ! s'exclama-t-il d'un air ravi dès qu'il toucha mes cheveux. Vous appartenez à une espèce rare, ma chère.

— Faites-moi encore plus blonde, dis-je.

Il recula d'un pas et caressa pensivement son bouc.

— Quel degré de blondeur ?

— À l'extrême opposé du noir.

Cary émit un sifflement.

Mario souleva mes cheveux et les fit glisser entre ses doigts.

— Vous avez déjà des mèches platine.

— Plus clair que ça encore. Je veux garder la même longueur, mais plus stylé, plus d'épaisseur. Avec des pointes bien marquées. Peut-être aussi une frange, dis-je en me redressant. Je suis sexy et insolente, et assez intelligente pour l'afficher.

— Elle me plaît, déclara Mario en jetant un coup d'œil à Cary.

Ce dernier croisa les bras et acquiesça.

— À moi aussi.

139

Je m'écartai du miroir pour juger de l'effet. J'aimais ce que Mario avait fait à mes cheveux. Ils retombaient en strates autour de mes épaules et de mon visage. Il avait accentué la décoloration sur le haut de la tête et autour du visage de façon à créer une impression d'ensemble plus claire sans altérer les mèches plus sombres du dessous. Puis il avait taquiné les racines juste ce qu'il fallait pour donner un peu plus de volume.

Mon hâle du week-end les faisait paraître plus clairs encore. Je m'étais un peu lâchée sur le smoky eye, jouant sur une palette de gris et de noirs pour mettre mes yeux en valeur. Pour équilibrer, je n'avais pas maquillé le reste de mon visage, n'ajoutant qu'une touche de gloss incolore sur mes lèvres. Je juxtaposai mon reflet avec l'image de Gideon que j'avais dans la tête et j'obtins exactement le résultat recherché.

Mon mari était grand, beau, ténébreux. Ses cheveux étaient d'un noir absolu, aussi sombres et brillants que de l'encre de chine. Ses tenues généralement sombres attiraient l'attention sur ses traits ciselés et la couleur saisissante de ses yeux. J'avais cherché à devenir son opposé complémentaire. Le yang de son yin.

Voilà. J'étais au top.

— Sexy girl, déclara Cary en me détaillant d'un regard approbateur tandis que je traversais le salon. C'est quoi, ce déjeuner ?

Je consultai mon téléphone et jurai intérieurement. Raúl m'avait envoyé un texto dix minutes plus tôt pour m'annoncer qu'il était en bas.

— Je ne sais pas. Gideon a juste mentionné un déjeuner d'affaires.

— Eh bien, tu es spectaculaire, partenaire.

— Merci.

Je voulais être plus que cela. Je voulais être une arme dans l'arsenal de Gideon. J'allais cependant devoir le mériter, et il me tardait de relever le défi. Si je pouvais contribuer de quelque manière que ce soit à la conversation de ce déjeuner, je serais heureuse. Et si je me retrouvais complètement dépassée, je pourrais au moins le rendre fier d'être vu avec moi.

— Ses bijoux de famille auront tellement enflé qu'il ne pourra plus marcher jusqu'à l'autel, lança Cary dans mon dos. À force d'actionner la pompe, on finit par la faire exploser, si elle est bouchée.

— Tu es immonde, Cary, répliquai-je en ouvrant la porte. Je t'envoie les numéros de téléphone de l'organisatrice et du décorateur. Je serai de retour dans deux heures.

Par chance, la cabine d'ascenseur m'attendait à l'étage. Quand je franchis la porte de l'immeuble et que Raúl sortit de la Mercedes pour m'ouvrir la portière, le regard qu'il m'accorda me confirma que j'avais bien joué. Son expression demeura parfaitement professionnelle, mais je sentis que ce qu'il voyait lui plaisait.

— Désolée du retard, dis-je en me glissant sur la banquette arrière. Je n'étais pas tout à fait prête.

L'ébauche d'un sourire effleura ses lèvres.

— Je ne pense pas qu'il se formalisera.

Pendant le trajet, j'envoyai à Cary les numéros de téléphone de Blaire Ash, le décorateur qui s'occupait des travaux de rénovation du penthouse, et de Kristin Washington, l'organisatrice de mariage, pour qu'il m'arrange des rendez-vous avec eux. Une fois cela fait, je jetai un coup d'œil par la fenêtre et découvris que nous ne prenions pas la direction du Crossfire.

Quand nous arrivâmes en vue du *Tableau One*, je ne fus pas vraiment étonnée. Le célèbre restaurant était la coentreprise de Gideon et de son ami Arnoldo Ricci. Arnoldo était inconnu quand Gideon l'avait découvert en Italie. Désormais, c'était un des chefs les plus en vue de Manhattan.

Lorsque Raúl se gara sur l'aire des voituriers, je me penchai vers lui.

— Vous pourriez me rendre un service pendant que nous déjeunons ?

Il tourna la tête vers moi.

— Je voudrais que vous localisiez Anne Lucas. J'aimerais assez lui faire une mauvaise surprise, aujourd'hui.

J'étais habillée pour impressionner. Autant en profiter jusqu'au bout.

— C'est possible, dit-il prudemment. Il faut que j'en parle avec M. Cross.

Je faillis renoncer. Puis je me souvins que, techniquement, Raúl travaillait aussi pour moi. Si je voulais passer au niveau supérieur, ne fallait-il pas que je commence par me faire respecter chez moi ?

— Non, c'est moi qui vais lui parler. Contentez-vous de me la trouver. Je me charge du reste.

— Très bien, dit-il, l'air réticent. Vous êtes prête ? Ils vont vous prendre en photo dès qu'ils vous verront, ajouta-t-il en désignant du menton la douzaine de paparazzis qui faisaient le pied de grue près de l'entrée.

— Oh, là, là ! soufflai-je avant de prendre une profonde inspiration. Bon, allons-y.

Raúl sortit et m'ouvrit la portière. Dès que je me redressai, les flashs des appareils photo crépitèrent. Le visage impassible, je gagnai le restaurant d'un pas vif.

La salle était bondée et bruissait d'une multitude de conversations. Je repérai Gideon presque aussitôt. Il m'aperçut au même instant et les mots qu'il s'apprêtait à prononcer moururent sur ses lèvres.

L'hôtesse me dit quelque chose que je n'entendis pas. J'étais trop captivée par Gideon dont le beau visage me coupait le souffle – comme toujours –, mais ne me révélait rien de ses pensées.

Il recula sa chaise et se leva. Les quatre hommes assis à sa table tournèrent les yeux dans ma direction, et l'imitèrent. Les deux femmes qui étaient avec eux pivotèrent sur leurs chaises pour me regarder.

Sans oublier de sourire, je me dirigeai vers la grande table ronde qu'ils occupaient au centre de la salle, avançant d'un pas mesuré. Je m'efforçais d'ignorer les regards curieux de ceux qui se demandaient quelle était cette femme qui accaparait ainsi l'attention de Gideon Cross.

Ma main tremblait un peu quand je la posai sur son bras.

— Excuse-moi pour le retard.

Il glissa le bras autour de ma taille et m'effleura la tempe d'un baiser. Ses doigts exerçaient une pression presque douloureuse, et je m'écartai.

Il posa sur moi un regard si intense et si amoureux que mon pouls s'accéléra. Une onde de plaisir me balaya. Je connaissais ce regard et compris que mon apparition l'avait pris de court et qu'il luttait pour se contrôler. C'était bon de savoir que j'étais encore capable de produire cet effet-là. Et cela me donna envie de faire mon possible pour trouver la robe de mariée idéale.

Mon regard passa sur chacune des personnes attablées et je lançai un salut à la ronde.

Gideon s'arracha à la contemplation de mon visage.

— J'ai le plaisir de vous présenter ma femme, Eva.

Saisie, je me tournai vers lui, les yeux écarquillés. Nous étions censés n'être que fiancés. Je n'avais pas réalisé qu'il avait l'intention de dévoiler que nous étions mariés.

L'ardeur dans son regard se teinta d'amusement.

— Voici les membres du comité de la Fondation Crossroads.

Ma surprise se mua si brutalement en gratitude que je chancelai. Gideon m'apporta son soutien, comme il le faisait toujours.

Il me présenta tout le monde, puis tira ma chaise. Le déjeuner se déroula dans un tourbillon de plats délicieux et de conversation nourrie. Je fus heureuse d'apprendre que mon idée d'ajouter Cossroads à la biographie qui figurait sur le site officiel de Gideon avait accru la fréquentation de celui de la fondation et que les modifications que j'avais suggérées sur le site de Crossroads avaient été appliquées, entraînant une augmentation des candidatures d'aide.

J'adorais la proximité de Gideon, sa façon de me tenir la main sous la table.

À un moment donné, quelqu'un suggéra que je m'implique davantage. Je secouai la tête.

— Je ne suis pas qualifiée pour offrir quoi que ce soit de valable pour l'instant. Vous accomplissez tous un travail formidable.

— Merci, Eva, répondit Cindy Bello, la présidente, avec un grand sourire.

— J'aimerais assister aux réunions du comité en tant qu'observatrice pour progresser. Si je ne peux pas contribuer par des idées, j'espère trouver un autre moyen de vous aider.

— Puisque vous en parlez, intervint Lynn Feng, la vice-présidente des opérations, nombre de nos bénéficiaires apprécient de pouvoir remercier Crossroads pour son soutien. Ils organisent des buffets et des dîners qui permettent de récolter des fonds. Ils aimeraient beaucoup adresser leurs remerciements à Gideon en personne, mais son emploi du temps rend la chose presque toujours impossible.

Je m'appuyai brièvement contre l'épaule de Gideon.

— Vous voudriez que je l'incite à vous consacrer un peu plus de temps.

— En fait, répondit Lynn en souriant, Gideon a suggéré que vous pourriez peut-être le remplacer. Vous seriez alors chargée de représenter personnellement la fondation.

Je battis des cils.

— Vous plaisantez.

— Pas du tout.

Je regardai Gideon, qui confirma d'un hochement de tête. Je m'efforçai d'intégrer cette suggestion.

— Je ne pense pas faire un prix de consolation digne de ce nom.

— Eva, dit Gideon d'un ton de reproche.

— Je ne dis pas ça par modestie, répliquai-je. Qui pourrait avoir envie de m'écouter parler ? Toi c'est différent, tu es connu, brillant et tu possèdes un fabuleux talent d'orateur. Je pourrais t'écouter discourir une journée entière. Ton nom fait vendre des billets. Me proposer pour te remplacer ne fera que créer... un sentiment d'obligation. Je ne pense pas que ce soit constructif.

— Tu as terminé ? demanda-t-il d'une voix suave.

J'étrécis les yeux et m'apprêtai à subir la contre-offensive.

— Regarde les gens autour de toi et la façon dont tu les as aidés.

Comme moi. Il ne le dit pas, et n'en avait pas besoin.

— Si tu décides de t'y employer, continua-t-il, je suis certain que tu peux délivrer un message puissant.

— Si je peux me permettre d'ajouter quelque chose, intervint Lynn, quand Gideon n'est pas disponible, c'est l'un d'entre nous qui le remplace. Pouvoir compter sur un membre de la famille Cross serait merveilleux. Personne ne serait déçu.

La famille Cross. La formule me coupa le souffle. J'ignorais si Geoffrey Cross avait laissé d'autres membres de la famille derrière lui. Mais Gideon était indéniablement le rappel le plus visible de son tristement célèbre père.

Mon mari ne se souvenait pas de l'homme connu comme un escroc et un lâche. Il se souvenait de lui comme d'un père qui l'avait aimé et élevé. Gideon avait travaillé sans relâche et accompli beaucoup, animé par le besoin de changer ce qui était associé au nom de Cross dans la tête des gens.

Désormais, je portais ce nom-là, moi aussi. Et un jour, ce serait celui de nos enfants. Faire en sorte qu'ils en soient fiers était une responsabilité qui nous incombait à tous les deux.

Je regardai Gideon. Il soutint mon regard sans ciller.

— Deux endroits à la fois, murmura-t-il.

Mon cœur se serra. C'était bien plus que je ne m'y étais attendue, bien plus tôt aussi. Gideon m'offrait d'emblée quelque chose de personnel, d'intime et d'essentiel à ce qu'il était. Quelque chose qui signifiait également beaucoup pour moi et sur lequel je pourrais imprimer mon sceau.

Il s'était battu pour laver son nom, aussi seul dans cette bataille que dans toutes celles qu'il avait menées. Qu'il me fasse confiance pour le rejoindre dans ce combat était une déclaration d'amour aussi merveilleuse que l'alliance qu'il avait glissée à mon doigt.

Je lui étreignis la main avec force et tentai de lui faire savoir par un simple regard combien j'étais touchée. Il porta nos mains jointes à ses lèvres et ses yeux me retournèrent mon message. *Je t'aime.*

— Nous en parlerons, dit-il avant de se tourner vers les autres. Je regrette de devoir mettre un terme à cet entretien, mais une réunion m'attend. Je pourrais me montrer généreux et laisser Eva avec vous, mais je ne le ferai pas.

Rires et sourires accueillirent cette déclaration.

— Prête ? me demanda-t-il.

— Accorde-moi un instant, murmurai-je, regrettant de ne pouvoir l'embrasser comme j'en avais envie.

À en juger par l'étincelle qui s'alluma dans son regard, je le soupçonnai d'avoir deviné ce que je pensais.

Lynn et Cindy se levèrent et m'accompagnèrent aux toilettes.

Tandis que nous traversions le restaurant, je cherchai vainement Arnoldo du regard. Je n'en fus pas autrement surprise, connaissant ses engagements avec la chaîne Food Network. J'avais beau vouloir tenter de reconstruire notre relation, je savais que le temps ferait son œuvre. Au bout du compte, Arnoldo verrait à quel point j'aimais mon mari et que le protéger et être tout pour lui était au centre de ma vie.

Gideon et moi aimions nous défier l'un l'autre. Nous nous incitions à changer et à progresser. Il arrivait que nous nous blessions mutuellement pour arriver à nos fins ou pour faire valoir notre point de vue, ce qui inquiétait le Dr Petersen. Mais c'était notre façon de faire et elle nous convenait. Nous pouvions tout nous pardonner, excepté la trahison.

Il était inévitable que les gens, particulièrement ceux qui nous étaient proches, se posent des questions. Ils ne pouvaient pas comprendre – et je ne le leur reprochais pas, je commençais moi-même à peine à le comprendre – que nous exigions davantage de nous-même que de l'autre. Parce que nous courions après la meilleure version possible de nous-mêmes, pour avoir la force d'être ce dont l'autre avait besoin.

Après être allée aux toilettes, je me lavai les mains, puis jetai un coup d'œil dans la glace. Je me passai les doigts dans les cheveux pour leur redonner du volume – je ne sais pas comment Mario s'y était pris, mais ils avaient plus de corps chaque fois que je les touchais.

Je surpris le sourire de Cindy dans le miroir et me sentis vaguement gênée. Elle sortit alors un tube de rouge à lèvres et je me détendis.

— Eva. J'ai failli ne pas vous reconnaître. J'adore votre coiffure.

Par le truchement du miroir, je regardai la femme qui venait de s'adresser à moi. L'espace d'un instant, je crus qu'il s'agissait de Corinne et mon pouls s'emballa. Finalement, je parvins à resituer ce visage.

— Bonjour, dis-je en me retournant pour faire face à l'épouse de Ryan Landon.

La première fois que j'avais vu Angela, elle avait les cheveux relevés en un élégant chignon. Quand elle les détachait, le rideau noir et lisse qu'ils formaient lui descendait jusqu'au milieu du dos. Elle était grande et mince, les yeux d'un bleu-gris sourd. Son visage était plus allongé que celui de Corinne et ses traits un peu moins parfaits, mais c'était néanmoins une très belle femme.

Elle me détailla de la tête aux pieds avec tant de naturel que je n'aurais pu jurer qu'elle l'avait vraiment fait. Un tour de force. Je réalisai soudain que le fait d'appartenir à la nouvelle élite de la ville allait me valoir d'être perpétuellement scrutée, non seulement par les médias, mais par ceux qui en faisaient déjà partie. Je n'étais pas prête. Et l'éducation maternelle visant à faire de moi une gentille débutante n'allait pas m'aider à l'être, de cela j'étais certaine.

Angela sourit en s'approchant du lavabo voisin du mien.

— Ça me fait plaisir de vous voir.

— Moi aussi, ça me fait plaisir.

Maintenant que j'étais informée de la vendetta que menait Landon contre Gideon, j'étais sur mes gardes. Cela étant, je n'essayais plus de décrocher le budget publicité de son mari. Nous étions donc sur un pied d'égalité. Enfin presque. Mon mari était plus jeune, plus riche et plus sexy que le sien. Et elle le savait.

Cindy et Lynn ayant fini de se laver les mains, elles se dirigèrent vers la porte et je leur emboîtai le pas.

— Je me demandai… commença Angela.

Je tournai la tête et l'incitai du regard à poursuivre.

— … si vous comptiez assister au défilé Grey Isles cette semaine ? Il me semble qu'un de vos amis – celui qui vit avec vous – est le visage de leur dernière campagne, non ?

Ce fut difficile, mais je réussis à demeurer impassible. Pourquoi cette question ? Où voulait-elle en venir ? Je n'aurais su le dire, car elle affichait une expression franche, sans la moindre trace de duplicité. Peut-être lui prêtais-je des arrière-pensées qu'elle n'avait pas ? À moins que je n'aie pas le talent nécessaire pour jouer à ce petit jeu aussi bien qu'elle ?

Parce qu'il était évident qu'elle s'intéressait à moi. Pas seulement à ma relation avec Gideon, mais à toutes les autres. Elle se tenait au courant des potins. Pourquoi ?

— Je ne pense pas assister à aucun des défilés de la Fashion Week, répondis-je prudemment.

Son sourire disparut, mais son regard s'éclaira, m'incitant à rester sur la défensive.

— Quel dommage. Je m'étais dit que nous pourrions y aller ensemble.

Je n'arrivais toujours pas à déchiffrer ses pensées et cela me mettait légèrement à cran. Je l'avais trouvée plutôt sympathique la première fois que nous nous étions rencontrées, même si elle n'avait pas ouvert la bouche, laissant son mari et l'équipe de LanCorp assurer toute la négociation. Ni elle ni Landon n'avaient laissé transparaître la moindre animosité à l'endroit de Gideon. Ce qui n'avait rien de surprenant vu la nature de notre réunion.

Mais peut-être qu'elle n'était pas au courant... Peut-être que Landon avait gardé secret son désir de vengeance.

— Ce ne sera pas pour cette fois, conclus-je en maintenant délibérément la porte ouverte, au cas où.

Elle était peut-être aussi inoffensive qu'elle le paraissait, ou alors redoutablement fourbe. Quoi qu'il en soit, il n'était pas question que je me lie avec une femme dont l'époux cherchait à nuire à Gideon ; l'adage qui conseille d'être proche de ses ennemis n'avait cependant pas été inventé pour rien.

Elle se sécha rapidement les mains et sortit en même temps que moi.

— Une autre fois, peut-être.

Après le relatif silence des toilettes, la salle de restaurant me parut encore plus bruyante, entre brouhaha des conversations, couverts s'entrechoquant et musique de fond.

Nous venions d'émerger du couloir quand Ryan Landon sortit du box où il était assis et se planta devant nous. Les Landon n'avaient pas été placés à la meilleure table. Gideon savait-il qu'ils déjeuneraient là ? Cela ne m'aurait pas étonnée. Mon mari ne m'avait-il pas pistée un jour grâce à la carte de crédit que j'avais utilisée dans une boîte de nuit qui lui appartenait ?

Landon était grand, quoique pas autant que Gideon. Un mètre quatre-vingt, peut-être, des cheveux châtain ondulés et des yeux couleur d'ambre. Il avait l'allure et l'attrait du mâle alpha, le sourire prompt et le rire conquérant. Je l'avais trouvé charmant quand je l'avais rencontré, et attentionné avec sa femme.

— Eva, me salua-t-il, portant brièvement le regard vers sa femme qui se tenait derrière moi. Quelle bonne surprise.

— Bonjour, Ryan, répondis-je, regrettant de n'avoir pu surprendre le regard qu'ils venaient d'échanger.

— Je parlais justement de vous un peu plus tôt. Il paraît que vous avez quitté Waters, Field & Leaman.

Le picotement d'inquiétude qui m'avait saisie dans les toilettes s'intensifia. Je n'étais pas préparée à jouer à ces périlleux petits jeux sociaux. Si Gideon maîtrisait l'art de l'attaque – il n'était pas pour rien le maître du jeu –, c'était loin d'être mon cas. Je me retins de jeter un coup d'œil dans sa direction, histoire de voir s'il nous regardait.

— Cela me manque déjà, improvisai-je. Mais Gideon et moi sommes attachés à Mark.

— Oui, on m'a dit beaucoup de bien de lui.

— Il connaît son métier. C'est quand Mark travaillait sur la campagne pour la vodka Kingsman que j'ai rencontré Gideon.

Landon haussa les sourcils.

— Je ne l'aurais pas deviné.

Je souris.

— Vous êtes entre de bonnes mains. Mark est le meilleur. Je serais sans doute plus triste de partir si je ne savais pas que nous serons amenés à travailler de nouveau avec lui.

Landon accusa visiblement le coup.

— En fait... nous avons décidé d'allouer le budget à l'équipe maison. Ils sont persuadés de tenir une idée sensationnelle et vu qu'ils ont été recrutés pour cela, je me suis dit que le plus sage était de les laisser faire.

— Ah. J'ai hâte de voir ce qu'ils auront trouvé, dis-je en reculant d'un pas. C'était un plaisir de vous revoir.

Ils me saluèrent et je retournai à ma table, où Gideon était en pleine conversation avec les membres du comité. Je crus qu'il ne m'avait pas entendu approcher, mais il se leva juste avant que j'aie atteint la table, sans avoir même tourné la tête.

Nous dîmes au revoir, puis quittâmes le restaurant, la main de Gideon au creux de mes reins. J'aimais qu'il me touche ainsi, la pression ferme et directive de sa main. Possessive.

Angus nous attendait près de la Bentley garée le long du trottoir. Les paparazzis aussi, qui en profitèrent pour nous mitrailler. S'asseoir sur la banquette et se fondre dans le flot de la circulation fut un soulagement.

— Eva.

Le timbre rauque de Gideon me donna la chair de poule. Je le regardai, découvris le feu de son regard. Ses mains encadrèrent mon visage et ses lèvres se pressèrent sur les miennes. L'avidité de son baiser m'arracha un cri étouffé. Sa langue s'insinuait profondément dans ma bouche, attisant le désir qu'il m'inspirait, toujours frémissant dans mes veines.

— Tu es belle, dit-il en enfouissant les mains dans mes cheveux. Tu changes sans arrêt. Je ne sais jamais qui je vais trouver d'un jour sur l'autre.

Je ris et lui rendis son baiser avec passion. J'adorais sa bouche. Les plis sensuels qui l'encadraient perdaient de leur sévérité quand il s'abandonnait, et il était encore plus beau.

— Je me dois d'entretenir ton désir, champion.

Il m'attira sur ses genoux, ses mains glissant partout sur moi.

— J'ai envie de toi.

— J'espère bien, murmurai-je. Tu es coincé avec moi pour la vie.

La pointe de ma langue suivit le contour de sa lèvre inférieure.

— Ce ne sera pas assez long.

Il captura de nouveau ma bouche, sa main se refermant sur ma nuque pour m'immobiliser tandis que sa langue s'activait comme s'il me faisait l'amour.

Je me tortillai pour me dégager de son étreinte, gênée par la présence d'Angus.

— Gideon.

— Allons au penthouse, proposa-t-il dans un murmure tentateur.

Son sexe était dur sous mes fesses, chargé de promesses de réjouissances coupables et d'irrésistibles plaisirs.

— Tu as une réunion, haletai-je.

— Au diable ma réunion.

Je réprimai un éclat de rire et l'étreignis, le nez niché au creux de son cou pour respirer son odeur. Il sentait merveilleusement bon, comme à son habitude. Gideon ne mettait pas d'eau de toilette. Son odeur était celle, fraîche et primitive, de sa peau relevée d'une pointe de son gel douche favori.

— J'aime ton odeur, chuchotai-je en frottant le bout de mon nez contre son cou.

Son corps était chaud et ferme, pulsant d'une vie où l'énergie le disputait à la puissance.

— Elle a quelque chose d'unique qui m'émeut profondément, continuai-je. Elle fait partie de ces choses qui me disent que tu m'appartiens.

— Tu me rends fou, gronda-t-il, ses lèvres m'effleurant l'oreille.

153

Il en mordilla le lobe, me punissant du désir que je lui inspirais.

— Toi aussi, tu me rends folle. Et tu m'as rendue si heureuse aujourd'hui.

Il prit une inspiration hachée, ses mains courant fébrilement le long de mon dos.

Je m'écartai et le regardai retrouver son calme. Il perdait si rarement le contrôle. Le mettre dans cet état me réjouissait. Et j'étais aux anges de savoir qu'il avait été à cran dès mon apparition et n'en avait rien laissé paraître. Cette maîtrise était pour moi un puissant facteur d'excitation.

Du bout des doigts, je lui frôlais le visage.

— Merci, soufflai-je. Ce n'est pas assez pour ce que tu m'as offert aujourd'hui, mais merci.

Il ferma les yeux et appuya son front contre le mien.

— Il n'y a pas de quoi.

— Je suis contente que ma coiffure te plaise.

— J'aime quand tu te sens sûre de toi et sexy.

Je frottai le bout de mon nez contre le sien, mon amour pour lui m'emplissait tout, ne laissant de place pour rien d'autre.

— Que ferais-tu si pour être sûre de toi et sexy, j'éprouvais le besoin de me teindre les cheveux en violet ?

— Je ferais l'amour à une femme aux cheveux violets, sourit-il. Du moment que l'intérieur demeure identique, le reste n'est qu'un emballage, ajouta-t-il en posant la main sur mon cœur, profitant de l'occasion pour me presser le sein.

Je fus sur le point de lui avouer que j'étais au bord de sombrer dans le romantisme, puis décidai de garder cela pour moi.

— Les Landon étaient là, tu as vu ? dis-je à la place.

— Je les ai vus te parler, oui.

— Tu savais qu'ils seraient là, n'est-ce pas ?

— Ça ne m'a pas surpris.

— Ce que tu peux être cachottier, me plaignis-je. C'est vraiment un truc de mec, ça. Angela pensait me proposer d'assister au défilé Grey Isles de la Fashion Week avec elle et je me suis demandé si elle me testait ou si elle était sérieuse.

— Sans doute un peu des deux. Qu'as-tu répondu ?

— Que je n'avais pas prévu d'y aller.

Je l'embrassai et me tortillai pour reprendre ma place sur la banquette. Il résista, puis me laissa aller.

— Corinne aurait su comment lui répondre, soupirai-je. Magdalene aussi, probablement. Ma mère n'en aurait fait qu'une bouchée.

— Tu t'en es bien tiré. Et Landon ?

— J'ai mentionné le fait que nous étions très proches de Mark dans la mesure où toi et moi nous sommes rencontrés quand tu travaillais avec lui. J'ai aussi dit que nous avions hâte de collaborer de nouveau avec lui.

— Tu veux voir si Landon lui fera une offre, devina-t-il.

— Je suis curieuse de voir jusqu'où il ira, oui. Je n'ai aucune inquiétude en ce qui concerne Mark. Il est loyal et même s'il ne connaît pas tous les détails, il sait que c'est en partie à cause de Lancorp que j'ai démissionné. Et puis, il n'est pas idiot, il sait très bien que chez LanCorp, il ne serait jamais qu'un drone.

Gideon se laissa aller contre le dossier de la banquette. Si je ne l'avais pas aussi bien connu, j'aurais cru que c'était juste parce que c'était plus confortable.

— Et tu veux vérifier que je t'ai dit la vérité à propos des motivations de Landon.

Je posai la main sur sa cuisse et sentis qu'il était tendu. Gideon avait été trahi par son père et sa mère, et je savais qu'une part de lui s'attendait invariablement que tout le monde en fasse autant.

155

— Non. Je te crois. Je t'ai cru quand tu me l'as dit. Ta parole me suffit.

Il me regarda longuement, puis me pressa la main. Fort.

— Merci.

— Mais peut-être as-tu ressenti le besoin de me le prouver ? demandai-je doucement. Tu apprends que Landon a réservé une table. Tu veux me présenter au comité. Un déjeuner au *Tableau One* te permet de faire d'une pierre deux coups si je croise Landon. C'était pourtant s'en remettre pour une large part au hasard.

— Pas si sa table se trouvait près des toilettes.

— Rien ne te disait que j'irais aux toilettes.

— Tu es une femme, laissa-t-il tomber comme si c'était une réponse en soi.

Je plissai les yeux.

— Des fois, tu me donnes envie de te gifler.

— Ce n'est pas ma faute si j'ai raison.

— Tu détournes la conversation.

Il pinça les lèvres un instant.

— Tu m'as quitté à cause de lui. Je tenais à ce que tu le revoies.

— Ce n'est pas entièrement exact, mais d'accord. Je vois ce que tu cherchais. Je n'arrive toujours pas à les cerner, ajoutai-je. Lui est un peu plus facile à déchiffrer que sa femme, mais ils sont remarquablement doués pour donner le change. Et ils forment une équipe.

— Nous aussi.

— On y vient. J'ai besoin d'apprendre à mieux tenir mon rôle.

— Je n'ai rien à redire à ce sujet.

Je souris.

— Je n'ai pas dit de bêtises. Ce n'est pas la même chose que se montrer brillant.

Il me caressa la joue.

— Peu m'importe que tu dises des bêtises – encore que je suis certain que nos définitions de ce mot divergent. Peu m'importe que tes cheveux soient verts ou violets, même si je te préfère en blonde. Tu *es* ce que je veux.

Je tournai la tête et déposai un baiser au creux de sa paume.

— Angela ressemble à Corinne.

Un rire surpris lui échappa.

— Absolument pas.

— Si, elle lui ressemble à mort ! Pas comme une sœur jumelle, il n'empêche qu'elles ont la même chevelure et le même corps.

— Non, s'obstina Gideon en secouant la tête.

— Tu crois que Landon a choisi quelqu'un qui était ton type de femme ?

— Je crois que tu te laisses déborder par ton imagination, répondit-il en posant l'index sur mes lèvres pour m'empêcher de répliquer. Et même si ce n'est pas le cas, il aurait tout faux, donc, le sujet est clos.

Je lui fis une grimace. Ma pochette vibra près de ma cuisse. Je l'ouvris et sortis mon portable.

Un texto de Raúl. *Elle est à son cabinet.*

Je jetai un coup d'œil à Gideon ; il m'observait.

— J'ai demandé à Raúl de localiser Anne, lâchai-je.

Il dit quelques mots dans sa barbe, puis :

— Ce que tu peux être têtue.

— Comme tu l'as remarqué, je me sens sûre de moi et sexy, rétorquai-je en lui soufflant un baiser. C'est un bon jour pour lui faire un petit coucou.

Il porta les yeux sur le rétroviseur intérieur. Angus croisa son regard et quelque chose passa entre eux.

— Tu feras tout ce qu'Angus dira, déclara mon mari en reportant son attention sur moi. Si, le moment venu, il estime que ce n'est pas une bonne idée, tu n'insisteras pas. Compris ?

Il me fallut une seconde pour répondre car je m'étais attendue à davantage d'objections de sa part.

— D'accord.

— Et ce soir, tu dînes avec moi au penthouse.

— Depuis quand cela fait-il partie de la négociation ?

Il se contenta de me regarder, implacable, inébranlable.

— J'ai promis à Cary de l'emmener dîner, champion. Il s'est chargé de passer des coups de fil à ma place pendant qu'on déjeunait ensemble. Tu peux te joindre à nous, si tu veux.

— Non, merci. Rejoins-moi après.

— Tu promets d'être sage ?

Une étincelle de malice s'alluma dans ses yeux.

— Seulement si tu l'es aussi.

Je me dis que s'il arrivait à en rire, c'était signe que nous progressions.

— Marché conclu.

La voiture s'arrêta devant le Crossfire et Gideon se prépara à descendre. Le temps qu'Angus contourne la voiture pour ouvrir la portière, je m'inclinai vers lui en lui offrant ma bouche. Gideon prit mon visage entre ses mains et m'embrassa, ses lèvres fermes et possessives. Ce baiser fut plus doux que celui dont il m'avait régalée au sortir du *Tableau One*. Mais tout aussi profond.

Quand il s'écarta, j'étais à bout de souffle.

Il m'étudia un moment, puis eut un petit hochement de tête satisfait.

— Appelle sur mon portable dès que tu as fini.

— Mais si tu es en…

— Appelle-moi.

— Entendu.

Gideon sortit la Bentley et gagna le Crossfire.

Je le suivis des yeux jusqu'à ce qu'il disparaisse et me souvins de notre toute première rencontre. J'étais dans le hall et il était revenu sur ses pas. Je m'efforçai de garder ce souvenir à l'esprit, sachant que c'était absurde de me sentir abandonnée, mais j'avais toujours du mal à le regarder partir. Cela faisait partie des nombreux défauts que j'allais devoir corriger.

Tu me manques déjà, lui écrivis-je.

Il me répondit aussitôt. *Je m'en réjouis, mon ange.*

Je riais quand Angus reprit place au volant. Il me jeta un coup d'œil dans le rétroviseur.

— Où allons-nous ?

— Là où travaille Anne Lucas.

— Il se peut qu'elle y reste encore plusieurs heures.

— Je m'en doute. J'ai des coups de fil à passer en l'attendant. Et si elle ne se montre pas, nous réessaierons une autre fois.

— Compris, fit-il en démarrant.

J'appelai Cary.

— Salut, répondit-il. Alors, ce déjeuner ?

— Bien, dis-je, avant de le lui raconter.

— Il s'en est passé des choses, commenta-t-il lorsque j'eus terminé. Je n'ai pas tout capté de l'histoire Landon, mais bon, je ne comprends pas grand-chose aux affaires de ton mec. Dis-moi, est-ce qu'il existe une seule personne qui ne lui en veuille pas ?

— Oui : moi.

— C'est vrai – en même temps, vous ne couchez plus ensemble.

— Cary, je vais te tuer, je le jure.

Je perçus son gloussement malicieux.

— J'ai contacté Blaire. Il peut te retrouver au penthouse demain si tu veux. Communique-lui le créneau horaire qui t'arrange et il verra ce qu'il peut faire.

— Super. Et Kristin ?

— J'y viens, baby girl. Elle est à son bureau toute la journée, tu peux l'appeler quand tu veux. Ou lui envoyer un mail. Elle est impatiente de te parler.

— Je vais l'appeler. Tu as choisi le resto qui te ferait plaisir pour ce soir ?

— Je me sens d'humeur asiatique. Chinois, japonais, thaï… ce genre-là.

— Va pour un asiatique, décidai-je en appuyant la tête contre le dossier de la banquette. Merci, Cary.

— Content de t'aider. Quand est-ce que tu rentres ?

— Je ne sais pas encore. Il me reste un truc à faire.

— D'accord, à tout à l'heure, alors.

Je mis fin à l'appel alors qu'Angus se garait.

— Son cabinet se trouve juste en face, dit-il en indiquant la façade d'un immeuble en brique.

Le hall était visible à travers la porte vitrée de l'entrée. Je l'inspectai brièvement du regard et imaginai Anne à l'intérieur en compagnie d'un patient qui lui révélait tous ses secrets sans se douter une seconde qui elle était vraiment. C'est ainsi que cela fonctionne. Les professionnels de santé mentale à qui nous faisons confiance savent tout de nous, alors que nous ne connaissons d'eux que ce que nous laissent supposer les photos posées sur leur bureau et les diplômes accrochés aux murs.

Je fis défiler la liste de mes contacts, trouvai le numéro de Kristin et l'appelai à son bureau. Son assistante me la passa directement.

— Bonjour, Eva. Je comptais justement vous téléphoner aujourd'hui, mais votre ami m'a devancée. J'essaie de vous joindre depuis plusieurs jours, en fait.

— Je sais. Je suis désolée.

— Ne le soyez pas. J'ai vu les photos de Gideon et vous à la plage. Je ne vous en veux pas de ne pas m'avoir rappelée. Il faut cependant que nous nous rencontrions pour préciser un certain nombre de choses.

— La date prévue est le 22 septembre.

Un bref silence accueillit cette annonce, puis :

— D'accord. Waouh !

Je grimaçai, sachant qu'un délai aussi court était en soi une exigence énorme. Et que le coût serait d'autant plus élevé.

— J'ai décidé que ma mère avait raison pour la palette blanc, ivoire et or. On peut partir sur cette base. J'aimerais quand même quelques touches de rouge. Par exemple, un bouquet neutre et des bijoux en rubis.

— Hmm. Laissez-moi réfléchir. Des nappes de damas rouge sous des napperons blancs... ? Ou des dessous d'assiettes en verre de Murano et des assiettes en cristal... Je vais réfléchir à un certain nombre de propositions. Il faut impérativement que je voie les lieux.

— Je peux vous arranger un vol. Quand seriez-vous disponible ?

— Le plus tôt sera le mieux. Je suis prise demain soir, mais dans la matinée, ce serait possible.

— Je m'en occupe et je vous envoie les détails.

— Je surveillerai mes messages. Eva... est-ce que vous avez votre robe ?

— Heu... non.

Elle s'esclaffa et quand elle reprit la parole, elle était beaucoup plus détendue.

— Je comprends que vous soyez tentée de précipiter les choses avec un fiancé comme le vôtre, mais un délai plus long nous permettrait de préparer tranquillement votre jour parfait.

— Il sera parfait quoi qu'il arrive, assurai-je en frottant le pouce contre mon alliance, dont la présence me réconfortait. Le 22, ce sera l'anniversaire de Gideon.

— Eh bien ! Nous ferons en sorte que tout soit prêt.

Je souris, ravie.

— Merci. Je vous rappelle bientôt.

Je coupai la communication et tournai les yeux vers l'immeuble en brique. Un petit café se trouvait à côté. J'irai chercher un *latte* après que j'aurai appelé le décorateur.

J'envoyai un texto à Gideon. *À qui dois-je m'adresser pour arranger le vol de l'organisatrice de mariage dans les Outer Banks demain matin ?*

Rédiger cette question me fit un drôle d'effet. Qui aurait imaginé que j'aurais un jour une flotte de jets privés à ma disposition ? J'attendis la réponse de Gideon une minute, puis décidai d'appeler Blaire Ash en attendant.

— Bonjour, Ash. C'est Eva Tramell, la fiancée de Gideon Cross.

— Eva, je sais qui vous êtes, voyons. Je suis heureux de vous entendre.

— J'aimerais discuter d'un certain nombre de choses avec vous. Cary m'a dit que nous pourrions nous voir demain.

— En effet. Quel horaire vous conviendrait ?

— En début de soirée, proposai-je. Vers les 18 heures ?

Gideon serait avec le Dr Petersen jusqu'à 19 heures, à quoi s'ajouterait le trajet de retour. Cela me laisserait le temps de modifier quelques points de notre projet de rénovation.

— C'est parfait, répondit Blaire. Je vous retrouve sur place ?

— Oui. Merci, au revoir.

Mon portable vibra dès que je mis fin à l'appel. Je consultai l'écran et découvris la réponse de Gideon : *Scott prend les dispositions nécessaires.*

Je me mordillai la lèvre, fâchée contre moi-même de ne pas avoir pensé à appeler Scott. *Je passerai par lui la prochaine fois. Merci !* ☺

Je pris une longue inspiration ; j'avais le sentiment qu'il fallait quand même que j'appelle la mère de Gideon, Elizabeth.

Le portable d'Angus bipa. Il s'en empara, puis se tourna vers moi.

— Elle vient de prendre l'ascenseur pour descendre.

— Oh ! m'exclamai-je, d'abord surprise, puis abasourdie.

Comment pouvait-il le savoir ? Je jetai de nouveau un coup d'œil à l'immeuble. Gideon en était-il aussi propriétaire ? De même qu'il possédait l'immeuble dans lequel travaillait son mari ?

— Prenez ça, dit Angus en me tendant un petit disque noir de la taille d'une pièce de monnaie en trois fois plus épais. Il y a une face autocollante. Collez-le sous la bretelle de votre robe.

Je glissai mon portable dans mon sac, pris le disque et l'examinai.

— Qu'est-ce que c'est ? Un micro ?

— C'est ça ou je viens avec vous. Le souci ce n'est pas vous, c'est elle, ajouta-t-il avec un sourire d'excuse.

N'ayant rien à cacher, je glissai le micro à l'intérieur de ma robe et descendis de voiture une fois qu'Angus m'eut ouvert la portière. Il me prit le bras et me fit traverser la rue en hâte.

Il m'adressa un clin d'œil avant de se replier à l'intérieur du café.

Je me retrouvai soudain seule sur le trottoir, en proie à un début de panique. Qui se dissipa une seconde plus tard, quand Anne poussa la porte vitrée du hall. Avec sa robe portefeuille imprimée léopard et ses Louboutin noires, il émanait d'elle une vibrante impression de férocité, que ses cheveux roux hérissés ne faisaient que renforcer.

Je coinçai ma pochette sous mon bras et me dirigeai vers elle.

— Quel hasard ! m'exclamai-je lorsque je fus assez près.

Elle me coula un regard, la main levée pour héler un taxi. Un instant, son visage de renard demeura inexpressif. Puis elle me reconnut. Sa stupéfaction me récompensa de mon audace. Elle laissa retomber son bras.

Je la détaillai de la tête aux pieds.

— Vous devriez laisser tomber la perruque que vous portez pour tourner autour de Cary. Les cheveux courts vous vont mieux.

Elle s'était déjà ressaisie.

— Eva. N'êtes-vous pas charmante ? Vous frotter à Gideon vous embellit.

— Oui, il se frotte souvent à moi. Chaque fois qu'il le peut. Il n'arrive plus à s'en passer, à vrai dire. Et il ne lui reste plus rien pour vous, alors je vous conseille de vous enticher de quelqu'un d'autre.

Son visage se durcit. Jamais encore, réalisai-je, je ne m'étais trouvée face à de la haine pure. Malgré la chaleur de l'été new-yorkais, un frisson me parcourut.

— Pauvre petite ignorante, dit-elle en faisant un pas vers moi, il est sans doute en train d'en baiser une autre à l'instant même. Il est ainsi et c'est ce qu'il fait.

— Vous n'avez pas la moindre idée de l'homme qu'il est, répliquai-je, détestant devoir lever la tête pour la regarder. Je ne m'inquiète pas à son sujet. Vous, en revanche, vous devriez vous inquiéter. Parce que si vous l'approchez encore ou si vous approchez Cary, c'est à moi que vous aurez affaire. Et ce ne sera pas beau à voir.

Je pivotai sur mes talons. Mission accomplie.

— C'est un monstre, lança-t-elle. Il vous a dit qu'il est en thérapie depuis l'enfance ?

Cela m'arrêta. Je fis volte-face.

Elle sourit.

— Il est fêlé de naissance. C'est un malade doublé d'un pervers, et vous n'avez encore rien vu. Il croit qu'il peut vous le cacher, à vous, la jolie petite fille qui se croit dans un conte de fées. La Belle et la Bête pour les masses populaires. Une couverture habile qui ne tiendra pas longtemps. Il ne pourra pas réprimer sa vraie nature éternellement.

Mon Dieu... Était-elle au courant au sujet de Hugh ?

Comment avait-elle pu coucher avec lui si elle savait que Gideon avait été victime des perversions de son frère ? Cela me donnait envie de vomir et un flot de bile remonta dans ma gorge.

Son rire glissa sur moi telle une pluie d'éclats de verre.

— Gideon est vicieux jusqu'à la moelle et cruel. Il vous brisera lorsqu'il en aura fini avec vous. S'il ne vous tue pas avant.

Je me redressai, frémissante de colère, et luttant contre l'envie de coller mon poing dans sa sale figure qui suintait la suffisance.

— Pauvre conne, grinçai-je. Avec qui crois-tu que les monstres se marient ? Avec des petites filles fragiles ? Ou avec des monstres ?

Je fis une pause avant de lui cracher au visage :

— Tu as raison pour le conte de fées. Mais ce n'est pas lui la Bête. C'est *moi*.

6

— *Tu trouves Gideon effrayant ? Attends seulement d'avoir eu affaire à moi.*

Je restai pétrifié sur mon siège, l'écho de la voix d'Eva résonnant encore à mes oreilles après la fin de l'enregistrement. Je levai les yeux vers Angus.

— Mon Dieu, soufflai-je.

Nous avions cherché les dossiers me concernant que Hugh aurait éventuellement pu garder. Nous n'avions rien trouvé et en avions conclu qu'il n'avait conservé aucune archive. Cela semblait logique. Pourquoi documenter ses propres crimes ?

— Je vais fouiller de nouveau, déclara Angus calmement. Les différents domiciles d'Anne, son bureau, celui de son mari. Tout. Je les trouverai.

J'acquiesçai et fis reculer mon fauteuil. Je pris une profonde inspiration pour combattre un début de nausée. Je ne pouvais rien faire d'autre qu'attendre.

Je me levai, m'approchai de la fenêtre et regardai l'immeuble qui abritait les bureaux de LanCorp.

— Eva s'est bien débrouillée avec Anne, observa Angus derrière moi. Elle lui a flanqué une trouille de tous les diables. Je l'ai vu à sa tête.

J'avais préféré écouter l'enregistrement audio de leur entrevue plutôt que de visionner celui de la caméra de sécurité, et ce que je venais d'entendre me suffisait. Je connaissais ma femme, sa voix et ses intonations. Je connaissais aussi son tempérament. Et je savais qu'elle pouvait se montrer féroce lorsqu'il s'agissait de prendre ma défense.

Depuis que nous étions ensemble, Eva avait provoqué des confrontations directes avec Corinne, ma mère à plusieurs reprises, Terrence Lucas et maintenant l'épouse de celui-ci. Je savais que ma femme se sentait tenue de le faire, raison pour laquelle je m'étais forcé à lui laisser le champ libre.

Je n'avais pas besoin qu'on prenne ma défense. J'étais capable de veiller sur moi-même comme je l'avais toujours fait. Mais c'était bon de savoir que je n'étais plus seul. Et rassurant de constater qu'elle était capable d'affronter une folle du calibre d'Anne Lucas et de lui faire peur.

— C'est une tigresse, dis-je en me retournant. Je sais de quoi je parle, elle ne m'a pas épargné ses coups de griffe.

Les épaules d'Angus se détendirent légèrement.

— Elle te soutiendra.

— Si mon passé est rendu public ? Oui, elle le fera.

Je réalisai en prononçant ces mots à quel point c'était vrai. Je n'avais pas toujours été certain de pouvoir compter sur Eva. Je l'aimais et je ne doutais pas de son amour, mais si parfaite fût-elle pour moi, elle n'en avait pas moins ses défauts. Elle doutait trop souvent d'elle-même. Il lui arrivait de penser qu'elle n'était pas de taille à affronter certaines situations. Et quand elle sentait son indépendance et sa sérénité menacées, elle prenait la fuite pour se protéger.

Mon regard se posa sur la photo d'elle qui se trouvait sur mon bureau. Les choses avaient changé tout récemment. Elle m'avait acculé au bord d'un précipice et privé de la seule chose sans laquelle je ne pouvais pas vivre – elle. Alors j'avais sauté dans le précipice parce que je n'avais pas d'autre choix si je voulais la récupérer. Résultat : elle considérait désormais notre mariage comme une véritable alliance, elle croyait en *nous*. Mon ressentiment initial avait disparu. Quoi qu'il advienne, j'étais prêt à recommencer pour la garder, et Eva n'aurait plus besoin de m'acculer.

— Elle aime que je prenne soin d'elle, que je la protège, dis-je, surtout pour moi-même. Même si je perdais tout, elle resterait avec moi. C'est *moi* qu'elle veut, malgré tous mes défauts.

L'argent… l'image publique… Ce n'était pas important à ses yeux.

— Tu n'as pas que des défauts, mon garçon. Tu es trop beau pour ton bien, c'est certain, déclara Angus avec un sourire narquois. Et tu as parfois fait des choix douteux en ce qui concerne les femmes, mais qui pourrait te jeter la pierre ? Difficile de résister quand on est chaud lapin et qu'elles lèvent leur jupe.

Amusé par la crudité de son commentaire, je chassai Anne Lucas de mes pensées. M'inquiéter ne me mènerait à rien. Angus allait se charger de faire ce à quoi il excellait. Quant à moi, je devais me concentrer sur ma femme et la vie qui était la nôtre désormais.

— Où est Eva ? lui demandai-je.

— Raúl l'a conduite à la salle d'entraînement de Parker Smith, à Brooklyn.

Je hochai la tête. Je comprenais qu'Eva ait ressenti le besoin de relâcher un peu la vapeur.

— Merci, Angus.

Il sortit et je me remis au travail. J'avais mis de côté un certain nombre de choses pour caler ce déjeuner de Crossroads avec Eva et je devais rattraper mon retard.

Mon portable vibra sur le plateau de verre de mon bureau. Je lui jetai un coup d'œil, souhaitant secrètement découvrir le visage d'Eva sur l'écran. Ce fut celui de ma sœur, Ireland, qui apparut. Juste avant de prendre l'appel, j'éprouvais un malaise assez proche de la panique.

Je ne voyais pas en quoi faire partie de la vie de mon adolescente de sœur pouvait lui être bénéfique, mais Eva jugeait cela important, ce fut donc pour elle que je fis l'effort de répondre.

— Ireland. Que me vaut ce plaisir ?

— Gideon, hoqueta-t-elle.

Je me raidis aussitôt, tandis qu'une vague de colère me hérissait le poil.

— Que se passe-t-il ?

— En rentrant de l'école, j'ai trouvé papa qui m'attendait. Ils vont divorcer.

Je me levai, fis le tour de mon bureau, puis me rassis, ma colère envolée. Ma sœur enchaîna avant que j'aie pu dire quoi que ce soit.

— Je ne comprends pas, sanglota-t-elle. Il y a deux semaines, tout allait bien. Et puis ils se sont mis à se disputer sans arrêt et papa est parti vivre à l'hôtel. Il s'est passé quelque chose, mais ils ne veulent pas me dire ce que c'est. Maman n'arrête pas de pleurer. Et papa a les yeux rouges chaque fois que je le vois.

Mon estomac se noua.

Chris savait. Au sujet de Hugh et de moi. Des mensonges de Terrence Lucas destinés à couvrir le crime de son beau-frère. Des refus de ma mère – refus de me croire, de se battre pour moi, de me venir en aide.

— Ireland...

— Tu crois qu'il a une maîtresse ? C'est lui qui a commencé tout ça. Maman dit qu'il ne sait plus ce qu'il fait et qu'il finira par revenir, mais je n'y crois pas. Je vois bien que sa décision est prise. Tu ne voudrais pas lui parler ?

Ma main se crispa sur le téléphone.

— Pour lui dire quoi ?

Bonjour, Chris. Désolé de m'être fait violer et que ta femme ne soit pas capable de faire face. C'est vraiment dommage cette histoire de divorce. Tu ne pourrais pas passer l'éponge et couler des jours heureux avec elle ?

Imaginer Chris reprenant le cours de sa vie avec ma mère comme si de rien n'était m'emplissait de rage. Quelqu'un savait. Quelqu'un se souciait de ce qui s'était passé. Quelqu'un ne supportait pas plus que moi de vivre avec ce poids. Même si j'avais pu, je n'aurais changé cet état de fait pour rien au monde.

Une partie de moi se réjouissait froidement de cette reconnaissance, si tardive fût-elle.

— Il s'est forcément passé quelque chose, Gideon ! Des gens qui sont fous amoureux ne décident pas de divorcer tout d'un coup !

Je me frottai la nuque, sentant poindre un mal de crâne.

— Ils devraient peut-être envisager une thérapie conjugale.

J'étouffai le rire sans joie qui menaçait de jaillir. Le responsable de tout cela était un thérapeute. N'était-ce pas le comble de l'ironie que ce soit moi qui leur conseille d'en consulter un autre pour en sortir ?

— Maman m'a dit que papa le lui avait proposé, renifla Ireland. Mais elle ne veut pas en entendre parler.

Cette fois, je ne pus contenir un ricanement. Que dirait le Dr Petersen s'il avait l'occasion de sonder l'esprit de ma mère ? Lui inspirerait-elle de la pitié ? Du dégoût ? De la colère ? Il ne ressentirait sans doute rien de tout cela. J'avais, comme tant d'autres, été victime d'agressions sexuelles dans l'enfance et ma mère, comme tant d'autres femmes, était égoïste et faible.

— Je suis désolé, Ireland.

Bien plus que je ne pourrais jamais le lui dire. Qu'aurait-elle pensé de moi si elle avait su que tout était ma faute ? Peut-être en serait-elle venue à me détester, elle aussi, comme notre frère Christopher.

Cette pensée me serra la poitrine comme un étau.

Si Christopher ne me supportait pas, il aimait Ireland et il était investi dans la relation de leurs parents. Moi, j'étais l'élément extérieur. Je l'avais toujours été.

— Tu as parlé à Christopher ?

— Il est aussi anéanti que maman. Moi, je suis en larmes, mais eux deux… je ne les ai jamais vus comme ça.

Je me levai de nouveau, trop agité pour rester assis. *Que dois-je faire, Eva ? Que dois-je dire ? Pourquoi n'es-tu pas là quand j'ai besoin de toi ?*

— Ton père n'a pas de maîtresse, dis-je, lui offrant le réconfort que je pouvais. Ce n'est pas son genre.

— Alors pourquoi demande-t-il le divorce ?

J'exhalai bruyamment.

— Pourquoi les gens souhaitent-ils divorcer ? Parce que leur mariage ne fonctionne pas.

— Après toutes ces années, il déciderait subitement qu'il n'est pas heureux et il plaquerait tout ?

— Il a suggéré une thérapie et elle a refusé.

— Alors ce serait la faute de maman s'il a un problème avec elle ?

La voix était celle d'Ireland, mais les mots étaient ceux de ma mère.

— Si tu cherches un coupable, ne compte pas sur moi pour t'aider.

— Tu t'en fiches qu'ils restent ensemble ou pas. Et tu dois trouver ma réaction ridicule à l'âge que j'ai.

— Sûrement pas. Tu as le droit d'être bouleversée.

Je vis Scott apparaître de l'autre côté de la porte vitrée de mon bureau, et hochai la tête lorsqu'il tapota le cadran de sa montre.

— Aide-les, s'il te plaît, Gideon !

— J'ignore d'où tu tiens que j'en serais capable.

Elle se remit à pleurer.

Je jurai intérieurement. Je détestais la savoir si malheureuse, d'autant que j'étais partiellement responsable.

— Allons…

— Est-ce que tu pourrais au moins essayer de les raisonner ?

Je fermai les yeux. Le problème venait de moi, ce qui m'interdisait de faire partie de la solution. Je ne pouvais toutefois pas le lui dire.

— Je les appellerai.

— Merci, souffla-t-elle. Je t'aime.

Cette déclaration me coupa le souffle. Elle raccrocha avant que j'aie retrouvé ma voix, me laissant avec l'impression d'une occasion manquée.

Je m'efforçai de reposer d'un geste lent le téléphone sur mon bureau pour résister à l'envie de le lancer contre le mur.

Scott passa la tête dans l'entrebâillement de la porte.

— Tout le monde vous attend dans la salle de conférences, monsieur.

— J'arrive.

— Et M. Vidal aimerait que vous l'appeliez dès que possible.

J'acquiesçai, mais grondai intérieurement en entendant le nom de mon beau-père.

— Ce sera fait.

Il était près de 21 heures du soir quand Raúl m'informa qu'Eva venait de monter dans l'ascenseur. Je sortis du bureau du penthouse pour aller l'accueillir sur le palier et arquai les sourcils en la voyant apparaître avec un grand carton sur les bras. Raúl se tenait derrière elle, un sac de voyage à la main.

— J'ai apporté quelques trucs pour envahir ton espace, annonça-t-elle en souriant quand je lui pris le carton des mains.

— Envahis, mon ange, envahis, répondis-je, fasciné par la lueur malicieuse qui faisait briller ses yeux gris.

Raúl déposa le sac dans le salon, puis s'éclipsa. Je suivis Eva du regard. Elle portait un jean sombre qui moulait ses courbes, un chemisier de soie ample et des talons plats. Ses cheveux encadraient son visage dépourvu de maquillage.

Elle laissa tomber son sac à main sur le fauteuil de l'entrée. Tandis qu'elle se débarrassait de ses chaussures, son regard glissa de mon torse nu à mon pantalon de pyjama en soie noire.

— Tu as promis d'être sage, champion, me rappela-t-elle.

— Dans la mesure où je ne t'ai même pas encore embrassée, mon comportement peut être qualifié d'irréprochable, ripostai-je.

J'allai déposer le carton sur la table de la salle à manger et jetai un coup d'œil à l'intérieur. Il contenait tout un tas de photos encadrées enveloppées de papier bulle.

— Comment était ce dîner ? demandai-je.

— Savoureux. Je préférerais que Tatiana ne soit pas enceinte, mais je pense que cela devrait pousser Cary à se poser des questions et à grandir un peu. Ce qui est une bonne chose.

Je jugeai plus sage de garder mon opinion pour moi.

— Que dirais-tu d'ouvrir une bouteille de vin ?

173

— Excellente idée, répondit-elle avec un sourire lumineux.

Quand je revins dans le salon, je découvris toute une série de cadres sur le manteau de la cheminée – le montage de photos de nous deux que je lui avais donné pour mettre sur son bureau ainsi que des clichés de Cary, de Monica, de Stanton, de Victor et d'Ireland.

Et la photographie encadrée de mon père et de moi au bord du rivage, celle que je lui avais montrée quand nous avions signé l'acte de vente de la maison de la plage.

Je bus une gorgée de vin et évaluai le changement apporté par ces ajouts. Le salon ne comportant aucun autre élément personnel, la transformation me parut... radicale. D'autant qu'Eva avait choisi des cadres en mosaïque de couleurs vives qui attiraient le regard.

— Ton instinct de survie de célibataire tire-t-il la sonnette d'alarme ? me taquina-t-elle en s'emparant du verre que je lui tendais.

Je lui lançai un coup d'œil amusé.

— Trop tard pour me faire peur.

— Tu en sûr ? Je ne fais que commencer.

— Il était temps.

— Très bien, dit-elle avant d'avaler une gorgée de pinot noir. J'étais prête à t'amadouer avec une fellation si ça t'avait effrayé.

Mon sexe durcit et s'allongea.

— Maintenant que tu le dis... je me sens gagné par une espèce de sueur froide...

La boule de fourrure qui émergea soudain de sous la table basse me fit sursauter et je faillis renverser du vin sur le tapis d'Aubusson.

— Qu'est-ce que c'est que ça ?

La boule s'ébroua et se transforma en un chiot à peine plus grand que mon pied. Il fonça vers moi en titubant sur ses petites pattes. Noir et feu, le ventre blanc, de grandes oreilles oscillant autour de sa petite truffe, il frétillait de joie et d'excitation.

— Il est à toi, déclara ma femme, un rire dans la voix. Il est adorable, non ?

Je regardai sans mot dire ce chien minuscule avancer jusqu'à mes pieds et entreprendre de me lécher les orteils.

— Oh, mais tu lui plais !

Elle posa son verre sur la table basse et s'agenouilla pour caresser le chiot.

Perplexe, je balayai la pièce du regard, et remarquai ce qui m'avait échappé. Le sac de voyage que Raúl portait était pourvu d'orifices de ventilation sur le dessus et les côtés.

— J'aimerais que tu voies ta tête ! s'esclaffa Eva, qui ramassa le chiot avant de se redresser.

Elle me débarrassa de mon verre et me tendit la remuante petite boule de poils.

Je la pris parce que je ne pouvais pas faire autrement et reculai la tête quand il commença à me lécher le visage.

— Je ne peux pas avoir de chiot.

— Bien sûr que si.

— Je n'en veux pas.

— Mais si.

— Eva... Non.

Elle porta mon verre jusqu'au canapé et s'assit, les jambes repliées sous elle.

— Comme ça, expliqua-t-elle, l'appartement ne te semblera plus aussi vide le temps que j'emménage.

— Je n'ai pas besoin d'un chien, répliquai-je en la dévisageant. C'est ma femme que je veux.

175

— Maintenant tu as les deux, dit-elle avant de boire dans mon verre et de se passer la langue sur les lèvres. Comment vas-tu l'appeler ?

— Je ne peux pas avoir de chien, m'entêtai-je.

Eva me considéra d'un air serein.

— C'est un cadeau d'anniversaire de ta femme, tu es obligé de le garder.

— D'anniversaire ?

— Ça fait un mois qu'on est mariés, me rappela-t-elle en me gratifiant d'un long regard sensuel. Je me disais qu'on pourrait aller à la maison de la plage pour fêter cela.

Je rajustai ma prise sur le chiot qui se tortillait en tous sens.

— Fêter cela comment ?

— De toutes les façons possibles et imaginables.

Je durcis instantanément, ce qu'elle ne manqua pas de remarquer. Ses pupilles se dilatèrent et son regard caressa mon érection, nettement visible sous mon pantalon.

— Je n'en peux plus, Gideon, murmura-t-elle, les joues en feu. Je voulais attendre, mais je ne peux pas. J'ai besoin de toi. Et puis, c'est notre anniversaire. Si on ne peut pas faire l'amour maintenant et se retrouver tous les deux, rien que toi et moi, alors on ne pourra jamais, et je ne pense pas que ce soit possible.

Je soutins son regard.

— Si tant est que ce que je viens de dire ait le moindre sens, ajouta-t-elle avec un sourire espiègle.

Le chiot me léchait frénétiquement le menton, mais je le remarquai à peine tant mon attention était concentrée sur ma femme. Elle ne cessait de me surprendre. Toujours de façon agréable.

— Lucky.

— Quoi ? fit-elle en inclinant la tête de côté.

— C'est son nom. Lucky.

Elle éclata de rire.

— Tu es un vrai démon, champion.

Quand Eva retourna chez elle, il y avait une cage pour chien dans ma chambre, une autre dans mon bureau et des gamelles très chics pour l'eau et la nourriture dans la cuisine. Mes placards étaient remplis d'aliments pour chiens en sachets sous vide et des paillassons en peluche avaient pris place dans chaque pièce de l'appartement. Il y en avait même un en pelouse artificielle sur lequel Lucky était censé uriner – quand il ne se soulageait pas sur mes tapis hors de prix comme il l'avait fait un peu plus tôt.

Tous ces articles ainsi que des jouets et des sprays aux enzymes réservés aux petits accidents s'étaient retrouvés sur le palier, à côté de l'ascenseur. J'en avais conclu que ma femme avait recruté Raúl et Angus pour l'aider dans son projet de me refiler un chien.

Je regardai ce dernier, assis à mes pieds, levant vers moi son doux regard empli de quelque chose qui ressemblait fort à de l'adoration.

— Que diable suis-je censé faire d'un chien ?

Lucky remua si fort la queue que le bas de son dos accompagna le mouvement.

Quand j'avais posé cette question à Eva, elle m'avait exposé son plan : Lucky m'accompagnerait au travail, après quoi Angus se chargerait de le déposer à la garderie pour chiens – qui savait qu'un tel service existait ? – et je passerais le récupérer le soir avant de rentrer à la maison.

Mais la véritable réponse était écrite sur le message qu'elle avait laissé sur mon oreiller.

177

Mon très cher monsieur Noir Danger,
Les chiens sont d'excellents connaisseurs de l'âme
humaine. Je suis certaine que cet adorable beagle te véné-
rera presque autant que moi parce qu'il verra ce que je
vois en toi : ton instinct protecteur, ta prévenance et ta
loyauté. Comme tu es la quintessence du mâle alpha, il
t'obéira bien mieux que moi (je suis sûre que tu appré-
cieras !). Avec le temps, tu t'habitueras à être aimé incon-
ditionnellement, que ce soit par lui, par moi ou par tous
ceux qui feront partie de ta vie.
À toi pour toujours,
Madame X

Lucky s'assit sur son derrière et me donna un coup de patte dans le tibia accompagné d'un petit gémissement.

— Tu veux qu'on s'occupe de toi tout le temps, pas vrai ? dis-je en le soulevant, prêt à accepter les coups de langue dont il ne manqua pas de me gratifier.

Posséder un animal de compagnie n'avait jamais été sur ma liste de souhaits. Pas plus que d'avoir une femme – et c'était pourtant ce qui m'était arrivé de mieux dans la vie.

Tenant Lucky à bout de bras, je le considérai avec attention. Eva lui avait mis un collier de cuir rouge orné d'une petite plaque de cuivre gravée. *Joyeux anniversaire.* La date de notre mariage figurait à côté, histoire de m'empêcher de me débarrasser de lui.

— Nous voilà coincés ensemble, lui déclarai-je, à quoi il répondit d'un jappement en agitant de nouveau la queue. Tu risques de le regretter bien plus que moi.

Je suis seul dans ma chambre et j'entends ma mère
crier. Papa supplie, puis crie à son tour. Ils allument la

178

télévision avant de claquer la porte de leur chambre, mais ce n'est pas assez fort pour couvrir leurs cris.

Ils se disputent tout le temps en ce moment.

Je ramasse la télécommande de ma voiture préférée et je la fais foncer dans le mur. Encore et encore. Ça n'aide en rien.

Papa et maman s'aiment. Ils échangent de longs regards et se sourient, comme s'ils oubliaient tous ceux qui sont autour. Ils n'arrêtent pas de se toucher. Ils se tiennent la main. Ils s'embrassent. Ils sont tout le temps en train de s'embrasser. C'est dégoûtant, mais je préfère ça aux cris et aux hurlements qu'ils échangent depuis deux semaines. Même papa, qui rit et sourit tout le temps d'habitude, est triste. Il a les yeux rouges et il ne se rase plus.

J'ai peur qu'ils ne se séparent comme les parents de mon copain Kevin.

Il fait de plus en plus sombre, mais la dispute continue. Maman a la voix rauque maintenant, tout enrouée par les larmes. Un verre se brise. Quelque chose de lourd cogne contre un mur et me fait sursauter. Ça fait longtemps que le déjeuner est fini et mon estomac gargouille, pourtant je n'ai pas faim. J'ai plutôt envie de vomir.

Dans ma chambre, la seule lumière vient de la télé. Je n'aime pas le film qui passe. J'entends la porte de la chambre de mes parents s'ouvrir puis se refermer. Un instant plus tard, la porte d'entrée s'ouvre et se referme à son tour. Notre appartement retombe dans un silence qui rend de nouveau malade.

Quand la porte de ma chambre s'ouvre enfin, la silhouette de maman est toute sombre avec la lumière qui brille autour. Elle me demande pourquoi je suis assis dans le noir, mais je ne lui réponds pas. Je lui en veux d'être tellement méchante avec papa. C'est toujours elle qui commence les disputes. À cause d'un truc qu'elle a vu à la télé ou qu'elle a lu dans le journal ou que ses *amis lui ont raconté. Ils n'arrêtent pas de dire du mal de papa, ils inventent des trucs.*

Mon papa n'est pas un voleur et un menteur. Maman devrait le savoir. Elle ne devrait pas écouter les gens qui ne le connaissent pas aussi bien que nous.

— Gideon.

Maman allume la lumière et je sursaute. Elle est plus vieille. Elle sent le lait caillé et le talc pour bébé.

Ma chambre est différente. Mes jouets ont disparu. La moquette est devenue un tapis posé sur un sol dallé de pierre. Mes mains sont plus grandes.

Je me lève et je suis aussi grand qu'elle. Je croise les bras et m'adresse à elle d'un ton cassant.

— Quoi ?

— Il faut que tu arrêtes, dit-elle en essuyant les larmes qui coulent sur ses joues. Tu ne peux pas continuer à te comporter ainsi.

— Sors d'ici.

Mon mal de ventre s'amplifie. Mes paumes deviennent moites. Je serre les poings.

— Ces mensonges doivent cesser ! Nous avons une nouvelle vie maintenant, une belle vie. Chris est un homme bon.

— Ça n'a rien à voir avec Chris.

J'ai envie de taper sur quelque chose. J'aurais mieux fait de me taire. Je ne sais pas pourquoi je me suis imaginé qu'on me croirait.

— Tu ne peux pas...

Je me redressai en sursaut, haletant. Le drap que je serrais entre mes mains se déchira. Il fallut un moment pour que le martèlement de mon sang contre mes tympans diminue et que je perçoive les aboiements ininterrompus qui m'avaient réveillé.

Je me frottai le visage et lâchai un juron. Lucky tentait d'escalader le couvre-pieds qui traînait à demi par terre. Il finit par se hisser sur le lit, bondit sur mon torse.

— Calme-toi, bon Dieu !

Il se pelotonna sur mes genoux en gémissant et je me sentis tout bête.

Je le soulevai et le maintins contre ma poitrine en sueur.

— Pardon, murmurai-je en lui caressant le crâne.

Je m'adossai à la tête de lit, fermai les yeux et attendis que mon pouls ralentisse. Je mis plusieurs minutes à retrouver mes esprits et au moins autant à ressentir que caresser Lucky me calmait.

Un rire m'échappa et j'attrapai mon téléphone sur la table de chevet. L'heure, un peu plus de 2 heures du matin, me fit hésiter. Le besoin d'être fort, aussi. De me sortir tout seul de ma galère.

Mais il s'était passé bien des choses depuis cette première fois où j'avais appelé Eva pour lui parler d'un cauchemar. De bonnes choses.

— Salut, répondit-elle d'une voix ensommeillée et sexy. Ça va ?

— Mieux, maintenant que j'entends ta voix.

— Des problèmes avec le chien ? Ou un cauchemar ? D'humeur folâtre, peut-être ?

Un calme bienfaisant se répandit en moi. Je m'étais préparé à un rejet. Or elle semblait au contraire prête à me faciliter la tâche. Une nouvelle raison de tenter de lui donner ce qu'elle voulait, même quand mon instinct se rebellait. Parce que lorsque Eva était heureuse, je l'étais aussi.

— Peut-être un peu de tout ça.

— D'accord, dit-elle. Commence par le début, champion.

— Si je verrouille la porte de sa cage, Lucky pleure et m'empêche de dormir.

Elle rit.

— Tu es trop gentil et il l'a deviné. Est-ce que tu as essayé de le mettre dans ton bureau ?

— Il aboie dès que je l'y laisse. J'ai fini par fermer la porte de la cage sans la verrouiller et il s'est couché.

— Il n'apprendra pas à contrôler sa vessie si tu ne lui apprends pas la cage.

Je baissai les yeux sur le beagle qui dormait, roulé en boule sur mes genoux.

— Il m'a tiré d'un cauchemar. Je pense qu'il l'a fait volontairement.

— Raconte-moi, dit-elle.

Ce que je fis.

— Il avait déjà essayé de grimper sur le lit un peu plus tôt, sans succès, terminai-je. Il est trop petit et le lit est trop haut. Mais là, il a réussi.

Je l'entendis exhaler un soupir.

— J'imagine que tes cauchemars l'empêchent de dormir, lui aussi.

Cela me prit une seconde avant que j'éclate de rire. Les derniers vestiges du désespoir de mon rêve se dissipèrent comme de la fumée dans la brise.

— J'éprouve soudain le besoin de t'allonger en travers de mes cuisses pour te donner la fessée, mon ange.

— Essaie, mon coco, répliqua-t-elle d'un ton amusé. Tu verras ce qui se passera.

Je savais ce qui se passerait. C'était elle qui ne le savait pas. Pas encore.

— Pour en revenir à ton rêve... murmura-t-elle. Je te l'ai déjà dit, et je te le répète : je crois vraiment que tu devrais reparler de Hugh avec ta mère. Ce sera douloureux, mais il faut que ce soit fait.

— Ça ne changera rien.

— Tu n'en es pas certain.

— Si, dis-je en changeant de position, ce qui me valut un petit grognement de protestation de Lucky. Je n'ai pas eu l'occasion de te le dire tout à l'heure, Chris a demandé le divorce.

— Quoi ? Quand ?

— Je l'ignore. C'est Ireland qui me l'a appris aujourd'hui. J'ai appelé Chris en fin de journée, mais il m'a juste parlé de leur contrat de mariage et m'a fait savoir qu'il voulait ajouter de nouvelles concessions. Nous n'avons pas abordé les raisons de ce divorce.

— Tu crois que c'est lié à ce qu'il a appris au sujet de Hugh ?

Je soupirai, soulagé de pouvoir lui en parler.

— Je crois qu'il ne peut pas s'agir d'une complète coïncidence.

— Eh bien, souffla-t-elle avant de se racler la gorge. Je crois que j'aime vraiment ton beau-père.

J'aurais été bien incapable de dire ce que je ressentais à l'endroit de Chris. Je n'en savais rien.

— Quand je pense à l'état dans lequel doit être ma mère… j'ai l'impression de la voir. Je l'ai déjà vue ainsi, du reste.

— Je sais.

— Je déteste ça. Je déteste la savoir dans cet état. Ça me rend malade.

— Tu l'aimes. C'est normal.

Et j'aimais Eva. Parce qu'elle s'abstenait de juger. Parce que son attachement était sans réserve, ce qui me donna le courage d'avouer :

— Ça me réjouit aussi. Quel genre d'abruti peut se réjouir de la souffrance de sa mère ?

Il y eut une longue pause.

— Elle t'a fait mal. Elle te fait *encore* mal. C'est ton instinct qui te pousse à vouloir qu'elle soit blessée à son tour. Mais je crois que ce qui te réjouit, c'est d'avoir un… défenseur. Quelqu'un qui dit à ta mère que ça t'est vraiment arrivé et que c'est très grave.

Je fermai les yeux. Si j'avais un défenseur, c'était ma femme.

— Tu veux que je revienne ? demanda-t-elle.

Je faillis dire non. Après un cauchemar, j'avais pour habitude de prendre une longue douche, puis de m'immerger dans le travail. C'était la seule méthode que je connaissais pour faire face. Bientôt, cependant, Eva vivrait avec moi et partagerait ma vie d'une façon qui m'était nécessaire mais à laquelle je n'étais pas entièrement préparé. Je devais commencer à faire des ajustements.

Au-delà de l'aspect pratique, j'avais envie d'être avec elle. De la voir, de respirer son odeur, de sa présence physique.

— Je viens te chercher, répondis-je. Je prends une douche et je t'envoie un texto avant de me mettre en route.

— D'accord. Je serai prête. Je t'aime, Gideon.

Je pris une profonde inspiration, laissai ces mots me traverser.

— Je t'aime aussi, mon ange.

Je m'éveillai avec le soleil et me sentis reposé malgré les heures sans dormir. Alors que je m'étirais, quelque chose de tiède et de doux remua contre mon bras, puis je reçus un coup de langue sur le biceps.

J'ouvris un œil et je regardai Lucky.

— Tu ne peux pas garder ce truc dans ta bouche ?

Eva roula sur le dos et sourit, les yeux toujours clos.

— Difficile de lui en vouloir, murmura-t-elle. Tu as trop bon goût.

— Approche donc un peu *ta* langue par ici.

Elle tourna la tête vers moi et ouvrit les yeux. Ses joues étaient roses et ses cheveux ébouriffés.

J'attrapai Lucky et le plaquai contre mon abdomen en roulant sur le côté. La tête calée sur la main, je m'absorbai dans la contemplation de ma ravissante épouse ensommeillée, savourant le plaisir rare de commencer la journée avec elle dans mon lit.

Le fait est que je n'aurais pas dû prendre ce risque. Eva n'avait pas vu l'état de mes draps, que j'avais changés avant d'aller la chercher, mais ceux-ci ne constituaient qu'un petit échantillon des dommages que j'étais capable de causer dans mon sommeil. Ni Lucky ni ma femme n'étaient en sécurité auprès de moi quand je dormais. Cela dit, il ne m'était jamais arrivé dc faire deux cauchemars au cours d'une même nuit, alors j'avais pris le risque.

Et aussi parce que Eva me manquait affreusement.

— Je suis contente que tu m'aies appelée, chuchota-t-elle.

Je lui effleurai la joue d'une caresse.

— Je suis content de l'avoir fait.

Eva avait beau voir le pire en moi, elle ne m'en aimait que davantage. J'avais cessé d'en douter. Je me contentais de faire tout ce que je pouvais pour la mériter. J'avais toute la vie pour y travailler.

— Tu ne prévois pas de nouvelles embuscades, aujourd'hui, n'est-ce pas ? demandai-je.

Elle s'étira et mon œil fut attiré par ses seins opulents qui tendaient le coton de son T-shirt.

— Non, répondit-elle. Mais si quelqu'un s'avise à m'en tendre une, je serai prête.

Je déposai Lucky par terre, puis attirai Eva à moi et basculai sur elle. Elle écarta spontanément les jambes et je me logeai entre ses cuisses en ondulant des hanches pour me frotter contre elle.

Elle écarquilla les yeux et me saisit aux épaules.

— Je ne parlais pas de toi, champion.

— Ah, bon ?

J'enfouis le visage dans le creux de son cou. Elle sentait divinement bon. Un parfum sexy. Je sentais la chaleur de son entrejambe à travers son slip et la soie de mon pantalon. Je la sentais aussi s'alanguir, fondre pour moi de cette façon qui me rendait fou.

— Non, souffla-t-elle, le regard assombri.

Elle m'empoigna les fesses, y planta les ongles et m'incita à me frotter contre elle.

— Tu es le seul, articula-t-elle. Le seul qui me convienne.

Eva avait beau être délicate et féminine, le krav maga lui avait permis de développer sa force. Cela aussi m'excitait. Je frôlai ses lèvres des miennes, le cœur battant, luttant pour accepter tout ce qu'elle représentait à mes yeux. Ce qu'elle m'inspirait était entièrement nouveau, mais ne vieillirait jamais.

C'était peut-être pour cela que j'avais traversé toutes ces épreuves – pour être à même de l'apprécier le jour où je la rencontrerais. Je ne la tiendrais jamais pour acquise.

Une langue qui n'était pas celle de ma femme me chatouilla les côtes. Je tressaillis en jurant et Eva s'esclaffa.

Je coulai un regard noir au petit plaisantin qui faisait des bonds en agitant follement la queue.

— Lucky, tu ne fais vraiment pas honneur à ton nom.

— Il t'aide à tenir ta promesse de te comporter convenablement, gloussa Eva.

Je tournai mon regard noir vers l'épouse dont les ongles étaient toujours plantés dans mes fesses.

— Cette promesse était soumise à la condition que tu en fasses autant.

Eva écarta les mains, les ramena jusqu'à mon visage qu'elle encadra avant de remuer les doigts. Mais son regard démentait cette manifestation de sagesse et son souffle était un peu rapide. Je la sentis frissonner sous moi alors que sa peau était brûlante. Son désir rendait le mien plus supportable. Maintenant que j'en connaissais la raison, son envie de patienter jusqu'au mariage m'inspirait le respect et je puisai dans celui-ci la force de m'éloigner.

Se séparer d'elle me fut physiquement difficile et l'écho de son gémissement désespéré résonna en moi. Je me laissai retomber sur le dos et Lucky en profita aussitôt pour me nettoyer fébrilement le visage.

— Il t'aime vraiment beaucoup, constata Eva, qui tendit le bras pour le gratter entre les oreilles.

Ce geste eut l'effet bienvenu de l'attirer vers elle. Son glapissement quand Lucky se mit à lui lécher le visage me fit sourire en dépit de ma douloureuse érection.

J'aurais pu me plaindre de ce satané chien, du manque de sexe, de sommeil et de tout un tas d'autres choses. Mais franchement, ma vie était aussi proche de la perfection que j'aurais pu souhaiter.

Arrivé au bureau, je me plongeai dans le travail sans attendre.

La sortie de la nouvelle console de jeux GenTen était imminente. Les spéculations allaient bon train, mais nous étions parvenus à garder secrète la partie réalité virtuelle. Si tous nos concurrents travaillaient au développement de celle-ci, Cross Industries avait désormais des années d'avance sur eux. Je savais de source sûre que le système PhazeOne de LanCorp n'était qu'une refonte du précédent, avec une meilleure définition graphique et une vitesse supérieure. Il aurait pu rivaliser avec le GenTen de la génération précédente, mais c'était tout.

Un peu avant l'heure du déjeuner, je pris le temps d'appeler ma mère.

— Gideon, dit-elle dans un soupir tremblant, j'imagine que tu es au courant ?

— Oui. Je suis désolé, dis-je, conscient de sa souffrance. Si vous avez besoin de quoi que ce soit, n'hésitez pas à m'en faire part.

— Chris a subitement décidé que notre mariage ne le rendait pas heureux, dit-elle d'un ton amer. Et c'est évidemment ma faute.

— Sans vouloir paraître insensible, les détails ne me regardent pas, fis-je remarquer d'un ton plus doux quoique ferme. Comment allez-vous ?

— Parle-lui, me supplia-t-elle d'une voix qui se brisa. Dis-lui qu'il commet une erreur.

Je débattis intérieurement. L'aide que je lui proposais était d'ordre fiduciaire, pas personnel. Il n'y avait plus rien de personnel dans ma relation avec ma mère.

— Vous n'avez que faire de mes conseils, m'entendis-je pourtant lui répondre, mais je vous en donne un malgré tout. Vous devriez envisager une thérapie.

Il y eut un silence.

— Je ne peux pas croire que ce soit *toi* qui suggères une chose pareille.

— Je prêche ce que je pratique, répliquai-je, mes yeux se posant sur la photo de ma femme. Eva m'a proposé de consulter un conseiller conjugal peu de temps après notre rencontre et j'ai accepté pour lui faire plaisir. Au début, je me contentais de me laisser porter, mais aujourd'hui, j'avoue que je ne regrette rien. Cela en valait la peine.

— C'est elle qui est à l'origine de tout cela, siffla ma mère. Tu es tellement intelligent, Gideon ! Tu ne vois donc pas ce qu'elle manigance.

— Le moment est venu de mettre terme à cet entretien, mère, déclarai-je avant qu'elle réussisse à me faire sortir de mes gonds. Appelez si vous avez besoin de quoi que ce soit.

Je raccrochai et fis lentement pivoter mon fauteuil, de façon à effectuer un tour complet. La déception et la colère qui accompagnaient tout échange avec ma mère étaient là, frémissantes, la différence étant que j'en étais plus conscient que d'ordinaire. Peut-être parce que j'avais rêvé d'elle et revécu le moment où j'avais réalisé qu'elle ne changerait jamais d'attitude, qu'elle choisissait *délibérément* de faire comme s'il ne s'était rien passé pour des raisons que je ne comprendrais jamais.

Des années durant, je lui avais trouvé des excuses. Pour me réconforter, j'avais inventé des dizaines de raisons à son refus de me protéger. Jusqu'à ce que je m'aperçoive qu'elle faisait la même chose de son côté. Qu'elle inventait des histoires sur les raisons qui auraient pu m'inciter à mentir à propos de cette histoire d'agression sexuelle afin de supporter de vivre avec sa décision de ne pas me croire. Alors j'avais arrêté.

Elle m'avait trahi en tant que mère, mais préférait croire que c'était moi qui l'avais trahie en tant que fils.

Quand je me retrouvai face à mon bureau, je décrochai le téléphone et appelai mon frère.

— Qu'est-ce que tu veux ? répondit-il.

Je me représentai sans peine son visage renfrogné. Un visage qui ne ressemblait pas au mien. Des trois enfants qu'avait eus ma mère, seul Christopher ressemblait davantage à son père qu'à elle.

Comme prévu, sa hargne me donna envie de le provoquer.

189

— Le plaisir d'entendre ta voix. Quoi d'autre ?

— Arrête ton cirque, Gideon. Tu appelles pour jubiler, c'est ça ? Ton vœu le plus cher s'est enfin réalisé.

Je me renversai contre le dossier de mon siège et regardai le plafond.

— Je te dirais bien que je suis désolé que tes parents divorcent, mais tu ne me croirais pas, je ne me donnerai donc pas cette peine. Je me contenterai de t'assurer que je suis là pour toi, en cas de besoin.

— Va te faire foutre, cracha-t-il avant de raccrocher.

J'écartai le combiné de mon oreille et le gardai en main un moment. Contrairement à ce que croyait Christopher, je ne l'avais pas toujours détesté. À une époque, j'avais été heureux de l'accueillir dans ma vie. Pendant un temps assez bref, j'avais eu un camarade. Un frère. L'animosité que je ressentais désormais, il l'avait méritée. Pourtant j'étais sincèrement disposé à veiller sur lui et à lui éviter de se faire du mal en tombant, qu'il le veuille ou non.

Je replaçai le combiné sur son support et me remis au travail. Je voulais me débarrasser des affaires les plus pressantes avant le week-end car j'avais bien l'intention d'être injoignable lorsque je serais en compagnie de ma femme.

J'étudiai le Dr Petersen, assis en face de moi, jean sombre et chemise blanche, très décontracté. Je me demandais s'il s'agissait d'un choix délibéré de sa part pour paraître aussi inoffensif que possible. Il connaissait mon passé avec les thérapeutes et comprenait que je les considère toujours comme plus ou moins menaçants.

— Comment s'est passé votre week-end à Westport ? s'enquit-il.

— Eva vous a appelé ?

Jusque-là, quand Eva souhaitait que nous abordions un sujet particulier, elle en informait le Dr Petersen avant mon rendez-vous. Cette pratique m'agaçait et j'appréciais rarement ses requêtes, mais elle faisait cela par amour, alors je ne pouvais pas vraiment me plaindre.

— Non, répondit-il avec un sourire presque attendri. J'ai vu les photos de vous deux.

— Je ne vous imaginais pas lecteur de la presse people, avouai-je, surpris.

— Ma femme s'y intéresse. Elle m'a montré ces photos parce qu'elle les trouvait très romantiques. Je n'ai pu que lui donner raison. Vous aviez l'air très heureux.

— Nous le sommes.

— Comment vous entendez-vous avec la famille d'Eva ?

J'étirai le bras sur l'accoudoir.

— Je connais Richard Stanton depuis des années et Monica depuis quelque chose comme deux, trois ans.

— Les relations d'affaires sont très différentes de celles qu'on entretient avec sa belle-famille.

Sa perspicacité me chiffonna, je décidai cependant de jouer la carte de la franchise.

— C'était… embarrassant. Inutilement embarrassant, mais je m'en suis sorti.

Le sourire du Dr Petersen s'élargit.

— Comment vous en êtes-vous sorti ?

— En me concentrant sur Eva.

— Vous avez donc gardé vos distances avec les autres ?

— Pas plus que d'habitude.

Il griffonna quelques notes sur sa tablette.

— S'est-il passé autre chose depuis jeudi ?

— Eva m'a offert un chien, dis-je avec un sourire narquois. Un chiot.

— Félicitations.

— Elle prend cela très à cœur.

— C'est donc plutôt son chien à elle ?

— Non. Elle a acheté tout l'équipement et elle a posé le chien sur mes genoux. C'est moi qui m'en occupe.

— Sacrée responsabilité.

— Il ne sera pas malheureux. Les animaux sont doués pour l'autonomie.

Le silence se prolongea. Il attendait que je poursuive.

— Mon beau-père a demandé le divorce.

Le Dr Petersen inclina légèrement la tête de côté tandis qu'il m'étudiait.

— Nous venons de passer de la belle-famille à un nouveau chien puis à la dissolution du mariage de vos parents en l'espace de quelques minutes. Cela fait beaucoup de changements pour quelqu'un qui s'efforce de se structurer.

Il énonçait une évidence, je m'abstins donc de tout commentaire.

— Vous semblez remarquablement calme, Gideon. Est-ce parce que les choses se passent bien avec Eva ?

— Extraordinairement bien.

Je savais que le contraste avec la séance de la semaine précédente était saisissant. J'avais été terrifié à l'idée de perdre Eva suite à notre séparation et je me souvenais de ce que j'avais ressenti avec une clarté angoissante, mais j'avais du mal à accepter la vitesse à laquelle je m'étais… décomposé. Je ne me reconnaissais pas dans cet homme désespéré, je ne parvenais pas à le faire coïncider avec ce que je savais de moi.

— Si vous deviez classer les trois événements que vous venez de citer par ordre d'importance, lequel figurerait en haut de la liste ?

— Tout dépend de votre définition du terme « importance ».

— Lequel a le plus d'impact sur vous ?

— Le chien.

— A-t-il un nom ?

— Il s'appelle Lucky, répondis-je en réprimant un sourire.

Je fus étonné qu'il note cela.

— Vous viendrait-il à l'esprit d'offrir un animal de compagnie à Eva ?

La question me prit au dépourvu. Je répondis sans vraiment prendre le temps de réfléchir.

— Non.

— Pourquoi ?

Cette fois, je considérai la question une minute.

— Comme vous l'avez fait remarquer, c'est une sacrée responsabilité.

— Est-ce que vous lui en voulez de vous avoir imposé cette responsabilité ?

— Non.

— Avez-vous des photos de Lucky ?

— Non, répondis-je en fronçant les sourcils. Où voulez-vous en venir avec ces questions ?

— Je ne sais pas exactement.

Il posa sa tablette et soutint mon regard.

— Un peu de patience, reprit-il en guise de préambule.

— Je vous écoute.

— Adopter un animal de compagnie est une grosse responsabilité qui peut se comparer à l'adoption d'un enfant. Il dépend de vous pour la nourriture et l'hébergement, pour le temps et l'amour que vous êtes prêt à lui consacrer. Un chien davantage qu'un chat ou que tout autre animal.

— Il paraît, oui, acquiesçai-je avec flegme.

— Vous avez la famille dans laquelle vous êtes né et votre famille par alliance, mais vous gardez vos distances avec les deux. Ce qui leur arrive ou leur désir de rapprochement ne vous affecte pas de manière significative parce que vous ne le leur permettez pas. Ils dérangent l'ordre de votre vie, par conséquent vous les tenez à l'écart.

— Je ne vois pas où est le mal. Je ne suis certainement pas le seul à penser que la famille, c'est celle que l'on se choisit.

— Qui avez-vous choisi, en dehors d'Eva ?

— Ce n'était pas un choix.

Je me la remémorai la première fois que je l'avais vue. Sans maquillage, sa tenue moulante de sport épousant idéalement son corps superbe. Des milliers de femmes à Manhattan avaient cette allure-là, mais elle m'avait frappé comme la foudre.

— Je m'inquiète de ce qu'elle est peut-être en train de devenir pour vous une sorte de mécanisme d'adaptation, expliqua Petersen. Vous avez trouvé quelqu'un qui vous aime et qui vous croit, qui vous soutient et qui vous donne de la force. Par bien des aspects vous avez l'impression qu'elle seule saura jamais vous comprendre.

— Elle est dans une position unique pour cela, oui.

— Pas si unique que cela, rectifia-t-il avec douceur. J'ai lu la transcription de certains de vos discours. Vous connaissez comme moi les statistiques.

Oui, je savais qu'une femme sur quatre avait subi des violences sexuelles. Mais aucune autre femme n'avait jamais suscité en moi cette sensation d'affinité parfaite que j'éprouvais face à Eva.

— Je vous saurais gré d'en venir au fait, docteur.

— Je veux que vous soyez attentif à cette tendance potentielle qui est la vôtre à vous enfermer dans une bulle avec Eva. Lorsque je vous ai demandé si vous pourriez lui offrir un animal de compagnie, c'est que je ne vous imaginais pas faisant cela. Parce que cela détournerait son attention de vous quand toute la vôtre et votre affection sont exclusivement centrées sur elle.

Je pianotai sur l'accoudoir du canapé.

— Ce n'est pas inhabituel chez des jeunes mariés.

— C'est inhabituel pour vous. Eva vous a-t-elle dit pourquoi elle vous avait offert ce chien ?

J'hésitais, préférant garder pour moi quelque chose d'aussi intime.

— Elle veut que je jouisse d'encore plus d'amour inconditionnel.

Il sourit.

— Et je suis certain qu'elle aura grand plaisir à vous voir répondre à cet amour. Elle s'est montrée extrêmement tenace pour obtenir que vous vous ouvriez à elle, puis à moi. Maintenant que c'est fait, elle souhaite que vous vous ouvriez davantage aux autres. Plus le cercle de ses intimes est large, plus elle est heureuse. Elle veut vous attirer dans ce cercle, pas que vous l'en fassiez sortir.

Je pris une longue inspiration. Cela me déplaisait de le reconnaître, mais il avait raison.

Il se remit à griffonner sur sa tablette, me laissant le temps d'assimiler ses paroles.

Je me décidai à lui poser une question qui me trottait dans la tête depuis la semaine précédente.

— Quand je vous ai parlé de Hugh...

Il m'accorda toute son attention.

— Oui ?

— Vous n'avez pas semblé surpris.

— Et vous voulez savoir pourquoi, conclut-il avec un regard bienveillant. Il y avait un certain nombre de marqueurs. Je pourrais prétendre que je l'avais déduit, mais ce ne serait pas entièrement vrai.

Je sentis mon portable vibrer dans ma poche, mais préférai l'ignorer, bien que je sache que seule une poignée de personnes étaient autorisées à franchir le filtre que je programmais avant mes séances avec le Dr Petersen.

— J'ai vu Eva peu de temps après son arrivée à New York, poursuivit-il. Elle m'a demandé si deux personnes ayant été victimes d'agressions sexuelles dans l'enfance pouvaient envisager de s'engager dans une relation de couple sérieuse. Et quelques jours plus tard, vous m'avez appelé afin de savoir si je serais disposé à vous voir seul, en plus de nos séances avec Eva.

— Je ne le lui avais pas encore dit à ce moment-là. Nous vous consultions déjà depuis un certain temps quand je le lui ai avoué.

Mais je faisais des cauchemars, des cauchemars terribles qui revenaient moins souvent ces derniers temps.

Mon téléphone vibra de nouveau et je le sortis de ma poche. C'était Angus.

— Veuillez m'excuser.

Je suis devant la porte du cabinet, avait-il écrit dans un premier texto. *C'est urgent,* venait-il d'ajouter.

Je me raidis. Angus ne m'aurait jamais dérangé sans une très bonne raison. Je me levai.

— Je vais être obligé d'écourter la séance, annonçai-je au Dr Petersen.

Il posa sa tablette et se leva à son tour.

— Tout va bien ?

— Si ce n'est pas le cas, vous en entendrez parler jeudi prochain, répondis-je en lui serrant la main.

Je m'empressai de quitter son cabinet, passai devant le comptoir d'accueil désert, puis gagnai le couloir.

Angus m'attendait, l'air grave.

— La police est chez toi avec Eva.

7

Ma main tremblait quand je remplis les trois tasses de café frais. Je n'aurais su dire si c'était de colère ou de peur. Un peu des deux, sans doute. En tant que fille de policier, j'étais familiarisée avec le code non écrit du milieu très fermé des forces de l'ordre. Et après tout ce que Gideon et moi avions affronté suite au décès de Nathan, j'étais doublement sur mes gardes.

Ce n'étaient pas les inspecteurs Graves et Michna, de la Criminelle, qui souhaitaient me parler. Et je n'arrivais pas à décider si cela accroissait ou diminuait mon anxiété. Ces deux-là au moins, je les connaissais. Et sans aller jusqu'à considérer Shelley Graves comme une alliée, elle avait abandonné l'affaire alors que certaines questions demeuraient sans réponse.

Cette fois, c'étaient les officiers Peña et Williams qui s'étaient présentés à notre porte.

Et c'était Anne Lucas qui me les avait envoyés. La garce.

J'avais dû écourter mon entrevue avec Blaire Ash, sachant qu'il ne manquerait pas de croiser les officiers de police en sortant de l'ascenseur privé. Je n'avais pas le temps de me soucier de ce qu'il risquait d'en penser et profitai de ce court répit pour appeler Raúl et lui demander de prévenir Arash Madani. J'aurais aimé appeler Gideon, mais il était avec le Dr Petersen et avertir notre avocat me semblait plus important. Je me faisais fort de recevoir la police. Je connaissais les règles de base : ne parler qu'en présence de son avocat et en dire le moins possible. Faire des réponses brèves et ne transmettre que les informations sollicitées.

Je posai les trois tasses sur un plateau et me demandai dans quel récipient présenter la crème.

— Ne vous donnez pas tant de peine, mademoiselle Tramell, dit l'officier Peña en entrant dans la cuisine, flanqué de sa partenaire, la casquette coincée sous le bras.

Peña avait un visage poupin qui le faisait sans doute paraître plus jeune qu'il n'était, mais il ne devait pas être beaucoup plus âgé que moi. Williams était une petite femme noire aux formes pleines et à en juger par son regard de flic acéré elle avait vu des choses que je ne voudrais jamais voir.

J'avais eu beau leur demander de patienter au salon, ils m'avaient suivie. J'avais l'impression d'être pourchassée, ce qui était leur intention à n'en pas douter.

— Ça ne me dérange pas, assurai-je en posant directement le contenant de crème en carton sur le comptoir, renonçant à mes velléités de service élégant. Je n'ai pas grand-chose d'autre à faire en attendant l'arrivée de mon avocat.

L'officier Williams me dévisagea froidement, comme si elle se demandait pourquoi j'avais estimé nécessaire d'appeler un avocat.

Je n'avais pas à me justifier, mais leur faire connaître les raisons de ma prudence ne pouvait pas faire de mal.

— Mon père est officier de police en Californie. Il me hacherait menu si je ne suivais pas ses conseils.

J'attrapai le paquet de sucre en poudre que j'avais sorti du placard, le posai sur le plateau et portai le tout jusqu'au comptoir.

— Où ça en Californie ? demanda Peña en s'emparant d'une des tasses.

— Oceanside.

— District de San Diego, c'est ça ? Sympa.

— Oui, très.

Williams versa une giclée de crème dans son café et une impressionnante quantité de sucre, directement de la boîte.

— M. Cross est ici ?

— Il est en réunion.

Elle porta sa tasse à ses lèvres tout en gardant les yeux fixés sur moi.

— Nous avons croisé un homme qui sortait d'ici. De qui s'agissait-il ?

Son ton faussement désinvolte m'incita à me féliciter d'avoir prévenu Arash.

— Blaire Ash. C'est le décorateur que nous avons chargé des travaux de rénovation de l'appartement.

— Vous vivez ici ? s'enquit Peña. Nous nous sommes d'abord présentés à votre adresse officielle, dans l'Upper West Side.

— Je suis en cours d'emménagement.

Il appuya le coude sur le comptoir et promena le regard autour de lui.

— Chouette appart.

— Je trouve aussi, oui.

Williams croisa mon regard.

— Vous fréquentez Gideon Cross depuis longtemps ?

— Elle est mariée avec moi, en fait, déclara Gideon en apparaissant sur le seuil.

Peña se redressa et déglutit. Williams reposa précipitamment sa tasse, au risque d'envoyer gicler le contenu.

Le regard de Gideon passa sur nous tous, puis se riva au mien. Sanglé dans un de ses costumes trois-pièces, la cravate impeccablement nouée, sa chevelure noire encadrant son visage à la beauté sauvage, il était la perfection faite homme. Un subtil début de barbe ombrait le contour de sa bouche sensuelle. Ce détail, associé à sa coupe de cheveux sexy, offrait un contre-point dangereux à son apparence civilisée.

La présence des deux flics ne suffit pas à réprimer l'élan de désir qui me saisit à sa vue.

Gideon se dirigea vers moi tout en retirant sa veste, comme si le fait de trouver deux officiers de police en train de m'interroger était la chose la plus naturelle du monde. Il l'accrocha au dossier d'un des tabourets de bar, vint près de moi, me prit mon café des mains et m'embrassa sur la tempe.

— Gideon Cross, dit-il en serrant la main des deux officiers. Et voici notre avocat, Arash Madani.

Ce fut seulement à cet instant que je me rendis compte qu'Arash était entré dans la cuisine sur les pas de mon mari. Les deux officiers qui, comme moi, n'avaient d'yeux que pour Gideon, ne semblaient pas s'en être aperçus non plus. Arash s'avança, suprêmement confiant, et prit d'emblée les choses en main en se présentant avec un grand sourire. La disparité entre les deux hommes était saisissante. Tous deux étaient séduisants, élégants et sûrs d'eux. Tous deux étaient parfaitement courtois. Mais Arash était accessible et liant. Alors que Gideon était impressionnant et distant.

Je levai les yeux vers mon mari, qui buvait dans ma tasse.

— Tu ne préfères pas plutôt un café noir ?

Sa main glissa le long de mon dos tandis que son regard demeurait rivé sur les trois autres.

— J'adorerais.

— Cela tombe bien que vous soyez là, monsieur Cross, déclara Peña. Le Dr Lucas a également déposé une plainte contre vous.

— Ma foi, c'était assez amusant, déclara Arash une heure plus tard après avoir raccompagné les officiers jusqu'à l'ascenseur.

Gideon, qui débouchait une bouteille de malbec, lui jeta un coup d'œil.

— Si c'est l'idée que tu te fais d'une partie de rigolade, tu devrais sortir plus souvent.

— C'était à mon programme de la soirée – en compagnie d'une blonde sexy, qui plus est – avant que je reçoive l'appel de Raúl, répondit Arash en tirant un des tabourets de bar.

Je récupérai toutes les tasses et j'allai les déposer dans l'évier.

— Merci, Arash, dis-je.

— Je t'en prie.

— J'imagine qu'il ne t'arrive pas si souvent que cela de plaider devant les tribunaux, mais je veux être là la prochaine fois que ça t'arrivera. Tu as été fabuleux.

— Je ne manquerai pas de t'en informer, m'assura-t-il avec un grand sourire.

— Ne le remercie pas d'avoir fait son travail, marmonna Gideon.

Il versa le vin d'un rouge sombre dans trois verres à pied.

— Je le remercie d'avoir *bien* fait son travail, répliquai-je, encore impressionnée par la méthode d'Arash.

L'homme était charismatique et désarmant, mais savait se montrer humble quand cela servait son intérêt. Il mettait tout le monde à l'aise, puis laissait les gens parler pendant qu'il peaufinait son angle d'attaque.

— Pourquoi crois-tu que je le paie autant ? me demanda Gideon avec un froncement de sourcils. Pour qu'il se plante lamentablement ?

— Laisse tomber, champion, répondis-je calmement. Et ne me parle pas sur ce ton. Pas plus qu'à ton ami.

Arash me décocha un clin d'œil.

— Il est jaloux parce que je te plais.

Je commençais à m'esclaffer quand je vis le regard noir dont Gideon couvait Arash. Je haussai les sourcils.

— On plaisante, Gideon, fis-je.

— Pour en revenir au sujet qui nous préoccupe, comment vas-tu régler cela ? demanda mon mari d'un air de défi, en fusillant son ami du regard par-dessus le bord de son verre.

— Quoi ? Ton merdier ? répondit Arash, une lueur amusée au fond des yeux. C'est vous deux qui avez fourni les munitions à Anne Lucas en allant la trouver sur son lieu de travail à deux reprises. Estimez-vous heureux qu'elle en ait rajouté en portant plainte pour coups et blessures contre Eva. Si elle s'en était tenue à la stricte vérité, elle vous tenait tous les deux à la gorge.

J'allai inspecter le contenu du frigo et commençai à sortir de quoi préparer le dîner. J'avais passé la soirée à me reprocher ma bêtise. Il ne m'était jamais venu à l'esprit qu'Anne Lucas pût envisager de révéler volontairement sa sordide aventure adultère avec Gideon. En tant que membre du corps médical, elle avait une réputation à préserver et son mari était un pédiatre de renom.

Je l'avais sous-estimée. Et je n'avais pas écouté Gideon quand il m'avait prévenue qu'elle était dangereuse. À présent, elle était fondée à se plaindre : Gideon avait fait irruption dans son cabinet pendant une séance de thérapie et je lui avais tendu une embuscade devant son lieu de travail deux semaines après.

Arash prit le verre que Gideon venait de pousser vers lui.

— Il reviendra au procureur de décider s'il engage ou non des poursuites contre elle pour accusation calomnieuse, mais sa crédibilité sera compromise de toute façon puisqu'elle accuse Eva d'avoir levé la main sur elle alors que les caméras de sécurité apportent la preuve du contraire. C'est une chance que vous ayez ces enregistrements.

Apprendre que Gideon possédait bel et bien l'immeuble dans lequel Anne Lucas avait son cabinet ne m'avait pas surprise outre mesure. Mon mari avait besoin de tout contrôler, et avoir la mainmise sur les affaires des époux Lucas lui ressemblait totalement.

— Je ne devrais pas avoir besoin de le dire, poursuivit Arash, mais quand on a affaire à une folle, on ne s'en approche pas.

Gideon haussa les sourcils à mon intention. Cela m'irrita, quoique son reproche fût mérité.

Arash nous adressa à chacun un regard de mise en garde.

— Je vais veiller à ce que sa plainte pour coups et blessures soit rejetée et voir si je peux retourner cela à votre avantage en introduisant une demande reconventionnelle pour harcèlement. J'essaierai aussi d'obtenir du juge une mesure de protection pour vous deux et Cary Taylor, mais quelle que soit l'issue de ces démarches, vous devez impérativement rester loin, très loin, d'elle.

— Absolument, lui assurai-je, profitant de ce que je passais derrière mon mari pour lui caresser les fesses.

Il me jeta un regard narquois par-dessus son épaule. Je lui soufflai un baiser.

Le fait qu'il puisse ressentir ne fût-ce qu'une once de jalousie m'émoustillait. Arash avait ceci d'impressionnant qu'il était de taille à tenir tête à Gideon, sans pour autant pouvoir ambitionner de le surpasser. S'il pouvait se montrer aussi menaçant que mon mari, ce n'était pas sa vraie nature.

Gideon, lui, était toujours dangereux. Nul ne s'y trompait. Et cela le rendait extrêmement attirant à mes yeux, étant entendu que je ne pourrais jamais le dompter. Dieu qu'il était beau. Il le savait, d'ailleurs. Savait combien il m'éblouissait.

Ce qui n'empêchait pas le monstre aux yeux verts de la jalousie de le soumettre au supplice de son aiguillon.

— Tu restes dîner ? proposai-je à Arash. Je ne sais pas encore ce que je vais faire, mais je me sens coupable d'avoir gâché ta soirée.

— Il est tôt, fit remarquer Gideon avant d'avaler une gorgée de vin. Il peut encore prévoir autre chose.

— J'adorerais rester dîner, déclara Arash avec un sourire malicieux.

J'avais une telle envie de toucher mon mari que je tendis le bras derrière lui sous prétexte d'attraper mon verre et lui caressai la cuisse de l'autre main. Quand je ramenai le bras vers moi, je fis en sorte de lui effleurer le dos avec ma poitrine.

Vif comme l'éclair, Gideon m'agrippa le poignet. Un frisson d'excitation me traversa lorsqu'il resserra son étreinte.

Il tourna vers moi son regard bleu.

— Tu as l'intention de ne pas être sage ? demanda-t-il d'une voix suave.

Le désir me submergea instantanément. Il n'y avait que lui pour me demander si je voulais baiser tout en demeurant parfaitement froid et courtois.

Il n'imaginait pas à quel point.

Je perçus un bourdonnement étouffé. Sans me lâcher le poignet, Gideon regarda Arash.

— Passe-moi mon portable.

Arash me jeta un coup d'œil, puis secoua la tête tandis qu'il se retournait pour récupérer le portable de Gideon dans la poche de sa veste.

— Je ne comprendrai jamais comment tu arrives à le supporter.

— Il est très doué au lit, glissai-je, et il est moins pénible quand il est allongé, alors...

Gideon me tira le bras pour m'attirer près de lui et me mordit le lobe de l'oreille. Aussitôt, les pointes de mes seins durcirent. Il émit un grondement presque inaudible au creux de mon cou.

Le souffle court, je me libérai et tâchai de me concentrer sur le dîner. Je n'avais encore jamais investi la cuisine de Gideon ; je ne savais pas où étaient rangés les ustensiles ni ce que contenaient ses placards en dehors de ce que j'y avais aperçu quand j'avais préparé le café pour les officiers de police. Je dénichai un oignon, puis localisai un couteau et une planche à découper.

— D'accord, soupira Gideon au téléphone. J'arrive.

Je levai les yeux.

— Tu dois sortir ?

— Non. Angus nous monte Lucky.

Je souris.

— Qui est Lucky ? s'enquit Arash.

— Le chien de Gideon.

— Tu as un chien ? s'étonna l'avocat.

— Oui, maintenant j'en ai un, répondit Gideon avec un sourire contrit en quittant la cuisine.

Quand il revint un instant plus tard avec un Lucky tout frétillant qui lui léchait joyeusement la figure, je fondis. Ce géant de l'industrie, cette puissance mondiale, se tenait là, en gilet et bras de chemise, bouleversé par le plus adorable des bébés chiens.

Je m'emparai de son portable, le déverrouillai et pris une photo.

Qui allait très vite se retrouver dans un cadre.

Sur ma lancée, j'en profitai pour envoyer un texto à Cary. *Salut, C'est Eva. Tu veux venir dîner au penthouse ?*

J'attendis sa réponse une seconde, puis reposai le téléphone et me remis à mon dîner.

— J'aurais dû t'écouter au sujet d'Anne, dis-je à Gideon quand nous regagnâmes le salon après avoir raccompagné Arash à la porte. Je suis désolée.

La main qu'il avait posée au creux de mes reins remonta et m'encercla la taille.

— Tu n'as pas à l'être.

— Ça ne doit pas être évident de supporter quelqu'un d'aussi têtu que moi.

— Tu es douée au lit, et tu es moins têtue quand tu es allongée, alors…

Qu'il me retourne ma formule me fit rire. J'étais heureuse. Passer la soirée avec Arash et lui, découvrir combien il était ouvert et détendu avec son ami, circuler dans le penthouse comme si j'étais chez moi…

— Je me sens mariée, murmurai-je, réalisant que cela n'avait pas été le cas jusqu'à présent.

Nous avions échangé nos vœux et portions une alliance, mais ce n'était que des symboles du mariage, pas la réalité de la chose.

— J'espère bien, répondit-il avec cette pointe d'arrogance si familière. Non seulement tu l'es, mais tu vas le rester jusqu'à la fin de tes jours.

— Et toi ? lui demandai-je tandis que nous nous installions sur le canapé.

Son regard se posa sur le parc dans lequel Lucky dormait près de la cheminée.

— Tu veux savoir si je me sens domestiqué ?

— Ça ne risque pas d'arriver, répliquai-je, pince-sans-rire.

Gideon fouilla mon regard.

— Tu aimerais que je le sois ?

Je fis courir ma main sur sa cuisse, ce fut plus fort que moi.

— Non.

— Ce soir… ça t'a fait plaisir qu'Arash reste dîner.

— Tu n'es quand même pas jaloux de ton avocat ? Ce serait ridicule.

— Et cela me déplairait. Mais ce n'est pas ce que je voulais dire. Tu aimes avoir du monde autour de toi.

— Oui, répondis-je en fronçant les sourcils. Pas toi ?

Il détourna les yeux, les lèvres pincées.

— Si.

Je me figeai. L'appartement de Gideon était son sanctuaire. Avant moi, il n'avait jamais reçu aucune femme ici. J'avais supposé qu'il lui arrivait d'inviter ses amis, mais je m'étais peut-être trompée. Le penthouse était le lieu où il se retirait du monde.

Je lui pris la main.

— Je suis désolée, Gideon. J'aurais dû te demander ton avis d'abord. Je n'y ai pas pensé et j'aurais dû. C'est chez toi…

— Chez *nous*, rectifia-t-il en me regardant de nouveau. De quoi t'excuses-tu ? Tu as le droit de faire absolument tout ce que tu veux, ici. Tu n'as pas à me demander la permission.

— Et tu ne devrais pas te sentir envahi dans ta propre maison.

— *Notre* maison, rectifia-t-il. Il faut vraiment que tu te fasses à cette idée, Eva. Et vite.

Je m'écartai de lui, surprise par ce brusque changement d'humeur. Il se leva pour faire le tour de la table basse, le corps vibrant de tension.

— Tu viens de dire que tu te sentais mariée, et voilà que tu fais comme si tu étais en visite chez moi.

— Chez *nous*, rectifiai-je. Ce qui signifie que nous partageons cet endroit et que tu as le droit de dire que tu n'as pas envie de recevoir ici.

Gideon se passa la main dans les cheveux, signe d'irritation indubitable.

— Je m'en fous complètement.

— On ne dirait pas, à te voir, observai-je d'un ton neutre.

— Bon sang, Eva, dit-il en me faisant face, les mains sur les hanches. Arash est mon ami. Pourquoi ça me dérangerait que tu cuisines pour lui ?

Étions-nous en train de sombrer de nouveau dans la jalousie ?

— J'ai cuisiné pour *toi,* et je l'ai invité à se joindre à nous.

— Parfait. Peu importe.

— Ce n'est pas parfait puisque tu es énervé.

— Pas du tout.

— Alors c'est que je ne comprends rien et c'est *moi* que ça énerve, du coup.

Il serra les mâchoires, pivota et s'approcha de la cheminée pour contempler les photos que j'avais apportées.

Je me pris à regretter d'avoir fait cela. Je serais la première à reconnaître que je l'incitais à changer plus vite que je ne le devrais, mais je comprenais ce besoin d'un havre de paix, d'un endroit paisible où l'on peut enfin baisser la garde. Je voulais être cela pour lui, je voulais que notre maison soit cela pour lui. Si j'en faisais un lieu qu'il préférait éviter – s'il en venait un jour à trouver plus facile de m'éviter *moi* –, alors je mettrais en danger le genre de mariage que je chérissais plus que tout.

— Gideon, s'il te plaît, parle-moi. Si je suis allée trop loin, tu dois me le dire.

Il se tourna vers moi, les sourcils froncés.

— Qu'est-ce que tu racontes ?

— Je ne sais pas. Je ne comprends pas pourquoi tu es fâché contre moi. Aide-moi à comprendre.

Il poussa un soupir de frustration, puis concentra sur moi ce regard laser capable de démasquer tous mes secrets.

— S'il n'y avait personne d'autre que nous sur terre, rien que toi et moi, ça m'irait très bien. Mais ça ne te suffirait pas.

Je me redressai, étonnée. Son esprit était un labyrinthe que je ne cartographierais jamais.

— Tu te contenterais d'un monde où il n'y aurait que nous deux – éternellement ? Aucun concurrent à écraser ? Aucune domination planétaire à programmer ? Tu t'ennuierais à mourir, ricanai-je.

— C'est ce que tu crois ?

— C'est ce que je sais.

— Et toi ? répliqua-t-il d'un air de défi. Tu survivrais sans amis à inviter, sans pouvoir te mêler de la vie de personne ?

J'étrécis les yeux.

— Je ne me mêle pas de la vie des autres.

Il me gratifia d'un regard patient.

— Est-ce que je te suffirais s'il n'y avait personne d'autre ? insista-t-il.

— Il n'y a personne d'autre.

— Eva. Réponds à la question.

Je n'aurais su dire d'où me vint la réponse que je lui fis. Elle jaillit spontanément.

— Tu me fascines complètement, est-ce que tu sais ça ? Tu n'es jamais ennuyeux. Toute une vie rien qu'avec toi ne suffirait pas à me lasser de toi.

— Tu serais heureuse ?

— Si je t'avais rien qu'à moi ? Ce serait le paradis. Je fais un gros fantasme sur Tarzan, ajoutai-je. Toi Tarzan, moi Jane.

Je le vis se détendre et l'ombre d'un sourire flotta sur ses lèvres.

— On est mariés depuis un mois. Comment se fait-il que je n'en entende parler qu'aujourd'hui ?

— Je me suis dit qu'il valait mieux laisser passer quelques mois avant de te révéler ma vraie nature.

Gideon m'octroya l'un de ses rares vrais sourires, celui qui avait le pouvoir de me griller les neurones – ce qui ne manqua pas de se produire.

— Raconte-moi un peu ce fantasme…

— Oh, tu sais bien ! répondis-je en agitant la main. Une cabane dans les arbres, un pagne. Une moiteur tropicale – juste ce qu'il faut pour que ce ne soit pas étouffant. Tu aurais atrocement envie de baiser, mais tu n'aurais aucune expérience en la matière. Je serais obligée de te montrer comment procéder.

Il me dévisagea.

— Tu entretiens un fantasme dans lequel je suis *puceau ?*

Je dus prendre sur moi pour ne pas éclater de rire devant son incrédulité.

— De toutes les manières possibles, affirmai-je avec le plus grand sérieux. Tu n'as jamais vu les seins ni le sexe d'une femme avant moi. Je dois t'expliquer comment me toucher, ce que j'aime. Tu apprends vite, mais je me retrouve alors en présence d'une véritable bête de sexe. Tu n'en as jamais assez.

— C'est la réalité, dit-il en se dirigeant vers la cuisine. J'ai quelque chose pour toi.

— Un pagne ?

— Que dirais-tu de ce qui trouve dessous ? me lança-t-il par-dessus son épaule.

Je souris. Je m'attendais vaguement qu'il revienne avec du vin, et me redressai quand je découvris qu'il avait à la main un petit sachet d'étoffe rouge vif qui ne pouvait venir que de chez Cartier.

— Un cadeau ?

Gideon franchit la distance qui nous séparait d'un pas assuré.

Ravie, je m'agenouillai sur le canapé.

— Donne, donne !

Il secoua la tête et plaça sa main hors de portée en s'asseyant.

Je me rassis, les mains à plat sur les cuisses.

— Pour répondre à tes questions... dit-il en me frôlant la joue de l'index. Oui, je me sens marié.

Mon cœur tressaillit.

— Te retrouver le soir à la maison, murmura-t-il, les yeux rivés sur mes lèvres, te regarder préparer le dîner dans notre cuisine. Et même recevoir ce maudit Arash. C'est ce que je veux. Toi. Cette vie que nous construisons.

— Gideon...

La gorge me brûlait.

Il baissa les yeux sur la bourse de daim rouge dans sa main. Il fit sauter le bouton-pression qui la maintenait fermée et fit glisser deux croissants de platine au creux de sa paume.

— Waouh, soufflai-je en portant la main à ma gorge.

Il prit mon poignet gauche, l'attira doucement sur ses genoux et glissa dessous une moitié du bracelet.

L'autre moitié, il la tendit vers moi pour que je voie ce qui était gravé à l'intérieur.

À MOI POUR TOUJOURS. À TOI POUR L'ÉTERNITÉ.
– GIDEON

— Oh, mon Dieu ! murmurai-je en regardant mon mari ajuster le dessus du bracelet sur l'autre moitié. Avec ça, tu peux espérer une récompense charnelle.

Il émit un petit rire et je me sentis plus amoureuse de lui que jamais.

Un motif de filetage courait tout le long du bracelet et deux vraies petites vis le ponctuaient de part et d'autre. Gideon fixa celles-ci à l'aide d'un minuscule tournevis.

— Ceci, déclara-t-il en me montrant ledit tournevis, m'appartient.

Il le glissa dans sa poche et je compris que je ne pourrais pas retirer le bracelet sans lui. Non que j'en aie envie. Je le chérissais déjà, car il était la preuve que mon mari était romantique.

— Et ceci, répliquai-je en l'enfourchant, m'appartient.

Il me saisit à la taille et renversa la tête en arrière pour offrir son cou à mes lèvres avides. Ce n'était pas une reddition, mais une indulgence de sa part, ce qui me convenait tout à fait.

— Emmène-moi au lit, chuchotai-je avant de suivre le contour de son oreille de la pointe de la langue.

Je sentis ses muscles se bander, puis s'étirer sans effort quand il se leva en me soulevant comme si je ne pesais rien. J'émis un ronronnement appréciateur. Il m'appliqua une tape sur les fesses, puis me souleva plus haut avant de m'emporter hors du salon.

J'avais le souffle haletant et le cœur battant. Mes mains s'activaient, fourrageant fébrilement dans ses cheveux, lui caressant les épaules, s'attaquant à sa cravate. Je voulais toucher sa peau, la sentir contre la mienne. Mes lèvres parcouraient son visage, embrassaient tout ce qu'elles pouvaient atteindre.

Il avançait d'un pas décidé, mais tranquille. Son souffle était régulier et il referma la porte de la chambre d'un coup de pied qui n'avait rien de violent.

Il me rendait folle quand il se montrait aussi parfaitement maître de lui.

Lorsqu'il voulut me déposer sur le lit, je m'agrippai à lui.

— Je ne pourrai pas te déshabiller si tu ne me lâches pas.

Seule sa voix rauque trahissait son désir.

Je le lâchai et m'attaquai aux boutons de son gilet avant qu'il se redresse.

— Déshabille-toi le premier.

Il écarta mes mains pour prendre le relais. Je le regardai commencer à se dévêtir en retenant mon souffle.

La vue de ses mains bronzées – sur lesquelles se détachaient les bagues que je lui avais offertes – qui achevaient de dénouer sa cravate... Comment cela pouvait-il être à ce point érotique ?

Le murmure de la soie quand il tira sur sa cravate pour s'en débarrasser. La désinvolture avec laquelle il la laissa tomber sur le sol. La chaleur de son regard tandis qu'il me regardait le regarder.

C'était la pire forme de privation qui fût, le masochisme le plus extrême, et je me forçai à l'endurer. Rêver de le toucher, mais me retenir. L'attendre tout en le convoitant. Je nous avais torturés tous deux en nous forçant à patienter, c'était donc le moins que je méritais.

Ces jeux de séduction m'avaient tellement manqué.

Le col de sa chemise s'écarta quand il la déboutonna, révélant la colonne de son cou, puis un bref aperçu de son torse. Il s'interrompit quand il atteignit le bouton situé sous ses pectoraux, par pure malice, et passa aux boutons de manchette.

Il les défit lentement, et les posa avec un soin délibéré sur la table de chevet.

Un gémissement m'échappa. Le désespoir faisait rage en moi, parcourait mes veines tel le plus puissant des aphrodisiaques.

Gideon ôta son gilet et sa chemise d'un souple mouvement d'épaules.

Il était parfait. Chaque centimètre carré de sa personne. Chaque muscle au dessin aiguisé affleurait sous sa peau. Il n'y avait rien de brutal en lui. Rien de disproportionné.

Excepté son sexe. Mon Dieu.

Je serrai les cuisses quand il se débarrassa de ses chaussures, puis fit glisser pantalon et caleçon le long de ses jambes. Mon sexe déjà moite de désir le réclamait si fort que c'en était douloureux.

Ses abdominaux ondulèrent quand il se redressa. À partir des hanches, ses muscles formaient un V pointant vers son pénis qui se redressait en s'incurvant.

— Oh, mon Dieu. Gideon !

Une perle de liquide translucide en couronnait l'extrémité et le poids de ses bourses équilibrait celui de sa verge parcourue de veines saillantes. Il était magnifique, beau de la façon la plus primitive qui soit, sauvagement viril. Sa vue excitait tout ce qu'il y avait de féminin en moi.

Je m'humectai les lèvres et l'eau me vint à la bouche. Je voulais le goûter, entendre son plaisir alors que je

214

n'étais pas encore perdue dans le mien, le sentir frémir et frissonner quand je le ferais basculer dans l'extase.

Gideon referma le poing sur son sexe et le fit coulisser de bas en haut, faisant naître une nouvelle perle de désir.

— Il t'appartient, mon ange, dit-il d'une voix enrouée. Prends-le.

Je m'empressai de descendre du lit et voulus m'agenouiller devant lui.

Il me saisit le coude, sa bouche ne formant plus qu'une ligne.

— Nue.

Je le désirais si violemment que j'avais les jambes toutes molles. J'eus du mal à me redresser. Plus de mal encore à me retenir d'arracher mes vêtements. Je tremblais en dégrafant mon corsage, puis tentai d'en écarter les pans avec un semblant de grâce.

À en juger par l'inspiration sifflante qu'il prit lorsque je dévoilais mon soutien-gorge en dentelle, sa maîtrise commençait à s'effilocher. Mes seins étaient lourds et sensibles, leurs pointes dures et tendues.

Gideon s'approcha, passa les doigts sous les bretelles qu'il fit glisser sur mes épaules. Je fermai les yeux lorsque ses paumes accueillirent mes seins, et gémis quand il les pressa doucement, puis les soupesa tout en caressant les pointes de ses pouces.

— J'aurais dû te garder tout habillée, lâcha-t-il.

Mais ses caresses disaient autre chose. Que j'étais belle. Sexy. Qu'il ne voyait rien d'autre que moi.

Il s'écarta et cette fois, ce fut un cri qui m'échappa. Je voulais ses mains sur moi.

Ses pupilles étaient si dilatées que ses yeux semblaient noirs.

— Offre-les-moi.

Je me débarrassai de mon corsage, puis dégrafai mon soutien-gorge, qui glissa le long de mes bras, jusqu'au sol. Plaçant les mains sous mes seins, je les soulevai pour les lui offrir.

Gideon inclina la tête avec une patience irritante et passa lentement la pointe de la langue sur mon mamelon. J'eus envie de hurler... de le frapper... de faire quelque chose. *N'importe quoi* pour briser cette retenue qui me rendait folle.

— Je t'en supplie, l'implorai-je sans honte. Gideon, par pitié...

Il aspira, *fort*. Alterna la puissante succion de sa bouche avec furieux coups de langue sur la pointe sensible. Je sentais le désir animal sur lui, phéromones et testostérone, le parfum du mâle violemment excité. Exigeant et possessif, il m'attirait. Victime de son magnétisme, je me sentis fondre de l'intérieur, prête à rendre les armes.

Je titubai, mais il me rattrapa, m'attira dans ses bras et passa à l'autre sein. Ses joues se creusaient sous la force de sa succion et ma chair intime se contractait en rythme. Mon dos se creusa, la pose que je devais garder pour le laisser prendre son plaisir était douloureuse, et cela me rendit folle d'excitation.

Je m'étais battue pour lui. Il avait tué pour moi. Le lien qui nous unissait, ancien et primitif, transcendait toute définition. Il pouvait me prendre, se servir de moi. Je lui appartenais. Je l'avais fait attendre et il m'avait autorisée à le faire pour des raisons que je n'étais pas certaine de connaître. Il me rappelait à présent que je pouvais toujours m'éloigner de lui et chercher à garder mes distances, mais que sa main tiendrait toujours les chaînes qui nous reliaient. Et qu'il me ramènerait vers lui quand cela lui chanterait, parce que je lui appartenais.

À moi pour toujours.

— N'attends pas, dis-je en enfouissant les mains dans ses cheveux. Baise-moi. J'ai besoin de te sentir en moi…

Il me fit pivoter et pencher en avant sur le lit, m'y plaqua d'une main calée entre mes omoplates et tendit l'autre vers la fermeture au dos de mon pantalon corsaire. Il tira dessus si fort que le coton se déchira.

— Tu es avec moi ? gronda-t-il en glissant les mains à l'intérieur du pantalon pour m'agripper les fesses.

— Oui ! Mon Dieu, oui…

Il le savait, mais il avait pris la peine de demander. Pour me rappeler que c'était moi qui décidais et qui lui donnais la permission.

Il acheva de détruire mon pantalon en le faisant glisser jusqu'aux genoux d'une seule main tandis qu'il m'empoignait les cheveux de l'autre. Il était rude, impatient. Il attrapa l'élastique de mon string et tira, l'étoffe me scia la chair jusqu'à ce qu'il se rompe avec un claquement.

Gideon insinua la main entre mes jambes entravées et en couvrit mon sexe. Je me cambrai, le corps tremblant.

— Tu ruisselles, dit-il en enfonçant un doigt en moi.

Il le retira et en ajouta un avant de recommencer.

— Je bande très fort pour toi.

Ma chair se contracta autour de ses doigts. Il les retira, caressa mon clitoris en une suite de petits mouvements circulaires. Je me plaquai contre ses doigts, cherchant la pression dont j'avais besoin, de petits gémissements suppliants s'échappant de ma gorge.

— Ne jouis pas avant que je te prenne, gronda-t-il.

Il m'agrippa aux hanches et me maintint le temps d'insérer son sexe dans ma fente.

Il s'immobilisa un instant, le souffle bruyant, haletant. Puis il me pénétra d'un seul coup. Je lâchai un cri contre le matelas, écartelée, me tortillant pour l'accueillir.

Il me souleva, mes pieds quittèrent le sol. D'une souple ondulation des hanches, il conquit l'ultime espace en moi que son sexe n'avait pas encore envahi. Je me contractai sur toute la longueur de son sexe, gagnée par un plaisir frénétique.

— Ça va ? demanda-t-il, ses doigts me pétrissant inlassablement les hanches.

Je me hissai sur les bras, nichant mes fesses au creux de son aine, si près de jouir que j'en avais mal.

— Encore.

Malgré le rugissement du sang à mes oreilles, je l'entendis articuler mon nom. Son sexe enfla, s'allongea et tressauta au rythme de sa jouissance. Celui-ci me parut infini, et peut-être l'était-il parce qu'il se mit à me pilonner tout en continuant à jouir, se déversant en moi à longs traits brûlants. Sa jouissance déclencha la mienne. Les spasmes puissants d'un orgasme dévastateur me laminèrent tandis que mon corps était parcouru de violents frissons.

Mes ongles griffèrent le dessus-de-lit, cherchant à trouver prise alors que Gideon continuait d'aller et venir en moi, en proie à une fureur érotique. Sa semence se répandit sur les lèvres de mon sexe, coula le long de mes jambes. Des grognements ponctuaient ses puissants coups de reins. Il frémit de la tête aux pieds quand il jouit de nouveau, quelques instants seulement après la première fois.

Se penchant sur moi, Gideon m'embrassa l'épaule. Je sentis son souffle chaud et haletant sur la cambrure moite de mon dos. Son torse se soulevait au rythme de sa respiration contre ma colonne vertébrale, ses doigts se détendirent sur mes hanches. Ses mains glissèrent sur moi, caressantes, apaisantes. Ses doigts trouvèrent mon clitoris et le massèrent, l'excitation me gagna et il m'entraîna vers un nouvel orgasme qui me laissa tremblante.

Ses lèvres remuèrent contre ma peau. *Mon ange...* Il répéta ces mots, encore et encore. Inlassablement. Désespérément.

À toi pour l'éternité.

Et pendant tout ce temps, il demeura dur en moi, prêt à recommencer.

J'étais allongée sur le lit, blottie contre le flanc de Gideon. Mon pantalon avait disparu et il était nu, son corps magnifique encore emperlé de sueur.

Mon mari était sur le dos, un bras replié au-dessus de la tête, l'autre passé autour de moi, ses doigts se promenant nonchalamment le long de mon buste.

Ses jambes étaient écartées et son sexe présentait une semi-érection qui le faisait se recourber vers son nombril. Il luisait à la lumière des lampes de chevet, humide de nos fluides mêlés. Le souffle de mon mari commençait tout juste à ralentir, ses battements de cœur à se calmer sous mon oreille. Il sentait bon l'amour et le péché, Gideon.

— Je ne me souviens plus comment on s'est retrouvés sur ce lit, murmurai-je d'une voix presque rocailleuse.

Un rire fit vibrer son torse. Il tourna la tête et pressa ses lèvres contre mon front.

Je me serrai plus étroitement contre lui et drapai le bras autour de sa taille.

— Ça va ? demanda-t-il doucement.

Je renversai la tête en arrière et le regardai. Il était en nage et ses cheveux lui collaient aux tempes et au cou. Son corps était une mécanique bien huilée, rodé aux arts martiaux mixtes qu'il pratiquait pour l'entretenir.

Ce n'était pas ce que nous venions de faire qui l'avait lessivé – il pouvait tenir une nuit entière sans se fatiguer. C'était de se retenir aussi longtemps, de s'abstenir jusqu'à ce que j'aie autant envie de lui que lui de moi.

— Tu m'as tuée, répondis-je avec un sourire. Mes doigts et mes orteils en fourmillent encore.

— J'ai été brutal, dit-il en effleurant ma hanche. Je t'ai fait des bleus.

Je fermai les paupières.

— Hmm... Je sais.

Je le sentis remuer, se redresser, bloquant la lumière.

— Tu aimes ça, murmura-t-il.

Je levai les yeux ; il était penché sur moi. Je fis courir mon doigt sur son front et sa joue.

— J'aime ta maîtrise. Ça m'excite.

Il me captura les doigts entre ses dents, puis les relâcha.

— Je sais.

— Mais quand tu perds le contrôle... soupirai-je en me souvenant de cet instant. Ça me rend folle de savoir que je peux te faire ça, que tu me désires à ce point.

Il laissa aller son front contre le mien et m'attira contre lui. Je sentis la fermeté de son érection.

— Plus que tout.

— Et tu me fais confiance.

Dans mes bras, il baissait complètement la garde. La férocité de son désir ne cachait pas sa vulnérabilité ; elle la révélait.

— Plus qu'à quiconque.

Il glissa sur moi, couvrant mon corps du sien tout en évitant de peser sur moi de tout son poids.

Il inclina la tête, effleura mes lèvres des siennes.

— Crossfire, murmura-t-il.

Crossfire était mon mot de passe, celui que je prononçais quand je me sentais submergée et que je voulais qu'il arrête ce qu'il était en train de faire. Quand il me le disait, cela signifiait qu'il était submergé lui aussi, mais il ne voulait pas que je m'arrête. Pour lui, *Crossfire* était le vecteur d'un lien plus profond que l'amour.

— Je t'aime aussi, soufflai-je.

Les bras refermés autour d'un oreiller, le regard tourné vers le dressing, j'écoutais Gideon chanter. Je souris. Il était douché et habillé, et se sentait visiblement plein d'énergie bien qu'il ait commencé la matinée en me régalant d'un orgasme qui m'avait laissé des étoiles plein les yeux.

Il me fallut un moment pour reconnaître la chanson. Mon estomac se noua. *At Last*. Peu importait que la version qu'il entendait dans sa tête fût celle d'Etta James ou de Beyoncé. Ce que j'entendais moi, c'était sa voix, riche et nuancée, qui chantait le bleu du ciel et les sourires ensorcelants.

Il sortit du dressing, finissant d'ajuster le nœud d'une cravate gris ardoise, gilet déboutonné et sa veste sur le bras. Lucky trottait sur ses talons. Depuis qu'il avait été libéré de son parc ce matin-là, il suivait Gideon comme son ombre.

Le regard de Gideon se posa sur moi et son sourire me bouleversa.

— Et nous voilà de retour, chantonna-t-il.

— De retour, c'est vite dit en ce qui me concerne. Lessivée par des heures de sexe. Je ne crois pas que je pourrais en supporter davantage, alors que toi, dis-je en le désignant, tu es *toi*. Ce n'est pas juste. Il doit y avoir un truc que je ne fais pas comme il faut.

Gideon s'assit au bord du lit, la mise impeccable.

— Rappelle-moi… combien de fois j'ai joui hier soir ?

— Pas assez, apparemment, puisque tu étais prêt à recommencer dès le lever du soleil.

— Ce qui prouve qu'il y a un truc que tu fais *très* bien. Je serais bien tenté de rester à la maison, avoua-t-il en écartant mes cheveux de ma joue, mais j'ai des dossiers à boucler avant de disparaître avec toi pendant un mois. Tu remarqueras que je suis extrêmement motivé.

— Tu étais sérieux à ce sujet ?

— Tu croyais que je ne l'étais pas ? répondit-il en tirant sur le drap pour poser la main sur mon sein.

Je l'écartai avant qu'il m'excite de nouveau.

— Une lune de miel d'un mois. Je parviendrai à t'épuiser au moins une fois, je le jure.

— Vraiment ? répondit-il, les yeux brillants. Une seule fois ?

— Méfie-toi, champion. Une fois que j'en aurai fini avec toi, tu me supplieras de te laisser tranquille.

— Cela n'arrivera jamais, mon ange. Pas même dans un million d'années.

Son assurance titilla mon appétit pour les défis.

— C'est ce que nous verrons, répliquai-je en remontant le drap sur moi.

8

Je levai les yeux du mail que j'étais en train de lire quand Angus entra dans mon bureau. Il s'avança, sa casquette entre les mains.

— J'ai inspecté le bureau de Terrence Lucas hier soir, annonça-t-il. Je n'ai rien trouvé.

Je n'en fus pas vraiment surpris.

— Hugh s'est peut-être contenté de dire à Anne ce qu'il savait. Si rien n'a été consigné, il n'y a rien à trouver.

La mine sombre, il acquiesça.

— Pendant que j'y étais, j'en ai profité pour effacer toute trace du rendez-vous d'Eva sur les disques durs et les sauvegardes. J'ai aussi effacé les enregistrements vidéo qui prouvent qu'Eva et toi êtes allés là-bas. J'ai vérifié, Lucas n'a jamais fait de demande de copie à la sécurité. S'il décide de suivre l'exemple de sa femme et de porter plainte à son tour, tu seras tranquille de ce côté-là.

Angus pensait toujours à tout.

— La police pourrait trouver cela curieux, non ? Après tout, les Lucas ont autant à perdre que moi.

— Ils sont coupables, mon garçon. Pas toi.

223

— Ce n'est jamais aussi simple.

— Tu as obtenu tout ce que tu voulais par ton seul mérite. Ils ne peuvent rien te prendre.

Sauf mon amour-propre et le respect de mon entourage. J'avais travaillé très dur pour reconquérir cela après la disgrâce publique de mon père. Mes ennemis se frotteraient les mains. Cette perspective ne m'alarma pourtant pas autant qu'autrefois.

Angus avait raison. J'avais fait fortune et j'avais Eva.

Si garantir sa tranquillité d'esprit nous obligeait à vivre loin du monde, je pouvais le faire. Je l'avais envisagé à l'époque où Nathan Barker représentait encore une menace. Au début Eva avait voulu garder notre relation secrète, craignant que son passé ne m'éclabousse. Vivre caché. Se voir à la sauvette. Faire comme si nous n'étions pas en train de tomber follement et éperdument amoureux l'un de l'autre, c'était là un sacrifice que je n'étais pas prêt à consentir.

Les choses avaient changé, à présent. Eva m'était aussi nécessaire que l'air que je respirais. Protéger son bonheur était plus crucial que jamais. Je savais ce que l'on ressentait à être jugé pour les péchés d'un autre et je voulais épargner cela à ma femme. Contrairement à ce qu'elle croyait, je pouvais vivre sans m'impliquer directement dans tous les aspects de la gestion de Cross Industries.

Certes, je ne me voyais pas passer mes jours vêtu d'un pagne à jouer les Tarzan, mais trouver un moyen terme entre ces deux extrêmes n'était pas impossible.

— Tu m'avais mis en garde contre Anne, dis-je en secouant la tête. J'aurais dû t'écouter.

— Ce qui est fait est fait, répondit Angus avec un haussement d'épaules. Anne Lucas est une grande fille. Il lui faut assumer ses choix.

« Qu'est-ce que tu fabriques, mon garçon ? » m'avait-il demandé quand Anne s'était glissée sur la banquette de la Bentley, le premier soir. Au cours des semaines qui avaient suivi, il avait manifesté de plus en plus ouvertement sa désapprobation jusqu'à élever la voix. Dégoûté de moi-même, conscient de punir une femme qui ne m'avait rien fait, je l'avais pris de haut et lui avais conseillé de rester à sa place.

Le regard peiné que j'avais entraperçu me hanterait jusqu'à ma mort.

— Je suis désolé de t'avoir parlé comme je l'ai fait, dis-je en soutenant son regard.

Un petit sourire plissa son visage.

— Des excuses ne sont pas nécessaires, mais je les accepte.

— Merci.

La voix de Scott s'éleva du haut-parleur.

— L'équipe de PosIT est là. Et j'ai Arnoldo Ricci en ligne. Il dit que cela ne prendra pas longtemps.

Je jetai un coup d'œil à Angus pour m'assurer qu'il avait terminé. Il porta l'index à son front, me gratifiant de son salut habituel, et sortit.

— Passe-le-moi, répondis-je à Scott.

J'attendis que le voyant rouge s'allume, puis ouvris la ligne sur le haut-parleur.

— Où étais-tu passé ?

— Bonjour à toi aussi, mon ami, répondit Arnoldo avec son bel accent italien. Il paraît que je vous ai ratés, Eva et toi, au restaurant cette semaine.

— Nous avons fait un excellent déjeuner.

— Ah, ce sont les seuls que nous servons ! Nos dîners ne sont pas mauvais non plus, remarque.

— Tu es à New York ?

— Oui. J'organise ton enterrement de vie de garçon et c'est pour ça que j'appelle. Si tu as des projets pour ce week-end, annule-les.

— Eva et moi devons quitter New York.

— *Eva* va même quitter le pays, si j'en crois Shawna. Et toi aussi. Les autres sont d'accord avec moi – on va t'obliger à quitter la ville, pour une fois.

Je fus tellement pris de court par la première partie de sa réponse que j'entendis à peine la suite.

— Eva ne quitte pas le pays.

— Il te faudra vérifier cela auprès de ses amis, répliqua-t-il d'un ton suave. En ce qui nous concerne, destination Rio.

Je me levai vivement. Eva n'était même pas dans l'immeuble. Je ne pouvais pas prendre l'ascenseur pour aller la retrouver.

— Je vais demander à Scott de s'occuper du vol, poursuivit-il. Nous partons vendredi soir et nous prévoyons un retour lundi matin, histoire que tu puisses aller bosser si tu t'en sens le courage.

— Et Eva, où va-t-elle ?

— Aucune idée. Shawna a refusé de me le révéler car tu n'as pas à le savoir. Elle m'a juste dit qu'ils partaient ce week-end et que je devais veiller à t'occuper parce que Cary ne veut pas que tu t'en mêles.

— Ce n'est pas à lui d'en décider, rétorquai-je.

— T'en prendre à moi ne t'aidera en rien, Gideon. Et si tu ne fais pas confiance à Eva, tu ferais mieux de ne pas l'épouser.

Je serrai les poings.

— Arnoldo, tu es mon ami le plus proche, mais ça risque de changer si tu persistes à avoir cette opinion d'Eva.

— Tu m'as mal compris. Si tu cherches à l'enfermer dans une cage, tu la perdras. Ce qui passe pour romantique chez un amoureux peut être étouffant chez un mari.

Comprenant qu'il m'offrait un conseil, je décidai de compter jusqu'à dix. J'allai jusqu'à sept.

— Je n'en crois pas un mot.

— Ne te méprends pas. Arash m'assure qu'Eva est ce qui t'est arrivé de mieux. Il dit qu'il ne t'a jamais vu aussi heureux et qu'elle t'adore.

— Je t'ai dit la même chose.

Arnoldo poussa un long soupir.

— Un homme amoureux ne fait pas le meilleur des témoins.

Mon irritation céda la place à l'amusement.

— Depuis quand Arash et toi discutez de ma vie privée ?

— C'est ce que font les amis.

— Non. C'est ce que font les *copines*. Vous êtes des hommes adultes. Vous devriez avoir mieux à faire, ripostai-je. Et donc, tu veux m'envoyer passer un week-end au Brésil avec une bande de commères ?

— Écoute, fit-il d'un ton patient, Manhattan, c'est hors de question. J'adore cette ville autant que toi, mais je pense qu'on en a épuisé les charmes. Surtout pour une occasion comme celle-là.

Contrarié, je tournai les yeux vers la fenêtre pour contempler la ville que j'aimais tant. Seule Eva était au courant de l'existence de cette chambre d'hôtel que je réservais autrefois à l'année – ma « garçonnière », comme elle disait. Avant de la connaître, c'était le seul endroit où j'emmenais des femmes. Un lieu sûr. Impersonnel. Qui ne trahissait rien de moi, excepté ce à quoi je ressemblais quand j'étais nu et mes préférences sexuelles.

Jusqu'à ma rencontre avec Eva, quitter New York signifiait que je ne pourrais pas ramener dans cette chambre ma conquête d'un soir, raison pour laquelle j'insistais pour que nos virées entre hommes se déroulent en ville.

— D'accord. Je ne discuterai pas.

C'était avec Eva – et Cary – que j'allais discuter, mais cela ne regardait pas Arnoldo.

— Parfait, conclut-il. Je te laisse bosser. On bavardera ce week-end.

Après avoir raccroché, je jetai un coup d'œil à Scott à travers la vitre et levai le doigt pour lui signaler qu'il me fallait encore une minute. Je sortis mon cellulaire et appelai Eva.

— Bonjour, champion, répondit-elle d'un ton à la fois charmeur et joyeux.

Une décharge de plaisir doublée d'une onde de chaleur me traversa. Sa voix me parut plus rauque que d'ordinaire, empreinte d'une sensualité qui me rappela notre longue nuit, ses gémissements et ses cris lorsqu'elle jouissait.

C'était mon nouvel objectif, qu'elle garde en permanence une voix enrouée, les joues rosies et les lèvres gonflées, ainsi que cette démarche souple et sensuelle comme si elle me sentait encore en elle. Partout où elle irait, les gens sauraient que je prenais d'elle un soin jaloux. En ce qui me concernait, c'était évident. Je me sentais parfaitement détendu, quoiqu'un peu faible au niveau des genoux – détail que je n'aurais cependant jamais accepté de reconnaître.

— Nos projets pour le week-end auraient-ils changé ? demandai-je.

— Je vais devoir augmenter ma dose de vitamines, répondit-elle, mutine. Mais à part ça, non. Il me tarde d'y être.

Le ronronnement dans sa voix m'excita.

— Je viens d'apprendre que nos amis projettent de nous séparer ce week-end pour cause d'enterrements de vie de célibataire respectifs.

— Oh ! souffla-t-elle avant de marquer une pause. J'espérais plus ou moins que tout le monde oublierait.

Je regrettai qu'elle ne puisse voir le sourire qui apparut sur mes lèvres.

— On pourrait aller se cacher dans un endroit où ils ne nous trouveront jamais.

— J'aimerais bien, soupira-t-elle. Je crois qu'ils font ça davantage pour eux que pour nous. C'est la dernière occasion qu'ils ont de nous avoir rien que pour eux.

— Ces jours-là ont cessé d'exister quand je t'ai rencontrée.

Mais je savais qu'ils existaient encore pour Eva. Elle tenait à garder son indépendance et ses amis.

— C'est assez étrange comme rituel, tu ne trouves pas ? Deux personnes s'apprêtent à s'unir pour la vie et leurs amis les emmènent en virée, les font boire et les encouragent à faire des conneries une dernière fois.

Son ton n'était plus vraiment joyeux. Ma femme était extrêmement jalouse. Je le savais et je l'acceptais, de même qu'elle acceptait ma possessivité.

— Nous discuterons de cela plus longuement ce soir.

— Ouais, répondit-elle, pas vraiment ravie.

J'en éprouvai un vague réconfort. Je préférais l'imaginer en train de souffrir pendant un long week-end sans moi plutôt que s'éclatant comme une folle.

— Je t'aime, Eva.

Elle retint son souffle.

— Je t'aime aussi.

Je raccrochai et me levai. Je me dirigeai vers le porte-manteau pour aller chercher ma veste, puis changeai d'avis. Je revins sur mes pas et appelai Cary.

— Quoi de neuf ? s'enquit-il.

— Où comptes-tu emmener ma femme ce week-end ?

Il répondit si vite que je sus qu'il s'était attendu à mon appel.

— Tu n'as pas besoin de le savoir.

— Si, justement, j'en ai besoin.

— Je n'ai pas l'intention de te laisser épier ses faits et gestes, répliqua-t-il d'une voix crispée. Avec des gardes du corps chargés d'intercepter tous les types qui feraient mine de s'approcher d'elle comme tu l'as fait à Vegas. Eva est une grande fille. Elle sait se tenir et elle a le droit de s'amuser.

C'était donc cela qui coinçait.

— J'avais des circonstances atténuantes, à l'époque, Cary.

— Vraiment ? répliqua-t-il, sarcastique. Lesquelles ?

— Nathan Barker était encore de ce monde et tu avais organisé une foutue orgie dans votre salon. Je ne pouvais pas compter sur toi pour garantir sa sécurité.

Il y eut un silence. Quand il reprit la parole, ce fut un ton en dessous.

— Clancy sera chargé de la sécurité. Elle ne risque rien.

Je pris une longue inspiration. Clancy et moi nous méfiions l'un de l'autre depuis qu'il savait ce que j'avais fait à Nathan. Mais au fond, nous voulions tous deux la même chose : le bonheur et la tranquillité d'Eva. Et je savais qu'il faisait de l'excellent travail en tant que garde du corps de Stanton et de Monica. Je pouvais lui faire confiance pour Eva.

Je décidai de lui dire deux mots en privé et de le mettre en relation avec Angus. Si Eva avait besoin de moi, je voulais pouvoir la contacter facilement. Mon estomac se noua à cette idée.

— Eva a besoin de ses amis et je tiens à ce qu'elle s'amuse, déclarai-je.

— Super, répondit Cary, faussement désinvolte. Alors on est d'accord.

— Je n'interférerai pas, Cary, mais garde à l'esprit que personne ne se soucie autant que moi de sa sécurité. Elle fait seulement partie de ta vie, alors qu'elle *est* ma vie. Ne sois pas obtus et n'hésite pas à me contacter en cas de besoin, c'est clair ?

— Ouais. Message reçu.

— Si ça peut t'aider à te sentir mieux, de mon côté, je serai au Brésil.

Il garda le silence un instant, puis :

— Ce n'est pas encore définitif, mais je penche pour Ibiza.

Je jurai intérieurement. Il fallait compter une demi-journée de voyage pour aller de Rio à Ibiza.

J'eus envie de discuter, de suggérer plusieurs destinations en Amérique du Sud, je tins pourtant ma langue. Je me rappelais ce que le Dr Petersen avait déclaré quant à la nécessité pour Eva d'un vaste cercle social.

— Fais-moi savoir ce que tu as décidé, le moment venu.

— D'accord.

Je coupai la communication et allai enfiler ma veste en vitesse.

Eva et le Dr Petersen n'auraient pas été de mon avis, il n'empêche, je trouvais que les amis et la famille étaient décidément une vraie plaie.

Le reste de la journée se déroula comme prévu. Il n'était pas loin de 17 heures quand Arash entra dans mon bureau et s'installa confortablement sur l'un des canapés, les bras étalés sur le dossier.

Je terminai ma communication avec un de nos centres de distribution de Montréal, me levai et étirai les jambes. J'avais prévu une séance d'entraînement avec mon coach. Il allait me ratatiner. Eva serait certainement ravie d'apprendre qu'elle avait réussi à entamer mon endurance.

Ce qui ne m'empêcherait pas de lui faire l'amour avant que la journée soit finie.

— Tu as intérêt à avoir une bonne raison de te mettre à l'aise, lançai-je à Arash en contournant mon bureau.

— Deanna Johnson, lâcha-t-il avec un sourire arrogant.

Le nom me prit par surprise et je ralentis le pas.

— Pourquoi viens-tu me parler d'elle ?

Arash siffla.

— Tu la connais donc.

— C'est une journaliste indépendante.

Je m'approchai du bar et sortis deux bouteilles d'eau du frigo. Deanna était une des femmes avec qui j'avais couché, ce qui s'était révélé être une erreur monumentale.

— Très bien. Est-ce que tu te souviens de la charmante blonde que j'ai mentionnée au passage hier soir ?

Je lui jetai un coup d'œil impatient.

— Viens-en au fait.

— Cette fille travaille au département juridique de la maison d'éditions qui a acheté les droits du livre de Corinne. Et elle m'a confié que le collaborateur chargé de la rédaction du bouquin s'appelle Deanna Johnson.

J'exhalai bruyamment et serrai si fort les bouteilles d'eau que le voile de condensation dont elles étaient couvertes se mit à ruisseler.

— Et merde, maugréai-je.

Ma femme m'avait mis en garde contre Deanna et je n'avais pas écouté.

— Laisse-moi deviner, risqua Arash d'un ton suave. Tu connais Mlle Johnson au sens biblique du terme.

Je pivotai, le rejoignis et lui lançai une des bouteilles qui forma un arc de gouttelettes d'eau entre nous. J'ouvris la mienne, en bus une longue rasade.

Eva avait raison. Nous devions former une équipe plus soudée et nous allions devoir apprendre à tenir implicitement compte de l'avis de l'autre.

Mon ami cala les coudes sur ses genoux, et tint sa bouteille à deux mains.

— Je comprends mieux pourquoi tu étais si pressé de passer la bague au doigt d'Eva. Tu voulais sceller le marché avant qu'elle se sauve en courant.

Arash plaisantait, je lus cependant son inquiétude sur son visage. Elle faisait écho à la mienne.

— Eh bien, voilà une bonne nouvelle pour finir la journée, marmonnai-je.

— Quoi donc ?

Arash et moi tournâmes la tête d'un même mouvement. Eva venait de franchir la porte de mon bureau, son téléphone à la main. Elle portait la même tenue de sport que lors de notre première rencontre. Sa queue-de-cheval était plus courte et ses cheveux plus blonds qu'alors, et sa silhouette s'était affinée. Mais elle était et demeurait la fille qui m'avait époustouflé.

— Eva, la salua Arash en se levant vivement.

— Salut, Arash.

Elle le gratifia d'un sourire, me rejoignit et se hissa sur la pointe des pieds pour m'embrasser sur la bouche.

— Bonsoir, champion. Que se passe-t-il ? ajouta-t-elle en fronçant les sourcils. Je vous dérange, peut-être ?

J'enroulai le bras autour de sa taille et l'attirai à moi. J'aimais sentir son corps contre le mien ; cela apaisait l'anxiété qui me gagnait chaque fois que nous étions séparés.

— Jamais, mon ange. Tu peux venir quand tu veux.

Ses yeux brillèrent.

— Je dois aller au gymnase avec Megumi, mais comme je suis en avance, j'ai décidé de passer te faire un petit coucou. Histoire de jeter un coup d'œil à ton corps de rêve pour me motiver.

Je déposai un baiser sur son front.

— Ne t'épuise pas trop, murmurai-je. C'est à moi de m'en charger.

Un pli vertical était apparu entre ses sourcils.

— Sérieusement. Que se passe-t-il ?

Arash se racla la gorge et désigna la porte.

— Je vais regagner mon bureau.

— C'est Deanna qui va rédiger le livre de Corinne, répondis-je avant qu'il sorte.

— Tiens donc, fit Eva en se raidissant.

— Elle est au courant pour Deanna ? lâcha Arash en nous considérant à tour de rôle avec de grands yeux étonnés.

Ma femme l'épingla d'un regard noir.

— Tu connais Deanna ?

Il leva les mains.

— Je ne l'ai jamais vue. Je n'avais même jamais entendu parler d'elle avant aujourd'hui.

Eva se dégagea de mon étreinte et me lança un regard entendu.

— Je t'avais prévenu.

— Je sais.

— Prévenu de quoi ? demanda Arash.

Eva prit ma bouteille d'eau et se laissa tomber dans un fauteuil club.

— Qu'elle n'était pas fiable. Elle est vexée parce qu'il l'a laissée se mettre à poil avant de la planter là. Je la comprends, remarque. Je serais affreusement humiliée si je déballais la marchandise sans pouvoir conclure l'affaire.

Arash reprit place sur le canapé.

— Un petit souci de performance, Cross ?

— Tu as envie de te retrouver au chômage, Madani ? répliquai-je en me rasseyant aussi.

— Elle avait déjà fait gouzi-gouzi avec Gideon avant ça, reprit Eva. Et apparemment, ça lui a beaucoup plu. Là aussi, je la comprends. Je t'ai dit que c'était un super coup ?

— Tu me l'as dit, oui, confirma Arash avec un coup d'œil amusé dans ma direction.

— Ce type te fait carrément grimper aux rideaux, tu sais. Tes orteils se recroquevillent et…

— C'est bon, Eva, marmonnai-je.

Elle me décocha un regard innocent.

— J'essaie juste d'expliquer le contexte, chéri. Et de rendre à César ce qui appartient à César. Toujours est-il que cette pauvre Deanna est déchirée entre la haine et le désir passionnel. Comme elle ne peut pas assouvir ce dernier, elle n'a d'autre solution que de haïr Gideon.

— Tu as terminé ? lui demandai-je.

Ma femme souffla un baiser vers moi avant d'avaler une gorgée d'eau.

— Je te félicite d'avoir eu le courage de lui raconter tout ça, me dit Arash. Eva, tu es une sainte de supporter cet individu et la kyrielle de femmes bafouées qu'il traîne dans son sillage.

— Que veux-tu que je dise ? répondit-elle, les lèvres pincées. Comment avez-vous découvert que c'était Deanna qui écrivait le livre, Gideon et toi ?

— Je connais quelqu'un qui travaille chez l'éditeur.

— Ah ! Je pensais que Deanna en avait peut-être parlé.

— Elle ne le fera pas. L'éditeur ne veut pas qu'on sache que ce n'est pas Corinne qui écrit son bouquin, il y a donc une clause de confidentialité. Le contrat est en cours de négociation.

Eva se laissa aller contre le dossier de son fauteuil et tripota nerveusement l'étiquette sur la bouteille. Son portable vibra près de sa cuisse et elle y jeta un coup d'œil.

— J'y vais, annonça-t-elle en se levant. Megumi est prête.

Arash et moi nous levâmes aussi. L'instant d'après elle était dans mes bras et m'offrait ses lèvres. Je l'embrassai et frottai le bout de mon nez contre le sien avant qu'elle écarte son visage.

— Tu as de la chance que je sois arrivée dans ta vie, déclara-t-elle. Imagine toutes les galères dans lesquelles tu te serais embarqué si tu étais resté célibataire.

— Avec toi, je suis sûr de galérer toute ma vie.

Eva sortit après avoir salué Arash. Je la regardai partir à regret. Elle adressa un signe de la main à Scott en passant, puis disparut.

— Tu es sûr qu'elle n'a pas de sœur ? s'enquit Arash en se rasseyant.

— Non, c'est un modèle unique, répondis-je en l'imitant.

— Oh, attends ! s'écria Eva qui revenait en courant.

Arash et moi bondîmes sur nos pieds.

— Si le contrat est en cours de négociation, cela signifie que rien n'est encore signé, n'est-ce pas ?

— En effet, répondit Arash.

— Tu peux l'inciter à ne pas signer, déclara-t-elle en me regardant.

Je haussai les sourcils.

— Et comment suis-je censé parvenir à ce résultat ?

— En lui offrant un job.

Je la considérai un instant, puis :

— Non.

— Ne dis pas non.

— Non, répétai-je.

Ma femme regarda Arash.

— Les contrats des employés incluent bien des clauses de non-divulgation, non-dépréciation, non-compétition, *et cetera*, n'est-ce pas ?

Arash réfléchit un instant.

— Je vois où tu veux en venir et, oui, ils en incluent. Mais ce que recouvrent ces clauses reste soumis à certaines limitations.

— C'est toujours mieux que rien, non ? Garder ses ennemis à proximité et tout ça...

Eva tourna vers moi un regard où se lisait l'attente.

— Ne me regarde pas ainsi, Eva.

— D'accord. C'était juste une idée. Je file.

Elle agita la main et pivota sur ses talons.

L'absence d'au revoir et de baiser me froissa. Et plus encore que la première fois, je détestai la voir partir.

Après m'avoir imposé d'interminables jours d'abstinence, voilà qu'elle venait tout bonnement de me suggérer de séduire une autre femme.

L'Eva que je connaissais et aimais n'aurait jamais fait ni l'un ni l'autre.

— Tu ne veux pas que ce livre soit publié, lançai-je.

Elle s'arrêta sur le seuil et se retourna.

— Non, je ne le veux pas.

Son regard inquisiteur m'incita à me redresser. Elle lisait en moi, percevait le bouillonnement qui m'agitait.

— Tu sais qu'elle s'attendra à ce que je lui offre autre chose qu'un simple emploi.

— Il faudra que tu l'appâtes, expliqua-t-elle en revenant sur ses pas. Tu es très séduisant, Cross. Et tu sais te défiler quand ça t'arrange. Tout ce qu'il faut, c'est qu'elle signe ce contrat. Après, tu pourras l'expédier en Sibérie, du moment que ça coïncide avec la description du poste.

Quelque chose dans sa voix me mit sur mes gardes – cela, et cette façon qu'elle avait de me regarder, tel un dompteur tournant autour d'un lion, prudent, attentif, mais maîtrisant parfaitement la situation.

Je décidai de répondre à la provocation par la provocation.

— Tu voudrais que je me prostitue pour obtenir ce que tu veux.

— Ne joue pas au con, Cross, marmonna Arash.

Eva plissa les yeux – le gris clair de ses iris avait viré à l'orage.

— N'importe quoi. Je te conseille de la piéger, pas de la baiser. J'ai autant envie de voir ce livre publié que toi d'entendre *Golden Girl* en boucle. Mais si tu peux vivre avec cette chanson, je pourrai vivre avec ce foutu bouquin.

— Pourquoi me conseiller de l'embaucher, alors ? répliquai-je en m'avançant vers elle. Je ne veux pas de cette femme dans les parages, et encore moins qu'elle travaille pour moi.

— Parfait. C'était une simple suggestion. J'ai vu que tu étais contrarié quand je suis arrivée et je n'aime pas te savoir contrarié...

— Pour l'amour du ciel, je n'étais pas *contrarié* !

— Oh, très bien ! Tu préfères que je dise que tu étais de mauvaise humeur ? Bougon ? Renfrogné ? Ces termes sont-ils assez virils pour toi, champion ?

— Tu mériterais une bonne fessée.

— Essaie et j'éclate ta jolie bouche, répliqua-t-elle, s'enflammant. Tu crois que l'idée de te laisser chauffer cette garce me plaît ? Rien que de t'imaginer en train de la charmer et de lui laisser croire que tu veux coucher avec elle, ça me donne envie de casser quelque chose – à commencer par sa figure.

— Tant mieux.

J'avais obtenu ce que je voulais. Eva était incapable de cacher sa jalousie quand elle était en colère. Et là, elle exsudait la colère, vibrait de fureur. Moi, en revanche, je me sentais apaisé.

— Le fait que Deanna laisse tomber ne changera peut-être rien, de toute façon, lâcha-t-elle. L'éditeur peut très bien embaucher quelqu'un d'autre pour écrire ce bouquin. Reste à espérer que ce ne sera pas une autre de tes anciennes conquêtes. Cela dit, c'est une espèce tellement répandue que la chance leur sourira peut-être une deuxième fois.

— Ça suffit, Eva.

— Je ne te prostituerais pas juste pour empêcher la publication d'un livre. Tu es le coup du siècle. Je pourrais me faire quelques milliers de dollars de l'heure sur ton dos. Facile.

— Nom de Dieu ! grondai-je en me ruant vers elle.

Elle m'échappa en faisant un bond de côté.

— Holà ! intervint Arash en se plaçant entre nous. En tant qu'avocat je me permets de te rappeler que mettre ta femme en colère peut te coûter des millions.

— Il adore mettre les femmes en colère, jubila-t-elle en sautillant de droite à gauche derrière Arash pour me leurrer. Ça l'excite.

— Pousse-toi de là, Madani, grondai-je.

— Je te le laisse, Arash, lança Eva avant de prendre la fuite.

Je me lançai aussitôt à sa poursuite, la ceinturai alors qu'elle franchissait la porte et la soulevai de terre. Elle se débattit.

Je plantai les dents dans son épaule, lui tirant un glapissement. Une douzaine de paires d'yeux se braquèrent sur nous. Y compris celle de Megumi qui venait d'apparaître au bout du couloir.

— Donne-moi un baiser d'adieu, exigeai-je.

239

— Tu n'as pas intérêt à ce que j'approche la bouche de toi, crois-moi !

Je la fis pivoter entre mes bras, puis capturai sa bouche. Ce fut un baiser sans grâce et maladroit. Nos nez se heurtèrent. Mais la sensation de sa bouche sous la mienne, de son corps sous mes mains était exactement ce dont j'avais besoin.

Elle me mordilla la lèvre inférieure. Elle aurait pu me faire mal, aller jusqu'au sang. Sa morsure n'était toutefois qu'une douce réprimande, tout comme sa façon de m'empoigner les cheveux.

— Tu es fou, se plaignit-elle. Qu'est-ce qui te prend ?

— Ne pars pas sans m'avoir embrassé.

— Tu plaisantes ou quoi ? dit-elle en me fusillant du regard. Je t'ai embrassé.

— La première fois. Pas la deuxième ni la troisième.

— Non, mais c'est pas vrai, soupira-t-elle.

Elle m'agrippa fermement la nuque, se hissa contre moi et enroula les jambes autour de ma taille.

— Il te suffisait de demander.

— Pas question que je supplie.

— Tu ne le fais jamais, murmura-t-elle en me caressant la joue. Tu sais juste donner des ordres. Ne t'arrête surtout pas.

— C'est fou les trucs qu'on peut se permettre quand on est le boss, glissa Megumi à Scott, assis à son bureau, les yeux rivés sur l'écran de son ordinateur.

Scott s'abstint sagement de lui répondre.

Arash, en revanche, ne se montra pas aussi circonspect.

— Folie passagère causée par la sainte frousse du mariage, selon moi, diagnostiqua-t-il en se rapprochant de nous. Diminution des facultés mentales. Bref, une sorte de pet cérébral.

— Boucle-la, lui conseillai-je.

240

— Sois sage, fit Eva en déposant un baiser sur mes lèvres. On reparlera de tout ça plus tard.

— Chez toi ou chez nous ?

Elle sourit, sa colère envolée.

— Chez nous.

Ses jambes se dénouèrent et je la reposai sur le sol.

Je pouvais la laisser partir à présent. Cela ne me plaisait toujours pas, mais je n'avais plus de nœud à l'estomac. Eva semblait parfaitement maîtresse d'elle-même. Ses colères, aussi soudaines et violentes qu'un orage, se dissipaient aussi rapidement, la laissant inchangée.

— Bonjour, Megumi, dis-je en tendant la main à l'amie de ma femme.

Elle l'accepta, exhibant une main parfaitement manucurée aux ongles vernis couleur chair. Avec son carré brun et ses yeux en amande, Megumi était une jeune femme très séduisante.

Je lui trouvai meilleure mine que la dernière fois que je l'avais vue et cela me fit plaisir car je savais à quel point Eva s'inquiétait pour elle. Je la connaissais à peine avant l'agression sexuelle qui avait récemment bouleversé sa vie. Je le regrettais. La femme qui se tenait maintenant devant moi affichait un regard blessé et un air bravache qui trahissait sa vulnérabilité.

Je savais d'expérience qu'une longue route l'attendait. Et qu'elle ne serait plus jamais celle qu'elle avait été.

Je jetai un coup d'œil à Eva. Ma femme avait parcouru du chemin depuis l'enfant qu'elle avait été autrefois et la jeune femme que j'avais connue. Elle s'était endurcie, elle aussi. Je fus heureux de le constater et me dis que je ne changerais cela pour rien au monde.

Il ne me restait plus qu'à prier pour que sa force ne finisse pas par la détourner de moi.

Quand je sortis du studio de James Cho, j'étais dans l'état escompté – lessivé. J'avais tout de même réussi à me racheter à la fin de la séance, quand j'étais enfin parvenu à envoyer l'ancien champion de lutte au tapis.

Angus m'attendait dehors près de la Bentley. Il ouvrit la portière et me délesta de mon sac de sport sans sourire. Sur la banquette arrière, Lucky aboyait dans sa cage de transport.

Avant d'entrer dans la voiture, j'interrogeai Angus du regard.

— J'ai des informations, m'annonça-t-il d'un air sombre.

Sachant qu'il avait continué de chercher les dossiers de Hugh, je me préparai à apprendre de mauvaises nouvelles.

— Nous en parlerons à la maison.

— Ce serait mieux à ton bureau.

J'acquiesçai et pris place sur la banquette, vaguement alarmé. Le penthouse comme mon bureau étaient des lieux privés. J'avais proposé la maison pour qu'Eva soit près de moi et me soutienne. Si Angus préférait me parler au bureau, cela ne pouvait signifier qu'une chose : il ne voulait pas que ma femme entende ce qu'il avait à me dire.

De quoi pouvait-il bien s'agir puisque je n'avais aucun secret pour elle ?

Lucky se mit à gratter les barreaux de la cage en gémissant. Machinalement, j'ouvris la porte. Il bondit aussitôt sur mes genoux et entreprit de me lécher le menton.

— Là, là, dis-je en le tenant pour lui éviter de tomber dans sa frénésie tout en écartant la tête pour éviter de recevoir des coups de langue sur la bouche. Moi aussi, je suis content de te voir.

Une fois qu'il se fut calmé, je contemplai la ville par la fenêtre tout en le caressant. New York se révélait très différente la nuit, fusion de ruelles sombres et de hauts bâtiments illuminés, de néons criards et de terrasses de restaurants intimes.

Avec deux millions d'habitants sur une île de moins de soixante kilomètres carrés, avoir un minimum d'intimité relevait à la fois du tour de force et de l'imagination. La distance séparant deux appartements en vis-à-vis était parfois infime. Et les fenêtres, souvent dépourvues de rideaux, exposaient des vies privées à quiconque choisissait de regarder. Les télescopes étaient un article très prisé à Manhattan.

Les New-Yorkais avaient tendance à vivre dans une bulle ; ils se souciaient uniquement de leurs affaires et s'attendaient à ce que les autres fassent de même. L'autre option consistait à vivre cloîtré, l'antithèse même de l'esprit de liberté dont l'Empire State était le symbole.

Une fois devant le Crossfire, je descendis de la Bentley avec Lucky. Angus m'emboîta le pas. Dans le hall, les vigiles se levèrent à mon approche et me saluèrent par mon nom tout en jetant des regards furtifs au chiot coincé sous mon bras. Je réprimai un sourire en apercevant mon reflet. Les cheveux encore humides de la douche, en pantalon de jogging et T-shirt, aux yeux d'un étranger, j'aurais difficilement pu passer pour le propriétaire de l'immeuble.

L'ascenseur nous conduisit rapidement au dernier étage. La plupart des bureaux étaient éteints et déserts, mais quelques employés ambitieux étaient encore au travail – à moins qu'ils n'eussent aucune raison de rentrer chez eux. Je savais la chose possible. Il n'y avait pas si longtemps, je passais le plus clair de mon temps au Crossfire.

En entrant dans mon bureau, j'allumai la lumière et opacifiai la cloison vitrée. Je m'installai ensuite sur l'un des canapés et déposai Lucky à côté de moi. C'est alors que je remarquai le porte-documents en cuir qu'Angus avait sous le bras.

Il rapprocha un fauteuil de la table basse, y prit place, puis me regarda.

Ma gorge se serra tandis qu'une autre possibilité me traversait l'esprit. Angus paraissait trop grave, l'entrevue trop formelle.

— Tu ne comptes pas m'annoncer que tu prends ta retraite ? le devançai-je, la langue pâteuse d'appréhension. Je ne te laisserai pas faire cela.

Il me dévisagea un instant et ses traits s'adoucirent.

— Mon garçon, je crains que tu ne sois coincé avec moi encore un moment.

Mon soulagement fut si vif que je m'affalai contre le dossier du canapé, le cœur battant. Lucky, toujours prêt à jouer, bondit sur mon torse.

— Descends, ordonnai-je, ce qui ne fit que l'exciter davantage.

Je le forçai à se tenir tranquille d'une main et adressai un bref signe de tête à Angus pour l'inciter à parler.

— Tu te souviens du dossier que nous avons établi quand tu as rencontré Eva, commença-t-il.

Je me raidis dès qu'il prononça le nom de ma femme.

— Bien sûr.

Le souvenir de ce jour me revint aussitôt en mémoire. J'étais devant le Crossfire, assis sur la banquette arrière de la limousine qui s'apprêtait à démarrer. Eva se dirigeait vers la porte à tambour. Je l'avais regardée et m'étais senti irrépressiblement attiré par elle. Incapable de résister, j'avais demandé à Angus d'attendre et je m'étais lancé à la poursuite de cette inconnue – chose que je n'avais encore jamais faite.

Elle avait fait tomber son badge quand elle m'avait vu et je l'avais ramassé, notant au passage son nom et le nom de l'entreprise qui l'employait. À la fin de la soirée, j'avais sur mon bureau à la maison un mince dossier contenant les premiers résultats de l'enquête sur ses antécédents – encore une chose que je n'avais jamais faite par simple intérêt sexuel. Comme si j'avais immédiatement senti qu'Eva m'était destinée.

Dans les jours qui avaient suivi, le dossier s'était épaissi, s'y ajoutant le résultat des enquêtes concernant les parents d'Eva, Cary et les grands-parents d'Eva.

— Nous avions laissé un avocat sur la brèche à Austin, reprit Angus. Il était chargé de nous prévenir au cas où quelque chose d'inhabituel se produirait du côté de Harrison et de Leah Tramell.

Les parents de Monica. Qu'ils ne voient plus leur fille et leur petite-fille me convenait parfaitement. Moins de famille à fréquenter. Cela dit, s'ils ne s'étaient jamais intéressés à Eva en tant que petite-fille illégitime, ils avaient peut-être changé d'avis en apprenant qu'elle allait devenir ma femme.

— Qu'ont-ils fait ?

— Ils sont morts, répondit Angus sans détours en ouvrant son porte-documents. Il y a environ un mois.

Je réfléchis un instant, puis :

— Eva n'est pas au courant. Nous les avons évoqués quand nous discutions des invitations pour le mariage le week-end dernier. J'imagine que Monica n'a plus de contacts avec eux.

— C'est pourtant elle qui a rédigé l'annonce de leur décès pour la rubrique nécrologique du journal local, répliqua Angus en posant une photocopie sur la table.

Je la ramassai et la parcourus rapidement. Les Tramell étaient morts dans un accident de bateau pendant l'été. À en juger par leurs vêtements et leurs coupes de cheveux, la photo qui accompagnait l'annonce datait des années 1970. Les Tramell formaient un couple de nantis des plus banal. Un détail me chiffonna cependant : la couleur de leurs cheveux – même en noir et blanc, le cliché montrait deux individus très bruns.

Je lus le paragraphe de conclusion. *Harrison et Leah laissent derrière eux leur fille Monica et deux petits-enfants.*

— *Deux* petits-enfants ? répétai-je à voix haute. Eva aurait un frère ou une sœur ?

Lucky réussit à m'échapper et sauta à terre.

— Cette mention et la photo m'ont incité à aller y voir de plus près, répondit Angus en posant un cliché sur la table.

— Qui est-ce ? demandai-je en y jetant un coup d'œil.

— Monica Tramell, épouse Dieck.

Mon sang se glaça. La femme qui figurait sur la photo était aussi brune que ses parents. Et elle ne ressemblait pas du tout à la Monica que je connaissais, ni à ma femme.

— Je ne comprends pas.

— Je n'ai pas encore découvert quel est le vrai nom de la mère d'Eva, mais la véritable Monica Tramell avait un frère prénommé Jackson qui a été brièvement marié avec une dénommée Lauren Kittrie.

— Lauren.

Le deuxième prénom d'Eva.

— Que sait-on d'elle ?

— Rien pour l'instant, mais cela viendra. Nous cherchons.

Je me passai la main dans les cheveux.

— Est-il possible qu'on se soit trompés de Tramell et qu'on ait enquêté sur la mauvaise famille ?

— Non, mon garçon.

Je me levai et me dirigeai vers le bar. Je pris deux verres en cristal sur l'étagère et versai deux doigts d'Ardbeg Uigeadail single malt dans chacun.

— Stanton a forcément vérifié le passé de Monica avant de l'épouser.

— Tu ne savais rien du passé d'Eva avant qu'elle t'en parle, releva-t-il.

Il avait raison. Toutes les archives concernant l'agression sexuelle d'Eva, sa fausse couche, les transcriptions de la cour, le jugement... tout avait été soigneusement enterré. Quand j'avais chargé Arash de rédiger le contrat de mariage, il avait vérifié les avoirs financiers et les dettes d'Eva, mais n'était pas allé plus loin. Je l'aimais. Je la voulais. La discréditer n'avait jamais été à l'ordre du jour.

Stanton aussi était amoureux de sa femme. La fortune personnelle qu'elle avait accumulée après deux divorces financièrement avantageux avait certainement apaisé ses craintes les plus pressantes. Pour le reste, lui et moi avions sans doute agi de manière similaire. Pourquoi chercher les problèmes quand tout indique qu'il n'y en a pas ? L'amour est obstinément aveugle et rend les hommes idiots.

Je contournai le bar et faillis trébucher sur Lucky qui déboula devant moi.

— Benjamin Clancy n'est pas né de la dernière pluie. Il ne serait pas passé à côté d'un truc pareil.

— On est bien passés à côté, nous, rétorqua Angus en s'emparant du verre que je lui tendais. Et si les Tramell n'étaient pas morts, on ne saurait toujours rien. La vérification des antécédents n'avait rien révélé.

— Comment c'est possible, bon Dieu ?

Je vidai mon verre d'un trait.

— La mère d'Eva a utilisé le nom de Monica, sa date de naissance et l'histoire de sa famille, elle n'a toutefois

247

jamais demandé de prêt, or c'est de cette façon que la plupart des usurpations d'identité sont révélées. Elle a ouvert le compte en banque qu'elle utilise actuellement il y a vingt-cinq ans. C'est un compte professionnel avec identification fiscale séparée.

Elle avait sans doute dû communiquer son numéro de sécurité sociale à l'ouverture du compte, mais le monde d'avant l'Internet était bien différent de ce qu'il était aujourd'hui.

J'avais du mal à appréhender l'énormité de la fraude. Si Angus avait raison, la mère d'Eva avait vécu plus longtemps sous un nom d'emprunt que sous son vrai nom.

— Il n'y a aucune piste, mon garçon, déclara-t-il en reposant le verre auquel il n'avait pas touché. Pas la moindre miette.

— Et la véritable Monica Tramell, alors ? Qui est-elle ?

— C'est son mari qui s'occupe de tout, ce qui fait qu'elle existe à peine.

Je baissai les yeux sur Lucky qui me donnait des coups de patte dans le tibia.

— Eva ne sait rien de tout ça, dis-je sombrement. Elle m'en aurait parlé.

Alors même que je prononçais ces mots, je fus contraint de me demander *comment* elle aurait pu le faire. Comment le lui aurais-je dit si j'avais été à sa place ? Était-il possible qu'elle garde un secret aussi énorme, qu'elle ait vécu dans le mensonge si longtemps qu'elle était désormais persuadée qu'il s'agissait de la vérité ?

— Bien sûr, Gideon, murmura Angus d'un ton conciliant.

Lui aussi s'était posé la question. C'était son boulot.

— Elle t'aime, ajouta-t-il. Plus profondément et plus sincèrement que je n'ai jamais vu aucune femme aimer un homme.

Je me laissai choir sur le canapé et sentis Lucky crapahuter près de moi.

— Il faut que j'en sache davantage, soupirai-je. Tout. Je ne peux pas transmettre une pareille information à Eva par petits bouts.

— Je trouverai ce qui manque, promit-il.

9

— C'est...

J'étudiai le croquis que Cary avait placé devant moi et secouai la tête.

— C'est joli, mais ça manque de... je ne sais quoi. Ce n'est pas la bonne.

Assis par terre en tailleur, Cary poussa un soupir, puis renversa la tête sur l'assise du canapé et me considéra de ses yeux inversés.

— Tu plaisantes. Je te soumets un modèle unique de robe de mariée conçue exclusivement pour toi et tu le balaies d'un revers de main ?

— Je ne veux pas de robe bustier. Et puis cet ourlet court devant et long derrière...

— C'est une traîne, précisa-t-il.

— Alors comment se fait-il que je voie les chaussures ? On ne doit pas voir les chaussures.

— C'est un croquis vite fait. Tu peux lui demander de rallonger le devant.

Je me penchai pour attraper la bouteille de vin et remplis mon verre. Le top 10 des meilleures musiques de voyage pépiait en sourdine. Le reste du penthouse était plongé dans l'obscurité, le salon seulement éclairé par deux lampes en bout de canapé.

— C'est trop contemporain, me plaignis-je. Trop moderne.

— Heu… ouais, répondit Cary, qui releva la tête pour regarder de nouveau le croquis. C'est pour ça qu'elle est cool.

— C'est trop tendance, Cary. Quand j'aurai des enfants et qu'ils verront ça, ils se demanderont ce qui m'est passé par la tête.

Je bus une gorgée de vin et fis courir mes doigts dans son épaisse chevelure.

— Je veux quelque chose d'intemporel. Genre Grace Kelly ou Jackie Kennedy.

— Des enfants, hein ? fit-il en accompagnant la caresse de ma main d'une ondulation de la tête. Si tu te dépêches, on pourra organiser des rencards poussettes au parc et échanger les derniers potins en surveillant le bac à sable.

— Pfff ! Pas avant dix ans.

Cela me semblait bien. Gideon pour moi toute seule pendant dix ans. Le temps pour nous de grandir encore un peu, d'aplanir les difficultés et de trouver notre rythme.

Si les choses s'amélioraient de jour en jour, nous restions un couple versatile au sein d'une relation houleuse. Cette prise de bec qu'on venait d'avoir à son bureau, par exemple… Je ne savais toujours pas quoi en penser. Mais Gideon était ainsi. Aussi sauvage et dangereux qu'un loup. Capable de me manger dans la main à un instant donné et prêt à me mordre celui d'après. Avant de me prendre comme une bête une fois la crise passée, alors… cela me convenait.

— Ouais, soupira Cary. Il faudra au moins dix ans – et l'immaculée conception – pour que tu tombes enceinte si tu ne te décides pas à le laisser te baiser.

— Pfff, fis-je en tirant sur sa tignasse. Ça ne te regarde pas, mais figure-toi que je lui ai fait la totale, hier soir.

— Non ? s'écria-t-il en me coulant un regard égrillard par-dessus son épaule. Brave petite.

Je m'autorisai un sourire satisfait.

— Et on remettra ça dès son retour !

— Je suis jaloux. Moi, c'est le désert. Rien. Néant. Zéro. Ma paume conservera éternellement l'empreinte de ma pauvre bite solitaire.

J'éclatai de rire et me renversai contre le dossier du canapé.

— Ça fait du bien une petite pause. Ça remet les choses en perspective.

— Tu n'as même pas tenu une semaine, ricana-t-il.

— Dix jours, s'il te plaît. Dix affreux longs jours cauchemardesques.

J'avalai une nouvelle gorgée de vin.

— Sans déconner ? Ça craint. Grave.

— Je ne voudrais revivre ça pour rien au monde, mais je suis contente qu'on ait réussi à sortir le sexe de l'équation un moment. Qu'on ait pu se concentrer sur certains sujets et qu'on ait apprécié de passer simplement du temps ensemble. Après, quand on s'est lâchés, ç'a été... explosif.

— Fais gaffe, ça me fait bander.

— Qu'est-ce qui ne te fait pas bander ? ricanai-je.

Il me gratifia d'un haussement de sourcil hautain.

— Ne compte pas sur moi pour avoir honte de mon excellente santé sexuelle.

— Contente-toi d'être fier de prendre le temps de comprendre où tu vas. Moi, je suis fière de toi.

— Waouh, merci môman, dit-il en appuyant la tête contre mes genoux. Je pourrais te mentir, tu sais.

— Non. Si tu baisais à droite à gauche, tu t'en vanterais parce que tu voudrais que je te botte les fesses, sinon ce ne serait pas drôle.

Cela ne l'aurait pas été. Mais c'était sa façon de se punir lui-même.

— Ce qui va être drôle, c'est Ibiza.

— Ibiza ?

Il me fallut une seconde avant de comprendre.

— Pour mon enterrement de vie de jeune fille ?

— Eh oui !

L'Espagne. À l'autre bout du monde. Je ne m'attendais pas à cela.

— Combien de temps la fête est-elle censée durer ?

— Tout le week-end, répondit Cary avec son plus beau sourire.

— Il n'a pas son mot à dire, mais Gideon ne va pas aimer, objectai-je.

— J'ai réglé la question avec lui. Il crispe un peu question sécurité, cela dit, il sera occupé de son côté au Brésil.

Je me redressai.

— Au Brésil ?

— Tu es un vrai perroquet, ce soir.

J'adorais le Brésil. La musique, le climat, le tempérament passionné des gens. Il y avait dans la culture brésilienne une sensualité unique au monde.

Mais imaginer Gideon là-bas, entouré de tous ces beaux mecs riches qu'il appelait ses amis, fêtant les derniers jours d'un célibat auquel il avait déjà renoncé...

Cary se tourna vers moi.

— Je connais ce regard. Tu fais déjà ta jalouse rien qu'à l'imaginer entouré de bikinis brésiliens et de toutes les bombasses qui les porteront.

— Ferme-la, Cary.

— Sans compter qu'il aura une équipe de rêve avec lui. Ce Manuel, surtout. Un grand joueur, first class.

Je me souvins d'avoir vu Manuel Alcoa lever une fille d'un simple haussement de sourcils au cours d'une soirée karaoké. Tout comme Arnoldo, Gideon et Arash, Manuel n'avait rien à faire pour les avoir toutes à ses pieds. Il lui suffisait de choisir.

Que ferait mon mari quand tous ses copains se seraient éclipsés au bras d'une bombe sexuelle ? Il se contenterait de siroter des caïpirinhas ? J'en doutais.

Gideon ne me tromperait pas. Il ne flirterait même pas ; ce n'était pas son genre. Il n'avait pas flirté avec moi au début alors que j'étais l'amour de sa vie. Non, l'air sombre et distant, il attirerait tous les regards dans la salle tandis qu'un flot de femmes superbes frétillerait autour de lui.

Comment y rester insensible ?

— Tu as l'air prête à tuer quelqu'un, s'esclaffa Cary.

— Et tu es juste à côté de moi, l'avertis-je.

— Tu ne peux pas me tuer. Sinon qui mettra dans ton sac toutes les tenues susceptibles de rendre Gideon aussi jaloux que toi ?

— On dirait que j'arrive au bon moment !

Cary et moi nous tournâmes la tête vers la porte et découvrîmes Gideon qui entrait, un sac de sport sur l'épaule et une cage de transport à la main.

J'oubliai ma contrariété à l'instant où je posai les yeux sur lui et un frisson de délice me parcourut. Je ne sais pas comment il se débrouillait pour trouver moyen d'être hypersexy en T-shirt et pantalon de jogging informe.

Il déposa ses affaires sur le sol.

— Qu'est-ce que tu trimballes là-dedans ? demanda Cary en se levant pour aller examiner la cage.

Je m'étais levée moi aussi, et m'approchai de mon mari, la joie toute simple de l'accueillir à la maison me rendant presque fébrile. Il me rejoignit à mi-chemin et ses bras m'encerclèrent. Je glissai les mains sous son T-shirt et caressai son dos musclé. Quand il s'inclina pour m'embrasser, je renversai la tête. Ses lèvres caressèrent les miennes, puis s'attardèrent pour célébrer nos douces retrouvailles.

Quand il se redressa, il se passa la langue sur ses lèvres.

— Tu as un goût de vin.

— Tu en veux ?

— Volontiers.

J'allai chercher un verre à la cuisine. Derrière moi, j'entendis les deux hommes se saluer, puis Gideon présenter Lucky à Cary. De joyeux aboiements et le rire chaleureux de Cary retentirent.

Je n'avais pas encore emménagé, mais je me sentais déjà chez moi.

Après le départ de Cary, il me fallut une bonne heure pour trouver le courage de poser à Gideon la question qui me taraudait.

Nous étions assis sur le canapé. Lui, confortablement affalé, genoux écartés, un bras passé autour de mes épaules, une main reposant sur sa cuisse. Moi, blottie contre lui, les jambes repliées, la tête sur son épaule, mes doigts triturant le bas de son T-shirt. Lucky, qui somnolait dans son parc près de la cheminée éteinte, laissant échapper un gémissement de temps à autre.

Gideon était resté silencieux au cours de la dernière demi-heure, presque pensif tandis que je dissertais sur le croquis de la robe de mariée que m'avait soumis Cary.

— En fait, dis-je pour conclure, je crois que je saurai que c'est celle que je veux quand je la verrai. Le problème, c'est que le temps presse. J'essaie de ne pas paniquer, mais je ne veux pas faire un choix par défaut.

La main qui reposait sur mon épaule remonta jusqu'à ma nuque et Gideon déposa un baiser sur mon front.

— Tu pourrais te marier en jean, mon ange, que tu resterais la plus belle mariée de l'univers.

Touchée, je me serrai contre lui.

— Où est-ce que vous allez, au Brésil ? risquai-je enfin.

— À Rio, répondit Gideon en me caressant les cheveux.

— Oh !

Je le voyais déjà, étendu sur la plage de sable blanc de Copacabana, son superbe corps bronzé exposé à tous les regards, ses yeux bleus dissimulés derrière des lunettes de soleil.

Les jolies filles seraient incapables de dire s'il les regardait ou non, ce qui les intriguerait et les rendrait audacieuses.

Le soir, ses amis et lui se mêleraient à la vie nocturne d'Ipanema, à moins qu'en véritables hédonistes ils ne poussent jusqu'à Lapa. Où qu'ils aillent, il y aurait des femmes sublimes, passionnées et très peu vêtues dans leur sillage. C'était inévitable.

— J'ai entendu Cary dire que tu étais jalouse, murmura-t-il en frottant le bout de son nez sur le sommet de ma tête, une note de satisfaction dans la voix.

— C'est pour ça que tu as choisi le Brésil ? Pour me faire souffrir ?

— Mon ange, dit-il en m'incitant à lever le visage vers lui, on ne m'a pas consulté quant au choix de la destination. Mais je suis content de savoir que tu vas souffrir, ajouta-t-il avec un sourire.

— Sadique, rétorquai-je en m'écartant.

Gideon me ramena à lui.

— Après ce que tu m'as suggéré de faire avec Deanna, je me demandais si tu ne commençais pas à te lasser de moi.

— C'est absurde.

— Pas pour moi, répondit-il d'un ton égal en m'étudiant.

Me rendant compte qu'il était à demi sérieux, je cessai de chercher à lui échapper.

— Je t'ai dit que l'idée que tu l'embauches ne me plaisait pas.

— Pas au début. Tu m'as conseillé de la séduire comme si tu m'avais demandé d'acheter une bouteille de vin sur le chemin du retour. Alors qu'il a suffi que je mentionne Rio pour que tu boudes.

— Il y a une différence entre...

— ... chercher à séduire une femme avec qui j'ai déjà couché et accepter une fête d'enterrement de vie de garçon que je n'ai pas sollicitée ? Absolument. Pourquoi l'un te pose-t-il problème et pas l'autre ?

Je le fusillai du regard.

— Parce qu'il s'agit d'une transaction commerciale, d'une part, et de la dernière occasion de t'envoyer en l'air dans une des villes les plus sexy du monde, de l'autre !

— Ne dis pas de bêtises, répliqua-t-il d'une voix dangereusement calme.

— Ce n'est pas toi qui m'inquiètes, mais toutes ces femmes qui vont te convoiter. Et tes amis, qui vont se saouler, n'avoir qu'une idée en tête et vouloir que tu participes.

Son visage était impassible, son regard froid.

— Et tu ne me crois pas assez fort pour résister à la pression de mes amis ?

— Ne me fais pas dire ce que je n'ai pas dit.

— J'essaie juste de clarifier tes pensées alambiquées.

— Revenons plutôt au scénario que je t'ai proposé au sujet de Deanna, dis-je en me dégageant de son étreinte pour me lever. Voilà comment j'imaginais la scène quand je t'ai fait cette suggestion. Tu serais adossé à ton bureau, dans cette position ultrasexy que tu affectionnes, en chemise et gilet, peut-être un scotch on the rocks à portée de la main pour la touche informelle.

Je me plaçai face au canapé.

— Deanna serait dans le fauteuil le plus éloigné de toi, histoire de jouir d'une vue d'ensemble. Tu la balaierais d'un lent regard et tu lâcherais quelques phrases à double sens où il serait question de faire des choses ensemble. Elle comprendrait l'idée et accepterait d'apposer sa signature au bas du contrat. C'est tout. Tu ne t'approcherais pas d'elle et tu ne t'assiérais jamais. La paroi vitrée resterait translucide, lui interdisant tout rapprochement physique.

— Et tu as imaginé tout cela en une fraction de seconde ?

— Disons que j'ai quelques souvenirs là-dedans pour alimenter le feu, répondis-je en me tapotant la tempe de l'index.

— Mes souvenirs de scènes de séduction dans mon bureau n'incluent personne d'autre, contra-t-il avec flegme.

— Écoute, champion, dis-je en m'asseyant sur la table basse, c'est une idée qui m'est venue spontanément parce que je m'inquiétais pour toi.

L'expression de Gideon s'adoucit.

— L'enfer est pavé de bonnes intentions. Je comprends.

— Vraiment ? demandai-je en posant les mains sur ses genoux. Je serai toujours possessive, Gideon. Tu es *à moi.* J'aimerais pouvoir te coller une étiquette qui le proclame.

Il leva la main gauche pour exhiber son alliance.

— Combien de femmes remarqueront ce détail quand tu sillonneras les rues chaudes de Rio avec ton équipe ? observai-je.

— Elles le remarqueront si j'attire l'attention dessus.

— Il suffira qu'un de tes copains précise qu'il s'agit d'un enterrement de vie de garçon pour qu'elles insistent.

— Insister ne les mènera nulle part.

Je parcourus son corps du regard.

— Tu seras irrésistible, en pantalon anthracite et T-shirt noir à col en V...

— Toi, tu repenses à cette soirée au club.

Lui aussi, visiblement. Son sexe s'allongea, déformant de façon obscène le devant de son jogging.

Un gémissement faillit m'échapper. Cela venait confirmer ce que je suspectais : Gideon était prêt à passer à l'action.

— Ce jour-là, je n'ai pas cessé de penser à toi après que tu as quitté mon bureau, murmura-t-il. Je n'arrivais pas à chasser ton image de mon esprit. Je t'ai appelée au travail et tu m'as allumé en me racontant ce que tu allais faire avec ton vibromasseur en rentrant chez toi, alors que je bandais déjà comme un fou.

Je changeai de position, me souvenant de chaque détail de la soirée qui avait suivi. Ce soir-là, il portait un pull à col en V, mais j'avais adapté sa tenue au climat tropical de Rio et à l'ambiance surchauffée d'un night-club.

— Dans ma tête, je t'imaginais sur ton lit, poursuivit-il en caressant son sexe à travers son jogging. Les jambes écartées. Le dos cambré. Ton corps nu emperlé de sueur pendant que tu faisais aller et venir un gros gode en plastique dans ta petite chatte toute moite. Cette idée m'avait rendu dingue. Je n'avais jamais ressenti un tel désir. Comme si j'étais en chaleur. Le besoin de te baiser me donnait la fièvre.

— Mon Dieu, Gideon.

Mon sexe était douloureux. Mes seins enflés et hypersensibles, leurs pointes durcies.

Il m'observa, ses paupières voilant à demi son regard.

— Je suis sorti avant d'arranger notre rencontre. Dans l'idée de trouver quelqu'un qui ne me dirait pas non, contrairement à toi. De l'emmener à l'hôtel, lui écarter les cuisses et la baiser jusqu'à ce que ma folie disparaisse. N'importe qui. Une femme sans nom et sans visage. Je ne l'aurais même pas regardée pendant que je la baisais. Elle n'aurait été qu'une doublure destinée à te remplacer.

Une plainte franchit mes lèvres tant l'idée qu'il puisse en baiser une autre que moi m'était insupportable.

— J'ai failli le faire deux fois, continua-t-il d'une voix plus rauque. J'ai bu un verre et attendu que chacune de ces deux femmes cesse de flirter et me fasse savoir qu'elle était prête à me suivre. Quand j'ai repoussé les avances de la première, je me suis dit que c'était parce qu'elle ne me plaisait pas. Mais la deuxième fois, j'ai compris qu'aucune ne me conviendrait. Aucune autre que toi. J'étais furieux. Contre toi pour t'être refusée à moi. Contre ces femmes qui n'étaient pas toi. Contre moi, incapable de t'oublier.

— J'ai ressenti la même chose, avouai-je. Tous les mecs que j'ai rencontrés ce soir-là m'énervaient. Ils n'étaient pas toi.

— Ce sera toujours ainsi pour moi, Eva. Rien que toi. Toujours.

— Je n'ai pas peur que tu me trompes, affirmai-je de nouveau en me levant.

J'enlevai mon haut, puis mon short. Mon soutien-gorge de dentelle chair Carine Gilson et ma culotte allèrent les rejoindre. Je me déshabillai vite, méthodiquement. Sans chercher à l'aguicher.

À demi allongé, Gideon me regarda faire sans bouger. Tel le dieu du sexe qu'il était, attendant d'être honoré.

Je le vis soudain avec les yeux d'une autre. Mon mari, assis dans un club brésilien bondé, son envie furieuse de sexe formant comme une onde de chaleur et de désir autour de lui. C'était ce qu'il était, une insatiable bête de sexe. Existait-il une seule femme au monde capable de résister au défi qu'il incarnait ? Si oui, je ne l'avais pas encore rencontrée.

Je m'approchai de lui. L'enfourchai. Mes mains glissèrent sur ses épaules, absorbèrent sa chaleur à travers son T-shirt. Il m'empoigna aux hanches.

— Les femmes qui te côtoieront auront envie de faire ça, murmurai-je. De te toucher ainsi. Elles l'imagineront.

Les yeux rivés sur mon visage, Gideon fit glisser lentement sa langue sur sa lèvre inférieure.

— Je penserai à toi. Telle que tu es maintenant.

— Cela ne fera qu'attiser leur désir parce qu'elles verront à quel point tu en as envie.

— À quel point j'ai envie de *toi*, rectifia-t-il tandis que ses mains glissaient sur mes fesses pour me plaquer contre son érection.

Les lèvres de mon sexe enveloppèrent sa queue à travers l'étoffe tandis que mon clitoris se pressait contre. J'ondulai des hanches avec un cri de plaisir.

— Je les vois d'ici se placer dans ta ligne de mire, continuai-je d'une voix haletante, te couver d'un regard lourd de promesses. Faisant courir leurs doigts sur leur décolleté pour faire valoir leurs atouts. Croisant et décroisant les jambes parce qu'elles auront envie de ça.

Je m'emparai de son sexe et le caressai. Il tressaillit sous ma paume, impatient et plein de vitalité. Gideon entrouvrit la bouche, unique faille dans l'armure de sa parfaite maîtrise.

— Tu bandes en pensant à moi. Et comme tu es assis, les jambes écartées, elles peuvent voir la taille de ton sexe et que tu es prêt à t'en servir.

Je passai les mains derrière mon dos, lui encerclai les poignets et plaçai son bras gauche sur le dossier du canapé.

— Tu es dans cette position. Ne bouge pas.

Je plaçai son autre main sur ses genoux.

— Tu tiens un verre dans cette main, avec deux doigts de cachaça dedans. Tu le sirotes et tu te lèches les lèvres.

Je me penchai et suivis de la langue leur courbe sensuelle. Il avait une bouche superbe, très sexy. Ses lèvres étaient pleines et fermes. Il souriait rarement, mais quand cela arrivait, son sourire était soit enfantin et espiègle, soit d'une suffisance empreinte de défi. Ses lents sourires étaient une invite érotique, tandis que ses demi-sourires ironiques se moquaient à la fois de lui-même et des autres.

— Tu as l'air distant et lointain, poursuivis-je. Perdu dans tes pensées. L'ambiance frénétique et le martellement de la musique t'ennuient. Tes copains vont et viennent autour de toi. Manuel a toujours une fille superbe sur les genoux. Jamais la même chaque fois que tu tournes les yeux vers lui. Il semble parfaitement disposé à partager ses attentions.

— Il a un faible pour les Sud-Américaines, admit Gideon. Il approuve totalement mes choix en matière d'épouses.

— D'épouse, au singulier, rectifiai-je. Ta première et ta dernière.

— Ma seule, acquiesça-t-il. Une femme de caractère et ardente. Ma seule et unique aventure d'une nuit éternelle. Chaque fois que je crois savoir comment les choses vont se passer entre nous, tu me prends par surprise. Tu me dévores tout cru, et tu en veux toujours plus.

Je pris sa joue en coupe et l'embrassai sans cesser de caresser son sexe.

— Arash s'arrête près de toi et te tend un verre chaque fois qu'il a fini de faire le tour de la salle. Il te raconte ce qu'il a vu et ton bref sourire amusé affole les femmes qui t'épient.

— Et Arnoldo ? murmura-t-il, le regard sombre et brûlant.

— Il est détaché, comme toi. Il est méfiant depuis qu'il a eu le cœur brisé, mais il reste accessible. Il flirte et sourit. Celles que tu intimides trop se tournent vers lui. Il leur permet de t'oublier tandis qu'il les oublie toutes.

L'ombre d'un sourire passa sur les lèvres de Gideon.

— Pendant que moi je reste assis là, à ruminer et à broyer du noir, perpétuellement en érection, et incapable de m'amuser parce que tu me manques terriblement ?

— C'est ainsi que je vois les choses, champion. Et ces femmes imaginent qu'elles viennent s'asseoir sur tes genoux, comme moi. Elles rêvent de glisser les mains sous ton T-shirt, comme ceci.

Je joignis le geste à la parole et mon pouls s'emballa au contact de sa peau. Gideon était magnifiquement bâti et fort, une puissante machine sexuelle. Mon corps de femme répondait d'instinct à sa présence physique. C'était un mâle fait pour l'accouplement, l'alpha dans toute sa splendeur. Vigoureux. Éminemment dangereux et indomptable.

Il remua et je lui immobilisai les mains.

— Non, ne bouge pas, ordonnai-je. Tu ne les touches pas.

— Elles ne m'approchent même pas.

Il reprit la pose dans laquelle je l'avais mis. Celle d'un sultan, vénéré par une des filles de son harem.

Je soulevai son T-shirt, le fis passer par-dessus sa tête. Il happa l'un de mes seins entre ses lèvres et se mit à en sucer doucement la pointe. Je gémis et tentai de m'écarter, trop excitée pour endurer pareil supplice, mais il me piégea en saisissant la pointe érigée entre ses dents.

Je baissai la tête, les yeux rivés sur ses joues qui se creusaient. Dans la chaleur de sa bouche, sa langue léchait mon mamelon, déclenchant en écho de délicieuses contractions intimes.

Sans plus attendre, je dénouai le cordon de son pantalon sur lequel je tirai pour libérer son sexe. Je le pris à deux mains, suivis du bout des doigts le tracé saillant des veines qui le parcouraient, puis le gland humide.

Comme je positionnai sa queue à l'orée de mon sexe, il lâcha mon sein pour ordonner d'une voix rauque :

— Prends-moi lentement, mon ange. Prends ton temps. Pense que je vais rester en toi toute la nuit...

Sa promesse m'arracha un frisson.

— Ces femmes n'imaginent pas de te prendre lentement, objectai-je.

Gideon écarta les cheveux de mon visage.

— Ce n'est pas à elles que tu penses en ce moment, mon ange. C'est *toi* que tu visualises.

Stupéfaite, je compris qu'il avait raison. La femme qui l'enfourchait n'était pas une des brunes aux longues jambes que j'avais décrites en train de le dévorer du regard. C'était moi. Moi qui faisais courir ma main sur son sexe avec adoration. Moi qui me caressai la fente avec l'extrémité engorgée.

Mon mari gronda au contact de ma vulve humide, et creusa légèrement les reins pour se frayer un chemin en moi. M'attrapant par la taille, il commença à m'abaisser sur lui, me fendant comme un fruit mûr.

— Oh, Gideon !

Mes paupières s'alourdirent quand je l'accueillis en partie.

Il me souleva, ne laissant en moi que l'extrémité de son sexe, puis me pénétra de nouveau d'une belle longueur. Les tendons de son cou saillirent de soulagement.

— Ce n'est pas une étiquette que tu rêverais que je porte, mais *toi-même*, ta petite chatte m'enserrant la queue. Tu t'imagines sur moi, alors que je suis assis et que je te laisse faire de moi ce que tu veux.

Il drapa les bras sur le dossier du canapé, exposant son torse magnifiquement viril.

— À moins que tu ne préfères que je participe ?

Je secouai la tête et m'humectai les lèvres.

— Non.

Je me soulevai, puis coulissai le long de son sexe. Encore et encore. L'avalant chaque fois un peu plus jusqu'à ce que mes fesses reposent sur ses cuisses. Un gémissement franchit mes lèvres quand je le sentis palpiter en moi.

Je m'inclinai sur lui pour l'embrasser, savourant les caresses savantes de sa langue sur la mienne.

— Elles nous regardent, pas vrai ? ronronna-t-il.

— C'est *toi* qu'elles regardent. Quand je soulève les fesses, elles voient à quel point ta queue est large. Elles en rêvent, elles en crèvent d'envie, mais elle est à moi. Et toi, tu ne peux pas me quitter des yeux. Pour toi, il n'y a personne d'autre que moi.

— Mais je ne te touche toujours pas, n'est-ce pas ?

Sa bouche s'incurva sur un sourire canaille quand je secouai la tête.

— Je sirote nonchalamment ma cachaça comme si la plus belle femme du monde n'était pas en train de me chevaucher en public. Je ne m'ennuie plus, quoique, à la vérité, je ne me suis pas ennuyé une seconde. Je t'attendais. Je savais que tu étais là, je le sentais à la façon dont mon sang frémissait dans mes veines.

Les mains posées sur ses épaules, j'ondulai en rythme, envoûtée par la délicieuse sensation de sa queue glissant en moi. Par le grondement menaçant qui s'élevait de son torse et trahissait son excitation. Par la contraction de ses abdominaux chaque fois que je descendais sur lui et que son sexe s'enfonçait plus profondément. Je ne m'en lassai pas.

Et cette façon qu'il avait d'entrer dans mon jeu... il me connaissait si bien... m'aimait tellement...

Si Gideon se lâchait complètement avec moi, il restait toujours concentré sur mon plaisir avant de céder à la jouissance. Il avait senti poindre mon fantasme exhibitionniste avant même que j'en aie conscience et y avait consenti. Il ne se serait jamais risqué à nous exposer ainsi, mais il aimait me taquiner avec cette idée. Je n'aurais du reste jamais voulu le partager de cette façon, j'étais trop possessive. De même qu'il n'aurait jamais voulu partager une once de moi parce qu'il était trop protecteur.

Nous aimions faire semblant et jouer. Parvenir à trouver autant de joie et d'amour dans l'acte sexuel était merveilleux pour deux êtres comme nous, dont l'initiation sexuelle avait été marquée par la souffrance et la honte.

— Tu me fais bander comme un fou, gronda-t-il.

Je sentis son sexe palpiter en moi comme il avait palpité sous ma paume.

— La musique couvre les bruits que je fais, mais tu les sens. Tu sais que tu me rends fou. Ma retenue t'excite autant que le fait d'être observée.

— Ton contrôle, haletai-je en accélérant le tempo.

— C'est moi qui commande, même si je suis dessous. Tu feins de tenir les rênes, mais ce n'est pas ce que tu veux. Je connais tes secrets, Eva. Je les connais tous. Tu ne peux rien me cacher.

Il porta son pouce à ses lèvres et lui appliqua un coup de langue sensuel sans me quitter des yeux. Puis il glissa la main entre nous, massa divinement mon clitoris et je jouis dans un cri, mes muscles intimes étreignant follement son sexe.

Il passa alors à l'action. Me serrant contre lui, il se redressa et me plaqua le dos contre le canapé, puis entra en moi jusqu'à la garde. Ses coups de reins se firent violents, comme s'il se livrait à une course désespérée contre lui-même, et son besoin de jouir primitif alimenta mon orgasme.

Il renversa soudain la tête, cria mon nom et son sexe tressauta en moi. Il libéra sa semence en gémissant, le furieux va-et-vient de ses hanches semblant ne jamais devoir cesser.

Je battis des paupières, et me rendis compte qu'un rayon de lune barrait le plafond. Un oreiller se trouvait sous ma tête et une couette recouvrait mon corps nu.

Je tournai la tête vers Gideon, mais le lit était vide. Je me redressai, jetai un coup d'œil au réveil : il était presque 3 heures du matin.

Je regardai du côté de la salle de bains, puis du couloir. Un rai de lumière filtrait dans l'entrebâillement de la porte. Je glissai hors du lit, attrapai en passant le peignoir de soie bleu paon accroché au battant. Je l'enfilai et en nouai la ceinture en me dirigeant vers le bureau de Gideon, qui était éclairé.

Je plissai les yeux quand j'y pénétrai. Lucky dormait dans son panier et mon mari était assis à son bureau, l'air pensif. Il contemplait le pêle-mêle de photos de moi qui ornait le mur, les coudes calés sur les bras de son fauteuil, un verre contenant un liquide ambré entre les mains.

Il tourna les yeux vers moi.

— Que se passe-t-il ? demandai-je en le rejoignant. J'espère que tu n'as pas peur de dormir avec moi.

— Non. Je devrais, précisa-t-il, mais non. Je n'arrivais pas à dormir.

— Je peux t'éreinter si tu veux, proposai-je en souriant.

Mon mari posa son verre sur le bureau et tapota ses genoux.

— Viens là.

Je m'exécutai, me lovai contre lui, passai les bras autour de son cou et déposai un baiser au coin de ses lèvres.

— Quelque chose te tracasse.

Et ce quelque chose, quel qu'il soit, l'avait tracassé toute la soirée.

Il frotta le bout de son nez contre mon oreille.

— Y a-t-il quelque chose que tu ne m'aurais pas dit ? chuchota-t-il.

Je m'écartai de lui et scrutai son visage.

— Comme quoi ?

— Comme n'importe quoi, répondit-il avant de lâcher un soupir. As-tu encore des secrets ?

La question m'ébranla et une onde d'inquiétude roula dans mon estomac.

— Ton cadeau d'anniversaire, répondis-je. Mais je ne te dirai pas ce que c'est.

Une ombre de sourire flotta sur ses lèvres.

— Et toi, ajoutai-je, charmée par ce sourire. Toutes les facettes qui te composent et que je suis la seule à connaître. Tu es un secret que je garderai jusqu'à mon dernier souffle.

Il baissa la tête, ses cheveux occultant brièvement son visage.

— Mon ange.

— Il s'est passé quelque chose, Gideon ?

Un long silence suivit, puis :

— Si quelqu'un que tu connais, quelqu'un qui t'est proche, avait fait quelque chose d'illégal, tu me le dirais ?

Le mouvement que j'avais senti sinuer au creux de mon ventre se figea, formant un nœud serré.

— Qu'est-ce qu'on t'a raconté ? Est-ce qu'un site de ragots répand de nouveaux mensonges ?

Il se raidit.

— Réponds à ma question, Eva.

— Personne ne fait rien d'illégal !

— Ce n'est pas ce que je t'ai demandé, fit-il d'un ton patient mais ferme.

Je me remémorai sa question.

— Oui, je te le dirais. Évidemment. Puisque je te dis tout.

Il se détendit, me caressa le visage.

— Tu peux absolument tout me dire, mon ange. Tout.

— C'est ce que je fais, assurai-je en refermant la main sur son poignet. Je ne comprends pas pourquoi tu me poses une telle question.

— Je ne veux aucun secret entre nous.

— De nous deux, c'est toi le plus coupable dans ce domaine. Tu n'as pas l'habitude de tout me dire.

— Je m'y efforce.

— Je sais. C'est pour ça que les choses se passent aussi bien entre nous en ce moment.

Le sourire si charmant réapparut.

— Tu trouves aussi ?

— Oh oui ! dis-je avant de l'embrasser sur la bouche. On ne fuit plus, on ne se cache plus.

M'enlaçant fermement, Gideon se leva.

— Qu'est-ce qu'on va faire ? demandai-je en me blottissant contre son corps chaud.

— Tu vas m'éreinter, décréta-t-il en prenant le chemin de la chambre.

— Avec plaisir.

Le lendemain matin comme la veille, Gideon se leva à l'heure habituelle tandis que je restais à paresser au lit.

Alors qu'il nouait sa cravate dans le dressing, il détacha les yeux du miroir pour me regarder.

— Que comptes-tu faire de beau aujourd'hui ?

J'étouffai un bâillement et serrai mon oreiller contre moi.

— Je compte me rendormir une fois que tu seras parti. Juste une heure. Blaire Ash doit passer à 10 heures.

— Ah bon ? fit-il en reportant les yeux sur son reflet dans le miroir. Pourquoi ?

— Je veux apporter quelques changements. On va transformer la chambre d'amis en bureau avec un lit escamotable. Comme ça, on aura toujours une chambre d'amis et j'aurai un endroit pour travailler.

Gideon lissa sa cravate, puis revint dans la chambre en boutonnant son gilet.

— On n'en a pas parlé.

— Exact, reconnus-je en remuant délibérément la jambe pour faire glisser le drap. Je n'avais pas envie que tu discutes.

À l'origine, nous avions décidé que la chambre d'amis serait ma chambre et qu'on la relierait à la salle de bains de façon à créer une double suite. Pour pallier la parasomnie de Gideon. Ce qui nous amènerait à dormir séparément.

— On ne doit pas partager le même lit, me rappela-t-il calmement.

— Je ne suis pas d'accord. J'ai réfléchi, Gideon, enchaînai-je sans lui laisser le temps d'objecter. J'ai beau faire, je ne suis pas heureuse à l'idée d'être séparée de toi la nuit.

Il demeura un instant silencieux, puis fit remarquer :

— C'est injuste de me demander de choisir entre ton bonheur et ta sécurité.

— Je sais. Cela dit, je ne te demande pas de choisir, j'ai déjà décidé. Je sais que là encore c'est injuste, mais il fallait prendre une décision et je l'ai prise.

Je me redressai et glissai l'oreiller derrière moi avant de m'adosser à la tête de lit.

— Nous avions déjà pris une décision ensemble, observa Gideon. Tu as apparemment changé d'avis sans songer à en discuter avec moi. Et me montrer tes seins – si superbes soient-ils – ne réussira pas à me distraire.

— Si je cherchais à te distraire, répliquai-je en plissant les yeux, j'aurais commencé par ne pas aborder la question.

— Annule ce rendez-vous, Eva, ordonna-t-il. On doit d'abord en parler.

— Le rendez-vous a eu lieu. On a dû l'interrompre à cause de l'arrivée de la police, mais Blaire travaille déjà sur le nouveau projet. Aujourd'hui, il doit me soumettre quelques idées.

Gideon croisa les bras.

— Ton bonheur passe donc avant tout le reste, et au diable, le mien ?

— Tu n'es pas heureux de partager mon lit ?

Un muscle de sa mâchoire tressaillit.

— Ne finasse pas, Eva. Tu refuses de prendre en considération ce que je ressentirais si je te faisais du mal.

D'un coup, ma contrariété se mua en honte.

— Gideon...

— Et tu ne penses même pas au risque que ça représente pour *nous*, cracha-t-il. Je suis prêt à te laisser expérimenter des tas de choses, Eva. Mais rien qui puisse abîmer notre relation. Si tu veux t'endormir près de moi, je serai là. Si tu veux te réveiller près de moi, je peux aussi le faire. Toutefois les heures pendant lesquelles nous sommes tous les deux inconscients sont trop dangereuses pour qu'on joue avec sur un foutu caprice.

La gorge nouée, je me forçai à déglutir. J'aurais voulu lui expliquer, lui dire que je m'inquiétais de la distance que créeraient des chambres séparées. Pas seulement physiquement, affectivement aussi.

Je n'aimais pas qu'il me fasse l'amour et quitte mon lit ensuite. Cela nous privait de quelque chose de magique et de beau, le transformait en autre chose. Et si Gideon devait rester jusqu'à ce que je m'endorme pour revenir avant que je me réveille, il finirait par manquer de sommeil. Il avait beau paraître infatigable, il n'en demeurait pas moins humain. Il travaillait dur, pratiquait un sport intensif et devait gérer des tonnes de stress jour après jour. Il ne pouvait se permettre de rogner sur son temps de sommeil.

Une simple conversation ne suffirait cependant pas à dissiper ses craintes quant à ma sécurité. Nous allions devoir procéder pas à pas.

— D'accord, concédai-je. Convenons de la chose suivante : Blaire dépose ses projets et toi et moi, on en discute ensemble plus tard. En attendant, on n'abat aucune cloison dans la chambre d'amis. Je trouve que c'est aller trop loin, Gideon.

— Ce n'est pas ce que tu pensais avant.

— C'est une solution provisoire qui risque de devenir permanente et nous ne le voulons pas. Ce n'est pas ce que tu veux, n'est-ce pas ? Tu préfères qu'on trouve un moyen de dormir ensemble, non ?

Gideon décroisa les bras et vint s'asseoir au bord du lit. Il s'empara de ma main et la porta à ses lèvres.

— Oui, je préfère cela. Ça me tue de ne pas pouvoir t'offrir quelque chose d'aussi simple. Et l'idée que ça te rende malheureuse... Je suis désolé, mon ange. Tu n'imagines pas à quel point.

— On va y arriver, murmurai-je en lui caressant la joue. J'aurais dû commencer par t'en parler. Je l'ai joué à la Gideon : on agit d'abord, on explique ensuite.

Il eut un sourire contrit.

— Touché, concéda-t-il avant de planter un rapide baiser sur mes lèvres. Et méfie-toi de Blaire. Il a envie de toi.

— Il me trouve attirante, rectifiai-je en m'adossant de nouveau à la tête de lit. Et c'est un charmeur-né.

Une lueur dangereuse vacilla dans le regard de Gideon.

— Il t'a draguée ?

— Il est resté très professionnel. S'il dépassait les bornes, je n'hésiterais pas à le renvoyer. Non, j'imagine qu'il fait le joli cœur avec toutes ses clientes – c'est bon pour les affaires. De toute façon, ajoutai-je avec un sourire, ses ardeurs se sont refroidies quand je lui ai confié que je m'étais habituée à ton endurance et que je n'éprouvais plus le besoin de faire chambre à part.

— Tu ne lui as pas dit ça ? s'exclama-t-il en haussant les sourcils.

— Si ! Je lui ai dit : « J'aurai tout le temps de dormir quand je serai morte. D'ici là, si mon mari tient à m'assurer de son amour dix fois par nuit, et vu qu'il fait cela très bien, je ne vais pas me plaindre, n'est-ce pas ? »

La première fois que nous avions consulté Blaire au sujet des travaux, je ne m'étais pas demandé ce qu'il penserait d'un homme épousant une femme avec qui il n'avait pas l'intention de dormir. Mais quand il s'était mis à me faire discrètement du plat, j'avais compris ce qui l'incitait à croire que j'y serais sensible – et à quel point la situation était embarrassante pour mon mari. Gideon ne s'était cependant jamais plaint. Il ne s'était soucié que de moi et avait mis de côté sa réputation de séducteur.

Remettre les idées en place à Blaire ne m'avait pas déplu.

Je fis bouffer ma chevelure.

— Je suis une blonde à gros seins. Il me suffit de quelques gloussements ici ou là, et je peux dire tout ce que je veux.

— Mon Dieu, soupira Gideon alors qu'il était visiblement très amusé. Et c'est une habitude, chez toi, de partager les détails de notre vie sexuelle avec n'importe qui ?

— Non, répondis-je avec un clin d'œil. Mais en l'occurrence, j'ai trouvé ça très drôle.

Une fois Gideon parti, je ne me rendormis pas. J'attrapai mon téléphone et appelai mon entraîneur de krav maga, Parker Smith. Comme il était encore tôt, il n'était pas au gymnase et décrocha tout de suite.

— Salut, Parker. C'est Eva Tramell. Comment va ?

— La forme ! Je te vois aujourd'hui ? J'ai l'impression que tu viens à reculons ces derniers temps.

— Je sais, reconnus-je en plissant le nez. Et, oui, je viens. C'est justement pour ça que j'appelle. Il y a un truc sur lequel j'aimerais qu'on bosse ensemble.

— Je t'écoute.

— On a travaillé sur la façon de réagir quand tu te retrouves acculé face à un agresseur. Mais qu'en est-il si tu es attaqué par surprise, genre pendant ton sommeil ?

— Premier réflexe : un bon coup de genou dans les boules. Le temps qu'il se reprenne, ça t'offre l'ouverture dont tu as besoin.

J'avais déjà recouru à ce procédé avec Gideon pour le sortir d'un de ses affreux cauchemars. Et je n'hésiterais pas à recommencer. Je préférerais cependant connaître un moyen d'échapper à son étreinte sans lui faire mal. Ses cauchemars lui étaient déjà une telle souffrance, je ne voulais pas en rajouter au réveil.

— D'accord, mais imaginons… Comment veux-tu donner un coup de genou à quelqu'un s'il est allongé sur toi ?

— On peut travailler la question. Chorégraphier différents scénarios. Tout va bien, Eva ? ajouta-t-il après un silence.

— Tout va bien, assurai-je avant de lâcher un gros mensonge. C'est à cause d'une série que j'ai vue hier soir à la télé. J'ai réalisé que même si tu étais hyper-entraîné, tu ne pouvais pas compter sur la technique si on t'agressait en plein sommeil.

— On va bosser là-dessus, pas de problème. Je serai à l'entrepôt d'ici deux heures et jusqu'à la fermeture.

— D'accord. Merci, Parker.

Ce point réglé, je passai dans la salle de bains. Quand je ressortis, je trouvai deux appels manqués de Cary. Je le rappelai aussitôt.

— Salut, quoi de neuf ?

— J'ai réfléchi. Tu as bien dit que tu voulais quelque chose de classique ?

Je soupirai. Le simple fait de penser à cette robe me crispait. Car j'aurais beau prier pour que la robe idéale tombe du ciel avant le grand jour, se résoudre à faire un choix par défaut était quand même plus réaliste.

Je devais cependant reconnaître que Cary avait du mérite. Et il me connaissait aussi bien que moi-même.

— Que dirais-tu d'une des robes de mariée de Monica ? suggéra-t-il. Quelque chose d'ancien pour porter bonheur et tout le tralala. Vous avez les mêmes proportions, il n'y aurait pas trop de retouches à faire.

— Heu… Franchement ? Non, Cary. Si elle avait épousé mon père, je ne dis pas. Mais je ne me vois pas avec une robe qu'elle a portée pour se marier avec un de mes beaux-pères. Ce serait trop bizarre.

— Ouais, tu as raison, s'esclaffa-t-il. Dommage, parce qu'elle a bon goût.

Je fis courir mes doigts dans mes cheveux mouillés.

— Je ne crois pas qu'elle ait gardé ses robes de mariée, de toute façon. Ce n'est pas le genre de souvenir que tu accroches dans la maison de ton nouveau mari.

— D'accord, c'était une mauvaise idée. Il faudra qu'on déniche un truc vintage, alors. J'ai un copain qui connaît tous les dépôts-ventes de vêtements griffés de Manhattan.

— Cool. Bonne idée.

— Il m'arrive de me montrer brillant. Je bosse pour Grey Isles aujourd'hui, en revanche, je suis dispo en fin de journée.

— J'ai thérapie de couple, ce soir.

— Ah, oui, c'est vrai ! Je te souhaite bien du plaisir. Demain, alors ? On pourra en profiter pour se faire un shopping spécial Ibiza.

Le rappel des projets de ce week-end me donna l'impression d'être pressée par le temps. Je ne pouvais m'empêcher d'appréhender, même si je savais que j'allais passer un bon moment avec mes amis.

— Demain, ça marche. Je passerai à l'appartement.

— Super. On bouclera ta valise dans la foulée.

Nous raccrochâmes et je gardai mon portable à la main un long moment, gagnée par une sourde nostalgie. Pour la première fois depuis que nous avions emménagé à New York, j'avais l'impression que Cary et moi vivions dans deux endroits distincts. Je commençais à me sentir chez moi chez Gideon, tandis que Cary était toujours complètement chez lui dans l'appartement.

L'application de mon calendrier m'envoya un *bip* pour me rappeler que Blaire arrivait dans une demi-heure. Je jurai intérieurement, laissai tomber mon portable sur le lit et me dépêchai de me préparer.

— Comment allez-vous, tous les deux ? s'enquit le Dr Petersen alors que nous prenions place dans son cabinet.

— Mieux que jamais, répondis-je.

Mon mari ne dit rien, toutefois il me prit la main et la posa sur sa cuisse.

— J'ai reçu une invitation pour votre réception, dit le docteur en souriant. Mon épouse et moi sommes impatients d'y assister.

Je n'avais pas réussi à convaincre ma mère d'ajouter la moindre touche de rouge sur les invitations, mais elles me plaisaient quand même. Nous nous étions accordées sur un carton d'invitation en vélum glissé dans une pochette translucide doublée d'une enveloppe blanche pour l'envoi postal et la discrétion. Penser que les gens commençaient à les recevoir me troubla. Le jour où Gideon et moi allions pouvoir laisser derrière nous nos fiançailles de façade et être mariés aux yeux du monde se rapprochait.

— Moi aussi, dis-je en appuyant mon épaule contre celle de Gideon.

Il glissa le bras autour de moi.

— La dernière fois que nous nous sommes vus, vous veniez de quitter votre emploi, Eva, dit le Dr Petersen. Comment cela se passe-t-il ?

— Mieux que prévu. Il faut dire que j'ai été très occupée, ce qui aide sans doute.

— Cela aide à quoi ?

Je m'interrogeai un instant, puis :

— À ne pas me sentir désœuvrée. Je m'occupe en ce moment de choses qui vont avoir une incidence directe sur ma vie.

— Lesquelles ?

— Le mariage, bien sûr. Et mon emménagement dans le penthouse, auquel je procède à tout petits pas. Et l'organisation des travaux de rénovation, dont j'aimerais d'ailleurs que nous parlions.

— Bien sûr. Mais parlons d'abord de ces tout petits pas que vous venez de mentionner. Ont-ils une signification ?

— Ils signifient juste que je ne fais pas tout d'un seul coup. Que c'est en cours.

— Est-ce une façon de faciliter votre engagement ? Jusqu'ici vous avez plutôt agi avec détermination. Mariage secret. Séparation. Quitter votre travail.

Cela me fit réfléchir.

— C'est une transition qui affecte Gideon et Cary tout autant que moi.

— En ce qui me concerne, intervint Gideon, plus tôt elle emménagera, mieux ce sera.

— Je me contente d'être prudente, dis-je en haussant les épaules.

Le Dr Petersen prit quelques notes sur sa tablette.

— Cary a-t-il du mal à se faire à ce changement ?

— Je ne sais pas, avouai-je. Il n'en donne pas l'impression. Cela ne m'empêche pas de m'inquiéter. Il retrouve ses mauvaises habitudes quand il ne se sent pas soutenu.

— Avez-vous des remarques à faire à ce sujet, Gideon ?

— Je savais à quoi je m'exposais quand je l'ai épousée, répondit-il d'un ton neutre.

— C'est toujours préférable, sourit le Dr Petersen. Mais cela ne répond pas vraiment à ma question.

La main de Gideon quitta mon épaule pour s'enfouir dans mes cheveux.

— Étant vous aussi un homme marié, docteur, vous savez quelles concessions doit faire un époux pour maintenir la paix. Cary s'apparente pour moi à l'une d'elles.

Sa réponse me blessa ; je savais pourtant que Gideon n'avait au départ aucun a priori négatif vis-à-vis de Cary. Et que celui-ci avait commis plusieurs faux pas – comme organiser une partouze dans le salon de notre appartement – qui avaient incité Gideon à la méfiance.

Le Dr Petersen me regarda.

— Vous essayez donc de trouver un équilibre entre les besoins de votre mari et ceux de votre meilleur ami. Est-ce que vous trouvez cela stressant ?

— Ce n'est pas franchement amusant, biaisai-je, mais je ne dirais pas qu'un équilibre est en jeu. Mon mariage – et Gideon – sont ma priorité.

Je sus que ma réponse avait plu à Gideon quand je sentis sa main se refermer doucement dans mes cheveux.

— Je ne veux cependant pas envahir Gideon, continuai-je, et je ne veux pas que Cary se sente abandonné. Apporter un petit sac d'affaires chaque jour rend le changement moins brutal.

Une fois que j'eus exprimé cette pensée à voix haute, je me rendis compte de ce qu'elle avait de maternel. Je ne pouvais cependant m'empêcher de protéger ceux que j'aimais, de vouloir leur éviter de souffrir à cause de mes actes.

— Vous avez parlé de tout le monde sauf de vous, releva-t-il. Comment vous sentez-vous ?

— Je commence à me sentir chez moi dans le penthouse. La seule chose qui me pose problème, c'est notre arrangement pour la nuit. Il nous est arrivé de partager le même lit, mais Gideon veut que nous dormions séparément et pas moi.

— À cause des cauchemars ? demanda le Dr Petersen en regardant Gideon.

— Oui.

— En avez-vous fait, dernièrement ?

Mon mari acquiesça.

— Pas les plus affreux, ajouta-t-il.

— Comment définiriez-vous les plus affreux ? Ceux dans lesquels vous agissez physiquement ?

Gideon laissa échapper un long soupir.

— Oui, répondit-il.

Le docteur se tourna vers moi.

— Vous êtes consciente du risque, Eva, pourtant vous voulez quand même partager le lit de Gideon.

— Oui, bien sûr.

Mon cœur s'emballa au fur et à mesure que les souvenirs remontaient à la surface. Gideon m'avait violemment plaquée au sol tandis que sa bouche déversait un flot de paroles affreuses, pleines de souffrances et de fureur, assorties de terribles menaces.

Quand il était la proie d'un cauchemar, Gideon ne me voyait plus, c'était Hugh qu'il voyait – un homme qu'il voulait étriper à mains nues.

— De nombreux couples tout à fait heureux dorment séparément, fit remarquer le Dr Petersen. Pour toutes sortes de raisons – le mari ronfle ou la femme vole les couvertures –, mais ils trouvent que dormir séparément garantit une meilleure harmonie conjugale que dormir ensemble.

Je m'écartai de Gideon, bien décidée à faire valoir mon point de vue.

— J'aime dormir avec lui. Parfois, je me réveille au milieu de la nuit et je le regarde. Parfois, je me réveille et je n'ouvre même pas les yeux, je me contente de l'écouter respirer. Je perçois son odeur, la chaleur de son corps. Et je sais que ça lui permet de mieux dormir, à lui aussi.

— Mon ange, murmura Gideon.

Je lui jetai un coup d'œil. Si son visage était impassible, ses yeux étaient deux puits sans fond de douleur. Je lui pris la main.

— Je sais que cela te fait de la peine. Je suis désolée. Mais je veux qu'on y arrive. Je ne veux pas qu'on renonce à cela. Jamais.

— Ce que vous décrivez, Eva, dit le Dr Petersen avec douceur, c'est l'intimité. Et c'est une des vraies joies du mariage. Votre besoin est tout à fait compréhensible. Tout le monde le ressent dans une certaine mesure. Pour Gideon et vous, cependant, cela semble particulièrement important.

— Ça l'est pour moi, acquiesçai-je.

— Insinuerais-tu que pour moi ça ne l'est pas ? intervint Gideon d'une voix crispée.

— Non, dis-je en tournant la tête vers lui. Ne sois pas sur la défensive, s'il te plaît. Ce n'est pas ta faute. Je ne te blâme pas.

— Tu sais à quel point je me sens merdeux quand tu dis ça ? lança-t-il d'un ton accusateur.

— J'aimerais que tu ne le prennes pas personnellement, Gideon. C'est…

— Ma femme veut me regarder dormir et je ne peux même pas lui offrir cela, m'interrompit-il. Et il faudrait que je ne le prenne pas personnellement ?

— Bien, discutons de cela, déclara le Dr Petersen, attirant notre attention sur lui. À la base de cette conversation, un besoin très vif d'intimité. Les êtres humains ressentent, par nature, ce désir. Chez les personnes ayant été victimes d'agressions sexuelles durant l'enfance, ce besoin s'exprime parfois de façon très aiguë.

Gideon était toujours tendu, mais il écoutait attentivement.

— Dans bien des cas, poursuivit le docteur, le responsable de ces agressions se donne beaucoup de mal pour isoler sa proie de façon à dissimuler son crime et à la rendre dépendante. Les victimes elles-mêmes ont tendance à prendre leurs distances avec leurs proches. Parce que la vie des autres leur paraît ordinaire et leurs problèmes insignifiants en regard de l'affreux secret qu'elles se sentent obligées de cacher.

Je repris ma place près de Gideon, me plaquant entièrement contre lui. Son bras m'enveloppa de nouveau et sa main se referma sur la mienne.

Le visage du Dr Petersen s'adoucit.

— Votre profonde solitude s'est allégée quand vous vous êtes ouverts l'un à l'autre. Mais être privé de véritable intimité pendant si longtemps laisse forcément des traces. Je vous conseille de chercher cette proximité qui vous manque si cruellement par d'autres moyens, Eva. Inventez des signes et des rituels qui n'appartiennent qu'à vous, qui n'existent qu'à l'intérieur de votre relation. Qui ne vous mettent en danger ni l'un ni l'autre et vous apportent à tous deux le sentiment d'être intimement liés.

J'acquiesçai dans un soupir.

— Nous allons travailler là-dessus, ajouta-t-il. Et il est probable, Gideon, que vos cauchemars diminuent en fréquence et en intensité au fil de ce travail. Nous n'en sommes toutefois qu'au début. Nous venons de faire les tout premiers pas d'un long voyage.

Relevant la tête, je regardai Gideon.

— Celui de toute une vie, promis-je.

Il m'effleura la joue du bout des doigts. Il ne prononça pas les mots, mais je les lus dans son regard, les sentis dans sa caresse.

Nous avions l'amour. Le reste suivrait.

10

— J'ai parlé avec Benjamin Clancy, dit Raúl. Mme Cross et vous partirez pour l'aéroport à la même heure, ce qui vous permettra de faire le trajet ensemble si vous le souhaitez.

Oui, j'allais avoir besoin de ce moment avec Eva avant que nos routes se séparent. Quand je travaillais, les heures loin d'elle me semblaient toujours trop longues. Ce week-end serait une torture.

— Bien sûr. Je l'appellerai pour la prévenir que nous passons la chercher. Nous prendrons la limousine.

Professionnel jusqu'au bout des ongles, Raúl demeura impassible. Utiliser la limousine pour les amis d'Eva plutôt que pour nous aurait été plus sensé, mais la Bentley et la Mercedes n'offraient pas l'intimité nécessaire.

J'étais assis sur le canapé, face à Angus et à Raúl. Nous avions décidé que Raúl dirigerait l'équipe de sécurité qui m'accompagnerait au Brésil tandis que, de son côté, Angus se rendrait à Austin pour creuser dans le passé de Lauren Kittrie.

— Nous arrangerons des voyages séparés pour ses amis et les vôtres, acquiesça Raúl.

— Comment Eva se rend-elle à Ibiza ?

— Jet privé, répondit-il, affrété par Richard Stanton. J'ai suggéré qu'ils séjournent au *Vientos Cruzados Ibiza Hotel* et Clancy a accepté. Il a fallu procéder à quelques arrangements vu que l'hôtel affiche complet en haute saison, mais le gérant s'est montré efficace. Ils ont renforcé la sécurité en prévision de l'arrivée de Mme Cross.

— Bien.

Savoir qu'Eva résiderait dans un établissement de Cross Industries ajoutait à ma tranquillité d'esprit. Nous possédions aussi deux night-clubs à Ibiza, l'un en centre-ville et l'autre à Sant Antoni. Je sus, sans avoir besoin de le demander, que ceux-ci avaient été vivement conseillés à Clancy. Et qu'il suivrait ce conseil. C'était un type intelligent ; il apprécierait d'avoir en renfort les équipes de sécurité locales.

— Comme prévu, poursuivit Raúl, nous aurons notre propre équipe à l'aéroport chargée de suivre Mme Cross pendant le week-end. Ils ont pour consigne de s'habiller en touristes, de se mêler à la clientèle et de n'intervenir qu'en cas d'absolue nécessité.

J'acquiesçai. Clancy connaissait son affaire, mais il n'y aurait pas qu'Eva sous sa surveillance ; il serait également chargé de veiller sur Monica et Cary. Son attention serait donc divisée par trois, Monica ayant la priorité en tant qu'épouse de son employeur. Ma priorité à moi, c'était Eva. Je tenais à ce que des yeux lui étant exclusivement dévoués veillent sur elle en permanence.

Un tel week-end n'aurait jamais lieu de se reproduire, Dieu merci.

— Je vais contacter Clancy pour régler avec lui le protocole de transfert à l'aéroport, annonça Raúl en se levant.

— Merci.

Il quitta la pièce sur un hochement de tête. Angus se leva à son tour.

— Il faut que je me dépêche d'amener Lucky chez ta sœur, expliqua-t-il. Elle me bombarde de textos pour savoir si je suis en route.

Cela faillit me faire sourire. Ireland s'était montrée enchantée quand je lui avais demandé si elle pouvait garder mon chien. Lucky préférerait sans doute cela à un voyage en avion, et ma sœur avait besoin de penser à autre chose qu'à la dépression de notre mère.

— Amuse-toi, mon garçon, dit Angus en s'arrêtant sur le seuil. Ça te fera du bien.

Je laissai échapper un ricanement.

— Appelle-moi si tu trouves quoi que ce soit.

— Sans faute.

Il partit à son tour, me laissant boucler le travail de la semaine.

Je regardai l'heure sur mon portable avant d'appeler ma femme.

— Salut, champion, répondit-elle d'un ton joyeux. Tu ne peux pas t'empêcher de penser à moi, pas vrai ?

— Dis-moi que toi aussi tu pensais à moi.

— Toujours.

Je la revis la veille, à plat ventre sur le lit, les talons pointant vers les fesses. Elle m'avait regardé faire ma valise, le menton calé sur les mains, s'autorisant de temps à autre un commentaire sur mes choix. Elle avait remarqué que je n'emportais ni le pantalon qui l'avait fait fantasmer ni aucun T-shirt noir à col en V. Cette omission volontaire l'avait fait sourire. Autrement, elle n'avait pratiquement rien dit, affichant un air maussade.

— Nous ferons le trajet jusqu'à l'aéroport ensemble, lui annonçai-je. Rien que toi et moi.

— Ce sera plus sympa, admit-elle.

— Je vise beaucoup mieux que « sympa ».

— Oooh… T'aurais-je converti au sexe en voiture ?

Sa voix s'était transformée en un murmure sensuel qui trahissait le tour nettement sexuel pris par ses pensées, et sa réponse m'amusa. Je sentis le stress que m'inspiraient les jours à venir s'atténuer.

Eva aimait faire l'amour n'importe où, mais elle adorait tout particulièrement me séduire au cours d'un déplacement. Ayant pour ma part longtemps limité mes ébats aux quatre murs d'une chambre d'hôtel, sa propension à me séduire en voiture, en avion, au bureau et dans toutes les pièces du penthouse avait fait voler mes repères en éclats.

Je ne pouvais pas lui dire non. J'en étais incapable. Chaque fois qu'elle voulait de moi, j'étais disposé à la satisfaire. Plus que disposé, même.

— C'est à Eva que tu m'as converti, soufflai-je.

— Tant mieux. Est-ce que le week-end est déjà fini ?

J'entendis Cary dire quelque chose derrière elle que je ne compris pas bien.

— Bientôt, mon ange. Il faut que je te laisse.

— Ne me laisse jamais, Gideon.

La ferveur de ses paroles m'émut. Elle trahissait son appréhension à la pensée du week-end qui nous attendait. Après la séparation qu'elle m'avait imposée, je fus heureux de savoir qu'elle n'avait pas envie d'être séparée de moi, quand bien même les circonstances étaient nettement plus plaisantes.

— Je te laisse faire ce que tu as à faire, précisai-je. Pour que tu sois prête quand Raúl viendra te chercher.

— Ce n'est pas pour lui que je me tiendrai prête, seulement pour toi, ronronna-t-elle en réponse.

Je réalisai en raccrochant que je bandais à en avoir mal.

Peu après 16 heures, Arash entra en fredonnant dans mon bureau, les mains dans les poches. Il arborait un grand sourire quand il s'assit dans un des fauteuils qui me faisaient face.

— Alors, prêt pour le week-end ?

— Aussi prêt que je peux l'être, répondis-je en pianotant sur les accoudoirs de mon siège.

— Tu seras sans doute heureux d'apprendre que la plainte d'Anne Lucas n'a pas été retenue.

Je m'y attendais, mais j'appréciai d'en avoir la confirmation.

— Comme prévu.

— J'ignore si elle sera poursuivie pour fausse déclaration. En attendant, si elle tente de vous approcher, toi, Eva ou Cary de quelque façon que ce soit, je devrais en être informé sur-le-champ.

— Bien sûr, acquiesçai-je, la tête ailleurs.

— Qu'est-ce qui occupe donc tes pensées ? demanda-t-il en m'observant.

— Je viens de parler à l'un des membres du comité de direction de Vidal Records. Christopher persiste à acquérir le capital en vue de vendre.

Arash arqua les sourcils.

— Tu envisages de te retirer s'il parvient à ses fins ?

— S'il ne s'agissait que de Christopher, je le ferais.

Je ne savais pas encore si Ireland choisirait de s'investir dans l'entreprise familiale, mais elle était partie prenante du succès de celle-ci et les décisions de Christopher pouvaient lui porter préjudice. Il avait rejeté toutes mes offres d'aide et de conseil. Et il refusait aussi d'écouter Chris, comme si la sagesse de son père venait de moi.

— Qu'en pense le comité ?

— Ils voient cela comme une querelle familiale et aimeraient que je trouve rapidement une solution.

— En existe-t-il une ? Tu ne t'es jamais entendu avec ton frère.

— C'est voué à l'échec.

Les membres de la famille d'Arash étaient très soudés. Il ne pouvait pas comprendre.

— Tu m'en vois navré, soupira-t-il.

Dans un monde parfait, Christopher aurait participé à mon enterrement de vie de garçon. Nous aurions été proches. Il aurait été mon témoin de mariage...

Un rôle pour lequel je n'avais encore sollicité personne. Arnoldo s'était chargé de l'organisation du week-end, mais je n'aurais su dire s'il l'avait fait parce qu'il ambitionnait d'être mon témoin. Peut-être prenait-il plus facilement des initiatives que les autres.

Quelques semaines plus tôt, je n'aurais pas hésité un instant à lui demander d'être mon témoin. J'aurais aimé qu'il en soit toujours ainsi.

Arash aurait également pu convenir. Contrairement à Arnoldo, je le voyais pratiquement tous les jours. Et de par sa fonction, il savait des choses sur moi – et sur Eva – qu'il était le seul à connaître. Je pouvais lui faire confiance en tout domaine, même ceux où le secret professionnel entre un avocat ct son client n'entrait pas en ligne de compte.

Mais Arnoldo se montrait franc avec moi comme personne, à l'exception de ma femme. J'avais longtemps pensé que ses avis sans détours m'avaient aidé à ne pas devenir complètement cynique et blasé.

Ce week-end me permettrait sans doute d'opérer un choix.

Attendre Eva devant chez elle me parut... incongru. Adossé au mur qui faisait face à la porte de son appartement, je songeais au virage incroyablement rapide que nous avions pris et à quel point il me semblait inenvisageable de revenir en arrière. J'ignorais qu'il pourrait en être ainsi entre nous. Que notre relation serait aussi franche, sincère, et notre amour aussi profond.

J'avais eu un aperçu de la vie qui nous attendait. Les nuits que nous avions passées dans l'appartement voisin du sien. Les quelques rares week-ends où nous avions fui le monde pour nous retrouver seuls. Mais ces moments avaient été comme suspendus dans le vide. Désormais, nous allions pouvoir les vivre sans avoir à nous cacher. Ce serait même encore mieux lorsque le monde entier saurait que nous étions mariés et qu'Eva emménagerait définitivement avec moi.

La porte s'ouvrit et elle apparut, robe portefeuille rouge et sandales à talons. Des lunettes de soleil lui tenaient lieu de serre-tête et elle tirait une valise derrière elle. La prochaine fois qu'elle ferait sa valise, ce serait pour notre lune de miel. Nous partirions ensemble, comme maintenant, mais nous le resterions.

— Laisse-moi faire, proposai-je en m'écartant du mur pour m'emparer de sa valise.

Elle plaqua contre moi son petit corps tiède et déposa un tendre baiser sur mes lèvres.

— Tu aurais dû entrer.

— Pour qu'on se retrouve tous les deux près d'un lit ? répondis-je en lui entourant la taille du bras pour l'entraîner vers l'ascenseur. J'en aurais profité si je n'avais pas craint que Cary ne vienne cogner à la porte sous prétexte que vous alliez louper votre avion.

Eva s'écarta de moi quand nous pénétrâmes dans l'ascenseur. Elle tendit les bras en arrière pour s'appuyer à la rampe, révélant ses jambes superbes. Sa pose était destinée à séduire et ses yeux jouaient le même jeu. Ils étincelèrent quand elle s'humecta les lèvres.

— Tu es très sexy, commenta-t-elle.

Je baissai les yeux sur le T-shirt blanc et le pantalon kaki que j'avais enfilés après le travail.

— Tu es plutôt adepte des couleurs sombres d'habitude.

— Trop chaud pour Rio.

— C'est *toi* qui es trop chaud, répliqua-t-elle en frottant lentement ses cuisses l'une contre l'autre.

Amusé et en proie à un début d'érection, je m'adossai à la paroi pour jouir du spectacle.

Quand nous atteignîmes le rez-de-chaussée, je l'invitai d'un geste à me précéder, puis la rattrapai et posai la main au creux de ses reins.

— Il va y avoir des embouteillages, m'avertit-elle en me gratifiant d'un sourire.

— Merde, lâchai-je, alors même que je comptais dessus pour prolonger le trajet au maximum.

— Tu sembles affreusement déçu, me taquina-t-elle avant de sourire au portier qui lui ouvrait la porte.

Raúl attendait près de la limousine. Un instant plus tard, nous plongions dans l'océan de voitures qui sillonnaient Manhattan. Eva s'était assise sur la banquette latérale et j'avais pris place sur la banquette arrière.

— Tu veux un verre ? s'enquit-elle.

— Et toi ?

— Je ne sais pas trop, répondit-elle en pinçant les lèvres. J'en voulais un tout à l'heure.

Je laissai mon regard glisser sur elle en attendant qu'elle se décide. Elle était ma joie, la lumière de ma vie. J'étais prêt à tout pour la garder éternellement heureuse et insouciante. L'idée de devoir lui faire de la peine m'était insupportable. Elle avait déjà tant souffert.

Si nous découvrions que Monica n'était pas celle qu'Eva croyait, comment le lui annoncerais-je ? Ma femme avait été dévastée quand elle avait découvert que sa mère la surveillait via son portable, sa montre et le poudrier qu'elle gardait dans son sac. Une fausse identité constituait une trahison bien plus grave.

Et que cachait cette fausse identité ?

— Je n'arrive pas à trouver ma robe, déclara-t-elle abruptement en faisant la moue.

Il me fallut un instant pour m'extraire de mes pensées.

— Pour le mariage ?

Elle acquiesça d'un air si découragé que j'eus envie de l'attirer à moi et de couvrir son beau visage de baisers.

— Veux-tu que je t'aide, mon ange ?

— Tu ne peux pas. Le marié n'est pas censé voir la robe avant le grand jour.

Elle écarquilla soudain les yeux, horrifiée.

— Tu avais vu la robe que je portais la première fois qu'on s'est mariés !

C'était même moi qui l'avais choisie.

— C'était juste une robe quand je l'ai vue, lui rappelai-je. Ce n'est devenu une robe de mariée que lorsque tu l'as portée.

Elle retrouva aussitôt le sourire. Elle ôta ses sandales et s'allongea près de moi, la tête posée sur mes cuisses, sa chevelure se déployant tel un éventail d'or.

Je fis courir mes doigts à travers les mèches soyeuses et inhalai profondément, m'enivrant de son parfum.

— Comment seras-tu habillé ? demanda-t-elle, les paupières closes.

— Tu as quelque chose de précis en tête ?

Sa bouche s'incurva sur un sourire et elle murmura d'un ton rêveur :

— Un smoking. Tout te va, mais en smoking, tu es absolument divin.

Je frôlai sa bouche de mes doigts. Il m'était arrivé de détester mon visage, dégoûté à l'idée que mon physique puisse susciter une attirance sexuelle. J'avais fini par m'habituer à l'attention qu'on me portait, il avait toutefois fallu que je rencontre Eva pour commencer à me voir tel que j'étais.

Elle prenait tant de plaisir à me contempler. Habillé. Nu. Sous la douche. Ceint d'une serviette. Au-dessus d'elle. En dessous. Elle ne cessait de me regarder que lorsqu'elle dormait. Et c'était à ce moment-là que je prenais le plus de plaisir à la regarder à mon tour, seulement parée des bijoux que je lui avais offerts.

— Va pour un smoking, alors.

Elle rouvrit les yeux, révélant ce gris tendre que j'adorais.

— Mais on va se marier sur une plage.

— Je m'arrangerai pour que ce soit un succès.

— Je te fais confiance.

Elle tourna la tête et frotta le bout de son nez contre mon sexe. Je durcis instantanément.

— Qu'est-ce que tu veux, mon ange ? demandai-je en jouant avec ses cheveux.

— Ceci, répondit-elle, et ses doigts coururent sur toute la longueur de mon érection.

— Comment le veux-tu ?

Sa langue darda entre ses lèvres humides.

— Dans ma bouche, souffla-t-elle.

Déjà, elle s'attaquait au bouton de ma ceinture. Je fermai les yeux sur une longue inhalation. Le bruit que fit la fermeture en descendant, le soulagement quand elle libéra mon sexe avec précaution...

Je tâchai de me préparer au contact de sa bouche humide, en vain. Je sursautai violemment quand elle m'avala et un long frisson me secoua. Je connaissais ses différentes humeurs et la façon dont elles se traduisaient sexuellement. Eva avait l'intention de prendre son temps, de profiter de moi et de me rendre fou.

— Eva.

Je gémis quand la douce caresse de ses doigts accompagna celle de sa bouche. Elle léchait l'extrémité de mon sexe avec une application et une lenteur consommées.

Je rouvris les yeux et la contemplai. Le contraste entre son apparence si parfaitement présentable et le soin jaloux qu'elle mettait à savourer ma queue me tira un frisson de pur érotisme mêlé d'une douloureuse tendresse.

— Dieu que c'est bon, articulai-je d'une voix rauque en enveloppant l'arrière de sa tête de ma main. Prends-la plus profond… oui, comme ça…

Ma tête bascula contre le dossier et les muscles de mes cuisses se tendirent tandis que je luttai pour la laisser prendre ce qu'elle voulait et résister à l'envie de m'enfoncer dans sa bouche.

— Je ne te laisserai pas me finir ainsi, la mis-je en garde, devinant que c'était ce qu'elle avait prévu.

Elle émit une protestation, m'empoigna et commença à faire coulisser sa main de haut en bas, comme pour me défier de lui résister.

— Je veux baiser ta petite chatte, Eva. Je veux que tu sentes mon sperme au fond de toi pendant que tu seras loin de moi.

Mes yeux se fermèrent et je l'imaginais dans un night-club d'Ibiza, immergée dans une mer de corps en sueur. Les hommes la convoiteraient, rêveraient de la baiser. Mais elle porterait ma marque de la façon la plus primitive qui soit. Possédée par moi, sans même que je sois présent.

Je sentis son gémissement vibrer le long de mon sexe. Elle s'écarta, les lèvres déjà rouges et gonflées.

— Ce n'est pas juste, se plaignit-elle.

Je lui attrapai le poignet et portai sa main au niveau de mon cœur qui battait à tout rompre.

— Tu seras ici, mon ange. Toujours.

— Comment peux-tu travailler face à une vue pareille, *hermano* ? me dit Manuel d'un ton de reproche en s'installant sur la chaise longue voisine de la mienne.

Je levai les yeux de mon téléphone, la brise maritime malmenant mes cheveux. Nous étions restés à Bara, ce jour-là, juste en face de l'hôtel où nous séjournions. *Recreio Beach* était plus tranquille que Copacabana, moins touristique et moins peuplée. Tout le long du rivage, des femmes en bikinis folâtraient dans l'eau, leurs seins bondissant quand elles sautaient au-dessus des vagues, leurs fesses presque nues luisantes d'huile solaire. Sur l'étendue de sable blanc, Arash et Arnoldo continuaient à se lancer un frisbee. Je m'étais éclipsé de la partie quand mon portable avait vibré dans la poche de mon bermuda.

Je jetai un coup d'œil à Manuel. Il avait le visage empourpré et brillant de sueur. Il avait disparu pendant une heure, pour une raison qui m'aurait paru évidente même si je ne l'avais pas aussi bien connu.

— Je préfère cette vue-là, rétorquai-je en tournant mon portable vers lui afin de lui montrer le selfie qu'Eva venait de m'envoyer.

Elle était sur une plage, elle aussi, allongée sur une chaise longue assez semblable à celle que j'occupais. Son bikini était blanc, sa peau déjà légèrement hâlée. Une chaîne très fine lui encerclait le cou et se nichait entre ses seins opulents avant de lui ceindre la taille. Les yeux dissimulés derrière des lunettes de soleil, elle tendait ses lèvres fardées d'un gloss rouge vif en mimant un baiser.

J'aimerais que tu sois là... avait-elle texté.

J'aurais aimé qu'elle soit là, moi aussi. Je comptais les heures qui restaient avant de remonter dans l'avion. Le samedi avait été sympa, véritable tourbillon d'alcool et de musique, mais ce dimanche était vraiment de trop.

Manuel émit un sifflement admiratif.

— Chaud, chaud, chaud !

Je souris, son commentaire résumant à peu près mes pensées au sujet de cette photo.

— Tu ne crains pas que les choses ne changent une fois que tu auras dit oui ? demanda-t-il en s'allongeant, les mains calées derrière la tête. Les femmes mariées n'envoient pas ce genre de selfies.

Je revins à la page d'accueil de mon portable et lui tendis de nouveau celui-ci.

Manuel écarquilla les yeux en découvrant la photo de mariage qui me tenait lieu de fond d'écran.

— Tu déconnes. Quand ça ?

— Il y a un mois.

Il secoua la tête.

— Je ne capte pas. Le mariage en général, je veux dire, pas Eva et toi. Comment faire pour que ça ne vieillisse pas ?

— Le bonheur ne vieillit jamais.

— On dit pourtant que la variété est le sel de la vie, ou un truc dans ce goût-là, ajouta-t-il, faussement philosophe. Le kif, quand on baise une nana, c'est de deviner ce qui lui plaît et d'être surpris quand elle te montre un truc nouveau. Si tu restes toujours avec la même, ça devient routinier, non ? Tu la touches comme ci, tu la lèches comme ça, tu gardes le rythme qu'elle aime pour la faire décoller... Rincer et renouveler l'opération.

— Quand ton tour viendra, tu comprendras.

Il haussa les épaules.

— Tu veux des enfants ? C'est pour ça ?

— Un jour, oui. Mais pas tout de suite.

Je n'arrivais même pas à l'imaginer. Eva ferait une merveilleuse mère. En revanche, nous deux en tant que parents ? Un jour, j'y serais prêt. Le jour lointain où je serais capable de la partager avec quelqu'un d'autre.

— Monsieur Cross ?

Je levai les yeux. Raúl se tenait à deux pas, la bouche pincée. Je me raidis aussitôt et posai vivement les pieds sur le sable pour me relever.

— Qu'y a-t-il ?

La peur qu'il ne soit arrivé quelque chose à Eva me noua les entrailles. Elle venait de m'envoyer un texto, mais...

— Il faut que vous voyiez cela, répondit-il sombrement en attirant mon attention sur la tablette qu'il tenait à la main.

Je fourrai mon portable dans ma poche et m'approchai de lui, la main tendue. Le reflet du soleil obscurcissait l'écran et je me penchai en avant pour projeter mon ombre sur la vitre. L'image qui se dessina alors me glaça. La légende qui l'accompagnait me fit serrer les dents.

La folle débauche brésilienne de Gideon Cross en célibataire.

— Qu'est-ce que c'est que ce délire ? aboyai-je.

Manuel, qui m'avait rejoint, me tapa sur l'épaule.

— On dirait que tu ne t'embêtes pas, *cabròn*. Avec deux petites poupées bien chaudes.

Je regardai Raúl.

— C'est Clancy qui m'a envoyé cela, expliqua-t-il. J'ai fait une recherche sur le Net, cette photo est déjà partout.

Clancy. Merde. *Eva...*

Je rendis la tablette à Raúl et sortis mon portable de ma poche.

— Je veux savoir qui a pris cette photo.

Qui savait que j'étais au Brésil ? Qui m'avait suivi un soir dans un night-club jusqu'au carré VIP pour prendre des photos ?

— J'ai commencé les recherches.

Je lâchai un juron et appelai ma femme. L'impatience et la fureur me gagnèrent tandis que j'attendais qu'elle réponde. Sa messagerie s'enclencha et je raccrochai. Appelai de nouveau. Talonné par la panique.

Ses pires craintes s'étalaient en couleurs sur cette photo. Il fallait que je lui explique, même si je ne savais pas comment. La sueur me perlait au front et j'avais les mains moites, mais à l'intérieur, j'étais transi.

Sa boîte vocale se déclencha de nouveau.

— Putain !

Je raccrochai et rappelai encore.

11

— Tu as l'air d'avoir besoin d'un autre verre, déclara Shawna en déposant deux *rebujitos* sur la table basse entre nos chaises longues.

— Mon Dieu, m'esclaffai-je, déjà passablement éméchée. Il faudra que je m'offre une détox après ce week-end.

Le mélange de sherry et de soda était redoutable, et vouloir chasser la gueule de bois avec de l'alcool n'était pas très raisonnable.

Shawna m'adressa un grand sourire, puis s'allongea sur sa chaise longue. Sa peau de rousse était à peine rosée après deux jours de soleil. Sa crinière de feu était ramassée sur le sommet du crâne en un désordre plutôt sexy et elle avait tellement ri la veille que sa voix était encore un peu voilée. Son bikini bleu turquoise lui valait de nombreux regards appréciateurs. Avec son sourire éclatant et son sens de l'humour à toute épreuve, Shawna était un vrai rayon de soleil. De ce point de vue-là, elle ressemblait beaucoup à son frère.

Megumi s'approcha avec un verre dans chaque main, elle aussi. Elle jeta un coup d'œil à la chaise longue vide.

— Où est Monica ?

— Elle est allée se rafraîchir dans l'eau. Elle ne va pas tarder.

Je la cherchai du regard, mais je ne l'aperçus nulle part. Impossible de la rater pourtant, avec son bikini lavande, j'en déduisis donc qu'elle était partie faire un tour.

Elle ne nous avait pas lâchés un seul instant et ne s'était pas privée de faire la fête. Boire plus que de raison et se coucher tard n'était pourtant pas son genre, pourtant j'avais eu l'impression qu'elle s'amusait. Et elle n'avait pas manqué d'attirer l'attention des hommes de tous âges se pressant partout autour d'elle. La sensualité féline de ma mère était irrésistible. Et je la lui enviais.

— Regarde-moi ça, dit Shawna en indiquant Cary qui s'amusait dans l'eau. Un vrai aimant à gonzesses.

— Tu m'étonnes !

La plage était tellement bondée qu'on voyait à peine le sable. Quelques dizaines de têtes émergeaient de l'eau, mais la foule qui entourait Cary le rendait facilement repérable. Il arborait son sourire étincelant, savourant l'attention dont il faisait l'objet tel un chat se prélassant au soleil, ses cheveux rabattus en arrière mettant en valeur son beau visage malgré ses lunettes d'aviateur.

Il vit que je le regardais et agita la main. Je lui envoyai un baiser, histoire d'intriguer ses admiratrices.

— Tu n'es jamais sortie avec Cary ? s'enquit Shawna. Tu n'en as jamais eu envie ?

Je secouai la tête. Cary était dans une forme éblouissante à présent, sain et musclé, un superbe spécimen de mâle. Mais quand je l'avais connu, c'était un garçon décharné aux yeux creux, toujours en sweat à capuche malgré la chaleur de San Diego. Il se couvrait les bras pour dissimuler les coupures qu'il s'infligeait et rabattait sa capuche sur ses cheveux coupés ras.

Pendant les séances de thérapie de groupe, il s'asseyait toujours à l'extérieur du cercle, près d'un mur, sa chaise en équilibre sur les pieds arrière. S'il intervenait, rarement, quand cela lui arrivait, ses commentaires étaient teintés d'humour noir et de sarcasme, son point de vue presque toujours cynique.

Je l'avais approché un jour, incapable d'ignorer la profonde souffrance qui émanait de lui. « Ne te fatigue pas à me faire des avances, avait-il déclaré, ses beaux yeux verts complètement éteints. Il te suffit de dire que tu veux faire un tour sur ma queue. Je ne dis jamais non quand il s'agit de baiser. »

Je savais que c'était vrai. Le Dr Travis avait pas mal de patients perturbés qui considéraient les relations sexuelles comme un baume ou une forme d'autopunition. Cary était disposé à se laisser utiliser et bon nombre d'entre eux n'hésitaient pas à accepter l'invitation qu'il leur lançait.

« Non, merci, avais-je répliqué, son agressivité n'ayant fait naître en moi que du dégoût. Tu es trop maigre pour moi. Va donc bouffer un burger, pauvre tache. »

J'avais regretté d'avoir tenté un rapprochement. Mais après cela, il avait commencé à me chercher, me balançant sans arrêt de grossières allusions sexuelles. Au début, j'avais répliqué par des piques assassines, et puis, constatant que ça ne marchait pas, je l'avais occis de gentillesses. Il avait fini par comprendre que je ne voulais vraiment pas coucher avec lui.

Dans l'intervalle, il s'était remis à manger et s'était laissé pousser les cheveux. Il avait aussi arrêté de se laisser passer dessus par n'importe qui, se contentant de se montrer plus sélectif. J'avais remarqué qu'il était beau, mais je n'éprouvais aucune attirance pour lui.

Il me ressemblait trop et mon instinct de survie avait déclenché l'alerte rouge.

— On a d'abord été amis, expliquai-je à Shawna. Et puis c'est devenu comme un frère pour moi.

— Je l'adore, avoua Megumi en étalant de la crème solaire sur ses jambes. Il m'a dit que ça n'allait pas fort avec Trey en ce moment. Je trouve ça dommage, ils vont tellement bien ensemble.

J'acquiesçai et reportai les yeux sur mon meilleur ami. Cary soulevait une femme par la taille. Il la lança dans l'eau et elle refit surface en riant, visiblement sous le charme.

— C'est triste à dire, mais entre eux deux, ça ne marchera que si ça doit marcher. Je fais avec.

Je n'avais toujours pas appelé Trey. Ni la mère de Gideon. Je voulais reprendre contact avec Ireland, aussi. Et Chris. Je me promis de le faire dès mon retour, pendant que je récupérerais du décalage horaire et des excès d'alcool. Il faudrait aussi que j'appelle mon père que je n'avais pas pu joindre la veille à cause de la différence d'heure, justement.

— Je n'ai pas envie de rentrer, soupira Megumi en s'étirant. Ces deux jours ont passé trop vite. Je n'arrive pas à croire qu'on va repartir dans quelques heures.

J'aurais pu facilement rester une semaine de plus si Gideon ne m'avait pas autant manqué.

— Eva, ma chérie.

La voix de ma mère me fit tourner la tête. Elle s'arrêta près de ma chaise longue, enveloppée dans un peignoir.

— C'est déjà l'heure de partir ?

Elle secoua la tête. Je remarquai alors qu'elle se tordait les mains. Jamais bon signe.

— Tu peux venir à l'hôtel avec moi ? demanda-t-elle. Je dois te parler de quelque chose.

J'aperçus Clancy derrière elle, la mâchoire crispée, le regard dur. Mon pouls s'emballa. Je me levai, attrapai mon sarong et le nouai autour de ma taille.

— Faut-il que nous venions aussi ? s'enquit Shawna en s'asseyant.

— Restez là avec Cary, répondit ma mère avec un sourire rassurant.

Son naturel et son calme apparent – alors que je la devinais dévorée d'anxiété – m'impressionnèrent. Si j'étais trop expressive pour dissimuler mes réactions, ma mère elle ne révélait jamais ses émotions qu'avec ses mains et ses yeux, répétant souvent que même le rire accroît les rides. Comme elle portait des lunettes de soleil, son camouflage était parfait.

Sans un mot, je les suivis, Clancy et elle, jusqu'à l'hôtel. Une fois dans le hall, j'eus l'impression que tous les employés s'appliquaient à nous saluer d'un sourire ou d'un signe de la main. Ils savaient tous qui j'étais. Après tout, nous séjournions dans un établissement appartenant à Gideon. Le nom de l'hôtel, *Vientos Cruzados* était la traduction espagnole de Crosswinds – vents croisés.

Gideon m'avait épousée à l'hôtel Crosswinds. Je n'avais pas imaginé qu'il s'agissait d'une chaîne internationale.

Nous entrâmes dans l'ascenseur et Clancy inséra une carte magnétique dans la fente prévue à cet effet, une mesure de sécurité qui limitait l'accès de notre étage. D'autres personnes se trouvaient déjà dans la cabine et je dus ronger mon frein avant de pouvoir poser les questions qui me brûlaient les lèvres.

J'avais mal au ventre, mes pensées partaient dans tous les sens. Était-il arrivé quelque chose à Gideon ? Ou à mon père ? J'avais laissé mon téléphone sur la table, près de mon verre, et je m'en voulus. Si au moins j'avais pu envoyer un texto à Gideon, cela m'aurait permis de faire autre chose que de me ronger les sangs.

Après trois arrêts, il ne resta plus que nous trois dans la cabine, qui reprit son ascension.

— Que se passe-t-il ? demandai-je enfin.

Ma mère ôta ses lunettes d'une main tremblante.

— Un scandale menace de se répandre, commença-t-elle. Sur Internet.

C'était donc déjà hors de contrôle.

— Maman, dis-moi juste de quoi il s'agit.

Elle prit une profonde inspiration.

— Il y a des photos… répondit-elle en coulant un regard désespéré à Clancy.

— Des photos de quoi ?

Je me sentis sur le point de vomir. Les photos prises par mon demi-frère Nathan avaient-elles surgi ? Ou des plans fixes de la sex-tape avec Brett ?

— Des photos de Gideon au Brésil ont été diffusées sur le net ce matin, intervint Clancy.

Son ton était neutre, mais son maintien avait quelque chose de raide. Une telle tension était inhabituelle chez lui.

J'eus l'impression de recevoir un coup de poing à l'estomac. Je demeurai muette. Il n'y avait rien à dire tant que je n'aurais pas vu les preuves.

Nous sortîmes directement dans la suite, un espace immense doté de plusieurs chambres et d'un vaste salon central. Les femmes de chambre avaient laissé les portes du balcon ouvertes et la brise s'engouffrait dans les voilages qui s'étaient échappés de leurs attaches. Avec ses tons chaleureux si typiquement espagnols, la suite m'avait plu d'emblée.

Cette fois, j'y fis à peine attention.

Les jambes flageolantes, je gagnai le canapé et attendis que Clancy pianote son code sur une tablette avant de me la tendre. Ma mère prit place à côté de moi, m'offrant son soutien silencieux.

Je baissai les yeux et le souffle me manqua. Ma poitrine était comme broyée dans un étau. Ce que je vis me terrifia… c'était comme si quelqu'un s'était introduit dans ma tête pour y capturer un fantasme que j'avais moi-même conçu.

Mon regard se riva sur Gideon, ténébreux et superbe, tout de noir vêtu. Ses cheveux retombaient devant son visage, le dissimulant partiellement, il n'empêche qu'il s'agissait bel et bien de mon mari. J'aurais voulu que ce ne soit pas lui et m'efforçai de repérer un détail prouvant que l'homme qui figurait sur la photo était un usurpateur. Mais je connaissais le corps de Gideon aussi bien que le mien. Sa façon de bouger. De se détendre. De séduire.

Je détournai les yeux de la silhouette bien-aimée qui figurait au centre de ce tableau obscène, incapable de le supporter.

Un sofa en forme de U. Des rideaux de velours noir. De coûteuses bouteilles d'alcool sur une table basse.

Le carré VIP d'un night-club.

Une brune mince allongée sur des coussins. Le profond décolleté de sa robe à sequins bâillait. Le corps de Gideon la recouvrait partiellement. Sa bouche lui suçait le sein.

Une autre brune, tout en jambes. Couchée sur son dos. Sa cuisse collée sur celle de Gideon. Jambes écartées. Sa bouche ouverte sur un O de plaisir. Gideon tendait le bras derrière lui. Sa main disparaissait sous la minijupe de la fille.

On ne les voyait pas, mais ses doigts étaient en elle. Je le savais. Cette certitude se planta dans mon cœur comme un coup de poignard.

L'image devint floue quand je battis des cils pour refouler les larmes que je sentais rouler sur mes joues. Je chassai l'image de l'écran d'un frôlement de doigts. Je vis alors surgir mon nom et parcourus les commentaires, qui n'étaient qu'une suite d'hypothèses très crues quant à ma réaction lorsque je découvrirais comment mon fiancé faisait ses adieux au célibat.

Je posai la tablette sur la table basse. J'avais du mal à respirer. Ma mère se rapprocha et m'enveloppa de son bras pour m'attirer contre elle. La sonnerie du téléphone de la suite brisa le silence. Je sursautai, les nerfs à vif.

— Là… murmura ma mère en me caressant les cheveux. Je suis là, ma chérie. Je suis près de toi.

Clancy alla décrocher et répondit d'un « oui ? » brutal. « Je vois que vous vous amusez bien », dit-il ensuite d'un ton glacial.

Gideon.

Je regardai Clancy, sentis la chaleur qui émanait de lui. Il croisa mon regard.

— Elle est ici, oui.

Je m'écartai de ma mère et réussis à me lever. Luttant contre la nausée, je m'approchai de Clancy, la main tendue. Il me passa le combiné sans fil et recula.

Je ravalai un sanglot.

— Salut.

Il y eut un silence. La respiration de Gideon s'accéléra. Il m'avait suffi de prononcer un seul mot pour qu'il sache que je savais.

— Mon ange…

Un brusque haut-le-cœur m'obligea à courir jusqu'à la salle de bains. Je lâchai le téléphone, j'eus à peine le temps de soulever le couvercle des toilettes avant de vider le contenu de mon estomac en hoquetant.

Ma mère entra précipitamment et je secouai la tête.

— Va-t'en, articulai-je en m'affalant sur le sol, dos au mur.

— Eva...

— Donne-moi une minute, maman. Juste... une minute.

Elle me dévisagea, puis acquiesça et referma la porte derrière elle.

Sortant du téléphone posé sur le carrelage, j'entendis la voix de Gideon qui hurlait. Je tendis le bras vers le combiné, refermai la main dessus et le fis glisser jusqu'à moi. Je le portai à mon oreille.

— Eva ! Pour l'amour du ciel, réponds-moi !

— Arrête de crier, dis-je, le cœur battant.

— Seigneur, fit-il, avant de prendre une inspiration bruyante. Tu es malade. Et je suis loin de toi... Raúl ! ajouta-t-il plus fort. Qu'est-ce que tu fous, putain ? J'ai besoin du jet ! Prends ton téléphone et...

— Non. Non, ne fais...

— C'est arrivé avant que je te rencontre, débita-t-il à mon intention, le souffle court. Je ne sais plus quand ni... Quoi ?

Quelqu'un parlait derrière lui.

— Pour la fête du *Cinco de Mayo* ? Le 5 mai ? Bordel, mais pourquoi est-ce que ça sort maintenant ?

— Gideon...

— Eva, je te jure que cette putain de photo n'a pas été prise ce week-end. Je ne te ferais *jamais* ça. Tu le *sais*. Tu sais ce que tu représentes pour moi...

— Calme-toi, Gideon.

Les battements de mon cœur s'étaient ralentis. Il était tellement paniqué que cela me fit mal. Il était si fort, capable de tout gérer, de survivre à tout et de tout écraser sur son passage.

J'étais sa seule faiblesse, alors que tout ce que je voulais c'était être sa force.

— Tu dois me croire, Eva. Je ne nous ferais jamais ça. Je n'irais jamais…

— Je te crois.

— … voir ailleurs… Quoi ?

Je fermai les yeux et appuyai la tête contre le mur. Mon estomac commençait à se stabiliser.

— Je te crois.

Son soupir de soulagement retentit bruyamment au bout de la ligne.

Je savais combien il était essentiel pour lui que je le croie. Véritablement. En tout. Il ne pouvait s'empêcher de trouver cela presque impossible à accepter, même si ma confiance lui était peut-être encore plus indispensable que mon amour. Pour lui, le fait que je le croie était la preuve de mon amour.

Son explication était simple – certains auraient dit trop simple –, mais le connaissant comme je le connaissais, c'était aussi la plus logique.

— Je t'aime, dit-il d'une voix douce, empreinte de lassitude. Je t'aime tellement, Eva. Tu ne répondais pas au téléphone et…

— Je t'aime aussi.

— Je suis désolé, dit-il avant d'émettre un soupir où la souffrance se mêlait au regret. Tellement désolé que tu aies vu ça. C'est tellement nul. Toute cette histoire est nulle.

— Tu as vu pire.

Gideon m'avait vue embrasser Brett Kline, devant lui. Et il avait visionné, au moins en partie, la sex-tape où je figurais avec Brett. Comparé à cela, cette photo n'était rien.

— Je déteste que tu sois si loin.

— Moi aussi.

J'aurais aimé sentir ses bras autour de moi, y puiser du réconfort. J'aurais surtout voulu pouvoir le réconforter. Lui montrer que j'étais toujours là, avec lui, et qu'il n'avait rien à craindre.

— Je ne veux pas qu'on revive cela.

— Ça n'arrivera pas. Tu ne te marieras que deux fois – et les deux fois avec moi. Plus d'enterrement de vie de garçon pour toi.

Il étouffa un rire.

— Ce n'est pas ce que je voulais dire.

— Je sais.

— Demande à Clancy de te ramener à la maison tout de suite. Nous, on boucle nos valises et on file à l'aéroport.

Je secouai la tête bien qu'il ne puisse pas me voir.

— Ne va pas travailler demain.

— Demain… ? D'accord. Tu es malade et…

— Non, je vais bien. Je viens te rejoindre. À Rio.

— Quoi ? Non. Je ne veux pas rester ici. Il faut que je sois à la maison pour régler ce problème.

— Cette photo a déjà circulé partout, Gideon. Rien de ce que tu feras n'y changera rien, observai-je en me levant. Tu t'occuperas plus tard de trouver qui a fait cela. Je refuse que cette histoire gâche nos souvenirs de ce week-end.

— Ça ne…

— S'ils veulent des photos de toi au Brésil, champion, je figurerai dessus.

Un silence, puis :

— D'accord. Je t'attends.

— C'est peut-être photoshopé, hasarda Megumi.

— Ou alors c'est un sosie, suggéra Shawna en se penchant pour regarder la tablette que tenait Megumi. On ne le voit pas très bien, Eva.

— Non, c'est bien Gideon, confirmai-je.

Assis près de moi dans la limousine, Cary s'empara de ma main et entrelaça ses doigts aux miens. Ma mère, assise sur la banquette qui se trouvait juste derrière le chauffeur, passait en revue des échantillons de tissus, les jambes croisées, le pied s'agitant nerveusement.

Megumi et Shawna me jetaient des regards apitoyés.

Leur compassion froissait ma fierté. J'avais commis l'erreur de consulter les réseaux sociaux. J'avais découvert, effarée, à quel point les gens pouvaient se montrer cruels. Selon certains, j'étais une femme bafouée. Ou bien j'étais trop bête pour ne pas me rendre compte que j'allais épouser un homme qui me donnerait son nom, mais se réserverait le droit d'accorder son corps et son attention à qui il voudrait. J'étais une croqueuse de diamants, prête à pardonner cette humiliation pour de l'argent. Je pouvais devenir le porte-drapeau de la cause des femmes… si je décidais de tourner le dos à Gideon.

— C'est une vieille photo, répétai-je.

En réalité, le mois de mai ne remontait pas à si loin que cela, toutefois, personne n'avait besoin de savoir de quand datait cette photo, l'essentiel étant qu'elle avait été prise avant le début de notre relation.

Gideon avait tellement changé depuis. Pour moi. Pour nous. Et je n'étais plus la femme qu'il avait rencontrée un beau soir de juin.

— Absolument, décréta Shawna. C'est de l'histoire ancienne.

Megumi acquiesça, mais paraissait encore dubitative.

— Pourquoi mentirait-il ? observai-je d'un ton neutre. Il ne doit pas être bien difficile de découvrir dans quel club cette photo a été prise. C'est sûrement un de ceux qui appartiennent à Gideon, et je parie qu'il se trouve à Manhattan. Il ne pouvait pas être à New York et avoir un passeport tamponné au Brésil le même jour.

Il m'avait fallu deux heures pour en déduire cela et j'en étais plutôt contente. Je n'avais besoin d'aucune preuve pour savoir que mon mari disait la vérité. Cependant, si nous pouvions prouver que cette photo avait été prise dans un lieu identifiable, le faire savoir publiquement ne serait pas une mauvaise chose.

— C'est vrai, acquiesça Megumi en m'adressant un grand sourire. Et il est fou de toi, Eva. Il n'irait pas voir ailleurs.

Je hochai la tête, puis chassai ce sujet de mes pensées. Nous allions bientôt arriver à l'aéroport et je ne voulais pas que nous nous quittions avec cette histoire stupide en tête alors que nous venions de vivre un super-week-end.

— Merci d'être venues. J'ai passé deux jours géniaux.

J'aurais aimé qu'elles m'accompagnent à Rio, mais elles n'avaient pas les visas requis, et devaient en outre reprendre le travail lundi matin. Nos chemins allaient se séparer, les filles regagnant New York avec l'équipe de sécurité de Clancy tandis que je filerais vers le Brésil dans un jet appartenant à Gideon avec ma mère, Cary et Clancy.

Ce serait un séjour éclair. Arrivée le lundi matin et retour le soir même. Nous ne pourrions grappiller un peu de sommeil que durant le vol. Mais une fois ma mission accomplie, Gideon quitterait le Brésil avec le sourire. Je ne voulais pas qu'il se rappelle ce week-end avec regret. Il avait suffisamment de mauvais souvenirs comme cela. Je voulais qu'il n'en engrange plus que des bons.

— C'est nous qui te remercions, sourit Shawna. Je n'aurais manqué ça pour rien au monde.

— Shawna a raison, renchérit Megumi. C'était un week-end de rêve.

Fermant les yeux, Shawna renversa la tête contre le dossier de son siège.

— Tu salueras Arnoldo de ma part.

Shawna et Arnoldo s'étaient rencontrés au concert des Six-Ninth et étaient devenus amis. Je crois qu'ils se sentaient en sécurité ensemble. Shawna attendait le retour de Sicile de son copain Doug, qui suivait un stage de cuisine auprès d'un chef de renom. Et Arnoldo, qui se remettait de son chagrin d'amour mais n'avait pas cessé pour autant d'apprécier les femmes, pouvait profiter de l'agréable compagnie de l'une d'elles qui n'attendait rien de plus.

La situation de Cary était assez similaire. Trey lui manquait et il n'avait plus envie de coucher avec n'importe qui – ce qui, pour lui, était un sacré progrès. D'habitude, quand il souffrait, il baisait pour oublier. Là, il avait passé tout le week-end avec Megumi, qui évoquait une biche aux abois dès qu'un homme l'approchait. Il lui avait tenu lieu de bouclier, veillant à ce que tous deux rient et s'amusent.

Gideon n'était pas le seul à revenir de loin.

Quant à moi, je mourais d'impatience de retrouver mon mari. Sachant que le stress se traduisait par des cauchemars, je sortis mon portable et lui envoyai un texto. *Rêve de moi.*

Sa réponse lui ressemblait tellement qu'elle me fit sourire. *Vole plus vite.*

Ces trois mots suffirent à m'apprendre qu'il avait repris les choses en main.

— Waouh ! m'exclamai-je lorsque le jet s'immobilisa sur la piste d'un aéroport privé proche de Rio. Voilà qui vaut le coup d'œil.

Gideon, Arnoldo, Manuel et Arash attendaient sur le tarmac. Tous en T-shirt et bermuda. Tous grands et bruns. Merveilleusement musclés. Bronzés.

Alignés ainsi, ils évoquaient une rangée de voitures de sport exotiques et hors de prix. Puissantes, sexy, dangereusement rapides.

Je savais que mon mari avait été fidèle, mais si j'avais eu le moindre doute, il m'aurait suffi de poser les yeux sur lui pour dissiper ce dernier. Ses amis affichaient une allure tranquille et détendue, le moteur visiblement refroidi après une longue et épuisante chevauchée. Il sautait aux yeux qu'ils avaient profité des charmes de Rio – et de ses femmes. Gideon, lui, était tendu. Aux aguets. Son moteur tournait, ronronnant du besoin de rugir, de passer de zéro à cent en une fraction de seconde. Personne n'avait eu l'occasion de mettre mon homme au banc d'essai.

J'étais venue le rejoindre dans l'intention de l'apaiser, d'envisager avec lui une stratégie pour restaurer ma fierté blessée. Je compris en le voyant que je serais celle qui consommerait son carburant.

Oh, oui !

Un léger choc se fit sentir quand l'escalier roulant se positionna contre le jet. Clancy sortit le premier. Ma mère le suivit. Je m'avançai derrière elle et m'arrêtai en haut des marches pour prendre une photo de Gideon et de ses amis, histoire d'offrir un nouveau sujet de conversation aux internautes.

Je descendis la première marche et Gideon s'avança, écartant les bras tandis qu'il réduisait la distance qui nous séparait. Je ne voyais pas ses yeux, uniquement mon reflet sur les verres de ses lunettes, mais l'intensité de son regard était telle que mes genoux faiblirent au point que je dus m'accrocher à la rampe.

Il serra la main de Clancy, endura la brève accolade de ma mère et réussit même à la lui retourner. Toutefois, pas un instant il ne détacha les yeux de moi ni ne s'attarda plus de quelques secondes.

J'avais chaussé en son honneur mes plus jolies sandales de séductrice – les rouges. Mon petit short blanc me couvrait à peine les fesses et se boutonnait nettement au-dessous du nombril. Mon top à fines bretelles était en dentelle rouge, fermé dans le dos par un ruban de satin à la manière d'un corset. J'avais relevé mes cheveux en un chignon flou que Gideon flouta davantage quand il me souleva de la dernière marche et y enfouit la main.

Il s'empara de mes lèvres (lèvres que j'avais pris soin de couvrir d'un gloss rouge vif) et je me retrouvai suspendue en l'air, mes pieds ne touchant plus terre, son bras m'encerclant étroitement la taille. J'enroulai les jambes autour de ses hanches, et me redressai de façon à lui faire pencher la tête en arrière. Plaquée contre lui, je plongeai la langue dans sa bouche. La main qui se trouvait dans mes cheveux glissa sous mes fesses pour me soutenir, me pétrissant avec cette exigence possessive que j'adorais.

— C'est chaud, là, dit Cary derrière moi.

Manuel émit un long sifflement.

Je me moquais éperdument du spectacle que nous offrions. Le corps musclé de Gideon pressé contre le mien était un délice et son goût m'enivrait. Mes pensées s'éparpillèrent. Je voulais le chevaucher, me frotter contre lui. Je le voulais nu et en sueur. Je voulais son visage, ses mains, son sexe.

Mon mari n'était pas le seul à vouloir marquer son territoire.

— Eva Lauren, articula ma mère d'un ton de reproche. Un peu de tenue.

Le son de sa voix nous refroidit instantanément. Je dénouai les jambes et laissai Gideon me reposer sur le sol. Je me détachai de lui à regret, non sans avoir soulevé brièvement ses lunettes de soleil pour croiser son regard. *Fureur... désir...*

Du bout des doigts, j'effaçai de sa bouche les traces de rouge à lèvres. Notre baiser passionné avait adouci la courbe de ses lèvres. Il encadra mon visage de ses mains, fit légèrement basculer ma tête et déposa un baiser sur le bout de mon nez. Il était tendre à présent, la joie féroce de nos retrouvailles tempérée par le contact que nous venions d'avoir.

— Eva, dit Arnoldo en se matérialisant près de moi, un petit sourire aux lèvres, cela fait plaisir de te revoir.

Je me tournai vers lui pour le saluer, en proie à une certaine nervosité. J'aurais aimé que nous soyons amis. Qu'il me pardonne d'avoir blessé Gideon. J'aurais aimé...

Il m'embrassa sur la bouche. Stupéfaite, je ne réagis pas.

— Dégage ! aboya Gideon.

— Je ne suis pas un chien, répliqua Arnoldo avant de me considérer d'un regard amusé. Il s'est langui de toi. Tu vas pouvoir le soulager de son tourment.

Mon anxiété s'évanouit. Il ne s'était pas montré aussi chaleureux avec moi depuis notre première entrevue.

— Moi aussi, Arnoldo, ça me fait plaisir de te revoir.

Arash s'approcha à son tour. Comme il levait les mains vers mon visage, Gideon tendit vivement le bras entre nous.

— N'y pense même pas, siffla-t-il.

— Ce n'est pas juste, se plaignit Arash.

Je lui soufflai un baiser.

Manuel se montra plus sournois. Il arriva par-derrière, me souleva et pressa les lèvres sur le côté de mon visage.

— Bonjour, ma belle.

— Salut, Manuel, répondis-je en riant. Tu t'amuses bien ?

— Comme si tu ne le savais pas, répondit-il avec un clin d'œil en me reposant par terre.

Gideon semblait s'être un peu calmé. Il serra la main de Cary et échangea quelques mots avec lui.

Ses amis furent présentés à ma mère, qui passa aussitôt en mode charme et obtint le résultat escompté – tous furent instantanément captivés.

Gideon me prit par la main.

— Tu as ton passeport ?

— Oui.

— Bien. Allons-y, dit-il en se mettant en marche.

Obligée de trottiner pour me maintenir à sa hauteur, je lançai un coup d'œil par-dessus mon épaule au petit groupe et les vis partir dans une autre direction.

— Ils ont eu leur week-end avec nous, déclara Gideon en réponse à ma question muette. Aujourd'hui, c'est juste toi et moi.

Il me guida à travers un processus simplifié de formalités douanières, puis nous retournâmes sur le tarmac où nous attendait un hélicoptère.

Les pales se mirent en mouvement alors que nous approchions. Raúl apparut et ouvrit la porte arrière. Gideon m'aida à grimper à bord, puis monta derrière moi. Comme je tâtonnai pour trouver la ceinture de sécurité, il écarta mes mains et la boucla pour moi avec des gestes sûrs. Il me tendit un casque-micro et coiffa le sien.

— Allons-y, dit-il au pilote.

Nous nous élevâmes dans les airs avant qu'il ait bouclé sa propre ceinture.

Je n'avais pas retrouvé mon souffle quand nous atteignîmes l'hôtel, encore éblouie par la vue de Rio que nous venions de survoler, ses plages et ses collines couvertes de favelas aux couleurs vives. Le long des routes, le trafic était encore plus dense qu'à Manhattan. Quand nous contournâmes le Pain de Sucre pour suivre le rivage jusqu'à Barra da Tijuca, le célèbre Christ Rédempteur apparut au sommet du Mont Corcovado, étincelant sous le soleil.

En voiture, il aurait fallu plusieurs heures pour aller de l'aéroport à l'hôtel. Là, le trajet ne prit que quelques minutes, et nous pénétrâmes dans la suite de Gideon avant même que mon cerveau chamboulé par le décalage horaire ait eu le temps de m'apercevoir que je venais de passer dans trois pays différents en autant de jours.

Vientos Cruzados Barra Hotel était aussi luxueux que les établissements Crosswinds que j'avais vus jusqu'ici, mais avec une touche de couleur locale qui le rendait unique. La suite de Gideon était aussi vaste que celle que j'occupais à Ibiza et la vue tout aussi impressionnante.

Je m'attardai sur le balcon pour admirer la plage, les alignements de cocotiers s'étendant à perte de vue et les corps qui se doraient au soleil. Un air de samba flottait dans l'air. Je pris une photo, puis la téléchargeai sur mon compte Instagram avec celle des garçons sur le tarmac. *La vue qu'on a d'ici... #RioDeJaneiro.*

J'identifiai tout le monde et découvris qu'Arnoldo avait déjà posté une photo du baiser passionné que Gideon et moi avions échangé à l'aéroport. Elle était superbe, à la fois sexy et intime. Arnoldo avait plusieurs centaines d'abonnés et la photo avait déjà reçu une douzaine de commentaires et de pouces levés.

Des amis chers qui apprécient autant #RioDeJaneiro qu'ils s'apprécient l'un l'autre.

Le cellulaire de Gideon sonna. Mon mari s'excusa et se rendit dans une autre pièce pour répondre. Nous n'avions pas dit un mot depuis l'aéroport, comme si nous nous retenions en vue d'une conversation plus intime. À moins que nous n'ayons tout simplement pas eu besoin de parler. Que le monde cancane et déverse des mensonges, nous savions ce que nous avions. Il n'était pas nécessaire de le qualifier, de le justifier ou de l'exprimer.

Je rejoignis Gideon dans la pièce où il se tenait face à un bureau en forme de U couvert de papiers et de photos. Il y en avait aussi sur le sol. Ce désordre ne ressemblait en rien à l'ordre rigide dont mon mari aimait habituellement s'entourer. Il me fallut un moment avant de réaliser que ces photos représentaient l'intérieur d'un club, celui dans lequel Gideon se trouvait le 5 mai.

C'était troublant, magique même, que nous ayons eu la même idée.

Je pivotai sur mes talons pour ressortir.

— Eva. Attends.

Je lui jetai un coup d'œil.

— Demain matin, c'est mieux, dit-il à son interlocuteur. Envoie-moi un texto quand ce sera confirmé.

Il coupa la communication, éteignit son portable et le posa à côté de ses lunettes de soleil.

— Je veux que tu voies ça.

— Tu n'as rien besoin de me prouver, répondis-je en secouant la tête.

Il m'observa. Sans ses lunettes, je découvris les cernes qui lui ombraient les yeux.

— Tu n'as pas fermé l'œil de la nuit.

Ce n'était pas une question. J'aurais dû me douter qu'il ne dormirait pas.

— Je veux réparer tout cela.

— Il n'y a rien de cassé.

— Ça t'a rendu malade. Je t'ai entendue au téléphone.

Je m'appuyai contre le chambranle. Je savais ce qu'il avait ressenti quand il m'avait vue embrasser Brett – une envie de meurtre. Ils s'étaient battus comme des fous furieux. Quant à moi, mon corps s'était purgé de ma jalousie de la seule façon qu'il connaissait.

— Fais ce que tu as à faire, murmurai-je. Moi, je n'ai besoin de rien. Je vais bien. *Nous* allons bien. Toi et moi.

Gideon inspira profondément, puis expira. Levant les bras, il saisit son T-shirt au niveau des omoplates et le fit passer par-dessus sa tête. Il se débarrassa de ses sandales tout en déboutonnant son bermuda, le laissa tomber par terre. Il ne portait rien dessous.

Je le regardai s'avancer vers moi, nu, remarquai la ligne de son bronzage et l'impressionnante rigidité de son sexe. Ses muscles ondulaient au gré de ses mouvements. Ses cuisses puissantes, ses abdominaux, ses biceps saillants.

Je ne bougeai pas, respirai à peine, ne m'autorisant qu'un bref battement de cils. Gideon mesurait presque trente centimètres de plus que moi et pesait cinquante kilos de plus. Et il était d'une force phénoménale.

Quand nous faisions l'amour, cela m'excitait de sentir cette force de la nature au-dessus de moi, entièrement dévouée à mon plaisir.

Gideon m'attira à lui et s'empara de ma bouche en un long baiser sensuel. Il prit tout son temps pour me savourer, ses lèvres caressantes, sa langue me fouaillant doucement. Je ne me rendis compte qu'il avait délacé mon top que lorsque les bretelles retombèrent sur mes bras. Il insinua les pouces sous la ceinture de mon short, les fit glisser d'avant en arrière sur ma peau sensible. Quand il interrompit notre baiser et s'accroupit pour me débarrasser de mes vêtements, un gémissement m'échappa. J'aurais voulu qu'il ne cesse jamais de m'embrasser.

— Garde tes chaussures, murmura-t-il en se redressant de toute sa hauteur.

Ses yeux étaient d'un bleu si étincelant qu'ils me rappelèrent l'eau dans laquelle nous nous étions baignés pour notre mariage.

Je nouai les bras autour de son cou et il me souleva pour me porter jusqu'à la chambre.

— Et aussi des petits pains ronds au fromage, dis-je à Gideon qui passait la commande au service aux chambres en portugais.

J'étais à plat ventre sur le lit, face au balcon, les jambes pliées, toujours chaussée de mes sandales de séductrice. Je ne portais rien d'autre. Mon menton reposait sur mes bras croisés. J'appréciais d'autant plus la brise tiède sur ma peau que j'étais en nage. Au-dessus du lit, les pales d'acajou du ventilateur, sculptées en forme de feuilles de palmier, tournaient paresseusement.

J'inspirai à fond pour inhaler l'odeur de Gideon.

Il raccrocha et le matelas se creusa quand il se rapprocha de moi. Ses lèvres me frôlèrent les fesses, puis remontèrent le long de ma colonne vertébrale jusqu'à mes épaules. Il s'étendit près de moi, la tête calée sur la main, me caressant le dos de l'autre.

— Combien de langues parles-tu donc ? demandai-je.

— Correctement, très peu ; vaguement, beaucoup plus.

Je me cambrai sous sa caresse. Il déposa un autre baiser sur mon épaule.

— Je suis content que tu sois là, murmura-t-il. Content d'être resté.

— J'ai parfois de bonnes idées.

— Moi aussi.

La lueur qui s'alluma dans son regard trahit la nature de ses pensées.

Il n'avait pas dormi de la nuit et venait de consacrer deux heures à me faire lentement l'amour. Il avait joui trois fois, la première si fort qu'il avait *rugi*. J'étais certaine que le son avait porté au-delà de la fenêtre ouverte et cela avait suffi à déclencher mon orgasme. Et il était prêt à recommencer. Il était toujours prêt. J'étais la plus heureuse des femmes.

Je roulai sur le côté pour lui faire face.

— Il te faut donc deux femmes pour réussir à t'épuiser ?

Le visage de Gideon se ferma instantanément.

— Ne compte pas sur moi pour te suivre sur ce terrain-là.

— Hé ! dis-je en lui touchant le visage. Je plaisantais. C'était de mauvais goût, je reconnais.

Il bascula sur le dos, attrapa un oreiller et le cala entre nous. Quand il tourna la tête vers moi, un pli vertical était apparu entre ses sourcils.

— Avant de te connaître, j'avais ce vide en moi, déclara-t-il calmement. Toi seule as su le combler.

J'attendis qu'il poursuive. Il était d'humeur à parler. À partager. Cela lui était difficile et il n'aimait pas. Il m'aimait toutefois suffisamment pour surmonter ses réticences.

— Je t'attendais, reprit-il en écartant les cheveux de ma joue. Dix femmes n'auraient pas réussi à faire ce que tu as fait. Mais... un peu de distraction m'évitait de penser.

— Je peux faire ça pour toi, ronronnai-je, désireuse de lui rendre sa bonne humeur. Je suis capable de libérer ton esprit de toute pensée.

— Le vide a disparu maintenant que tu es là.

Je me penchai sur lui et l'embrassai.

— Je suis même tout près de toi.

Il se hissa sur les genoux, me souleva et me plaça à plat ventre sur l'oreiller de façon à me surélever les fesses.

— C'est comme cela que je te veux.

Je le regardai par-dessus mon épaule.

— Je te rappelle que le service aux chambres va bientôt frapper à la porte.

— Ils m'ont dit d'ici trois quarts d'heure, une heure.

— Tu es le patron. Ils ne mettront jamais aussi longtemps.

Il se positionna entre mes jambes.

— C'est moi qui leur ai dit de ne pas venir avant une heure, précisa-t-il.

Je m'esclaffai. J'avais cru que nous faisions une pause pour déjeuner, mais, apparemment, celle-ci n'avait duré que le temps de l'appel téléphonique.

Il m'agrippa les fesses à deux mains et les pétrit.

— Mon Dieu, tu as le cul le plus somptueux que j'aie jamais vu. C'est le coussin idéal pour faire ceci...

Il me tint aux hanches et entra lentement en moi avec un grondement de plaisir. Mes orteils se recroquevillèrent dans mes chaussures.

Je posai le front sur le matelas et gémis.

— Tu bandes tellement fort, soufflai-je.

Je sentis ses lèvres sur mon épaule, puis il ondula du bassin, son sexe progressant comme une caresse qui s'acheva sur une infinie douleur tant il était fiché profondément en moi.

— Tu m'excites, dit-il d'une voix rauque. Je ne peux pas te résister. Je ne le veux pas.

— Ne me résiste pas, l'encourageai-je en creusant les reins pour accompagner son tranquille va-et-vient. Et ne t'arrête surtout pas.

Son humeur du jour me plaisait. Douce. Câline. Tendre.

Ses bras m'encadrèrent les épaules comme il prenait appui sur le matelas.

— Je te propose un marché, mon ange, chuchota-t-il. Je m'écroulerai quand tu t'écrouleras.

— Bof, bof, commentai-je en me regardant dans le miroir de profil avant de revenir de face. Ce n'est jamais une bonne idée d'enfiler un bikini quand on vient de se goinfrer.

Je tirai sur le soutien-gorge bandeau du maillot de bain vert émeraude que Gideon avait choisi dans la boutique du hall, puis ajustai le slip.

Il apparut derrière moi, très sexy et plus qu'appétissant en caleçon de bain noir. Ses bras m'encerclèrent par-derrière et il prit mes seins en coupe pour les soupeser.

— Tu es superbe. J'ai envie de t'arracher ce maillot avec les dents.

— Je t'en prie. Pourquoi aller à la plage ? On y est déjà allé le week-end dernier.

— Tu veux toujours des photos de nous à Rio ? demanda-t-il en croisant mon regard dans le miroir. Sinon, je suis partant pour te renverser sur le lit et recommencer à te faire tout ce dont j'ai envie.

Je me mordillai la lèvre inférieure, pesant le pour et le contre.

Il me plaqua contre son torse. Sans mes talons, il pouvait caler le menton sur ma tête.

— Tu n'arrives pas à te décider ? Voilà ce que je te propose : on descend à la plage, histoire que tu ne regrettes pas ensuite de ne pas y être allée. On reste une petite heure, on revient ici et on ne quitte plus la chambre jusqu'à notre départ.

Je fondis. Il pensait toujours à moi et à ce qu'il me fallait.

— Je t'aime tellement, soufflai-je.

Cette expression qu'il eut alors... mon cœur faillit cesser de battre.

— Tu me crois, murmura-t-il. Toujours.

Je tournai la tête et pressai la joue contre sa poitrine.

— Toujours.

— C'est une jolie photo, commenta ma mère à voix basse pour ne pas réveiller les hommes qui dormaient.

L'éclairage de la cabine du jet était tamisé et ces messieurs avaient tous incliné leur siège.

— Mais j'aurais préféré qu'on voie un peu moins ton derrière, ajouta-t-elle.

Je souris, le regard fixé sur la tablette dans sa main. Le *Vientos Cruzados Barra Hotel* disposait de plusieurs équipes de photographes chargées de couvrir les événements qui se tenaient régulièrement dans le somptueux établissement. Gideon avait demandé à l'une d'elles de nous prendre en photo à distance, pour que je ne m'en aperçoive pas.

Sur les photos de Westport, Gideon était allongé sur moi et la mer venait nous lécher les pieds. Sur ces nouveaux clichés ensoleillés, mon mari était couché sur le dos et c'était moi qui étais sur lui, les bras croisés sur ses abdos, le menton appuyé sur mes mains. Nous bavardions et je le regardais tandis qu'il faisait courir ses doigts dans mes cheveux. Alors, certes, la coupe brésilienne de mon bikini révélait mon derrière, cependant, ce qui frappait d'emblée, c'était l'intensité du regard que Gideon posait sur moi et la tranquille complicité qui nous unissait.

Ma mère tourna la tête vers moi. Son regard était empreint d'une tristesse que je ne m'expliquais pas.

— J'avais l'espoir que vous pourriez mener une vie normale et paisible, tous les deux. Mais le monde ne le permettra pas.

La photo avait très vite fait le tour du Web et les spéculations allaient bon train. Comment pouvais-je être avec Gideon à Rio après ce qu'il avait fait ? Notre vie sexuelle était-elle à ce point débridée ? Ou peut-être n'était-ce pas Gideon Cross qui figurait sur la photo du carré VIP ?

Avant de s'endormir, Gideon m'avait dit que l'équipe qui s'occupait de ses relations publiques croulait sous les mails et les appels téléphoniques. Jusqu'ici, ils se contentaient de fournir la réponse officielle, à savoir que j'avais bel et bien été à Rio avec Gideon. Il avait ajouté qu'il s'occuperait personnellement du reste à son retour, mais n'avait pas voulu m'expliquer comment il comptait s'y prendre.

— Tu te montres secret, l'avais-je accusé d'un ton moqueur.

— Pour le moment, avait-il acquiescé avec un petit sourire.

Je posai ma main sur celle de ma mère.

— Tout va bien se passer, ne t'en fais pas. Les gens ne s'intéresseront pas toujours à nous. Nous serons absents un mois entier après le mariage. Autant dire une éternité. Les médias passeront à autre chose.

— Je l'espère, soupira-t-elle. Dire que tu te maries samedi. Je n'arrive pas à y croire. Il y a encore tant de choses à faire.

Samedi. Il ne restait plus qu'une poignée de jours. Gideon et moi n'aurions pu nous sentir plus mariés que nous ne l'étions déjà, mais échanger nos vœux sous l'œil de nos familles serait agréable.

— Pourquoi ne viendrais-tu pas au penthouse, demain ? lui suggérai-je. J'aimerais te montrer l'appartement et discuter avec toi de ce qui reste à décider. On pourrait déjeuner ensemble et papoter.

Son visage s'illumina.

— Quelle merveilleuse idée ! J'en serais ravie, Eva.

Me penchant par-dessus l'accoudoir, je déposai un baiser sur sa joue.

— Moi aussi, maman.

— Tu ne vas même pas faire une sieste ? demandai-je, éberluée, en voyant Gideon choisir un costume dans le dressing.

Il était en caleçon, les cheveux encore humides de la douche qu'il avait prise sitôt rentré. J'étais sur le lit et je me sentais vannée bien que j'aie dormi dans l'avion.

— Ce sera une journée courte, dit-il en sélectionnant un costume gris sombre. Je rentrerai tôt.

— Tu vas t'enrhumer si tu ne dors pas assez. Je ne veux pas que tu sois malade pour notre mariage ou pour notre lune de miel.

Il sortit ma cravate bleue préférée.

— Je ne serai pas malade.

Je jetai un coup d'œil au réveil sur la table de chevet.

— Il n'est même pas 7 heures ! Tu ne pars pas aussi tôt d'habitude.

— J'ai des choses à faire, expliqua-t-il en boutonnant rapidement sa chemise. Cesse de me harceler.

— Je ne te harcèle pas.

Il me décocha un regard amusé.

— Tu n'as pas eu ton content de moi, hier ?

— Oh, mon Dieu ! Tu es vraiment prétentieux à ce point ?

Il s'assit et enfila ses chaussettes.

— Ne t'inquiète pas, mon ange, je m'occuperai de toi à mon retour.

— J'ai vraiment envie de te lancer un truc à la tête.

Gideon s'habilla en un clin d'œil et réussit le tour de force d'apparaître impeccable. Ce qui n'améliora pas mon humeur.

— Ne m'adresse pas ton regard noir, me réprimanda-t-il en se penchant pour m'embrasser sur le front.

— Tu m'énerves. Moi, il me faut des heures pour me préparer, marmonnai-je. En plus, tu as mis ma cravate préférée.

Elle faisait ressortir la couleur de ses yeux. On ne voyait plus que lui, et combien il était séduisant.

— Je sais, répondit-il en souriant. Tu voudras que je la garde pour te baiser quand je rentrerai ?

J'imaginai la scène et ma morosité s'envola. Il se contenterait de baisser sa braguette pour me prendre tout habillé. Cette idée m'échauffa de plus d'une façon.

Je fis la moue.

— On transpire trop, répliquai-je. On risquerait de l'abîmer.

— J'en ai une douzaine, dit-il en se redressant. Tu comptes rester à la maison, aujourd'hui ?

— Attends, tu as cette cravate en douze exemplaires ?

— C'est ta préférée, répondit-il comme si ceci expliquait cela – ce qui était sans doute le cas. Tu restes à la maison ? répéta-t-il.

— Oui. Ma mère vient déjeuner et j'ai des coups de fil à passer.

— Fais la sieste, mon bel ange grognon, fit-il en se dirigeant vers la porte. Rêve de moi.

— Oui, oui, marmonnai-je en enlaçant mon oreiller et en fermant les yeux.

Avant de rêver de lui. Évidemment.

— Les invités ont presque tous confirmé leur venue, m'annonça ma mère tandis que ses doigts couraient sur le pavé tactile de son ordinateur portable pour faire défiler une liste de noms dont la longueur me fit loucher. Je ne m'attendais pas à autant de réponses positives alors que les délais sont aussi brefs.

— C'est une bonne chose, non ?

Honnêtement, je l'ignorais. Je ne savais même pas précisément qui était invité à la réception. Tout ce que je savais, c'était qu'elle se tiendrait le dimanche soir dans un des hôtels que Gideon possédait à Manhattan.

Nous n'aurions jamais trouvé de salle assez grande autrement. Scott n'en avait rien dit, mais il avait certainement fallu annuler à la dernière minute la réservation de quelqu'un d'autre. Sans parler des nombreuses chambres que nous avions réservées pour la famille du côté de mon père... Je n'avais pas réfléchi à tout cela quand j'avais choisi de célébrer notre mariage le jour de l'anniversaire de Gideon.

— Oui, c'est très bien.

Ma mère me sourit, mais son sourire était crispé. Elle était dans un état de stress maximum et je me sentis coupable.

— Ce sera merveilleux, maman. Phénoménal. Les gens seront tellement heureux qu'ils ne se soucieront pas de ce qui pourra clocher.

Elle tiqua et j'ajoutai en hâte :

— De toute façon, tout sera parfait. Le personnel veillera à ce que le mariage du big boss se déroule sans anicroches.

— Tu as raison, acquiesça-t-elle, visiblement soulagée. Ils voudront que tout soit parfait.

— Et ce sera le cas.

Comment aurait-il pu en être autrement ? Si Gideon et moi étions déjà mariés, nous n'avions encore jamais fêté son anniversaire ensemble. Il me tardait d'y être.

La sonnerie de mon téléphone m'avertit de l'arrivée d'un texto. Je le lus, fronçai les sourcils et attrapai la télécommande du téléviseur.

— Que se passe-t-il ? s'enquit ma mère.

— Je ne sais pas. Gideon veut que j'allume la télé.

Mon estomac se noua, l'impatience que je ressentais un instant plus tôt soudain chassée par l'anxiété. Allions-nous devoir affronter un nouveau scandale ?

Je sélectionnai la chaîne qu'il m'avait indiquée et découvris le décor d'un célèbre talk-show. Stupéfaite, je vis Gideon prendre place à la table autour de laquelle étaient assises les cinq animatrices de l'émission tandis que le public applaudissait à tout rompre. Quoi qu'elles pensent de sa fidélité, les femmes ne pouvaient lui résister. D'autant que son charisme et sa libido à fleur de peau étaient mille fois plus évidents quand on le voyait en chair et en os.

— Mon Dieu, souffla ma mère. Que fait-il ?

Je montai le son.

Comme il fallait s'y attendre, une fois qu'elles l'eurent félicité de nos fiançailles, les animatrices entrèrent dans le vif du sujet : Rio et l'infamante photo du carré VIP. Elles précisèrent bien sûr que le cliché était trop choquant pour être montré à l'antenne. Et redirigèrent les téléspectateurs vers le site Web de la chaîne dont les coordonnées s'affichèrent sur le bandeau défilant au bas de l'écran.

— Quelle subtilité, commenta ma mère d'un air pincé. Pourquoi Gideon juge-t-il bon d'attirer davantage l'attention sur cet incident ?

Je lui fis signe de se taire.

— Il a un plan.

Du moins l'espérais-je.

Une tasse à café frappée du logo de l'émission entre les mains, Gideon affichait une mine pensive tandis que les animatrices y allaient chacune de leur commentaire avant de lui céder la parole.

— Ces célébrations rituelles d'enterrement de vie de garçon devraient-elles seulement exister encore ? demanda l'une d'elles.

— Eh bien, c'est un des points que j'aimerais clarifier, intervint Gideon sans leur laisser le temps de se lancer dans ce débat. Étant donné qu'Eva et moi sommes mariés depuis un mois, je ne suis plus célibataire, il ne s'agissait donc pas d'un enterrement de vie de garçon.

Sur l'écran géant qui se trouvait derrière eux, le logo de l'émission céda la place à une photo de Gideon m'embrassant après l'échange de nos vœux.

Je retins mon souffle, tout comme le public présent sur le plateau.

— Waouh, soufflai-je. Il fait notre coming out.

J'étais tellement ébahie que j'entendis à peine les propos animés qui suivirent cette révélation. Gideon était un homme si secret. Il n'accordait jamais d'interviews personnelles, n'acceptant que les entretiens centrés sur Cross Industries.

La photo de notre mariage fut remplacée par une série de clichés pris dans le night-club où il avait été photographié en compagnie des deux brunes. Quand il se tourna vers le public pour suggérer que certains connaissaient peut-être l'endroit, plusieurs réponses affirmatives fusèrent.

— À l'évidence, poursuivit-il en reportant son attention sur les animatrices, je ne pouvais pas être à New York et à Rio en même temps. La photo qui a fait le tour du Web a été altérée de façon à effacer le logo du night-club. Comme vous pouvez le constater, on le voit ici, brodé sur les rideaux du carré VIP. Il a suffi de quelques clics pour le faire disparaître.

— Mais ces femmes étaient bien présentes, insista l'une des animatrices. La scène qui figurait sur la photo n'était pas un montage.

— Exact. J'ai eu une vie avant de rencontrer ma femme, répondit-il calmement, sans chercher à s'excuser. Je ne peux malheureusement rien y changer.

— Et elle a eu une vie avant vous, elle aussi. Elle est l'Eva dont il est question dans une chanson des Six-Ninth, ajouta l'animatrice en plissant légèrement les yeux. *Golden Girl*, si je ne m'abuse.

Elle lisait visiblement cette information sur le prompteur.

— Oui, c'est bien d'elle qu'il s'agit, confirma Gideon.

Son ton était neutre. Il semblait imperturbable. J'avais beau savoir que cette émission n'était jamais aussi spontanée qu'il y paraissait, voir nos vies utilisées pour booster l'audimat de la chaîne avait quelque chose d'irréel.

Une photo de Brett et moi, prise à Times Square à l'occasion du lancement du clip de *Golden Girl*, apparut et un bref extrait de la chanson fut diffusé.

— Que ressentez-vous en voyant et en entendant cela ?

Gideon les gratifia d'un de ses rares sourires.

— Si j'écrivais des chansons, je composerais moi aussi des ballades sur Eva.

La photo de Gideon et moi au Brésil apparut à l'écran. Elle fut rapidement suivie par celle de Westport, puis une série de clichés pris sur le tapis rouge lors de différents événements caritatifs. Sur chacune de ces photos, Gideon me regardait.

— Qu'est-ce qu'il est doué, dis-je, surtout pour moi-même, ma mère étant occupée à refermer son ordinateur portable. Il est sincère, mais il garde cette distance et cette assurance qui ont fait sa légende. Et il leur offre une tonne de photos pour les occuper.

Le fait d'avoir choisi le format du talk-show, animé par des femmes qui plus est, était également judicieux. Elles n'accorderaient pas aisément un laissez-passer à un homme soupçonné d'infidélité ni n'éluderaient le sujet. Elles s'efforceraient de tirer les choses au clair comme jamais un animateur masculin ne s'y risquerait.

— Je crois savoir qu'un livre vous concernant va bientôt paraître, intervint une des animatrices. Écrit par votre ex-fiancée, je crois ?

Une photo de Gideon et de Corinne prise à la fête de lancement de la vodka Kingsman se matérialisa sur l'écran. Un murmure collectif courut dans le public. Je serrai les dents. La beauté saisissante de Corinne offrait un contrepoint parfait au charme ténébreux de Gideon.

Je choisis de croire que les responsables de l'émission avaient sélectionné eux-mêmes cette photo.

— Écrit par un nègre littéraire, en fait, précisa-t-il. Pour quelqu'un qui a une revanche à prendre sur moi. Je crains que Mme Giroux ne se fasse manipuler à son insu dans cette affaire.

— J'ignorais cela. Qui est ce nègre ? demanda l'animatrice avant de se tourner vers le public pour expliquer brièvement en quoi consistait le travail d'un nègre littéraire.

— Je ne suis pas libre de révéler de qui il s'agit.

— Mais vous le connaissez ? insista l'animatrice. Ou la connaissez ? Quelqu'un qui vous en veut, apparemment.

— Oui, aux deux questions.

— S'agit-il d'une ex-conquête ? D'un ancien associé d'affaires ?

Une des animatrices qui n'avait pratiquement rien dit jusque-là passa soudain à l'attaque.

— En ce qui concerne Corinne... Pourquoi ne pas nous donner votre version de l'histoire, Gideon ?

Mon mari posa la tasse à laquelle il avait à peine touché.

— Madame Giroux et moi-même avons fait connaissance à l'université. Nous avons été fiancés quelque temps, mais il était déjà clair à ce moment-là que notre relation ne mènerait à rien. Nous étions immatures et, à vrai dire, trop ignorants pour savoir ce que nous voulions.

— C'est tout ?

— Être jeune et indécis n'est ni intéressant ni croustillant, n'est-ce pas ? Nous sommes restés amis après son mariage. Je suis navré qu'elle ressente le besoin de commercialiser les souvenirs qu'elle a pu garder de cette époque maintenant que je suis marié. Je suis persuadé que c'est aussi embarrassant pour Jean-François que ça l'est pour moi.

— C'est son mari, n'est-ce pas ? Jean-François Giroux. Le connaissez-vous personnellement ?

Une photo de Corinne et de Jean-François en tenue de soirée apparut. Ils formaient un beau couple, même si la comparaison entre les deux hommes n'était pas à l'avantage du Français. Il ne pouvait pas rivaliser avec Gideon – cela dit, qui le pouvait ?

— Nous sommes en affaires ensemble, oui, acquiesça Gideon.

— Avez-vous parlé du livre avec lui ?

— Non. Je n'en ai pas discuté du tout, en fait, avoua-t-il avec une ombre de sourire. Je viens de me marier. J'ai d'autres choses en tête.

J'applaudis.

— Bravo ! C'était mon idée. Je lui avais conseillé de rappeler aux gens qu'elle était mariée et qu'il connaissait son mari.

Et il avait égratigné Deanna au passage. Bien joué sur toute la ligne.

— Tu savais qu'il allait faire cela ? articula ma mère d'un ton horrifié.

Je tournai les yeux vers elle. Elle était pâle. Dans la mesure où elle avait pris le soleil deux week-ends de suite, c'était inquiétant.

— Non, je l'ignorais. Nous avons juste parlé des Giroux il y a quelques jours. Tout va bien, maman ?

Elle pressa le bout de ses doigts sur ses tempes.

— J'ai un début de migraine.

— Je t'apporte quelque chose dès que l'émission est finie.

Alors que je reportai mon attention sur l'écran, on annonça la coupure publicitaire. J'en profitai pour filer dans la salle de bains et inspecter le contenu de l'armoire à pharmacie. Quand je regagnai le salon avec un flacon de comprimés, ma mère était occupée à rassembler ses affaires.

— Tu t'en vas ? m'étonnai-je. Et notre déjeuner ?

— Je suis fatiguée, Eva. Je vais rentrer m'allonger.

— Tu peux faire une sieste dans la chambre d'amis si tu veux.

J'imaginais que cela lui plairait. Gideon n'avait-il pas reproduit à l'identique la chambre de mon appartement dans cette pièce ? Une tentative certes malavisée, mais attentionnée, pour m'offrir un refuge sûr à un moment de notre relation où je n'avais pas encore décidé si j'étais prête à me battre pour nous ou si je préférais prendre la fuite.

Ma mère secoua la tête et passa la bretelle de la sacoche qui contenait son portable sur son épaule.

— Non, ça va aller. Nous avons vu le plus important. Je t'appellerai plus tard.

Elle me frôla les joues d'un baiser et partit.

Je retournai m'asseoir sur le canapé, posai le flacon de comprimés sur la table basse et regardai la fin de l'interview de Gideon.

12

— Monsieur Cross, dit Scott en se levant, serez-vous présent aujourd'hui, finalement ?

Je secouai la tête en ouvrant la porte de mon bureau et m'effaçai pour laisser Angus entrer.

— Je ne fais que passer, Scott. Je serai là demain.

Afin de libérer ma journée, j'avais entièrement réorganisé mon emploi du temps de la semaine. Il n'était pas prévu que je repasse au bureau, mais l'information qu'Angus avait à me transmettre était trop sensible pour que nous envisagions de parler ailleurs.

Je refermai la porte, opacifiai la vitre et m'assis face à Angus.

— Tes journées ont été bien remplies, mon garçon, commenta-t-il avec un sourire en coin.

— Je ne me suis pas ennuyé un instant, soupirai-je, luttant contre la fatigue. Dis-moi que tu as trouvé quelque chose.

— Un petit peu plus que ce que j'avais au départ : un acte de mariage avec un lieu de naissance fictif et l'acte de décès de Jackson Tramell, qui a été marié avec Lauren Kittrie. Il est mort moins d'un an après leur mariage.

— Lauren a menti sur son lieu de naissance ?

— C'est assez facile à faire.

— Mais pourquoi ?

Je l'étudiai un instant et compris à son expression qu'il y avait autre chose.

— La cause du décès est indéterminée, annonça-t-il calmement. Jackson a reçu une balle dans la tempe droite.

— On n'a pas pu décider s'il s'agissait d'un suicide ou d'un homicide ? demandai-je en raidissant le dos.

— Non. Cela n'a pas pu être déterminé de façon catégorique.

Nous nous retrouvions en présence de nouvelles questions sans réponse, et nous ne savions toujours pas s'il convenait de s'intéresser à Lauren Kittrie. Peut-être tournions-nous en rond.

— Merde, lâchai-je en me frottant le visage. Je ne veux rien d'autre qu'une photo, bon sang.

— Cela fait longtemps, Gideon. Un quart de siècle. Quelqu'un de sa ville natale pourrait se souvenir d'elle, sauf que nous ne savons même pas quelle est cette ville.

Je laissai retomber ma main et le dévisageai. Je connaissais ces inflexions-là et ce qu'elles signifiaient.

— Tu penses que quelqu'un s'est chargé de faire le ménage ?

— C'est possible. Il est aussi possible que le rapport de police sur la mort de Jackson se soit réellement égaré au fil du temps.

— Tu n'y crois pas.

Il confirma ma déclaration d'un hochement de tête.

— J'ai demandé à une femme de se faire passer pour un agent des impôts cherchant à localiser Lauren Kittrie Tramell. Elle a interrogé Monica Dieck qui a répondu qu'elle n'avait pas revu son ex-belle-sœur depuis des années et qu'elle pensait qu'elle était décédée.

Je secouai la tête, tâchant de trouver un sens à cette histoire, sans succès.

— Monica Dieck avait peur, mon garçon. Quand elle a entendu le nom de Lauren, elle est devenue blanche comme un linge.

Je me levai et me mis à arpenter la pièce.

— Qu'est-ce que ça signifie, putain ? Rien de tout ça ne nous rapproche de la vérité.

— Quelqu'un d'autre pourrait avoir les réponses.

Je m'immobilisai abruptement.

— La mère d'Eva.

Angus acquiesça.

— Tu pourrais aller la trouver.

— Mon Dieu, soufflai-je. Je cherche uniquement à savoir si ma femme est en sécurité. Si cette histoire ne la met pas en danger d'une façon ou d'une autre.

L'expression d'Angus s'adoucit.

— D'après ce que nous savons de la mère d'Eva, protéger sa fille a toujours été sa priorité. Je l'imagine mal mettant Eva en danger.

— C'est justement son côté trop protecteur qui m'inquiète. Elle a surveillé les déplacements d'Eva pendant Dieu sait combien de temps. Je croyais que c'était à cause de Nathan Barker, mais il y avait peut-être autre chose.

— Raúl et moi travaillons à la révision du protocole de sécurité.

Je me ratissai les cheveux. En plus de leur travail habituel, ils s'occupaient d'Anne Lucas et des archives que son frère avait peut-être gardées. Ils cherchaient aussi à identifier la personne qui avait pris cette photo de moi dans le carré VIP. Même avec leurs équipes auxiliaires, ils assumaient une charge de travail déraisonnable.

Ils étaient censés gérer uniquement mes affaires. L'arrivée d'Eva dans ma vie avait doublé leurs tâches. Angus et Raúl avaient l'habitude de travailler en équipes alternées, ces derniers temps toutefois ils n'avaient plus une minute de répit. Ils étaient certes autorisés à recruter tous les soutiens nécessaires, mais ce qu'il nous fallait, c'était un nouveau chef de la sécurité – peut-être même deux. Des experts chargés de veiller exclusivement sur Eva, et auxquels je pourrais me fier aussi implicitement qu'à mon équipe actuelle.

J'allais devoir m'occuper de cela. Une fois que nous rentrerions de notre lune de miel, je voulais que tout soit en place.

— Merci, Angus, soupirai-je. Il est temps de rentrer à la maison. J'ai besoin d'être avec Eva. Je déciderai de la prochaine étape lorsque j'aurai dormi.

— Pourquoi ne m'en as-tu pas parlé ?

— J'ai pensé que la surprise te plairait, répondis-je à Eva en me déshabillant.

— Oui. Mais quand même. C'était *énorme*.

Visiblement, l'interview lui avait plu. Je l'avais deviné à la façon dont elle s'était serrée contre moi à mon arrivée. À sa façon de parler très vite aussi et de faire des bonds partout. De ce point de vue-là, son comportement n'était pas très différent de celui de Lucky, qui n'arrêtait pas de foncer sous le lit pour en ressortir aussitôt en poussant de petits aboiements joyeux.

Je sortis du dressing en caleçon et me laissai tomber sur le lit. Dieu que j'étais fatigué. Trop fatigué pour envisager de séduire ma femme, qui était pourtant adorable dans son petit ensemble short et bustier. Cela dit, il suffirait qu'elle me fasse des avances pour que je change d'avis.

Eva s'assit de l'autre côté du lit, puis se pencha pour aider Lucky qui tentait vainement de grimper. Un instant plus tard, il était sur mon torse et gémissait parce que je l'empêchais de me tartiner le visage de salive.

— Là, c'est bon, j'ai compris. Moi aussi, je t'aime, mais je ne te lèche pas la truffe pour autant.

Il émit un aboiement ridicule. Eva se mit à rire et s'allongea près de moi.

Je pris alors subitement conscience d'être chez moi. À la maison. Comme je ne l'avais encore jamais été. Je ne m'étais plus jamais senti chez moi nulle part depuis la mort de mon père. Mais j'avais retrouvé cette sensation à présent et c'était mieux que jamais.

Lucky calé contre mon ventre, je me tournai vers ma femme.

— Comment ça s'est passé avec ta mère ?

— Bien, je suppose. On est quasiment prêtes pour dimanche.

— Comment ça, tu « supposes » ?

— Elle a eu la migraine pendant ton interview. Je crois qu'elle a un peu flippé.

— À propos de quoi ? demandai-je en l'observant.

— Parce que tu parlais de trucs personnels à la télé. Je ne sais pas. Parfois, je ne la comprends pas.

Je me souvins qu'Eva m'avait rapporté la conversation qu'elle avait eue avec sa mère au sujet du livre de Corinne et de la façon dont elle comptait se servir des médias. Monica l'avait mise en garde et lui avait conseillé de protéger notre intimité. Sur le moment, j'avais donné raison à sa mère et, cette interview mise à part, je continuais à partager son point de vue. Mais à la lumière du peu que je savais désormais sur Monica, je me dis que c'était peut-être sa propre intimité qu'elle souhaitait préserver. Être brièvement citée dans la rubrique mondaine d'un quotidien local était une chose. Attirer sur elle l'attention du monde entier en était une tout autre.

Eva avait hérité du visage de sa mère et de certains de ses tics. Elle portait aussi le nom de Tramell, ce qui me semblait une curieuse erreur. Le patronyme de Victor aurait constitué une bien meilleure couverture. Si quelqu'un cherchait à retrouver Monica et si le quelqu'un en question en savait aussi long que moi, il lui suffirait de voir le visage d'Eva à la télé pour localiser Monica.

Mon cœur commença à battre plus fort. Ma femme était-elle en danger ? De qui Monica se cachait-elle ? Je n'en avais pas la moindre idée.

— Oh ! s'exclama soudain Eva en se redressant. Je ne t'ai pas dit... J'ai enfin trouvé ma robe !

— Bon sang, tu as failli me flanquer une crise cardiaque.

Lucky profita de ma surprise pour bondir et me lécher follement.

— Désolée.

Eva se porta à mon secours en récupérant le chiot, puis s'assit en tailleur.

— J'ai appelé mon père aujourd'hui, reprit-elle. Ma grand-mère l'avait chargé de me demander si je voulais porter sa robe de mariée. Il m'en a envoyé une photo, mais on ne la voyait pas bien. Alors il a scanné la photo de mariage de ses parents et elle est parfaite ! C'est exactement ce que je ne savais pas que je voulais !

Je me frottai le torse et sourit. Comment ne pas être fasciné par son enthousiasme à l'idée de m'épouser une seconde fois ?

— Je suis content, mon ange.

Ses yeux brillaient d'excitation.

— Mon arrière-grand-mère l'avait faite pour ma grand-mère avec l'aide de ses sœurs. C'est un héritage familial. Cool, non ?

— Prodigieusement cool.

— N'est-ce pas ? Et on fait à peu près la même taille. En plus, c'est de ce côté-là de ma famille que je tiens mon popotin et mes nichons. On n'aura peut-être même pas besoin de la retoucher.

— J'adore ton popotin et tes nichons.

— Démon, soupira-t-elle en secouant la tête. J'ai comme l'impression que les proches de mon père seront heureux de me voir dans cette robe. Je craignais un peu qu'ils ne se sentent pas à leur place, mais le fait que je porte la robe de ma grand-mère changera tout. Tu ne crois pas ?

— À coup sûr. Viens là, ajoutai-je en recourbant l'index.

Eva me dévisagea.

— Toi, tu as des arrière-pensées.

— Ah bon ?

— Je parie que tu en es encore à penser à mon popotin et à mes nichons.

— J'y pense tout le temps. Mais pour l'instant, je me contenterai d'un baiser.

S'inclinant sur moi, elle m'offrit ses lèvres.

Je refermai la main sur sa nuque et pris ce dont j'avais besoin.

— C'est impressionnant, fils.

J'ai les yeux levés vers le Crossfire, mais le son de la voix de mon père me fait tourner la tête.

— Papa.

Il est habillé comme moi, en costume trois-pièces de couleur sombre. Sa cravate est bordeaux ainsi que la pochette qui dépasse de sa poche poitrine. Nous sommes de la même taille et cela me surprend. Pourquoi cela me surprend-il ? La réponse à cette question rôde au fond de mon esprit, mais persiste à m'échapper.

Il passe le bras autour de mes épaules.

— Tu as construit un empire. Je suis fier de toi.

Je prends une profonde inspiration. Je n'avais pas imaginé à quel point j'avais besoin de l'entendre dire cela.

— Merci.

— Et tu es marié, dit-il en me faisant face. Félicitations.

— Tu devrais venir avec moi au penthouse, je te présenterais ma femme.

Je suis anxieux. Je ne veux pas qu'il refuse. Il y a tant de choses que j'aimerais lui dire et nous n'avons jamais le temps. Quelques minutes par-ci, par-là, des bribes de conversation qui ne font jamais qu'effleurer la surface des choses. En présence d'Eva, je trouverai le courage de lui parler enfin.

— Tu vas l'adorer. Elle est incroyable.

— Et belle aussi, sourit mon père. J'aimerais bien un petit-fils. Et une petite-fille.

Je m'esclaffe.

— Waouh ! N'allons pas trop vite en besogne.

— La vie passe si vite, mon garçon. Tu n'as pas le temps de t'en rendre compte qu'elle est déjà finie. Ne la gâche pas.

J'ai une boule dans la gorge. Je déglutis.

— Tu aurais pu avoir plus de temps.

Ce n'est pas ce que je veux dire. Je veux lui demander pourquoi il a abandonné. Pourquoi il est parti. Mais j'ai peur de sa réponse.

— Même si j'avais eu tout le temps du monde, je n'aurais jamais réussi à construire quelque chose comme cela.

Il lève les yeux sur le Crossfire. Depuis le trottoir, on a l'impression qu'il est infini, une illusion d'optique créée par son sommet pyramidal.

— Conserver un tel standing demandera beaucoup de travail. Et un mariage en exigera tout autant. Tôt ou tard, tu devras accorder la préséance à l'un ou à l'autre.

Je réfléchis à cela. Est-ce vrai ? Je secoue la tête.

— Les deux seront toujours au même plan.

Il me tape sur l'épaule et cela se répercute sous mes pieds. Cela commence doucement, et puis enfle jusqu'à ce qu'il se mette à pleuvoir des morceaux de verre. Horrifié, je vois le sommet du Crossfire exploser et le bâtiment se ratatiner sur lui-même, la pression faisant voler les vitres en éclats.

Je me réveillai en étouffant un cri, le souffle court, poussai le poids qui m'oppressait le torse et sentis une fourrure tiède sous mes doigts. Je clignai des yeux et découvris que Lucky avait grimpé sur moi et gémissait.

Je me redressai.

Près de moi, Eva dormait, recroquevillée sur le flanc, les mains nichées sous la joue. Par la fenêtre au-delà, je vis que le soleil déclinait. Un coup d'œil au réveil m'apprit qu'il était 17 heures. J'avais réglé l'alarme de mon téléphone sur 17 h 15. Je l'attrapai et annulai la programmation.

Lucky glissa le museau sous mon avant-bras. Je le soulevai et le regardai dans les yeux.

— Tu as recommencé.

Il m'avait réveillé de mon cauchemar. Comment savoir s'il le faisait consciemment ou non ? Dans un cas comme dans l'autre, je lui en étais reconnaissant. Je le gratifiai d'une caresse et me glissai hors du lit.

— Tu te lèves ? demanda Eva.

344

— Je dois aller chez le Dr Petersen.

— Ah, oui ! J'avais oublié.

Je fus tenté d'annuler mon rendez-vous, mais Eva et moi allions bientôt partir en lune de miel et je n'allais pas revoir le docteur avant un mois. J'espérais tenir le coup d'ici là.

Je déposai Lucky sur le sol et me dirigeai vers la salle de bains.

— Au fait, lança-t-elle dans mon dos, j'ai invité Chris à dîner ce soir.

Je ralentis le pas, puis m'arrêtai net avant de pivoter sur mes talons.

— Ne me regarde pas ainsi, lança-t-elle en s'asseyant et en se frottant les yeux. Il est seul, Gideon. Il n'a plus de famille. Il traverse un moment difficile. Je me suis dit que j'allais préparer un petit dîner tout simple et on pourra regarder un film. Ça lui changera les idées.

Je soupirai. C'était ma femme. Toujours disposée à venir en aide aux éclopés de la vie. Comment aurais-je pu lui reprocher d'être celle dont j'étais tombé amoureux ?

— D'accord, lâchai-je.

Elle sourit. Rien que pour ce sourire, j'aurais tout accepté.

— Je viens juste de regarder votre interview, dit le Dr Petersen en s'asseyant. Ma femme m'en avait parlé et j'ai réussi à trouver l'émission sur Internet. Bien joué. Ça m'a beaucoup plu.

Je pinçai le pli de mon pantalon et m'assis sur le canapé.

— Un mal nécessaire, mais je suis d'accord, ça s'est bien passé.

— Comment va Eva ?

— Vous voulez savoir comment elle a réagi face à cette photo ?

Petersen sourit.

— J'imagine sa réaction, répondit-il en souriant. Comment va-t-elle à présent ?

— Bien, répondis-je, me remémorant malgré moi ce moment où je l'avais entendue vomir. Nous tenons le coup.

Même si je bouillonnais de fureur chaque fois que j'y repensais. Cette photo existait depuis des mois. Pourquoi l'avoir gardée et choisi de la révéler maintenant ? En mai, elle aurait fait le scoop.

La seule réponse qui me venait, c'était que quelqu'un avait cherché à blesser Eva. Peut-être même à nous séparer. On avait voulu nous humilier, elle et moi.

La personne qui avait fait cela paierait. Quand j'en aurais fini avec elle, elle saurait ce qu'était l'enfer. Elle souffrirait autant qu'Eva et moi avions souffert.

— Eva et vous dites souvent cela, que vous « tenez le coup ». Qu'est-ce que cela signifie exactement ?

Je fis rouler mes épaules pour en soulager la tension.

— Qu'on est… solides. Il y a une stabilité qui n'existait pas avant.

— Donnez-moi un exemple, dit-il en posant sa tablette.

— Cette photo en est un. Il y a quelque temps, une photo pareille aurait pu nous faire énormément de mal.

— Cette fois, c'était différent.

— Complètement. Avec Eva, nous avions discuté de ce week-end à Rio avant mon départ. Elle est très jalouse. Elle l'a toujours été et ça ne m'ennuie pas. En fait, ça me plaît. Mais je n'aime pas qu'elle se torture avec ça.

— La jalousie s'enracine dans le manque de confiance en soi.

— Changeons de terme, dans ce cas. Eva est possessive. Je ne coucherai plus jamais avec une aucune autre femme et elle le sait. Elle a toutefois beaucoup d'imagination. Et cette photo incarnait toutes ses craintes.

Le Dr Petersen me laissait parler, mais l'espace d'un instant, j'en fus incapable. Je dus chasser cette image – et la rage qu'elle faisait naître en moi – de mon esprit avant de pouvoir continuer.

— Eva se trouvait à des milliers de kilomètres quand cette maudite bombe a explosé sur Internet et je n'avais aucune preuve à lui opposer. Je n'avais que ma parole et elle m'a cru. Elle ne m'a posé aucune question. Elle n'a eu aucun doute. J'ai expliqué la situation du mieux que je le pouvais et elle a accepté cela comme étant la vérité.

— Cela vous surprend.

— Oui, c'est... Vous savez, maintenant que j'en parle, je réalise que cela ne m'a pas tant surpris que ça.

— Non ?

— C'était un moment difficile pour l'un comme pour l'autre, pourtant nous avons tenu bon. Comme si on savait comment s'en sortir. Parce qu'on savait qu'on allait dépasser ce truc. On n'avait aucun doute là-dessus.

— Vous faites preuve d'une grande sincérité, commenta Petersen. Que ce soit dans votre interview ou maintenant.

— Je crois qu'un homme est prêt à tout quand il risque de perdre la femme sans laquelle il ne peut pas vivre.

— Son ultimatum vous avait mis en colère. Vous lui en vouliez. Est-ce toujours le cas ?

— Non.

J'avais répondu sans hésiter, quand bien même je n'oublierais jamais ce que j'avais ressenti quand elle nous avait imposé cette séparation.

— Elle veut que je parle, alors je parle. Peu importe ce que je lui dis, de quelle humeur je suis ou à quel point ce que je raconte l'horrifie sur le moment... elle encaisse. Et plus je parle, plus elle m'aime.

Une bouffée de joie m'envahit et j'éclatai de rire.

Le Dr Petersen haussa les sourcils, un demi-sourire aux lèvres.

— C'est la première fois que je vous vois rire ainsi.

Je secouai la tête, moi-même dérouté.

— Je ne vous garantis pas que ça se renouvellera.

— On ne peut jurer de rien ! Liberté de parole. Liberté de rire. Les deux sont liés, vous savez.

— Tout dépend de qui parle.

Son regard se fit à la fois chaleureux et compatissant.

— Vous avez cessé de parler quand votre mère a cessé d'écouter.

Mon sourire disparut.

— On dit que les actes parlent plus que les mots, poursuivit-il, mais les mots sont malgré tout nécessaires. Nous avons besoin de parler et nous avons besoin d'être entendus.

Je le dévisageai, le cœur battant sans que j'en comprenne la raison.

— Votre femme vous écoute, Gideon. Elle vous croit. *Je* vous écoute, ajouta-t-il en se penchant en avant, et je vous crois. Cela vous incite à parler davantage et vous obtenez une réponse différente de celle que vous vous êtes conditionné à attendre. Et cela libère des choses en élargissant l'éventail des possibilités, n'est-ce pas ?

— C'est moi que ça libère, surtout.

Il confirma.

— Tout à fait. Aimer et accepter l'autre. Nouer des liens d'amitié. Faire confiance. Un monde entièrement nouveau s'ouvre à vous.

Je me passai la main sur la nuque.

— Et que suis-je censé en faire ?

— Rire davantage est un bon début, répondit Petersen en souriant. Pour le reste, on verra ensuite.

Quand j'atteignis le hall du penthouse – où je fus accueilli par Nina Simone et Lucky – je me sentais bien. Le chien aboyait de l'autre côté de la porte, ses griffes raclant frénétiquement le battant. Je ne pus m'empêcher de sourire, tournai la poignée et m'accroupis pour attraper le petit corps frétillant qui se jeta sur moi.

— Tu m'as entendu arriver, pas vrai ?

Je me redressai en le serrant contre mon torse et le laissai me lécher le menton tandis que je le caressais.

Je pénétrai dans le salon et mon beau-père, qui était assis par terre en tailleur, se leva. Il me gratifia d'un sourire chaleureux et d'un regard plus chaleureux encore, puis s'empressa de discipliner ses traits afin de présenter un visage plus... digne.

— Salut, dit-il en franchissant la distance qui nous séparait.

Il portait un jean et un polo, mais il avait ôté ses chaussures, révélant des chaussettes blanches ornées d'un filet rouge le long des orteils. Sa chevelure ondulée était plus longue que d'ordinaire et une barbe de plusieurs jours lui ombrait les mâchoires.

Je ne bougeai pas, l'esprit en déroute. L'espace d'un instant, Chris m'avait regardé comme le Dr Petersen me regardait. Ou Angus.

Ou mon père, dans mes rêves.

Je déposai Lucky sur le sol pour me donner le temps de prendre une longue inspiration. Quand je me redressai, Chris me tendait la main.

Derrière lui, je découvris Eva qui se tenait sur le seuil de la cuisine. Son regard croisa le mien, tendre et plein d'amour.

Quelque chose chez Chris avait radicalement changé. Son accueil détendu raviva de vieux souvenirs. Chris ne s'était pas toujours montré formel avec moi. À une époque, il posait sur moi un regard affectueux. Il avait arrêté parce que je le lui avais demandé. Il n'était pas mon père. Ne le serait jamais. Je savais que j'étais un poids pour lui, le prix à payer pour aimer ma mère. Ce n'était pas la peine qu'il fasse semblant de s'intéresser à moi.

Apparemment, il avait fait semblant de ne pas se soucier de moi.

J'acceptai sa main tendue et le gratifiai d'une brève accolade, ponctuée d'une tape du plat de la main entre les omoplates. Son étreinte se prolongea une fois que je l'eus relâché. Je me figeai et tournai les yeux vers Eva.

Elle mima le geste de me verser un verre, puis se retira.

Chris me libéra, s'écarta et se racla la gorge. Derrière ses lunettes à montures dorées, ses yeux étaient brillants et humides.

— Mardi décontracté ? demanda-t-il d'un ton bourru en détaillant mon jean et mon T-shirt. Tu travailles trop. Surtout avec un petit chien aussi mignon et une aussi belle femme qui t'attendent à la maison.

Votre femme vous écoute, Gideon. Elle vous croit. Je vous écoute et je vous crois.

Mon beau-père me croyait aussi. Et cela lui coûtait. Sa souffrance était visible ; je la reconnus pour avoir moi-même enduré les mêmes tourments. J'avais eu l'impression de mourir quand Eva m'avait imposé une séparation, et notre relation était encore récente. Chris, lui, était marié avec ma mère depuis plus de vingt ans.

— Je sors de chez le psy, lui dis-je.

Ces paroles banales résonnèrent étrangement à mes oreilles, et m'évoquèrent la confidence qu'aurait pu faire une personne mentalement instable en mal d'attention.

La pomme d'Adam de Chris effectua un aller-retour.

— Tu vois quelqu'un. C'est bien, Gideon. Je suis heureux de l'apprendre.

Eva apparut, un verre de vin à la main. Elle me le passa et m'offrit ses lèvres. Je l'embrassai, m'attardant un doux moment.

— Tu as faim ? s'enquit-elle quand je m'écartai d'elle.

— Je suis affamé.

— Alors suis-moi.

Je la laissai me précéder à la cuisine et admirai la façon dont son pantalon corsaire moulait ses fesses rebondies. Elle était pieds nus, les cheveux lâchés sur ses épaules. Excepté une touche de gloss, elle ne portait aucun maquillage et elle était ravissante.

Elle avait dressé le couvert sur l'îlot central, nous plaçant Chris et moi du côté des tabourets de bar, tandis qu'elle-même prenait place face à nous pour manger debout. Elle était aussi naturelle et détendue que l'ambiance qu'elle avait créée. Trois grosses bougies répandaient un parfum d'agrumes. Le dîner se composait d'une salade de viande froide avec gorgonzola, rondelles d'oignons violets et poivrons rouges et jaunes, accompagnée d'une vinaigrette bien relevée. Une corbeille en osier garnie d'une serviette maintenait au chaud un pain à l'ail croustillant et une bouteille de vin rouge avait été débouchée.

Je regardai ma femme se balancer au rythme de la musique tout en mangeant et en bavardant avec Chris de la maison des Outer Banks. Je repensai à ce qu'était l'appartement avant qu'elle commence à s'y installer. C'était l'endroit où je vivais, mais je n'aurais pu appeler cela un foyer. J'avais dû pressentir l'apparition d'Eva dans ma vie quand je l'avais acheté. Je l'avais attendue, en tout état de cause, et elle avait apporté la vie dans ce lieu.

— Ta sœur m'accompagnera au dîner demain soir, Gideon, dit Chris. Elle est tout excitée.

— Quel dîner ? s'enquit Eva en fronçant les sourcils.

— Un dîner en l'honneur de la générosité de votre mari, répondit-il.

— Vraiment ? s'exclama-t-elle en écarquillant les yeux. Tu feras un discours, Gideon ?

— C'est ce qu'on attend de moi, oui, acquiesçai-je, amusé.

— Bingo ! s'exclama-t-elle en sautant en l'air et en frappant dans ses mains telle une pom-pom girl. J'adore écouter tes discours.

L'étincelle coquine qui s'était allumée dans ses yeux m'incita à penser que, pour une fois, j'allais peut-être moi aussi prendre plaisir à parler en public.

— Et j'ai hâte de revoir Ireland. Est-ce que ce sera habillé ?

— Oui.

— Double bingo ! Gideon en smoking faisant un discours, se réjouit-elle en se frottant les mains.

— Visiblement, ta femme est ta plus grande fan, s'esclaffa Chris.

— Et comment, confirma-t-elle en lui adressant un clin d'œil.

Je savourai une gorgée de vin avant de l'avaler.

— Notre agenda mondain devrait être synchronisé avec ton téléphone, mon ange.

Eva plissa le front.

— Je ne crois pas qu'il le soit.

— Je jetterai un coup d'œil tout à l'heure.

Son verre à la main, Chris laissa échapper un soupir de bien-être.

— C'était délicieux, Eva. Je vous remercie.

— C'était juste une salade, répondit-elle en agitant la main. Mais je suis contente que cela vous ait plu.

Mon regard passa d'Eva à mon beau-père. J'hésitais à ajouter quelque chose. Les choses étaient bien ainsi. Il suffit parfois d'un mot de trop pour perturber un moment parfait.

— On devrait faire ça plus souvent.

Cette remarque avait franchi mes lèvres avant que je m'en rende compte.

Chris me dévisagea, puis baissa les yeux sur son verre. Il s'éclaircit la voix, puis déclara en me regardant :

— Ce serait avec plaisir, Gideon. En ce qui me concerne, c'est quand tu veux.

Je hochai la tête, glissai de mon tabouret, ramassai nos deux assiettes et les portai à l'évier.

Eva me rejoignit et me tendit la sienne. Nos regards se croisèrent et elle sourit, puis elle se tourna vers Chris.

— Ouvrons une autre bouteille.

— Nous avons deux semaines d'avance sur le planning. À moins d'événements imprévisibles, nous devrions avoir fini plus tôt que prévu.

— Excellent, dis-je en me levant pour serrer la main du chef de projet. Vous faites du bon travail, Leo.

L'ouverture du nouveau complexe touristique Crosswinds avant la date prévue offrirait une myriade de bénéfices, combiner la nécessaire visite d'inspection avec du temps libre en compagnie de ma femme n'étant pas le moindre.

— Merci, monsieur Cross.

Il rassembla ses affaires et se redressa. Leo Aigner était un homme robuste aux cheveux blonds clairsemés et au sourire franc. Dur à la tâche, il tenait toujours ses délais et accélérait la cadence chaque fois que c'était possible.

— Félicitations, au fait. J'ai appris que vous étiez marié depuis peu.

— En effet. Je vous remercie.

Je le raccompagnai jusqu'à la porte de mon bureau, puis consultai ma montre une fois qu'il fut parti. Eva devait passer au Crossfire à midi, car elle déjeunait avec Mark et Steven, et je ne voulais pas la manquer. J'avais besoin de son avis au sujet d'une idée qui m'était venue.

— Monsieur Cross ? m'interpella Scott alors que je retournais m'asseoir.

Je lui jetai un coup d'œil interrogateur.

— Deanna Johnson attend à l'accueil depuis plus d'une demi-heure. Quel message voulez-vous que je transmette à Cheryl ?

Je pensai à Eva.

— Dites-lui de faire entrer Mlle Johnson.

En attendant son arrivée, j'adressai un texto à Eva. *Ne quitte pas le Crossfire avant de m'avoir vu. J'ai quelque chose à te demander.*

Une rencontre en personne ? répondit-elle. *Serais-tu encore en train de penser à mon popotin et à mes nichons ?*

Toujours, fut ma réponse.

C'est ainsi que Deanna me trouva à son entrée, en train de sourire devant l'écran de mon portable. Il me suffit de lever les yeux sur elle pour retrouver mon sérieux. Elle portait un tailleur-pantalon blanc et un gros collier en or ; il était évident qu'elle avait soigné sa mise. Ses cheveux bruns ondulaient autour de son visage et son maquillage soutenu était destiné à faire impression.

Elle s'avança jusqu'à mon bureau.

— Mademoiselle Johnson, la saluai-je en posant mon portable et en m'asseyant sans l'inviter à faire de même. Je n'ai pas beaucoup de temps.

Elle pinça les lèvres, posa son sac sur la chaise le plus proche et demeura debout.

— Tu m'avais promis l'exclusivité pour tes photos de mariage !

— En effet.

Et comme je me souvenais de ce que j'avais obtenu d'elle en échange, je pressai le bouton qui fermait la porte.

S'appuyant sur mon bureau, elle se pencha vers moi.

— Je t'ai communiqué toutes les informations que je possédais sur la sex-tape d'Eva et de Brett Kline. J'ai respecté ma part du marché.

— Pendant que tu persuadais Corinne de te raconter ce dont tu avais besoin pour écrire un bouquin sur moi.

Son regard se troubla.

— Tu as cru que je bluffais pendant l'interview ? demandai-je d'un ton égal en m'adossant à mon fauteuil. Que j'ignorais que tu étais le nègre de Corinne ?

— Ça n'a rien à voir avec le marché qu'on a passé !

— Vraiment ?

Deanna recula vivement.

— Tu n'es qu'un salaud prétentieux. Tu te fous de tout ce qui n'est pas toi.

— Tu l'as déjà dit. Ce qui m'incite à me demander pourquoi tu m'as fait confiance ?

— Par pure bêtise. J'ai cru que tu étais sincère quand tu t'es excusé.

— Je l'étais. Je suis sincèrement désolé de t'avoir baisée.

La fureur et la honte lui empourprèrent le visage.

— Je te déteste, siffla-t-elle.

— J'en ai conscience. Et c'est ton droit. Mais je te conseille d'y réfléchir à deux fois avant de chercher à te venger de moi ou de ma femme, déclarai-je en me levant. Tu vas sortir d'ici et je vais oublier que tu existes – une fois de plus. Cela vaut mieux pour toi, Deanna. Tu n'aimerais pas la direction que prendraient mes pensées si tu m'obligeais à penser à toi.

— J'aurais pu gagner une fortune avec cette sex-tape ! lança-t-elle d'un ton accusateur. Et on allait me payer grassement pour écrire ce bouquin. Les photos de ton mariage m'auraient permis de me faire un nom. Et qu'est-ce qu'il me reste à présent ? Tu m'as dépouillée de tout. Tu m'es redevable.

Je haussai un sourcil.

— L'éditeur t'a retiré la rédaction du livre ? C'est intéressant.

Elle se redressa, tâchant visiblement de se ressaisir.

— Corinne ne savait pas. Pour nous deux.

— Que les choses soient claires. Il n'y a jamais eu de *nous deux*.

Mon portable vibra quand un texto de Raúl m'annonça qu'il arrivait au Crossfire avec Eva. Je m'approchai du portemanteau.

— Tu voulais baiser et je t'ai baisée. Si c'est *moi* que tu voulais, je ne suis pas responsable de tes espérances démesurées.

— Tu n'es jamais responsable de rien ! Tu te contentes d'utiliser les gens.

— Tu m'as utilisé aussi. Pour te faire baiser. Pour tenter de garnir ton compte en banque, lui rappelai-je en enfilant ma veste. Quant à ce que je te dois en regard de tes pertes financières, ma femme a suggéré que je t'offre un emploi.

Elle écarquilla les yeux.

— Tu plaisantes.

— C'est la réponse que je lui ai faite, avouai-je en glissant mon téléphone dans ma poche. Mais elle était très sérieuse, raison pour laquelle je t'en parle. Si tu es intéressée, Scott te mettra en contact avec quelqu'un des ressources humaines.

Je gagnai la porte.

— Je ne te raccompagne pas.

Descendre dans le hall était parfaitement inutile. Eva n'était pas libre pour déjeuner et je pourrais à peine échanger quelques mots avec elle.

Mais je voulais la voir. La toucher, ne serait-ce qu'un instant. Me rappeler que l'homme que j'avais été quand je couchais avec des femmes comme Deanna n'existait plus. L'odeur du sexe ne me donnerait plus jamais la nausée et ne m'inciterait plus à me frotter presque jusqu'au sang sous la douche.

Je franchis les portiques de sécurité à l'instant précis où Eva émergeait de la porte à tambour. Ma femme portait une combinaison pantalon lie-de-vin, et des hauts talons si fins que je me demandais comment elle réussissait à marcher. Ses fines bretelles laissaient voir ses épaules bronzées et des créoles en or ornaient ses oreilles. Les lunettes de soleil qui cachaient en partie son visage attiraient l'attention sur la bouche pulpeuse qui avait enserré ma queue quelques heures plus tôt. Une pochette couleur chair à la main, elle traversa le hall dallé de marbre de sa démarche naturellement ondulante.

Les têtes se tournaient sur son passage. Certains regards s'attardaient sur son postérieur.

Qu'auraient pensé ceux qui l'admiraient s'ils avaient su qu'elle portait encore ma semence au plus secret de sa chair ? Que la succion de ma bouche avait laissé ses tétons endoloris et que les replis de sa petite chatte parfaite étaient encore gonflés d'avoir subi le va-et-vient de mon sexe ?

Je savais ce que moi j'en pensais. *Tu es à moi. Rien qu'à moi.*

Comme si elle avait senti la chaleur de cet ordre silencieux, elle tourna brusquement la tête, me vit qui venait vers elle. Ses lèvres s'entrouvrirent. Je vis sa poitrine se soulever comme elle prenait une brève inspiration.

Moi aussi, mon ange. C'est comme si je recevais un coup de poing dans le ventre chaque fois.

— Champion.

Saisissant sa taille fine à deux mains, je l'attirai à moi, pressai un baiser sur son front tout en respirant son parfum.

— Mon ange.

— C'est une jolie surprise, murmura-t-elle en se laissant aller contre moi. Tu sortais ?

— Je voulais juste te voir.

Elle s'écarta, les yeux brillants, l'air ravi.

— Tu es gravement mordu.

— C'est extrêmement contagieux. C'est toi qui m'as passé le virus.

— Oh, vraiment ?

Son rire se déversa sur moi telle une chaude coulée d'amour.

— Et voilà le grand manitou en personne, lança Steven Ellison en nous rejoignant. Félicitations à tous les deux.

— Bonjour, Steven, dit Eva en se détournant de moi pour serrer l'impressionnant rouquin dans ses bras.

358

Il répondit à son accolade par une étreinte qui la décolla du sol.

— Le mariage te réussit, dis-moi.

Libérant Eva, il me tendit la main.

— À vous aussi, ajouta-t-il.

— C'est assez agréable, répondis-je.

— Il me tarde de pouvoir en dire autant, déclara Steven avec un grand sourire. Mark me fait poireauter depuis des siècles.

— Tu ne peux pas t'empêcher de te plaindre, dit Mark en se matérialisant près de nous. Félicitations, monsieur Cross, ajouta-t-il en me serrant la main.

— Merci.

— Vous déjeunez avec nous ? demanda Steven.

— Ce n'est pas prévu, non.

— Vous êtes le bienvenu, si ça vous tente. Plus on est de fous... Nous allons au Bryant Park Grill.

Je coulai un regard à Eva. Elle avait calé ses lunettes de soleil sur son crâne et levait vers moi un regard d'espoir. Elle inclina légèrement la tête pour m'encourager.

— J'ai pas mal de travail en retard, répondis-je, et je ne mentais pas.

J'avais deux jours à rattraper et comme je voulais prendre de l'avance avant notre lune de miel, j'avais prévu de déjeuner au bureau.

— C'est toi le boss, me rappela-t-elle. Tu peux sécher quand tu veux.

— Vous exercez une bien mauvaise influence sur moi, madame Cross.

Elle glissa son bras sous le mien et m'entraîna vers la porte.

— Et tu adores ça.

Je résistai, adressai un coup d'œil à Mark.

— Je sais que vous êtes très occupé, dit-il. Mais ce serait bien qu'on déjeune ensemble. J'aimerais vous parler de quelque chose. À tous les deux

J'acceptai d'un hochement de tête. Nous sortîmes dans la touffeur de la rue, aussitôt assaillis par les bruits de la ville. Raúl attendait près de la limousine. Il croisa mon regard avant d'ouvrir la portière à Eva. Son coup d'œil appuyé m'incita à tourner la tête et j'aperçus le téléobjectif d'un appareil photo pointé vers nous depuis une voiture garée de l'autre côté de la rue.

Je déposai un baiser sur la tempe d'Eva avant qu'elle grimpe à l'arrière. Elle leva les yeux, visiblement surprise et ravie. Je ne lui fournis pas d'explication. Elle avait réclamé davantage de photos de nous pour contrer la sortie du livre de Corinne. Lui montrer mon affection en public ne me dérangeait pas le moins du monde, que ce maudit recueil de révélations paraisse ou pas.

Le trajet jusqu'à Bryant Park était court. Quelques instants plus tard, nous gravissions les marches du restaurant, et le souvenir de la fois où Eva et moi nous étions disputés à cet endroit précis me fit faire un bond en arrière dans le temps. Elle était tombée sur une photo de moi en compagnie de Magdalene, une femme que je considérais depuis toujours comme une amie de la famille, mais dont on prétendait qu'elle était ma maîtresse. De mon côté, j'avais vu une photo d'Eva en compagnie de Cary, un homme qu'elle aimait comme un frère, mais dont on prétendait qu'il était son amant installé à domicile.

Notre relation commençait à peine, ralentie par trop de secrets, et cela nous avait rendus fous de jalousie. J'étais déjà complètement obsédé par elle, mon univers venait de basculer sur son axe. En dépit de sa fureur, elle avait posé sur moi un regard plein d'amour et m'avait accusé de ne pas voir ce que j'avais sous les yeux. Je le voyais désormais. Cela me terrifiait comme jamais cela ne m'était arrivé. Et cela m'emplissait d'espoir, pour la première fois de ma vie.

Au coup d'œil qu'elle me lança comme nous approchions de l'entrée du restaurant, je sus qu'elle se souvenait, elle aussi. Nous étions revenus ici plus récemment, quand Brett Kline avait tenté de la reconquérir. Elle était déjà mienne alors, elle portait mes bagues et nous avions échangé nos vœux. Nous étions plus forts qu'autrefois, mais à présent... Plus rien ne pouvait nous ébranler. Le lien qui nous unissait était profond. Indestructible.

— Je t'aime, souffla-t-elle alors que nous suivions Mark et Steven à l'intérieur.

Les bruits du restaurant nous enveloppèrent. Tintement de couverts, brouhaha de conversations, musique de fond à peine perceptible et vacarme étouffé d'une cuisine à l'heure du coup de feu.

— Je sais, répondis-je en souriant.

On nous fit asseoir aussitôt et un serveur vint prendre la commande des boissons.

— Champagne ? s'enquit Steven.

Mark secoua la tête.

— Tu sais bien que je dois retourner travailler.

J'attrapai la main de ma femme sous la table.

— Il faudra reposer la question quand il travaillera pour moi. Ce sera l'occasion de fêter l'événement.

— Ça marche, répondit Steven avec un grand sourire.

— Alors, voilà l'affaire, commença Mark une fois le serveur reparti. Si Eva a quitté l'agence, c'est en partie à cause de la proposition de LanCorp...

Eva lui coupa l'herbe sous le pied avec l'expression du chat qui vient d'avaler le canari.

— Ryan Landon t'a offert un poste.

Il écarquilla les yeux.

— Comment le sais-tu ?

Les yeux d'Eva glissèrent vers moi, puis revinrent sur Mark.

— Et tu ne l'as pas accepté.

— Non, confirma-t-il, nous observant à tour de rôle. C'était l'équivalent d'un déplacement latéral. Rien à voir avec le bond en avant que je vais faire avec Cross Industries. En outre, je me suis souvenu que tu m'avais dit que Landon et Cross étaient à couteaux tirés. Sachant cela, j'ai trouvé toute cette histoire bancale – Landon renonce à nous filer le budget et tout de suite après, il tente de me recruter.

— Peut-être que c'est seulement *toi* qui l'intéresses, suggéra Eva.

— C'est ce que je lui ai dit, acquiesça Steven.

Il était dans son rôle, songeai-je. Parce qu'il croyait en lui. Mais Mark n'avait pas été dupe de son propre ego, apparemment. Le coup d'œil que me coula Eva signifiait clairement *je te l'avais dit*. Je lui pressai la main.

— Tu n'y crois pas toi-même, Eva, contra Mark, nous donnant ainsi raison.

— Non, en effet, reconnut-elle. Je vais être honnête avec toi, c'est moi qui ai appâté Landon. Je lui ai dit que Gideon et moi t'appréciions beaucoup et que nous avions hâte de travailler de nouveau avec toi. Je voulais voir s'il mordrait à l'hameçon. C'était sans risque : s'il te faisait une proposition en or, je te rendais service. Et sinon, ça ne changeait rien.

Mark se rembrunit.

— Mais… pourquoi as-tu fait cela ? Tu ne veux pas de moi chez Cross Industries ?

— Bien sûr que si, Mark, intervins-je. Eva s'est contentée de lui dire la vérité.

— Je voulais sonder le terrain, expliqua-t-elle. Et j'ai préféré ne pas t'en parler pour que tu ne sois pas gêné d'accepter s'il te faisait une offre intéressante.

— Et toi, Eva, qu'est-ce que tu fais de beau à présent ? demanda Steven.

— En ce moment ? Gideon et moi allons renouveler nos vœux, après quoi nous partirons pour une longue lune de miel. Le problème que pose Ryan Landon n'est pas près de disparaître. Il rôdera toujours dans les parages – je ne veux pas le sous-estimer. Et Mark va démarrer un super nouveau boulot chez Cross Industries.

Je sus, au regard que m'adressa Eva, qu'à l'instar de mes autres batailles, celle qui m'opposait à Landon ne serait plus seulement la mienne. Ma femme serait à mes côtés, prête à tout pour que j'en sorte vainqueur.

Mark sourit de toutes ses dents.

— Voilà qui fait plaisir à entendre.

— Tu veux qu'on joue à la secrétaire vicieuse ? murmura Eva alors que nous entrions dans mon bureau, main dans la main.

Je lui jetai un coup d'œil, tenté par sa suggestion, et croisai son regard rieur.

— Il faut quand même que je travaille à un moment de la journée, répondis-je avec flegme.

Elle m'adressa un clin d'œil, puis me lâcha pour aller sagement s'asseoir dans un des fauteuils face à mon bureau.

— En quoi puis-je vous être utile, monsieur Cross ?

Je souris en accrochant ma veste au portemanteau.

— Je pourrais peut-être demander à Chris d'être mon témoin de mariage, qu'en penses-tu ?

Je me retournai à temps pour découvrir son air stupéfait.

— Vraiment ? demanda-t-elle en battant des cils.

— Des idées ?

Elle croisa les jambes.

— Je préfère entendre les tiennes d'abord.

J'allai m'asseoir près d'elle plutôt que de prendre place derrière mon bureau. Eva était mon associée, ma meilleure amie. Nous devions traiter cela, et tout le reste, côte à côte.

— En rentrant de Rio, j'avais l'intention de le proposer à Arnoldo, après t'en avoir parlé.

— J'aurais été d'accord, assura-t-elle, sincère. C'est une décision que tu dois prendre pour toi, pas pour moi.

— Il comprend ce que nous partageons et que c'est une bonne chose pour nous deux.

— J'en suis heureuse, sourit-elle.

— Moi aussi. Mais après la soirée d'hier...

— Quelle partie de la soirée ?

— Le dîner avec Chris. Ça m'a fait réfléchir. Les choses ont changé. Et il y a quelque chose que le Dr Petersen a dit. Je voudrais...

Elle me prit la main tandis que je cherchais mes mots.

— J'aimerais que celui qui se tiendra près de moi quand tu me rejoindras devant l'autel sache tout de moi. Je ne veux pas qu'il y ait de faux-semblants. Pas pour quelque chose d'aussi important. Quand nous serons face à face et que nous prononcerons nos vœux, je veux que ce soit... réel.

— Oh, Gideon !

Elle se laissa glisser de son siège et vint s'agenouiller près de moi. Ses yeux étaient aussi lumineux et humides qu'un ciel d'orage après la pluie.

— Tu es merveilleux, murmura-t-elle. Tu ne sais même pas à quel point tu es romantique.

J'encadrai son visage de mes mains et essuyai de mes pouces les larmes qui roulaient sur ses joues.

— Ne pleure pas. Je ne le supporte pas.

Me saisissant les poignets, elle s'inclina et pressa sa bouche sur la mienne.

— Je n'arrive pas à croire à mon bonheur, articula-t-elle. Par moments, j'ai l'impression d'être en train de faire un rêve dont je vais me réveiller pour m'apercevoir que je suis toujours par terre dans le hall du Crossfire, te regardant pour la première fois et imaginant tout cela parce que j'ai tellement envie de toi.

Je l'attirai sur mes genoux, l'enlaçai et enfouis le visage au creux de son cou. Elle avait le don pour dire ce que je ne parvenais pas à exprimer.

Ses mains me caressèrent les cheveux, puis le dos.

— Chris sera ravi.

Je fermai les yeux et l'étreignis avec force.

— C'est grâce à toi.

Elle rendait tout possible. Elle *me* rendait possible.

— Crois-tu ?

Elle rit doucement et s'écarta pour effleurer mon visage du bout des doigts.

— Je n'y suis pour rien, champion. Moi, je suis juste la fille qui a la chance d'être au premier rang.

Le mariage m'apparut soudain insuffisant pour protéger ce qu'elle représentait pour moi. Pourquoi n'existait-il pas un lien plus puissant qu'un simple morceau de papier m'autorisant à l'appeler ma femme ? Les vœux étaient un serment, mais ce que je voulais, c'était la garantie que chaque jour de ma vie se passerait auprès d'elle. Que mon cœur battrait au même rythme que le sien et s'arrêterait en même temps. Inextricablement enchevêtré pour que je ne puisse jamais vivre un seul instant sans elle.

Elle m'embrassa de nouveau, doucement. Tendrement.

— Je t'aime.

Je ne me lasserai jamais d'entendre ces mots. Ne cesserai jamais d'avoir besoin de les entendre. Les mots, comme avait dit le Dr Petersen, devaient être prononcés et entendus.

— Je t'aime.

Les larmes coulèrent de nouveau sur ses joues.

— Mon Dieu… je suis une vraie fontaine, balbutia-t-elle avant de déposer un autre baiser sur mes lèvres. Il faut que je te laisse travailler. Ne rentre pas tard. Je vais bien m'amuser à t'aider à enfiler ton smoking – et à le retirer.

Je la laissai glisser de mes genoux, mais fus incapable de la quitter des yeux.

Elle traversa la pièce et disparut dans la salle de bains. Je restai assis, pas certain d'avoir la force de me lever. Elle me coupait les jambes, me faisait battre le cœur trop vite et trop fort.

— Gideon, lança ma mère en entrant dans mon bureau, Scott sur les talons, il faut que je te parle.

Je me levai et adressai un signe de tête à mon secrétaire, qui se retira et referma la porte. La chaleur du corps d'Eva s'envola, me laissant vide et froid tandis que je faisais face à ma mère.

Elle portait un jean sombre qui la moulait comme une seconde peau et un chemisier ample. Ses longs cheveux noirs étaient attachés en queue-de-cheval et son visage était dépourvu de maquillage. La plupart des gens n'auraient vu qu'une femme éblouissante qui faisait beaucoup plus jeune que son âge. Mais je sus qu'elle était aussi lasse et meurtrie que Chris. Pas de maquillage, pas de bijoux. Cela ne lui ressemblait pas.

— C'est une surprise, dis-je en allant prendre place derrière mon bureau. Qu'est-ce qui vous amène en ville ?

— Je viens juste de quitter Corinne.

Elle avança d'un pas décidé et s'immobilisa devant mon bureau, comme Deanna quelques heures plus tôt.

— L'interview que tu as donnée hier l'a brisée. Complètement détruite. Il faut que tu ailles la voir. Que tu lui parles.

Je la dévisageai, incapable de comprendre comment fonctionnait son esprit.

— Pourquoi ferais-je cela ?

— Pour l'amour du ciel, lâcha-t-elle en me regardant comme si j'avais perdu la tête. Tu dois t'excuser. Tu as tenu des propos très blessants...

— J'ai dit la vérité, et je doute qu'on puisse en dire autant du livre qu'elle compte publier.

— Elle ignorait que tu avais eu une liaison avec cette femme... Dès qu'elle l'a appris, elle a prévenu son éditeur qu'elle refusait de travailler avec elle.

— Je me fiche de qui écrit ce livre. Un autre rédacteur ne changera rien au fait que Corinne viole ma vie privée et que ce qu'elle révèle au monde entier est susceptible de blesser ma femme.

Ma mère releva le menton.

— Je ne veux même pas parler de ta *femme*, Gideon. Je suis bouleversée – non, je suis furieuse que tu te sois marié sans ta famille et tes amis. Cela ne veut rien dire selon toi, que tu aies dû faire une chose aussi importante sans la bénédiction de ceux qui t'aiment ?

— Suggérez-vous qu'ils ne me l'auraient pas donnée ? répliquai-je en croisant les bras. Ce n'est certes pas vrai, mais même si ça l'était, le choix de la personne avec qui on veut passer sa vie n'est pas soumis à un vote majoritaire. Eva et moi nous sommes mariés secrètement parce que c'était intime et personnel et que nous n'avions aucun besoin de le partager avec quiconque.

— Mais tu as jugé bon de partager la nouvelle avec le monde entier ?! Avant ta famille ! Je n'arrive pas à croire que tu puisses être aussi irréfléchi et insensible. Tu dois absolument rectifier le tir, déclara-t-elle avec véhémence. Tu es responsable de la souffrance que tu infliges aux autres. Je ne t'ai pas élevé ainsi. Tu n'imagines pas à quel point je suis déçue.

Je perçus un mouvement derrière elle et découvris Eva sur le seuil de la salle de bains, les traits durcis par la colère, les bras plaqués le long du corps et les poings serrés. Je lui adressai un bref signe de tête et étrécis les yeux pour la mettre en garde. Elle s'était suffisamment investie dans cette bataille à ma place. C'était mon tour et j'étais enfin prêt.

Je pressai le bouton qui opacifiait la vitre.

— Vous n'avez aucune leçon à me donner s'agissant de la responsabilité de la souffrance que l'on inflige ou de la déception que l'on peut éprouver, *mère*.

Elle sursauta comme si je l'avais giflée.

— Ne me parle pas sur ce ton.

— Vous saviez ce que j'avais enduré. Et vous n'avez rien fait.

— Il n'est pas question que nous parlions à nouveau de cela, décréta-t-elle avec un geste sec de la main.

— Quand en avons-nous parlé ? rétorquai-je d'un ton tranchant. Moi, je vous en ai parlé, mais vous n'avez jamais été ouverte à la discussion.

— Ne rejette pas la faute sur moi !

— J'ai été violé.

Ma mère eut un mouvement de recul.

Eva tâtonna aveuglément et agrippa le chambranle.

Je pris une longue inspiration pour retrouver un minimum de maîtrise de moi, puisant de la force dans la présence de ma femme.

— J'ai été violé, répétai-je plus calmement. Pendant près d'un an, chaque semaine. Un homme à qui vous aviez ouvert votre porte venait me tripoter. Me sodomiser. Encore et encore.

— Arrête, souffla ma mère d'une voix haletante. Ne dis pas des choses aussi affreuses.

— Elles ont eu lieu. De façon répétée. Alors que vous n'étiez qu'à quelques pièces de là. Il était presque pantelant d'excitation quand il arrivait. Il me dévisageait avec cette lueur lubrique dans les yeux. Et vous n'avez rien vu. Vous avez refusé de voir.

— C'est faux !

La fureur qui me consumait me donnait envie de bouger, de m'agiter. Mais je tins bon et adressai un regard à Eva.

Cette fois, elle hocha la tête.

— Qu'est-ce qui est faux, mère ? Que j'ai été violé ? Ou que vous avez choisi de ne rien voir ?

— Arrête de dire cela ! répliqua-t-elle en se redressant. Je t'ai fait examiner. J'ai essayé de trouver une preuve d...

— Parce que ma parole ne suffisait pas ?

— Tu étais un enfant perturbé. Tu mentais sans arrêt. À propos de tout. C'était évident.

— Parce que c'était la seule chose qui me permettait d'exister ! Je n'avais aucun pouvoir sur ma vie – excepté à travers les mots qui sortaient de ma bouche.

— Et j'étais censée deviner ce qui était vrai et ce qui ne l'était pas ? demanda-t-elle en se penchant en avant, passant à l'offensive. Tu as été vu par deux médecins. Tu refusais de te laisser approcher...

— Pour me laisser tripoter par un autre homme ? Pouvez-vous seulement comprendre à quel point cette idée me terrifiait ?

— Tu as laissé le Dr Lucas...

— Ah, oui ! Le Dr Lucas, l'interrompis-je avec un sourire froid. Comment avez-vous obtenu son nom, mère ? Est-ce mon violeur qui vous l'a soufflé ? Ou votre médecin, celui qui dirigeait sa thèse ? Que ce soit l'un ou l'autre, il vous a envoyé droit chez son beau-frère, sachant que le respecté Dr Lucas serait prêt à raconter n'importe quoi pour protéger la réputation de sa famille.

Ma mère recula d'un pas chancelant jusqu'à heurter une chaise.

— Il m'a drogué, poursuivis-je.

Je me souvenais de tout. La piqûre de l'aiguille. Le froid de la table d'examen. Ma honte quand il avait palpé une partie de mon corps qui me faisait frémir de répulsion.

— Il m'a examiné. Et il a menti.

— Comment pouvais-je le savoir ? murmura-t-elle, si pâle que le bleu de ses yeux ressortait de façon saisissante.

— Vous saviez, déclarai-je simplement. Je me souviens de votre visage, après, quand vous m'avez dit que Hugh ne reviendrait pas et de ne plus jamais en parler. Vous arriviez à peine à me regarder, mais quand vous y êtes enfin parvenue, je l'ai lu dans vos yeux.

Je regardai Eva. Elle pleurait, les bras resserrés autour d'elle. Les yeux me piquaient, mais c'était elle qui pleurait à ma place.

— Pensiez-vous que Chris risquait de vous quitter ? m'interrogeai-je à voix haute. Que votre nouvelle famille ne le supporterait pas ? Pendant des années, j'ai cru que vous le lui aviez dit – je vous avais entendue mention-

370

ner le Dr Lucas devant lui –, mais Chris ne savait rien. Quelle raison peut bien avoir une épouse de cacher une telle histoire à son mari ? J'aimerais que vous me le disiez.

Ma mère demeura muette, se contentant de secouer la tête comme si ce déni silencieux était une réponse suffisante.

Je frappai mon bureau du poing.

— Dites quelque chose !

— Tu te trompes. Complètement. C'est embrouillé pour toi. Tu ne te... Ça ne s'est pas passé ainsi, tu mélanges tout... balbutia-t-elle en secouant la tête de plus belle.

Eva contemplait le dos de ma mère, en proie à une fureur évidente. Le mépris lui crispait la bouche. L'idée que je pouvais lui laisser porter ce fardeau à ma place me frappa soudain. Je devais le lâcher. Je n'en avais plus besoin. Je n'en voulais plus.

J'avais fait la même chose pour elle, avec Nathan. Les actes que je m'étais autorisés avaient chassé les ombres de son regard. Celles-ci vivaient en moi désormais, comme il se devait. Elles n'avaient hanté Eva que trop longtemps.

Mon torse se gonfla comme je prenais une longue et lente inspiration. Quand j'expulsai l'air de mes poumons, toute la colère et le dégoût s'en allèrent avec lui. J'attendis un instant, absorbant la vertigineuse légèreté que je ressentais soudain. Le chagrin et une angoisse profonde brûlaient au fond de ma poitrine. La résignation aussi. Et une terrible acceptation. Mais qui pesait tellement moins lourd que l'espoir désespéré que j'avais nourri : celui qu'un jour, ma mère m'aimerait assez pour accepter la vérité.

Cet espoir-là était mort.

Je m'éclaircis la voix.

— Finissons-en. Je n'irai pas voir Corinne. Et je ne m'excuserai pas d'avoir dit la vérité. J'en ai fini avec tout cela.

Ma mère resta immobile un long moment.

Puis elle se détourna sans un mot et se dirigea vers la porte. L'instant d'après elle était partie.

Je regardai Eva. Elle vint vers moi et je contournai mon bureau. Nous nous rejoignîmes à mi-chemin. Elle m'étreignit si fort que je pouvais à peine respirer.

Mais je n'avais pas besoin d'air. Je l'avais, elle.

13

— Tu es sûr que ça va ? demandai-je en rectifiant le nœud papillon de Gideon.

Il m'enserra les poignets. L'autorité de cette étreinte familière déclencha une réponse conditionnée. Il m'ancrait à l'essentiel. Me ramenait à lui, à moi. À nous.

— Cesse de me le demander, dit-il doucement. Je vais très bien.

— Quand une femme dit qu'elle va très bien, ça signifie le contraire.

— Je ne suis pas une femme.

— Pfff.

Un sourire adoucit le pli de sa bouche.

— Et quand un homme dit qu'il va très bien, c'est qu'il va très bien.

Il déposa un rapide baiser sur mon front et me libéra. Il alla ensuite ouvrir le tiroir qui contenait ses boutons de manchettes et étudia ces derniers d'un air pensif.

Son pantalon sur mesure et sa chemise blanche soulignaient sa silhouette élancée. Le voir ainsi à demi vêtu m'excitait prodigieusement. C'était une intimité d'autant plus précieuse que j'étais seule à en jouir.

— Un homme, peut-être, mais qu'en est-il du *mien* ? répliquai-je en m'efforçant de ne pas me laisser distraire par son physique. C'est le seul qui m'intéresse.

Le problème, c'était la distance que je percevais chez lui. Il n'était pas exclusivement concentré sur moi comme il en avait l'habitude. Une partie de son esprit était ailleurs et je redoutais qu'il ne se soit égaré dans un endroit obscur où il ne devait surtout pas se retrouver seul.

— Mon ange, cela fait des mois que tu me conseilles de dire à ma mère ce que j'ai sur le cœur. Je l'ai fait. La page est tournée.

— Et que ressens-tu ? Ne prétends pas que ça ne te fait rien. Je t'en prie, dis-moi si c'est douloureux.

Il pianota sur le dessus de la commode et son regard resta rivé à ses maudits boutons de manchettes.

— C'est douloureux, d'accord ? Je savais que ça le serait. C'est pourquoi j'ai tardé aussi longtemps. Mais c'est mieux ainsi. C'est... Putain. C'est réglé.

Je pinçai les lèvres. Et comme je voulais qu'il me regarde quand il disait ce genre des choses, je dénouai mon peignoir et m'en débarrassai. Je me retournai pour aller l'accrocher à la porte de l'armoire et enjambai Lucky qui s'était endormi au beau milieu du passage. Je me cambrai quand je tendis la main vers le crochet, offrant à Gideon une vue imprenable sur mes fesses.

Comme chaque fois qu'une occasion se présentait, il m'avait offert une nouvelle robe. Une somptueuse robe gris tourterelle dont le corsage était orné de perles et la jupe diaphane s'enroulait autour de mes jambes telle une volute de fumée à chacun de mes pas.

Avec son décolleté plongeant – qui ne manquerait pas de réveiller l'instinct primitif de Gideon – et mon maquillage étudié – smoky eyes et gloss –, je ressemblais à une escort de luxe.

Quand je me retournai, mon mari était tel que je l'avais voulu : pétrifié, les yeux braqués sur moi.

— Je veux que tu me promettes une chose, champion.

Son regard brûlant me parcourut de la tête aux pieds.

— Là maintenant, tout ce que tu voudras.

— Seulement là maintenant ? relevai-je en faisant la moue.

Il marmonna dans sa barbe en me rejoignant et prit mon visage entre ses mains. Enfin, il était avec moi. À cent pour cent.

— Et après, et encore après, assura-t-il en me caressant des yeux. Que veux-tu de moi, mon ange ?

Je refermai les mains sur ses hanches et fouillai son regard.

— Toi. Rien que toi. Complètement heureux et follement amoureux de moi.

L'arc élégant de ses sourcils se haussa légèrement, comme si être heureux lui semblait une proposition discutable.

— Tu es si triste. Je ne le supporte pas.

Il poussa un infime soupir et je le vis se détendre.

— Je ne sais pas pourquoi je n'y étais pas mieux préparé. Ma mère est incapable de reconnaître ce qui s'est passé. Si elle ne le fait pas pour sauver son mariage, elle ne le fera certainement pas pour moi.

— Il lui manque quelque chose, Gideon. Quelque chose d'essentiel. Ne va surtout pas t'imaginer que c'est à cause de toi.

Sa bouche forma un pli ironique.

— Entre elle et mon père... Pas franchement l'héritage génétique idéal, tu ne crois pas ?

Je glissai les doigts sous la taille de son pantalon et l'attirai vers moi.

— Écoute-moi bien, champion. Tes parents ont cédé sous la pression du réel et ont choisi de penser d'abord à eux. Mais tu sais quoi ? Tu n'as pas hérité d'un seul de leurs défauts.

— Eva...

— Tu es, toi, Gideon Geoffrey Cross, la quintessence de ce qu'il y avait de meilleur en eux. Pris séparément, ils ne valent pas grand-chose. Ensemble, en revanche... ils ont réussi à produire un chef-d'œuvre.

— Je n'ai pas besoin d'entendre ça, Eva, dit-il en secouant la tête.

— Je ne te couvre pas de fleurs, Gideon. Tu n'as aucun problème avec le réel. Tu l'affrontes et tu le soumets à ta volonté.

Il laissa échapper un rire bref.

— Tu as le droit d'être blessé et énervé, Gideon. Je le suis. Tes parents ne sont pas dignes de toi. Mais loin de t'amoindrir, cela ajoute à ce que tu es déjà. Je ne t'aurais pas épousé si tu n'étais pas un homme bien, que je respecte et admire. Tu m'inspires, tu sais cela ?

Sa main glissa sur mes cheveux et s'arrêta sur ma nuque.

— Mon ange, souffla-t-il en appuyant son front contre le mien.

Je lui caressai doucement le dos.

— Pleure s'il le faut, mais ne te ferme pas et ne te fais pas de reproches. Je ne te le permettrai pas.

— Je sais, dit-il en me penchant la tête en arrière pour déposer un baiser sur mon nez. Merci.

— Tu n'as pas à me remercier.

— Tu avais raison. Il fallait que je lui parle à cœur ouvert. Je ne m'y serais jamais résolu sans toi.

— Tu n'en sais rien.

Gideon m'adressa un regard si plein d'amour que j'en eus le souffle coupé.

— Si, je le sais.

La sonnerie de son téléphone annonça l'arrivée d'un texto. Il m'embrassa sur le front et retourna dans le dressing pour le lire.

— Raúl arrive avec Cary.

— Alors je ferais bien de m'habiller. Tu m'aideras à attacher ma robe dans le dos ?

— Avec plaisir.

Je décrochai ladite robe de son cintre, l'enfilai par le bas et glissai les bras dans les bretelles alourdies de perles. Mon mari ajusta en un clin d'œil l'agrafe située au-dessus des reins. Devant le miroir en pied, je me mordis la lèvre quand le corsage s'ajusta sur mon buste. La pointe du décolleté descendait bas entre les seins.

Sur une femme plate, cette robe aurait été très sexy. Sur moi, elle était franchement scandaleuse. J'avais décidé de ne porter aucun bijou pour en atténuer l'effet autant que possible. La robe n'en demeurait pas moins splendide, et en étant au bras de Gideon, je ferais sensation.

Son regard croisa le mien dans le miroir. J'affichais un air innocent et attendis sa réaction face à l'étalage de mes charmes.

Le pli vertical qui se creusa entre ses sourcils annonça l'orage, et les plis horizontaux qui lui barrèrent le front ne firent que confirmer l'alerte.

— Quelque chose ne va pas ? m'enquis-je d'une voix suave.

Il étrécit les yeux. Puis tendit les bras pour atteindre mes seins qu'il écarta pour les dissimuler sous l'étoffe.

Je me laissai aller contre lui avec un soupir d'aise.

Me saisissant aux épaules, il me força à me redresser pour me confronter à mon reflet.

— Cela ne ressemblait pas à ça sur la photo.

— Je n'ai pas encore mis mes talons, expliquai-je, feignant de ne pas comprendre. Elle ne traînera plus sur le sol avec les chaussures.

— Ce n'est pas le bas qui m'inquiète, répliqua-t-il sèchement. Il faut mettre quelque chose sur ce décolleté.

— Pourquoi ?

— Tu sais très bien pourquoi.

Il alla ouvrir un tiroir de la commode et revint un instant plus tard, brandissant un mouchoir blanc.

— Mets ça.

Je ris.

— Non, mais tu plaisantes ?

Il était très sérieux. Planté derrière moi, il déploya le mouchoir et l'ajusta de part et d'autre du décolleté.

— Non, me rebellai-je. C'est ridicule.

Ses mains retombèrent et je lui accordai une seconde, histoire qu'il constate que je disais vrai.

— Laisse tomber. Je vais mettre autre chose.

— Bonne idée, acquiesça-t-il en fourrant les mains dans ses poches.

J'arrachai le mouchoir.

— Quelque chose comme ça, murmura-t-il.

Des étincelles jaillirent de ses mains quand il les fit passer par-dessus ma tête pour déposer sur mon décolleté une rivière de diamants qui semblait briller d'un feu intérieur.

— Gideon, soufflai-je en la frôlant de mes doigts tremblants tandis qu'il en ajustait le fermoir. C'est... splendide.

Il m'enlaça et ses lèvres m'effleurèrent la tempe.

— Non. C'est toi qui es splendide. Ce collier est juste joli.

Je pivotai entre ses bras et levai les yeux vers lui.

— Merci.

Son sourire, bref et lumineux, me fit recroqueviller les orteils.

— J'ai cru que tu étais sérieux au sujet de mes seins !

— Mon ange, je prends tes seins *très* au sérieux. Et ce soir, je veux que tous ceux qui les lorgneront sachent qu'ils n'ont pas les moyens de se les offrir.

Je lui appliquai une tape sur l'épaule.

— Tais-toi.

Il m'attrapa la main et m'entraîna jusqu'à la commode. Il ouvrit un tiroir et en sortit un bracelet de diamants. Éberluée, je le regardai le fixer à mon poignet. Un écrin de velours surgit ensuite entre ses mains. Il souleva le couvercle et je découvris une paire de pendants d'oreilles assortie.

— Je préfère te laisser les mettre toi-même.

Je restai un instant stupéfaite, puis levai les yeux vers lui, bouche bée.

— Tu es hors de prix, mon ange. Une simple parure n'aurait pas suffi à faire passer le message.

Je le dévisageai, incapable de trouver mes mots.

Avec un sourire canaille, il ajouta :

— Ce soir, à notre retour, tu ne porteras rien d'autre que ces bijoux quand je te baiserai.

L'image érotique qui surgit dans mon esprit m'arracha un frisson.

Les mains sur mes épaules, il me fit pivoter et m'appliqua une tape sur les fesses.

— Tu es magnifique. Sous tous les angles. À présent cesse de me distraire et laisse-moi finir de me préparer.

J'attrapai mes escarpins à paillettes sur le présentoir et quittai le dressing, plus éblouie par mon mari que par les bijoux qu'il venait de m'offrir.

— Tu as l'air pleine aux as, dit Cary en s'écartant de moi pour me détailler. Tu brilles tellement que j'ai failli ne même pas remarquer tes seins.

— C'est le but de Gideon, répondis-je en tournoyant pour que ma robe s'enroule autour de mes jambes. Toi, tu es superbe, comme d'habitude.

— Je sais, répondit-il en me gratifiant de son célèbre sourire de *bad boy*.

Je ne pus m'empêcher de rire. Si je trouvais que tous les hommes étaient beaux en smoking, Cary, lui, était tout bonnement divin. Son charme canaille allié à ses traits parfaits le rendait irrésistible. Il s'était remplumé. Pas assez pour passer à la taille au-dessus, mais suffisamment pour avoir les joues moins creuses. Il semblait à la fois beau *et* en bonne santé, ce qui était plus rare que ça n'aurait dû l'être.

Gideon, quant à lui, faisait plus... 007. Mortellement sexy et dangereusement élégant. Quand il nous rejoignit au salon, je ne pus qu'être éblouie par sa grâce naturelle et cette démarche souple et autoritaire qui donnait une idée de ses talents au lit.

À moi. Rien qu'à moi.

— J'ai mis Lucky dans son panier, annonça-t-il. Tout le monde est prêt ?

— On est partis, répondit Cary.

Nous descendîmes en ascenseur jusqu'au garage, où Angus nous attendait près de la limousine. Je montai la première et choisis la banquette latérale, sachant que Cary s'assiérait près de moi et que Gideon prendrait place à l'arrière.

J'avais si peu vu Cary, ces derniers temps. Il avait été très pris par la Fashion Week, et comme je passais toutes mes soirées au penthouse, on n'avait même pas pu bavarder après le boulot ou en partageant un café le matin.

Cary adressa un coup d'œil à Gideon et désigna le bar de la limousine.

— Tu permets ?

— Je t'en prie.

— Qu'est-ce qui vous ferait plaisir ?

— Kingsman et canneberge pour moi, répondis-je après réflexion.

— La même chose, ajouta Gideon.

Cary prépara nos verres, puis s'adossa à la banquette et but une longue gorgée de bière, à même la bouteille.

— Je viens de signer pour un shooting à Londres la semaine prochaine, lâcha-t-il.

— Vraiment ? m'exclamai-je. Mais c'est génial, Cary ! Ton premier contrat à l'international.

— Ouais, sourit-il autour du goulot de sa bouteille avant de me regarder. Je suis trop content.

— Tout s'est enchaîné tellement vite pour toi. Tu vas traverser le monde comme un cyclone.

Voilà seulement quelques mois, nous étions encore à San Diego et j'étais sincèrement heureuse pour lui. Je ne pus toutefois m'empêcher de me dire que, bientôt, nous serions tous deux si occupés que nous n'aurions plus le temps de nous voir. J'en eus les larmes aux yeux. Nous étions en train de refermer un chapitre de nos vies et cela m'attristait, même si je savais que le meilleur restait à venir pour l'un comme pour l'autre.

— C'est l'idée, ouais, répondit-il en levant sa bouteille pour porter un toast silencieux à l'avenir.

— Comment va Tatiana ?

Son sourire se crispa et son regard se durcit.

— Elle voit quelqu'un. Elle n'aime pas rester seule.

— Et tu vis ça bien ?

— Non, répondit-il en commençant à arracher l'étiquette de sa bouteille. Un type lâche la purée là où se trouve mon bébé. C'est dégueu, laissa-t-il tomber avant de tourner les yeux vers Gideon. Tu imagines ?

— Personne n'a envie d'imaginer ça, répondit-il de ce ton égal qui criait *danger*.

— Exactement. Mais je ne peux pas l'en empêcher et je n'ai pas l'intention de me remettre avec elle, alors… Il faut faire avec.

— C'est dur, dis-je en lui pressant la main. Je suis désolée, Cary.

— On continue à se parler, ajouta-t-il avec un haussement d'épaules. Elle est moins chiante quand elle baise régulièrement.

— Vous parlez beaucoup ?

— Je l'appelle tous les jours pour être sûr qu'elle ne manque de rien. Je lui ai dit qu'elle pouvait compter sur moi pour tout – sauf ma queue, évidemment, soupira-t-il. C'est déprimant. À part le cul, on n'a rien à se dire. Alors on discute boulot. On a au moins ça en commun.

— Tu l'as prévenue pour Londres ?

— Ah, non ! Je voulais d'abord l'annoncer à ma meilleure copine. Elle, je lui dirai demain.

J'hésitai un instant avant de lui poser la question qui me brûlait la langue, puis je me jetai à l'eau :

— Et Trey ? Tu as des nouvelles ?

— Pas vraiment. Je lui envoie une photo ou un texto de temps en temps. Des trucs débiles. Le genre que je pourrais t'envoyer à toi.

— Rien de cochon, quoi, le taquinai-je.

— Voilà. J'essaie de rester sincère. Il pense que je suis un obsédé du cul – ce qui ne le dérange pas quand on couche ensemble, soit dit en passant, mais bon. Il répond à mes messages et ça s'arrête là.

Je plissai le nez et regardai Gideon. Il était occupé à pianoter sur son portable.

Cary avala une autre gorgée de bière.

— On ne peut même plus parler de relation, au stade où on en est. Même pas d'amitié. Si ça se trouve, il voit déjà quelqu'un d'autre et je suis devenu l'ex qui a du mal à lâcher.

— Le célibat te va bien, en tout cas.

— Parce que j'ai pris quelques kilos ? Que veux-tu que je te dise ? Tu bouffes parce que tu es en manque des endorphines de la baise et tu ne te dépenses même plus au pieu.

— Cary ! m'esclaffai-je.

— Quoi ? Il n'y a qu'à te regarder, baby girl. Tu es tonique grâce à ton Marathon Man, là.

Gideon leva les yeux de son téléphone.

— Tu peux me la refaire ? demanda-t-il.

— Je n'aurais su mieux dire, riposta Cary en me décochant un clin d'œil.

Après avoir patienté dans la file de limousines qui déchargeaient leurs passagers, nous nous arrêtâmes au pied du tapis rouge devant la façade de brique d'un club exclusif. Au-delà des cordons de velours, les paparazzis s'amoncelaient sur le trottoir telles les feuilles d'automne.

Je jetai un coup d'œil par la fenêtre et aperçus, derrière la porte vitrée de l'entrée, une kyrielle de photographes occupés à mitrailler les invités qui posaient devant le mur estampé du logo des sponsors de la soirée.

Lorsque Angus ouvrit la portière, je perçus l'impatience des paparazzis, pressés de savoir qui allait émerger de la limousine. Dès que Gideon mit le pied dehors, les flashs se mirent à crépiter.

— Monsieur Cross ! Gideon ! Par ici !

Il me tendit la main et les rubis de son alliance étincelèrent de mille feux. Je m'en emparai, pinçai de l'autre main la jupe de ma robe. Je fus aveuglée dès que je sortis la tête, mais je gardai les yeux ouverts malgré les points lumineux qui me brouillaient la vue, un sourire figé plaqué sur les lèvres.

Quand je me redressai, Gideon posa la main au creux de mes reins et le cirque reprit de plus belle. L'ambiance devint carrément délirante lorsque Cary apparut à son tour ; les cris se firent assourdissants. Je repérai Raúl près de la porte d'entrée, balayant la mêlée d'un regard aiguisé. Il approcha la main de sa bouche pour parler dans le micro fixé à son poignet. Quand il posa les yeux sur moi, mon sourire se fit sincère. Il m'adressa un bref signe de tête.

À l'intérieur, deux hôtesses nous accueillirent et se chargèrent d'assurer la fluidité de la prise de vue devant le mur des sponsors avant de nous escorter en ascenseur jusqu'à la salle de réception.

Nous pénétrâmes dans le vaste salon où se pressait l'élite de la société new-yorkaise. La lumière tamisée des lustres et une profusion de chandeliers projetaient un éclairage flatteur sur cette assemblée glamour d'hommes puissants et de femmes élégantes. Le parfum des arrangements floraux disposés au centre de chaque table flottait dans l'air et la musique d'un orchestre formait un discret contrepoint au brouhaha des conversations mondaines.

Gideon me guida parmi les groupes de personnes rassemblées autour des tables, s'arrêtant régulièrement pour échanger quelques mots avec ceux qui s'avançaient pour nous présenter leurs vœux et félicitations. Mon époux s'était glissé sans effort dans son rôle de personnage public. Il était superbe, parfaitement à l'aise, tout à la fois maître de lui et légèrement distant.

Je me sentais quant à moi raide et nerveuse, et je comptais sur mon sourire pour que cela ne se voie pas. Ce genre de soirées ne nous avait pas vraiment réussi jusqu'à présent. Cela s'était presque toujours terminé par des disputes, chacun repartant de son côté. Les choses étaient différentes désormais, mais je ne pouvais m'empêcher d'y penser.

La main de Gideon remonta le long de mon dos nu, s'arrêta sur ma nuque qu'elle massa délicatement. Alors même qu'il continuait de parler des fluctuations du marché avec les deux messieurs qui venaient de nous intercepter, je sentis qu'il était concentré sur moi. Il se déplaça légèrement de façon à plaquer le côté de son corps contre le mien.

Cary me tendit une flûte de champagne frappé.

— J'aperçois Stanton et Monica, murmura-t-il. Je vais les prévenir que nous sommes arrivés.

Je le suivis du regard tandis qu'il s'éloignait. Ma mère se tenait près de son mari, affichant un sourire étincelant tandis qu'ils bavardaient avec un autre couple. Stanton était plus élégant que jamais dans son smoking et ma mère miroitait telle une perle rare dans son fourreau de soie ivoire.

— Eva !

Je me retournai et j'écarquillai les yeux en découvrant Ireland, qui contournait la table voisine pour nous rejoindre. J'étais proprement médusé par la vision qu'elle offrait. Grande et souple, elle avait coiffé ses longs cheveux noirs en un chignon très chic. La fente de sa robe de soirée révélait ses longues jambes, le corsage de velours noir à bretelle unique se chargeant de mettre en valeur une poitrine idéalement proportionnée.

Ireland Vidal était une jeune fille merveilleusement belle dont les yeux aux longs cils épais étaient du même bleu saisissant que ceux de sa mère et de Gideon. Et elle n'avait que dix-sept ans. Imaginer la jeune femme qu'elle allait devenir vous coupait le souffle d'avance. Cary ne serait pas le seul à faire des ravages.

Elle fondit sur moi et me serra dans ses bras.

— Ça y est ! On est sœurs maintenant !

Je souris et lui retournai son étreinte avec précaution, flûte de champagne oblige. J'aperçus Chris derrière elle et il m'adressa un sourire. Le regard dont il enveloppa ensuite sa fille était empli d'un mélange de tendresse et de fierté. Dieu vienne en aide aux garçons qui auraient des vues sur Ireland. Entre Chris, Christopher et Gideon pour veiller sur elle, les pauvres devraient montrer patte blanche.

Ireland s'écarta et me détailla du regard.

— Waouh ! Ce collier est incroyable. Et ces seins ! Je veux les mêmes.

Je m'esclaffai.

— Tu es parfaite telle que tu es. Tu es la plus belle femme de la salle.

— Sûrement pas. Mais merci quand même.

Son visage s'illumina quand Gideon abrégea sa conversation pour se tourner vers elle.

— Salut, frérot.

Ses bras se refermèrent autour de lui et elle l'étreignit avec force. Gideon demeura un instant figé, puis il lui rendit son étreinte, et la façon dont ses traits s'adoucirent me serra le cœur.

Je m'étais brièvement entretenue au téléphone avec Ireland après l'interview de Gideon pour m'excuser d'avoir gardé notre mariage secret et lui en expliquer la raison. J'aurais aimé que nous soyons plus proches, mais je me retenais d'en faire trop. Si devenir le pont entre Gideon et elle ne serait pas difficile, je ne voulais pas que les choses se passent ainsi. Il fallait qu'ils tissent leur propre lien sans l'aide de personne.

Ma belle-sœur allait bientôt intégrer l'université de Columbia, comme ses frères avant elle. Elle ne serait pas loin et nous la verrions plus souvent. D'ici là, j'encouragerais Gideon à entretenir leur relation naissante.

— Chris,

Je m'approchai de ce dernier pour lui donner l'accolade, et fus touchée par l'enthousiasme avec lequel il me la rendit. Il avait soigné son apparence depuis qu'il était venu dîner à la maison et avait visiblement pris le temps de passer chez le coiffeur et de se raser.

Christopher Vidal Senior était un bel homme au regard doux. Il y avait en lui une gentillesse innée qui se devinait dans sa voix et dans le regard qu'il posait sur les gens. C'était l'impression que j'avais eue lors de notre première rencontre et il n'avait rien fait depuis qui m'incitât à changer d'avis.

Magdalene Perez s'approcha pour nous saluer, très séduisante dans sa robe vert émeraude, le bras glissé sous celui de son amoureux.

Elle avait bien changé depuis l'époque où elle portait un intérêt non partagé à Gideon – intérêt qui nous avait causé bien des problèmes au début de notre relation. Plus ou moins téléguidée par le frère de Gideon, elle s'était comportée en véritable garce. Mais elle était heureuse avec son artiste à présent, sereine et charmante, presque une amie désormais.

Je les saluai tous deux chaleureusement et serrai la main de Gage Flynn tandis que Gideon déposait un baiser sur la joue que lui tendait Magdalene.

Nous acceptions leurs félicitations quand ma mère et Stanton nous rejoignirent, suivis de Martin et de Lacey que nous n'avions pas revus depuis le week-end à Westport. Du coin de l'œil, j'aperçus Cary et Ireland qui riaient ensemble et souris.

— Quelle jolie fille, dit ma mère en sirotant son champagne, le regard tourné vers la sœur de Gideon.

— N'est-ce pas ?

— Et Cary a l'air en forme.

— J'ai dit la même chose.

Elle me regarda et sourit.

— Je tiens à ce que tu saches que nous lui avons proposé de garder l'appartement s'il le souhaitait ou de l'aider à trouver quelque chose de plus petit.

— Oh ! soufflai-je en regardant Cary acquiescer à ce que venait de dire Chris. Et qu'est-ce qu'il a répondu ?

— Que vous lui aviez offert un appartement juste à côté du penthouse de Gideon. C'est à vous trois de décider de ce qui est le mieux pour vous, mais je voulais lui offrir la possibilité de rester. C'est toujours bien d'avoir le choix.

Je soupirai, puis hochai la tête. Ma mère me prit la main.

— Gideon et toi gérez votre image publique comme vous l'entendez, vous devez toutefois tenir compte de ce qui se dit sur ces affreux blogs de commérages. On persiste à murmurer que Cary serait ton amant.

Je compris soudain le pourquoi de la frénésie qui s'était emparée du tapis rouge un instant plus tôt. Nous étions arrivés tous les trois ensemble.

— Gideon a fait publiquement savoir qu'il ne t'avait jamais trompée, poursuivit-elle, mais il est désormais connu pour avoir, disons... un appétit sexuel particulier. Tu imagines le genre de rumeurs qui vont se répandre si vous vivez côte à côte ?

— Oh, mon Dieu !

Je n'avais aucun mal à l'imaginer. Le monde entier avait pu constater que mon mari n'était pas hostile au triolisme. Pas avec un autre homme, certes, mais ce détail était sans importance dans l'esprit du public. Que cette époque fût désormais révolue, les gens l'ignoraient – et n'auraient pas voulu le croire de toute façon. C'était trop croustillant.

— Avant de me répliquer que tu t'en fiches, ma chérie, pense que ce n'est pas le cas de tout le monde. Et si quelqu'un avec qui Gideon souhaite faire affaire le croit moralement corrompu, cela pourrait lui coûter une fortune.

Par les temps qui couraient, c'était fort peu probable, mais je préférai tenir ma langue plutôt que de me moquer des perpétuelles inquiétudes financières de ma mère.

— Je me le tiens pour dit, murmurai-je.

L'heure du dîner approchant, chacun se mit en devoir de chercher sa place. Gideon devait faire un discours, nous nous retrouvâmes donc au premier rang. Ireland et Chris étaient à notre table, ainsi que Cary. Ma mère, Stanton, Martin et Lacey se trouvaient à la table voisine, Magdalene et Gage un peu plus loin.

Gideon me tira ma chaise et je m'apprêtais à m'asseoir quand je me figeai, sidérée en découvrant un couple à quelques tables de là. Je regardai Gideon.

— Les Lucas sont là, soufflai-je.

Il balaya la salle du regard, et ses mâchoires se crispèrent à l'instant où il les repéra.

— Ils sont là, en effet, confirma-t-il. Assieds-toi, mon ange.

Je m'exécutai et il prit place près de moi. Il sortit son téléphone et composa un court message.

— C'est la première fois que je les vois ensemble, murmurai-je en me penchant vers lui.

Son portable vibra, annonçant une réponse, alors qu'il levait les yeux sur moi.

— Ils ne sortent pas souvent en couple.

— C'est à Arash que tu viens d'envoyer un texto ?

— Non, à Angus.

— À propos des Lucas ? m'étonnai-je.

— On s'en fout des Lucas, dit-il en rangeant son téléphone dans sa poche.

Il s'inclina vers moi, drapant un bras sur le dossier de ma chaise et l'autre sur la table de façon à m'emprisonner.

— La prochaine fois qu'on assistera à une soirée de ce genre, je te veux en minijupe sans rien dessous, me chuchota-t-il à l'oreille.

Par chance, personne ne nous regardait, ni ne pouvait nous entendre, car l'orchestre s'était mis à jouer un peu plus fort le temps que les invités trouvent leur place.

— Monstre, soufflai-je.

Nullement démonté, il ajouta en ronronnant :

— Je glisserai la main entre tes cuisses et j'introduirai mes doigts dans ta douce petite chatte.

— Gideon !

Scandalisée, je tournai les yeux vers lui et découvris qu'il me couvait d'un regard ardent un sourire féroce aux lèvres.

— Pendant tout le dîner, mon ange, murmura-t-il en frottant le bout de son nez contre ma tempe, je ferai lentement aller et venir mon doigt dans ta petite fente étroite jusqu'à ce que tu jouisses pour moi. Encore et encore...

— Oh, mon Dieu !

Sa voix rauque était un péché en soi. Elle suffit à me donner le frisson, mais ce furent ses propos scandaleux qui m'achevèrent.

— Qu'est-ce qui te prend ?

Il pressa un rapide baiser sur ma joue et se redressa.

— Tu étais toute nouée. Maintenant, tu es détendue.

Si nous avions été seuls, je l'aurais giflé. Je le lui dis.

— Continue d'avancer.

Nous gagnâmes les toilettes. Ireland sanglotait, à présent. Je l'entraînai jusqu'aux lavabos, heureusement déserts, et lui tendis des mouchoirs en papier que je tirai de la boîte posée sur le comptoir.

— Il m'avait dit qu'il travaillait ce soir, articula-t-elle. C'est pour ça que j'ai accepté l'invitation de papa.

— C'est le garçon qui ne veut pas parler de toi à ses parents à cause du père de Gideon ? demandai-je.

— Oui, acquiesça-t-elle. Ils sont là, eux aussi.

La conversation que nous avions eue pour le lancement de la vidéo des Six-Ninth me revenait peu à peu. Les grands-parents de Rick avaient perdu gros à cause de l'escroquerie de Geoffrey Cross. Et ils trouvaient « bien commode » que Gideon soit à présent l'un des hommes les plus riches du monde, même s'il était évident aux yeux de qui prenait la peine de regarder qu'il ne devait son empire qu'à son talent et à son travail.

Rick s'était sans doute servi de ce prétexte pour sortir avec plusieurs filles à la fois. Après tout, ses parents n'étaient-ils pas présents à cette soirée dont Gideon était l'invité d'honneur ? J'en étais d'ailleurs à me demander si l'animosité dont il avait parlé n'était pas pure invention.

— Il m'a dit qu'il avait rompu avec elle il y a des mois ! sanglota Ireland.

— Qui ça ? La blonde ?

Elle hocha la tête en reniflant.

— Quand je l'ai vu hier, il ne m'a pas dit qu'il était invité à cette soirée.

— Est-ce que tu lui as dit que toi, tu y serais ?

— Non. Je ne parle pas de Gideon. Pas avec lui en tout cas.

Rick était-il juste un petit crétin qui s'envoyait toutes les jolies filles consentantes ? Ou voyait-il dans le fait de se payer la sœur de Gideon une façon tordue de se venger ? Dans un cas comme dans l'autre, c'était une ordure.

— Ne pleure pas sur ce loser, Ireland, déclarai-je. Il ne mérite pas tes larmes.

— Je veux rentrer à la maison.

Je secouai la tête.

— Ça ne t'aidera pas. Franchement, il n'y a rien qui puisse t'aider. Tu auras mal pendant un moment, c'est inévitable. Mais tu peux lui rendre la monnaie de sa pièce si tu veux. Ça te fera peut-être du bien.

— Comment ça ? demanda-t-elle.

— Tu es assise à côté du top model masculin le plus couru de New York. Un mot de toi, et Cary se fera passer pour ton chevalier servant aux petits soins et très amoureux.

Plus j'y pensais, plus cette idée me plaisait.

— Tous les deux, vous croiserez Rick par hasard et oups ! Oh, toi ici ? Quelle coïncidence ! Et Rick ne pourra rien dire puisqu'il sera avec la blonde. Un point partout.

Ireland se mit à trembler.

— Je ferais peut-être mieux d'aller lui parler...

Magdalene entra à cet instant et s'immobilisa, le temps de jauger la situation du regard.

— Ireland, qu'est-ce qui ne va pas ?

Je gardai le silence. Ce n'était pas à moi que la question s'adressait.

— Rien, répondit Ireland en secouant la tête. Ça va.

— Bon, fit Magdalene en me jetant un coup d'œil. Je ne veux pas me mêler de tes affaires, mais ce que tu me diras restera entre nous, je n'irai pas le répéter à tes frères.

Ireland hésita un instant, puis avoua en pleurant.

— Le garçon avec qui je sors depuis deux mois est là ce soir. Avec son ex !

Personnellement, je soupçonnais Rick de n'avoir jamais rompu avec cette fille et de mentir à Ireland depuis le début, cela dit j'étais assez cynique lorsqu'il s'agissait de ce genre d'histoires.

— Les hommes peuvent être de sacrés nuls, parfois, commenta Magdalene, compatissante. Écoute, si tu veux partir discrètement, je peux t'appeler un taxi, proposa-t-elle en sortant son téléphone de sa pochette. Je te l'offre. Qu'en dis-tu ?

— Une minute, intervins-je avant de lui exposer mon plan.

Magdalene arqua les sourcils.

— Retors, nota-t-elle. Pourquoi pleurer quand on peut se venger ?

— Je ne sais pas trop…

Ireland jeta un coup d'œil dans le miroir et jura. Attrapant d'autres mouchoirs, elle entreprit d'arranger son maquillage.

— Je suis affreuse.

— Tu es mille fois mieux que l'autre petite traînée, lui assurai-je.

Elle laissa échapper un rire larmoyant.

— Moi aussi, je la déteste cette pétasse.

— Je parie qu'elle fantasme sur les pubs Grey Isles de Cary, intervint Magdalene. Je l'ai bien fait, moi.

Sa plaisanterie régla l'affaire. Si Ireland hésitait encore à tirer un trait sur Rick, l'idée de rendre la blonde jalouse n'était pas pour lui déplaire.

Le reste viendrait en temps voulu. Du moins l'espérais-je.

Hélas, certaines leçons ne s'apprennent que dans la douleur.

Nous regagnâmes notre table alors qu'un homme que je supposai être Glen gravissait les marches de l'estrade. Je m'accroupis près de Cary et posai la main sur son bras.

Il baissa les yeux vers moi.

— Qu'est-ce qui se passe ?

Je lui expliquai ce que je voulais qu'il fasse et pourquoi.

Son sourire étincela sous l'éclairage tamisé de la salle.

— Tout ce que tu voudras, baby girl.

— C'est toi le meilleur, Cary.

— C'est ce que tout le monde dit.

Je levai les yeux au ciel, me redressai et regagnai ma place. Gideon me tira ma chaise. Mon gâteau était toujours là et je le lorgnai d'un œil gourmand.

— On a tenté de l'enlever, murmura mon mari, mais je l'ai défendu vaillamment.

— Merci, mon amour. Tu es si bon pour moi.

Il glissa la main sous la table et me pressa doucement la cuisse.

Je le regardai tout en mangeant mon gâteau et je ne pus m'empêcher d'admirer son calme tandis que nous écoutions Glen parler de l'importance du travail accompli par sa fondation.

— Nous avons le plaisir de rendre ici hommage à un homme qu'il est inutile de présenter...

Je reposai ma fourchette, m'adossai à ma chaise et j'écoutai Glen vanter les nombreuses réussites de mon mari et son généreux engagement pour des causes en faveur des victimes de violences sexuelles. Je surpris le regard que Chris posait sur Gideon. Il reflétait une compréhension nouvelle. De la fierté aussi. Un regard identique à celui dont il avait couvé Ireland.

Les applaudissements éclatèrent quand Gideon se leva. Je me levai à mon tour, ainsi que Chris, Cary et Ireland. Le reste des invités ne tarda guère à nous imiter. Gideon me jeta un coup d'œil, et m'effleura les cheveux du bout des doigts avant de s'éloigner. Il fut accueilli sur scène par une salle debout.

Le regarder traverser la scène était un plaisir en soi. Sa démarche fluide et tranquille forçait l'attention.

Il posa la plaque qu'on lui avait remise sur le pupitre, ses mains bronzées contrastant avec le blanc de ses manchettes, puis il prit la parole. Sa belle voix de baryton à l'accent cultivé faisait de chacun de ses mots une caresse. La salle était parfaitement silencieuse et tous avaient les yeux rivés sur lui, fascinés par son physique autant que par ses talents d'orateur.

Son discours s'acheva trop vite. Je me levai quand il reprit la plaque, applaudissant à tout rompre. On l'escorta ensuite jusque sur le côté de la scène où Glen et un photographe l'attendaient. Gideon échangea quelques mots avec eux, puis se tourna vers moi et tendit la main pour m'inviter à le rejoindre.

Il vint m'accueillir au pied de l'escalier et m'offrit son bras pour m'aider à gravir les marches.

— J'ai follement envie de toi, murmurai-je.

— Petit démon, s'esclaffa-t-il.

Nous passâmes l'heure qui suivit le dîner à danser.

Pourquoi ne dansais-je pas plus souvent avec mon mari ? Il était aussi doué et sensuel sur la piste que dans un lit. Il me guidait avec une assurance et une aisance époustouflantes.

Utilisant à son avantage la connaissance intime qu'il avait de nos corps lorsqu'ils se mouvaient ensemble, Gideon profitait de chaque occasion pour se frotter contre moi. Ses manœuvres hardies m'excitaient et il le savait, à en juger par le regard malicieux et ardent qu'il posait sur moi.

Lorsque je réussis enfin à m'arracher à sa contemplation, j'aperçus Cary qui dansait avec Ireland. S'il avait rechigné à prendre des leçons de danse de salon avec moi, il avait rapidement changé d'avis et était devenu la coqueluche du cours. Il était très doué et, malgré l'inexpérience d'Ireland, la guidait avec une aisance innée.

Toujours aussi expansif, il occupait beaucoup d'espace et leur couple ne pouvait manquer d'attirer l'attention. Cary, quant à lui, ne quittait pas sa partenaire des yeux, jouant à la perfection son rôle d'amoureux transi. En dépit de son chagrin d'amour, Ireland était sous le charme. Je la vis même rire, les joues rosies d'enthousiasme.

J'avais manqué l'instant dont j'avais espéré être témoin – celui où Rick les avait vus ensemble –, je pus toutefois voir le résultat. S'il dansait avec sa copine, il était lamentablement incapable de rivaliser avec Cary, tant physiquement qu'en tant que danseur. Sa copine et lui ne se souriaient plus et ne se dévoraient plus des yeux tant ils étaient occupés à regarder Cary et Ireland qui s'amusaient visiblement bien plus qu'eux.

Terrence et Anne Lucas dansaient aussi, mais avaient la sagesse de rester à l'autre bout de la piste.

— Rentrons à la maison, murmura Gideon comme la musique s'arrêtait. J'aimerais beaucoup te voir seulement vêtue de ces diamants.

— Excellente idée, répondis-je en souriant.

Nous regagnâmes notre table pour récupérer sa plaque et ma pochette.

— Nous partons avec vous, annonça Stanton en nous rejoignant avec ma mère.

— Et Cary ? demandai-je.

398

— Martin le raccompagnera, répondit ma mère. Ils ont tous l'air de bien s'amuser.

Il nous fallut autant de temps pour sortir que nous en avions mis à entrer, les invités qui n'avaient pu approcher Gideon et Stanton de la soirée profitant de cette ultime occasion. Si je me contentais de remercier quand on me félicitait, ma mère, elle, s'exprima à plusieurs reprises avec autorité, ajoutant de brefs commentaires incisifs à ce que disait Stanton. Je lui enviais ce talent et me dis qu'il serait bon de lui demander des conseils à l'occasion.

L'avantage d'être ainsi retardés fut que nos voitures eurent le temps d'arriver. Quand nous atteignîmes le hall, Raúl nous informa que la limousine n'était plus qu'à un pâté de maisons. Clancy m'adressa un bref sourire avant de prévenir ma mère et Stanton que leur voiture les attendait.

Des paparazzis étaient encore là, quoique nettement moins nombreux qu'à notre arrivée.

— On se voit demain ? suggéra ma mère en me serrant dans ses bras dans le hall.

— Volontiers, répondis-je. Je ne serais pas contre une journée de spa.

— Quelle bonne idée, dit-elle avec un sourire ravi. Je me charge des réservations.

Je dis au revoir à Stanton et Gideon lui serra la main. Nous sortîmes et les flashs des appareils photo crépitèrent. L'air était doux en cette fin de soirée, l'humidité moins présente comme l'automne approchait. J'avais hâte de passer plus de temps à l'extérieur. L'automne à New York était un véritable enchantement, ce dont je n'avais pu profiter qu'au cours de brefs séjours.

À terre !

J'eus à peine le temps d'entendre ce cri que Gideon se jetait sur moi. Une détonation me fit sursauter, se répercuta contre le mur de brique, si assourdissante que j'en eus les oreilles qui bourdonnèrent. C'était passé près... Juste à côté de nous.

Nous heurtâmes durement le sol. Gideon roula sur moi, me recouvrant de son corps. Son poids s'alourdit quand quelqu'un se coucha sur lui. Une nouvelle détonation. Puis une autre. Et encore une autre...

Écrasée. Trop lourd. Respirer. Mes poumons n'arrivaient plus à se remplir. Un martèlement sourd s'éleva dans ma tête. *De l'air. Mon Dieu.*

Je luttai pour me dégager. Griffai le tapis rouge. Gideon m'étreignit plus fort. Sa voix était rauque à mon oreille, mais ses mots se perdaient dans le bourdonnement qui m'emplissait la tête.

De l'air. Peux plus respirer... Tout devint noir.

14

— BON SANG. EVA.

Je palpais fiévreusement son corps inerte, cherchant une blessure. Le chauffeur donna un violent coup d'accélérateur qui fit faire un bond en avant à la limousine et me plaqua brutalement contre le siège.

Allongée en travers de mes genoux, ma femme ne réagissait pas à mon examen frénétique. Pas de sang, ni sur sa peau ni sur sa robe. Pouls ferme et rapide. Sa poitrine se soulevait au rythme de sa respiration.

Mon soulagement fut tel que la tête me tourna. J'attirai Eva contre moi.

— Merci, mon Dieu.

Raúl aboyait des ordres dans le micro qu'il portait au poignet.

— Nom de nom, qu'est-ce qu'il s'est passé ? demandai-je quand il se tut.

— Un des photographes était armé et a ouvert le feu. Clancy l'a coincé.

— Quelqu'un a été blessé ?

— Monica Stanton a été touchée.

— Quoi ?

Mon pouls s'emballa de nouveau. Je baissai les yeux sur ma femme qui commençait à revenir à elle, les paupières frémissantes.

— Gravement ?

Il laissa échapper un long soupir.

— J'attends des nouvelles. Ça n'a pas l'air bon. Quand vous avez couvert Mme Cross, Mme Stanton s'est retrouvée dans la ligne de mire.

Eva.

J'étreignis ma femme plus étroitement et lui caressai les cheveux tandis que nous traversions la ville à toute allure.

— Que s'est-il passé ?

Eva avait murmuré cette question alors que nous nous engagions dans le garage. Mon estomac se noua. Raúl me regarda, le visage sombre. Un instant plus tôt, il avait reçu un appel et croisé mon regard, confirmant ma pire crainte d'un hochement de tête. « Désolé », avait-il articulé silencieusement.

La mère de ma femme était morte.

Comment étais-je censé le dire à Eva ? Et une fois que je l'aurais fait, comment assurer sa sécurité tant que nous ne saurions pas ce qui s'était passé ?

Dans la poche de ma veste, mon portable vibrait constamment. Appels. Messages. J'aurais dû répondre, mais ma femme avait la priorité sur tout le reste.

Nous passâmes devant le vigile dans son cube de verre. Je tapai nerveusement du pied. Je voulais sortir de la voiture. J'avais besoin de savoir ma femme enfermée à clef.

— Gideon ? fit-elle en agrippant ma veste. Qu'est-ce qu'il s'est passé ? J'ai entendu des coups de feu...

— Fausse alerte, dis-je d'un ton bourru en la serrant trop fort. La pétarade d'une voiture qui a eu un raté d'allumage.

— Quoi ? Vraiment ? s'étonna-t-elle, avant de tressaillir comme je resserrais encore mon étreinte. Aïe !

— Désolé.

En la projetant au sol, je n'avais pu amortir sa chute, le risque de l'exposer au danger étant trop élevé. J'avais agi d'instinct, en réponse au cri de Raúl.

— J'ai eu une réaction excessive.

— Tu es vraiment sûr ? insista-t-elle en tentant de se redresser. J'ai cru entendre plusieurs coups de feu.

— Le bruit des appareils photo qui sont tombés, peut-être ? Les photographes ont sursauté, j'en ai vu certains lâcher leur matériel.

La voiture s'arrêta. Raúl descendit aussitôt et tendit la main à Eva pour l'aider à sortir. Elle s'extirpa avec précaution de la limousine. Je la suivis et la soulevai dans mes bras dès que je me fus redressé.

Je gagnai la porte de l'ascenseur et attendis que Raúl compose le code. Un de ses équipiers se tenait derrière nous, nous tournant le dos, la main posée sur l'arme dissimulée sous sa veste, le regard balayant les alentours.

Suffirait-il si un autre tireur nous attendait ?

— Hé, je peux quand même marcher, dit Eva, retrouvant son allant. Et il faut que tu répondes au téléphone, ce truc est devenu dingue.

— Tout à l'heure, dis-je en pénétrant dans l'ascenseur. Tu m'as flanqué une de ces frousses quand tu t'es évanouie.

— Je ne pouvais plus respirer.

Je déposai un baiser sur son front et m'excusai de nouveau. Je ne me sentirais tranquille qu'une fois à l'intérieur du penthouse.

Je portai ma femme directement dans la chambre et l'étendis sur le lit. Lucky aboyait dans sa cage et grattait les barreaux.

— C'est tellement bizarre, murmura Eva en secouant la tête. Où est ma pochette ? Je veux appeler ma mère. Est-ce que Clancy a paniqué, lui aussi ?

Mon ventre se serra. J'avais promis de ne jamais mentir à ma femme et je savais que ce mensonge allait lui faire très mal. Nous faire très mal. Mais… Comment lui dire ? Et si j'y parvenais, comment la retenir à la maison alors qu'elle voudrait aller voir sa mère, j'en étais sûr.

Les gémissements de Lucky ne faisaient qu'accentuer mon anxiété.

— Ta pochette a dû rester dans la voiture, répondis-je, luttant contre le tremblement qui menaçait tandis que j'écartais les cheveux de son front. Je vais envoyer quelqu'un la chercher.

— D'accord. Tu peux me prêter ton téléphone ?

— Attends un peu d'être installée. Est-ce que tu as mal quelque part ? Des bleus ?

J'adressai un regard furieux à Lucky qui se mit à gratter les barreaux de plus belle.

Eva se palpa la hanche et grimaça.

— Peut-être.

— Bien. On va s'occuper de ça.

Je passai dans la salle de bains, sortis mon portable et l'éteignis. Avant que l'écran devienne noir, j'avais eu le temps de voir défiler une liste interminable d'appels manqués et de messages. Je le remis dans ma poche et ouvris les robinets de la baignoire. Ceux dont je voulais avoir des nouvelles pouvaient joindre Angus ou Raúl.

Je laissai tomber une poignée de sels d'Epsom dans l'eau chaude. Un bain détendrait Eva, la calmerait. Je la soupçonnais de faire la sieste pendant la journée pour rattraper les heures de sommeil dont notre vie sexuelle la privait. Mais elle n'avait pas pu récupérer ce week-end.

Si je parvenais à l'apaiser et à la mettre au lit, elle s'assoupirait certainement. Découvrir ce qui s'était passé allait me demander du temps. Évaluer les risques, contacter le Dr Petersen...

Et Victor. Il fallait que j'appelle le père d'Eva. Qu'il prenne un vol pour New York le plus tôt possible. Cary. Il fallait le faire venir lui aussi. Une fois que j'en saurais plus et qu'une équipe de soutien serait sur place, je pourrais révéler la vérité à ma femme. Quelques heures. C'était tout ce dont j'avais besoin.

Je luttais pour ignorer la peur qui me saisissait à la pensée qu'Eva ne me pardonnerait pas ce délai.

Quand je retournai dans la chambre, je la trouvai occupée à libérer Lucky. L'enthousiasme de ce dernier la fit éclater de rire. Et ce rire joyeux, que je chérissais tant, me transperça comme la lame d'un poignard.

Elle leva les yeux vers moi après avoir déposé un baiser sur le crâne du chiot.

— Tu devrais le mettre sur son tapis. Il est enfermé depuis un moment.

— J'y vais.

Elle le caressa avant de me le passer.

— Tu fais couler un bain ?

— Oui, ça te fera du bien.

— Tu comptes me faire faire de l'exercice ? me taquina-t-elle.

Son regard espiègle m'acheva. Je fus à deux doigts de tout lui dire, mais les mots demeurèrent bloqués dans ma gorge. Je pivotai sur mes talons et m'engageai dans le couloir pour aller déposer Lucky sur son tapis d'herbe artificielle. Cela fait, je me redressai et me passai les mains dans les cheveux.

Réfléchis, bon sang. J'avais besoin d'un verre.

Oui, un verre. Quelque chose de fort.

J'allai dans la cuisine et tâchai de trouver un alcool qui pourrait plaire à Eva. Un digestif, peut-être ? Je m'affolai soudain à l'idée que le téléphone de la maison se mette à sonner. Je me dépêchai d'aller couper la sonnerie et découvris que quelqu'un s'en était déjà chargé. De retour dans la cuisine, mon regard s'arrêta sur la cafetière électrique.

Une boisson chaude. Apaisante. Pas de caféine.

Du thé. J'ouvris un placard et cherchai la boîte qu'Angus gardait là – un truc aux plantes dont il louait les vertus relaxantes. Je la trouvai et me concentrai, remplis une tasse d'eau chaude, y laissai tomber deux sachets de tisane, ajoutai une généreuse rasade de rhum et une cuillerée de miel. Je remuai. Éclaboussai le comptoir. Complétai avec un peu plus de rhum.

Je jetai des sachets dans l'évier et retournai auprès de ma femme.

En ne la voyant pas dans la chambre, je connus un bref instant de panique. Puis je l'entendis dans le dressing et laissai échapper un soupir de soulagement. J'allai poser la tasse près de la baignoire, fermai les robinets et la rejoignis. Elle était assise sur le banc et ôtait ses chaussures.

— Je crois que ma robe est fichue, annonça-t-elle en se levant pour me montrer la déchirure qui courait le long du côté gauche.

— Je t'en achèterai une autre.

— Tu me gâtes trop, me reprocha-t-elle avec un grand sourire.

C'était un vrai supplice. Chaque seconde. Chaque mensonge proféré. Chaque vérité tue.

L'amour que je lus dans son regard, sa confiance absolue, m'atteignirent de plein fouet. La sueur coulait dans mon dos. J'ôtai ma veste, tirai sur mon nœud papillon et le col de ma chemise jusqu'à ce qu'ils se séparent et me laissent respirer.

— Aide-moi, veux-tu ? dit-elle en me présentant son dos.

Je dégrafai sa robe, la repoussai sur ses épaules et la laissai glisser le long de son corps.

Je retins un juron en découvrant un hématome sur sa hanche et les égratignures que le tapis rouge avait laissées sur l'un de ses bras.

— Je suis fatiguée, avoua-t-elle en réprimant un bâillement.

Dieu merci.

— Tu devrais aller te coucher.

Elle me lança un coup d'œil mutin par-dessus son épaule.

— Je ne suis pas fatiguée à ce point-là.

Bon sang. Se faire étriper vivant ne pouvait être plus douloureux. J'étais incapable de la toucher, sans parler de lui faire l'amour… pas avec ce mensonge entre nous. J'avalai ma salive.

— D'accord. J'ai quelques trucs à faire avant. Et il faut que je récupère ta pochette. Je t'ai préparé une boisson chaude. Elle est près de la baignoire. Détends-toi, je te rejoins dès que j'ai fini.

— Tout va bien ?

Lui mentir davantage était au-dessus de mes forces ; je me réfugiai derrière une vérité.

— J'ai pris du retard cette semaine. Je dois absolument régler des affaires urgentes.

— Pardon. Je sais que c'est ma faute, dit-elle en déposant un baiser au coin de mes lèvres. Je t'aime, champion.

Elle attrapa un peignoir, l'enfila et sortit du dressing. Je restai planté là, enveloppé par son parfum, le cœur battant de peur et de dégoût de moi-même.

Lucky déboula si vite qu'il se cogna contre la porte et fit un tonneau jusqu'à mes pieds. Je le ramassai et lui caressai le crâne.

Il ne pouvait malheureusement pas me réveiller du cauchemar dans lequel j'étais plongé.

Raúl était au téléphone dans mon bureau. J'entrai et refermai la porte derrière moi. Il termina son appel, raccrocha et se leva.

— La police est sur place. Le tireur est en garde à vue.

— Monica ?

— Ils attendent le légiste.

Je ne pouvais pas même l'imaginer. Je m'approchai du bureau, me laissai lourdement tomber dans mon fauteuil.

— Les enquêteurs ont été prévenus que Mme Cross et vous étiez ici, s'ils veulent recueillir votre déposition.

J'acquiesçai et priai pour qu'ils reportent cette visite au lendemain matin.

— J'ai décroché le téléphone de la cuisine dès notre arrivée, dit-il.

— J'ai vu. Merci.

On frappa à la porte et je me raidis, redoutant que ce ne soit Eva. Ce n'était qu'Angus.

— J'y retourne, annonça Raúl. Je vous tiens au courant.

— J'ai besoin de la pochette de ma femme qui est restée dans la voiture. Et de Cary. Fais-le venir ici.

Une fois Raúl parti, Angus prit le siège qu'il venait de libérer.

— Je suis désolé, mon garçon.

— Moi aussi.

— J'aurais dû être là.

— Pour qu'une autre personne que j'aime se fasse tuer ? répliquai-je en me levant, incapable de rester en place. C'est une bénédiction que tu te sois trouvé chez les Lucas.

Il me dévisagea un instant, puis baissa les yeux. Il me fallut une seconde pour réaliser ce que je venais de dire – je n'avais encore jamais avoué à Angus que je l'aimais. J'espérais qu'il le savait.

Il inspira à fond, puis me regarda de nouveau.

— Comment va Eva ?

— Je vais retourner la voir. Elle prend un bain.

— Pauvre petite.

— Elle ne sait pas, murmurai-je en me frottant la nuque. Je ne lui ai pas dit.

— Gideon, fit-il d'un ton de reproche, le même désarroi que celui que j'éprouvais au fond des yeux. Tu ne peux pas…

— À quoi ça servirait ? l'interrompis-je. Nous ne savons rien. Je ne veux pas qu'elle retourne là-bas et qu'elle voie… sa mère dans cet état. À quoi bon la torturer et lui faire prendre des risques ? Nom de Dieu, ça aurait pu être elle !

Il me regarda arpenter le bureau, lui qui en avait tellement vu.

— Je vais passer quelques coups de fil, décrétai-je en sortant mon portable. Je veux savoir où on en est avant de lui parler. Amortir le choc autant que je le pourrai. Elle en a déjà tellement enduré…

Ma voix se brisa. J'avais les yeux brûlants.

— Comment puis-je t'aider ? demanda Angus doucement.

Je me ressaisis.

— Il faut qu'un jet se tienne prêt pour le père d'Eva. Je vais l'appeler tout de suite.

— Je m'en occupe, dit-il en se levant.

— Une fois que je lui aurai appris la nouvelle, tu lui enverras un texto avec les infos pour le vol.

— C'est comme si c'était fait.

— Merci.

— Gideon… Il faut que tu saches que ma visite chez les Lucas a été fructueuse, dit-il en glissant la main dans sa poche.

Il me tendit une petite clef USB.

— Elle gardait ceci dans le coffre-fort de sa chambre, sous son coffret à bijoux. Elle avait scanné toutes ses notes.

Je regardai Angus fixement. Anne et Hugh étaient bien le cadet de mes soucis.

— Ce n'est qu'un ramassis de mensonges, poursuivit-il. Il ne raconte rien de ce qui s'est réellement passé. Ce qui risque de t'intéresser, c'est ce qu'il a écrit au sujet de Christopher.

Angus posa la clef sur mon bureau et quitta la pièce.

J'attendis un instant, puis allai ouvrir un des tiroirs de mon bureau et l'y laissai tomber.

Je rallumai mon portable. J'avais reçu des messages de Cary, Magdalene, Clancy, Ireland, Chris…

Oppressé, je basculai sur l'écran d'accueil.

J'appelai le Dr Petersen et laissai un message au service des urgences de nuit, précisant qu'il s'agissait d'un décès et qu'il fallait que le docteur me rappelle de toute urgence. L'échange fut affreusement froid et clinique, surtout pour quelque chose d'aussi désespérément personnel. Cette lugubre formalité me fit l'effet d'une injure adressée à ma merveilleuse épouse et à sa mère qui venait de nous quitter. Je me surpris pourtant à souhaiter que l'appel qui allait suivre soit empreint d'aussi peu d'émotion.

Tandis que la sonnerie retentissait à l'autre bout de la ligne, je me souvins de mon dernier entretien avec Victor Reyes. Je l'avais appelé de Rio de Janeiro pour lui expliquer que la photo de moi avec deux femmes avait été prise avant ma rencontre avec Eva. Il avait accueilli cette information avec une réserve glaciale, me faisant ainsi savoir qu'il considérait que je n'étais pas assez bien pour sa fille. Ce que je pouvais difficilement contester. Et maintenant, j'allais lui annoncer que l'autre femme qu'il aimait lui avait été retirée une fois de plus – à jamais, cette fois.

Eva pensait que son père était toujours amoureux de sa mère. Si elle ne se trompait pas, la nouvelle allait le terrasser. Je sentais encore le goût de la bile qui m'était remontée dans la gorge et la panique qui m'avait pétrifié l'esprit dans les secondes qui avaient suivi la fusillade. Le monde n'aurait plus rien à m'offrir si Eva disparaissait.

— Reyes, répondit Victor d'un ton alerte.

Il y avait du bruit en arrière-plan. La circulation, peut-être. Une musique au loin. Je regardai ma montre et réalisai qu'il devait être en service.

— C'est Cross. J'ai quelque chose à vous dire. Vous êtes seul ?

— Je peux l'être. Qu'est-ce qui ne va pas ? demanda-t-il, sans doute conscient de la gravité de mon ton. Il est arrivé quelque chose à Eva ?

— Non. Ce n'est pas Eva.

« Dis-le, c'est tout, m'ordonnai-je. D'un seul coup, sans finasser. C'est comme cela que tu voudrais qu'on t'annonce que ta vie est finie. »

— Je suis désolé. Monica a été tuée ce soir.

Il y eut un silence effroyable.

— Qu'avez-vous dit ?

Je renversai la tête contre le dossier du fauteuil. Il m'avait parfaitement entendu, je le sentais à sa voix. Mais il refusait d'y croire.

— Je suis infiniment désolé, Victor. Nous ne savons pas grand-chose de plus pour le moment.

J'entendis la portière d'une voiture s'ouvrir, puis se refermer en claquant. Le bruit électronique d'un scanner de police s'égrena brièvement, suivi d'un silence irréel qui se prolongea de longues minutes. Je savais pourtant qu'il était toujours là.

— C'est arrivé il y a une heure, expliquai-je dans l'espoir de l'atteindre au-delà de ce silence. Nous sortions tous ensemble d'une soirée. Un homme armé qui se trouvait parmi la foule a ouvert le feu.

— Pourquoi ?

— Je ne sais pas. Mais le tireur a été appréhendé. Nous devrions avoir plus de détails prochainement.

— Où est ma fille ? s'enquit-il d'une voix plus ferme.

— À la maison, avec moi. Elle ne sortira pas tant que je ne serai pas certain qu'elle peut le faire en toute sécurité. J'arrange un vol pour vous en ce moment même. Eva va avoir besoin de vous, Victor.

— Laissez-moi lui parler.

— Elle se repose. Vous allez recevoir un texto avec les informations sur votre vol dès que celui-ci sera confirmé. Il se fera sur un de mes jets. Vous pourrez parler avec elle dès votre arrivée.

Victor exhala un soupir bruyant.

— Très bien. Je serai prêt.

— Je vous vois bientôt.

En raccrochant, je pensai à l'autre homme qui tenait lieu de père à Eva. Je n'osais imaginer ce que Stanton pouvait ressentir ; le simple fait d'y penser m'ébranla.

J'étais profondément désolé de ne rien pouvoir lui offrir qui lui fût d'une quelconque utilité.

Je lui envoyai néanmoins un court texto. *Si je peux vous être utile de quelque façon que ce soit, n'hésitez surtout pas à me le faire savoir.*

Je retournai dans la chambre. Je m'arrêtai sur le seuil de la salle de bains et j'éprouvai une souffrance innommable quand je découvris Eva, étendue dans la baignoire fumante, les paupières closes. Ses cheveux étaient retenus par une barrette en un chignon flou très sexy. Les diamants étincelaient sur le comptoir. Lucky me donnait des coups de patte contre le tibia.

— Coucou, murmura-t-elle sans ouvrir les yeux. Tu t'es occupé de tout ?

— Pas tout à fait. Pour l'instant, il faut que je m'occupe de toi, déclarai-je en m'approchant d'elle. Tu devrais finir ton grog, ajoutai-je en voyant que la tasse était encore à moitié pleine.

Elle ouvrit lentement les yeux ; son regard était tendre et rêveur.

— C'est fort. Je me sens tout engourdie.

— Tant mieux. Bois le reste.

Elle s'exécuta. Non par esprit d'obéissance, mais comme une femme qui a une idée derrière la tête.

— Tu me rejoins ? s'enquit-elle en se passant la langue sur les lèvres.

Je secouai la tête. Elle fit la moue.

— Dans ce cas, j'ai terminé.

Elle se redressa dans la baignoire, l'eau ruisselant sur son corps pulpeux. Elle m'adressa un sourire aguicheur, sachant quel effet il avait sur moi.

— Sûr que tu ne changeras pas d'avis ?

Je déglutis douloureusement.

— Je ne peux pas.

D'un pas lourd, j'allai chercher une serviette et la lui rapportai. Je me détournai, tourmenté, et rassemblai le matériel pour soigner ses blessures.

Elle me rejoignit et se pressa contre mon flanc.

— Qu'est-ce qui te chiffonne ? Tu penses toujours à ta mère ?

— Quoi ? Non, fis-je en inclinant la tête. Quand tu t'es évanouie... Je crois que je n'ai jamais eu aussi peur de ma vie.

— Gideon, souffla-t-elle en m'enlaçant, je vais bien, maintenant.

Je soupirai, l'étreignis brièvement et la lâchai. La tenir dans mes bras était trop douloureux.

— Laisse-moi vérifier ça.

Lucky s'assit, la tête penchée sur le côté et me regarda inspecter le bras d'Eva d'un air intrigué. Je nettoyai la vilaine écorchure à l'aide d'une lingette antiseptique avant de l'enduire de pommade, puis la recouvris d'une compresse. L'hématome sur sa hanche reçut une généreuse dose d'arnica que j'étalai du bout des doigts jusqu'à ce que le gel soit entièrement absorbé.

La caresse de mes doigts excitait Eva en dépit de mes efforts pour demeurer distant. Je fermai brièvement les yeux, puis me redressai.

— Allez, au lit, madame Cross.

— Hum... bonne idée, allons nous coucher, murmura-t-elle en jouant avec les extrémités de mon nœud papillon qui pendaient de chaque côté de mon cou.

— J'aime bien ton col ouvert, comme ça. C'est très sexy.

— Mon ange... arrête, dis-je en lui emprisonnant les mains. J'ai encore des choses à régler.

— D'accord. Je serai sage. Pour l'instant.

Je la pris par la main et la conduisis dans la chambre. Elle protesta quand je sortis un grand T-shirt Cross Industries et le lui fis passer par-dessus sa tête.

— Et les diamants ? demanda-t-elle.

Elle risquait de ne plus jamais vouloir les porter après cette soirée. Bon sang, où était Petersen ? J'avais besoin de son aide pour trouver les mots justes, le moment venu.

Je lui caressai la joue du bout des doigts, seul contact que j'osais m'autoriser.

— Ce T-shirt sera plus confortable pour l'instant.

Une fois couchée, je la bordai, puis écartai les cheveux de son visage. Elle allait dormir, persuadée que sa mère était toujours de ce monde et que son mari ne pouvait lui mentir.

— Je t'aime, chuchotai-je.

Je déposai un baiser sur son front, souhaitant que l'écho de ces mots la berce dans son sommeil.

Il était fort possible qu'elle ne le croit plus lorsqu'elle se réveillerait.

Je refermai la porte de la chambre et me dirigeai vers la cuisine pour aller boire un verre. Quelque chose de fort, susceptible d'apaiser la douleur dans mes entrailles.

Je trouvai Cary au salon, assis sur le canapé, la tête entre les mains. Angus était assis au bout de la table de la salle à manger, il parlait au téléphone.

— Je te sers un verre ? demandai-je à Cary en passant devant lui.

Il releva la tête et je découvris ses larmes.

— Où est Eva ?

— Elle essaie de trouver le sommeil. C'est le mieux qu'elle puisse faire.

Dans la cuisine, je sortis deux verres et une bouteille de scotch. Je les remplis généreusement et en fis glisser un vers Cary quand il me rejoignit.

Je portai le mien à mes lèvres et en avalai avidement le contenu. Les yeux fermés, je savourai la sensation de brûlure.

— Tu vas dormir dans la chambre d'amis, dis-je d'une voix que l'alcool rendait rauque. Elle va avoir besoin de toi, demain.

Je me versai un autre verre.

— Victor est en route.

— Victor, souffla Cary en s'essuyant les yeux. Et Stanton, mec… Je l'ai vu vieillir sous mes yeux. Comme si trente ans lui tombaient dessus d'un seul coup.

Il porta son verre à ses lèvres d'une main tremblante.

Mon portable vibra dans ma poche. Je le sortis et répondis bien que je ne reconnusse pas le numéro.

— Cross.

— Gideon, c'est le Dr Petersen. Je viens d'avoir votre message.

— Un instant, dis-je avant de plaquer le téléphone contre mon torse et de regarder Cary. Il faut que je réponde.

Il agita la main pour me faire savoir qu'il comprenait, le regard fixé sur son verre.

J'allai jusqu'à la chambre, entrouvris la porte et fus soulagé de découvrir Eva profondément endormie, Lucky blotti contre elle. Je refermai le battant et gagnai mon bureau.

— Excusez-moi, dis-je au Dr Petersen, j'ai dû changer de pièce pour vous parler en privé.

— Je comprends. Que se passe-t-il, Gideon ?

Je m'assis et appuyai le front sur ma main.

— C'est la mère d'Eva. Il y a eu un accident, ce soir. Elle a été tuée.

— Monica…

Il prit une profonde inspiration.

— Racontez-moi ce qui s'est passé.

Je me souvins alors que Monica était – avait été – sa patiente, elle aussi. Je le lui expliquai en quelques mots.

— Il faut que vous veniez chez moi. J'ai besoin de votre aide. Je ne sais pas comment le dire à Eva.

— Comment le… ? Pardonnez-moi, Gideon. Il est tard et je suis un peu confus. J'avais compris qu'elle était avec vous quand c'est arrivé.

— Elle était à côté de moi, mais je l'ai plaquée violemment au sol pour la protéger. Elle s'est évanouie. Quand elle est revenue à elle, je lui ai dit que ça n'avait été qu'une fausse alerte.

— Gideon ! soupira-t-il. Vous n'auriez pas dû.

— C'était la bonne décision. Il n'y a rien qu'elle puisse faire, à présent.

— Vous ne pouvez pas la protéger de tout, et mentir n'est jamais une solution.

— Je peux lui éviter de devenir une cible ! répliquai-je en me levant, furieux que sa réaction et celle d'Angus reflètent mes pires craintes. Tant que je ne connaîtrai pas la nature de la menace qui pèse sur elle, je ne la laisserai pas sortir. Si je lui avais dit la vérité, c'est exactement ce qu'elle aurait fait !

— Ce choix lui revient.

— Elle ferait forcément le mauvais.

— Peu importe, cette décision lui appartient.

— Sa sécurité n'est pas négociable, répliquai-je en secouant la tête. Eva se soucie toujours des autres. Mon devoir à moi, c'est de me soucier d'elle.

— Vous pouviez lui faire part de vos craintes, suggéra Petersen d'un ton apaisant. Les lui expliquer.

— Elle n'aurait pas fait de sa sécurité une priorité. Elle aurait voulu aller rejoindre Stanton.

— Se retrouver avec ceux qui partagent sa peine peut…

— À l'instant où je vous parle, il est à côté du cadavre de sa mère qui gît sur un trottoir !

L'image évoquée par ces mots était abominable. Elle me souleva l'estomac. Mais je voulais que quelqu'un saisisse l'étendue de l'horreur et comprenne les raisons de ma décision. Pour me donner l'espoir qu'Eva comprendrait, elle aussi.

— Ne venez pas me dire ce qui serait bon pour elle en ce moment, ajoutai-je froidement. Je ne la laisserai pas aller là-bas. Ce qu'elle verrait la hanterait pour le restant de ses jours.

Petersen demeura un instant silencieux, puis :

— Plus vous attendrez, plus ce sera difficile pour vous deux.

— Je le lui dirai dès qu'elle se réveillera. Vous allez venir ici et m'aider à le lui annoncer.

— Gideon…

— J'ai appelé son père en Californie. Il va se mettre en route. Et Cary est ici, dis-je en arpentant le bureau. Ils auront eu le temps d'encaisser, ainsi quand Eva les verra, ils seront à même de lui apporter le soutien dont elle aura besoin. Vous pourrez l'aider, vous aussi.

— Ce que vous oubliez, c'est que la plus grande source de force et de réconfort d'Eva, c'est *vous*, Gideon. En lui cachant un événement de cette ampleur, vous ébranlez la base même de la confiance qu'elle a placée en vous.

— Vous croyez que je ne le sais pas ?! répliquai-je en m'immobilisant devant le mur recouvert de photos de ma femme. Je suis… Mon Dieu. Je suis terrifié à l'idée qu'elle refuse de me pardonner.

Le silence du Dr Petersen laissa ces mots suspendus entre nous et j'eus l'impression que ceux-ci se moquaient de mon impuissance.

Je détachai les yeux des photos de ma femme.

— Pourtant si c'était à refaire, je le referais. Cette situation, les enjeux…

— Bien. Vous devez tout lui dire dès son réveil. Soyez franc à propos de ce que vous ressentez et concentrez-vous sur cela plutôt que sur la raison et la logique de votre mensonge. Elle ne sera peut-être pas d'accord avec vous, mais comprendre la nature émotionnelle de votre réaction l'aidera.

— Et vous ? La comprenez-vous ? demandai-je d'un ton empreint de défi.

— Oui. Ce qui ne signifie pas que je ne vous aurais pas recommandé de procéder autrement. Je vais vous indiquer un autre numéro auquel vous pourrez me joindre directement.

Je notai le numéro qu'il me dicta.

— Parlez à Eva. Ensuite, si vous souhaitez toujours que je vienne, je viendrai. Je ne peux pas promettre de vous rejoindre immédiatement, mais je ferai mon possible.

— Merci.

Je raccrochai et m'assis à mon bureau. Il n'y avait plus rien d'autre à faire qu'attendre. Attendre qu'Eva se réveille. Attendre la police. Attendre la visite d'amis et de parents qui seraient aussi inefficaces que moi.

J'allumai mon ordinateur et envoyai un mail à Scott pour lui demander d'annuler tous mes rendez-vous de la semaine et de contacter l'organisatrice du mariage. Encore qu'informer tous ces gens était probablement inutile dans la mesure où il y avait eu des paparazzis sur place au moment de la fusillade. Nous ne pouvions espérer avoir un seul jour de deuil tranquille.

Imaginer ce qui devait déjà avoir été posté en ligne m'emplit d'une rage impuissante. Photos crues de la scène de crime. Théories du complot et spéculations délirantes. Le monde entier allait avoir le nez collé à nos fenêtres pendant les mois à venir.

Je chassai ces pensées, préférant réfléchir à ce qui pourrait atténuer le stress d'Eva. J'avais déjà prévu de parler à Victor, puis nous discuterons de sa famille qui était censée arriver vendredi.

Mon portable se retrouva dans ma main avant que je m'en sois rendu compte. Je fis défiler la liste des appels manqués et des messages. Il n'y avait rien de ma mère, alors que Chris ou Ireland devaient pourtant lui avoir transmis l'information à l'heure qu'il était. Mais son silence ne me surprit pas autant que le texto de Christopher.

Je te prie de transmettre toutes mes condoléances à Eva.

Je fixai le message si longtemps que je dus tapoter l'écran quand l'éclairage décrut. C'était le « je te prie » qui m'avait pris de court. Une banale formule de politesse dont Christopher n'usait jamais pour s'adresser à moi.

Je pensai aux personnes que j'avais appelées pour le compte d'Eva. Cary, qui était comme un frère pour elle. Et Victor, son père. Qui Eva aurait-elle appelé si la situation avait été inversée ? Chris ? Certainement pas Christopher.

Pourquoi ? Cette question me hantait depuis toujours. Christopher aurait pu signifier tellement pour moi, un lien avec la nouvelle famille que ma mère avait créée.

J'ouvris le tiroir de mon bureau et regardai la clef USB qu'Angus avait récupérée chez les Lucas. Contenait-elle la réponse ?

Et si oui, cela aurait-il la moindre importance ?

Le moment que je redoutais arriva bien trop vite. Étendu sur le lit, les yeux fermés, je sentis Eva se retourner et l'entendis soupirer tandis qu'elle prenait une nouvelle position. J'aurais pu la laisser se rendormir, lui accorder quelques heures de paix supplémentaires.

Mais l'avion de Victor venait de se poser à New York et la police pouvait arriver d'un instant à l'autre. Le réel finirait par nous rattraper que je le veuille ou non, et le temps qu'il me restait pour annoncer la nouvelle à ma femme se réduisait comme peau de chagrin.

Je me redressai et sentis un chaume de barbe sur mon menton quand je me passai la main sur le visage. Je touchai l'épaule de ma femme pour la réveiller aussi doucement que possible.

— Salut, marmonna-t-elle en posant sur moi un regard ensommeillé. Tu es encore habillé. Tu as travaillé toute la nuit ?

Je me levai et allumai la lampe de chevet, incapable d'aborder cette situation autrement que debout.

— Il faut qu'on parle, Eva.

Elle battit des cils et se hissa sur le coude.

— Qu'est-ce qui ne va pas ?

— Passe-toi un peu d'eau sur le visage pendant que je te prépare un café, tu veux ? Et attends-moi ici.

— Tu es bien sérieux, s'étonna-t-elle, les sourcils froncés.

— Oui. Et j'ai besoin que tu sois réveillée.

— D'accord.

Eva rabattit les couvertures et sortit du lit.

J'attrapai Lucky, refermai la porte derrière moi et le déposai dans la salle de bains avant d'aller préparer le café. Nouveau jour, même routine. Quelques minutes de plus à faire comme si rien n'avait changé, c'était comme un nouveau mensonge.

Quand je retournai dans la chambre, Eva était en train d'enfiler un pantalon de pyjama. Elle s'était attaché les cheveux en queue-de-cheval et il y avait une tache de dentifrice sur son T-shirt. Normal. Pour l'instant, elle était toujours la femme que j'aimais plus que tout.

Elle s'empara de la tasse que je lui tendais et en huma l'arôme, les yeux clos pour l'apprécier davantage. C'était tellement elle, tellement Eva, que mon cœur se serra.

Je posai ma tasse, l'estomac soudain trop noué pour envisager d'avaler quoi que ce fût.

— Va t'asseoir sur la chaise qui est là-bas, mon ange.

— Tu commences à me faire peur.

— Je sais. Je suis désolé, dis-je en lui caressant la joue. Je ne veux pas m'éterniser. Si tu t'assois, je t'expliquerai.

Eva alla s'asseoir près de la fenêtre. Dehors, le ciel commençait à s'éclaircir. J'allumai la lampe qui se trouvait près d'elle, attrapai l'autre chaise que je plaçai devant elle avant de m'y asseoir. Je m'emparai de sa main libre, la pressai doucement et inspirai à fond.

— Je t'ai menti. Je justifierai ma décision une fois que j'en aurai terminé, mais pour l'instant...

— Viens-en au fait, champion, coupa-t-elle en étrécissant les yeux.

— Tu avais raison à propos des coups de feu que tu as entendus. Un des photographes a tiré sur nous, hier soir. Ta mère a été touchée. Elle ne s'en est pas sortie, ajoutai-je au prix d'un violent effort.

Eva me dévisagea, ses yeux immenses et sombres dans son visage soudain blême. Sa main tremblait violemment quand elle posa sa tasse.

— Qu'est-ce que tu dis ?

— Elle a été tuée, Eva, soufflai-je en étreignant sa main, qui était glacée tout à coup, comme la panique la gagnait. Je suis désolé.

Elle se mit à respirer plus vite.

— Je n'ai pas de réponses à te fournir pour l'instant. Le tireur a été arrêté et Raúl m'a appris que les inspecteurs Graves et Michna étaient chargés de l'enquête.

— Ils sont à la Criminelle, dit-elle d'une voix sans timbre.

— Oui.

C'était eux qui avaient enquêté sur la mort de Nathan Barker. Je les connaissais mieux que je ne l'aurais souhaité.

— Pourquoi quelqu'un voudrait-il tuer ma mère ?

— Je ne sais pas, Eva. Ça pourrait être un hasard. Le tueur a pu rater sa cible. Michna et Graves nous en diront peut-être davantage ; ils devraient venir recueillir nos dépositions.

— Pourquoi ? Je ne sais rien.

La peur contre laquelle j'avais lutté toute la nuit me submergea. Je m'étais attendu à de la colère et des larmes. À une violente explosion d'émotions. Or Eva semblait désorientée. Presque apathique.

— Mon ange, murmurai-je en lui lâchant la main pour lui caresser la joue. Cary est ici, dans la chambre d'amis. Ton père est en route, il a quitté l'aéroport. Il ne va pas tarder.

— Papa.

Une larme roula sur sa joue.

— Il est au courant ?

— Oui. Je le lui ai dit. Cary aussi. Il était là.

— Il faut que je lui parle. Elle était comme une mère pour Cary.

— Eva, dis-je en la saisissant aux épaules. Tu n'as pas à t'inquiéter pour quiconque pour le moment.

— Pourquoi tu ne me l'as pas dit ? demanda-t-elle en me regardant fixement. Pourquoi m'avoir menti ?

J'ouvris la bouche pour me lancer dans une longue explication, puis je me ravisai.

— Pour te protéger, dis-je finalement.

Elle détourna les yeux.

— Je crois que je savais qu'il s'était passé quelque chose. Je pense que c'est pour ça que je ne suis pas surprise. Mais quand on est partis… est-ce qu'elle était… ?

— Elle était déjà morte, Eva. Je ne veux plus te mentir – je ne savais pas si quelqu'un avait été touché quand je t'ai tirée de là. Je ne pensais qu'à te mettre à l'abri. Après cela…

— Peu importe.

Je pris une inspiration tremblante.

— Tu n'aurais rien pu faire.

— Ça n'a plus d'importance maintenant, de toute façon.

— Tu es sous le choc, Eva. Regarde-moi.

Comme elle s'y refusait, je la soulevai et la déposai sur mes genoux. Son corps était froid. Je la serrai contre moi pour tenter de la réchauffer et elle frissonna.

Je la portai jusqu'au lit, m'assis au bord du matelas et nous enveloppai tous deux dans le couvre-lit. Puis je me mis à la bercer, la bouche pressée contre son front.

— Je suis désolé, mon ange. Je ne sais pas quoi faire. Dis-moi quoi faire.

Elle ne me répondit pas et ne pleura pas.

— Tu as dormi un peu ? me demanda Chris d'une voix douce. Tu devrais peut-être t'allonger une heure ou deux.

Je tournai les yeux et découvris mon beau-père. La tête ailleurs, le regard perdu de l'autre côté de la fenêtre, je ne l'avais pas entendu entrer.

Victor et Cary étaient dans le salon avec Eva. Les deux hommes étaient tellement accablés par le chagrin qu'ils étaient presque incapables de parler. Angus était quelque part dans l'immeuble, s'efforçant de voir avec les employés de l'accueil comment gérer la foule de photographes et de journalistes qui campaient devant l'entrée.

— Tu as parlé à Eva ? demandai-je en me frottant les yeux. Son père et Cary sont effondrés, et elle...

Bon sang. Comment allait Eva ? Je n'en avais pas la moindre idée. Elle semblait... détachée. Comme si elle était déconnectée de l'angoisse et de la colère qui émanaient de ces deux hommes qu'elle aimait profondément.

— Elle est engourdie, dit Chris en s'asseyant. Cela finira par lui tomber dessus. Pour l'instant elle encaisse de la seule façon qu'elle connaisse.

— Cela finira, mais quand ? C'est ce que j'ai besoin de savoir. Quand ? Comment ? Qu'est-ce qu'il faudra que je fasse ?

— C'est pour cela que tu dois prendre soin de toi, Gideon, dit-il en me scrutant de son regard doux. Pour être fort quand elle aura besoin de toi.

— Elle ne me laissera pas la réconforter. Elle est trop occupée à se soucier des autres.

— Cela lui permet de se concentrer sur autre chose que sa propre douleur. Et si tu veux mon avis, pour le moment, tu ferais mieux de te concentrer sur *toi*. Il est clair que tu as passé la nuit debout.

Je laissai échapper un rire sans joie.

— Qu'est-ce qui m'a trahi ? Le smoking ?

— Les yeux injectés de sang, la barbe. Tu ne ressembles pas au mari sur lequel Eva comptera pour ramasser les morceaux et faire tout ce qu'il pourra.

Je me levai en grommelant un juron.

— Ça me paraît… indécent de faire comme s'il ne s'était rien passé.

— Ce n'est pas ce que je voulais dire. Mais la vie doit continuer. Et la vie d'Eva passe par toi désormais. Alors sois *toi*. Pour l'instant, tu as l'air aussi tremblotant que les deux autres.

Je l'étais. Le fait qu'Eva ne se tourne pas vers moi pour trouver du réconfort… c'était précisément ce que j'avais redouté.

Cela dit, Chris avait raison. Si je ne donnais pas l'impression d'être à même de la soutenir, comment pouvais-je espérer qu'elle s'appuie sur moi ?

— Je vais préparer du café pendant que tu seras sous la douche, décréta Chris. J'ai apporté à manger, au fait. Des pâtisseries et des sandwiches d'une boulangerie que m'a recommandée ton frère. C'est bientôt l'heure du déjeuner.

Je n'imaginais pas avaler quoi que ce soit, mais c'était attentionné de sa part.

— Merci, murmurai-je.

— Je vis en ville à présent, comme tu le sais, dit-il en m'escortant vers la porte. Christopher va prendre les choses en main au bureau durant les jours à venir, tu peux donc compter sur moi. Si tu as besoin de quoi que ce soit, il te suffit de m'appeler – quelle que soit l'heure.

Je m'immobilisai. J'étais oppressé soudain. J'avais du mal à respirer.

— Gideon, reprit Chris en posant la main sur mon épaule, vous allez vous en sortir, tous les deux. Vous avez des amis et de la famille sur qui...

— Quelle famille ?

Son bras retomba le long de son flanc.

— Non, soufflai-je, détestant le sentir s'éloigner, et me détestant d'être responsable de son expression peinée. Je suis content que tu sois là. Je ne m'y attendais pas, mais je suis content...

Il me serra dans ses bras.

— Il va falloir que tu t'y habitues, déclara-t-il d'un ton bourru. Parce que je ne me défilerai pas, Gideon. Nous sommes une famille. Il est temps de commencer à réfléchir à ce que cela signifie pour nous tous. Toi et moi. Ta mère, Christopher et Ireland.

Je m'efforçai de me ressaisir. J'étais fatigué. Las jusqu'au tréfonds de l'âme. Mon esprit ne fonctionnait plus correctement. C'était sans doute pour cela que je me sentais si... Bon sang, je ne savais même pas comment je me sentais.

Le père d'Eva et Cary étaient anéantis. Stanton... je n'osais imaginer dans quel état il était. Ce que je ressentais importait peu en comparaison.

Stressé, l'esprit en déroute, je lâchai sans réfléchir :

— Il faudrait que Christopher subisse une transplantation de personnalité intégrale pour que je puisse le considérer comme quelqu'un de ma famille.

Chris se raidit et s'écarta de moi.

— Je sais que Christopher et toi ne vous entendez pas, mais...

— Et ce n'est pas ma faute. Que les choses soient bien claires. Il a déjà parlé avec toi des raisons qui font qu'il me hait ?

Pour l'amour du ciel. *Pourquoi ?* Pourquoi n'avais-je pas pu m'empêcher de lui poser cette question ? Cela

427

n'aurait pas dû avoir d'importance après toutes ces années.

Chris secoua la tête.

— Il ne te hait pas, Gideon, assura-t-il.

Je m'efforçai de maîtriser le tremblement qui m'avait saisi – d'épuisement ou d'émotion, je n'aurais su le dire. Le passé était derrière moi. Là où je l'avais laissé, enfoui au fond d'un carton. J'avais Eva maintenant…

Nom de Dieu. J'espérais que j'avais encore Eva.

Ma femme ne m'avait jamais incité à me rapprocher de Christopher comme elle l'avait fait avec le reste de ma famille. À ses yeux, mon frère était allé trop loin quand il avait cyniquement utilisé Magdalene et que Cary avait filmé la scène. Eva n'en aurait peut-être rien à faire que je tisse une relation avec Christopher…

Mais elle serait peut-être fière que j'aie essayé.

Et si cela pouvait lui prouver que j'étais différent, que j'avais changé comme elle le souhaitait… *Bordel de merde*. En commençant par lui cacher le décès de Monica, j'avais effacé d'un coup tous les progrès que nous avions faits. Alors si le fait d'arranger les choses avec ma famille pouvait l'aider à me pardonner ce mensonge, les efforts que cela me coûterait en vaudraient la peine.

— J'ai quelque chose à te montrer, dis-je à mon beau-père, l'invitant d'un geste à s'asseoir à mon bureau.

Je m'assis en face de lui et appuyai sur la souris. Les notes manuscrites de Hugh apparurent à l'écran.

Chris balaya rapidement le texte du regard. Je lus dans ses yeux l'instant précis où il comprit de quoi il s'agissait. Il se crispa visiblement.

— J'ignore ce qu'il y a de vrai dans tout ça, le mis-je en garde. Toutes les notes de Hugh au sujet de ses séances avec moi ne sont qu'un tissu de mensonges. J'ai l'impression qu'il dressait un portrait de moi destiné à

428

assurer sa défense au cas où nous porterions plainte contre lui.

— Nous aurions dû le faire, cracha Chris. Comment t'es-tu procuré cela ?

— C'est sans importance. Ce qui l'est, en revanche, ce sont ses notes au sujet de quatre séances avec Christopher. L'une d'elles est censée s'être déroulée avec moi. Je serais bien incapable de dire si elle a réellement eu lieu ou s'il s'agit d'une pure affabulation. Il y a des pans entiers de mon enfance que j'ai oubliés.

Je m'en souvenais mieux en rêve que lorsque j'étais éveillé.

Chris fit pivoter sa chaise pour se tourner vers moi.

— Tu penses qu'il a abusé de ton frère ?

— Je ne sais pas – il faudra poser la question à Christopher –, mais j'en doute.

— Pourquoi ?

— D'après les dates et les heures indiquées ici, les séances avec Christopher suivaient directement les miennes. Si ces horaires sont corrects, Hugh n'aurait pas eu envie d'abuser de lui.

Je croisai les bras. Tenter d'expliquer faisait ressurgir toute mon amertume. Et mon mépris – tant pour Hugh que pour moi-même.

— C'était un pervers, mais... désolé, je ne trouve aucune tournure élégante pour dire cela. Une fois qu'il en avait fini avec moi, Hugh était à plat. Voilà.

— Mon Dieu... Gideon.

Le choc et la fureur qui assombrirent son regard m'incitèrent à détourner le mien.

— Hugh a raconté à Christopher qu'il me suivait parce que maman et toi aviez peur que je ne le tue.

La présence d'autres personnes dans l'appartement fut la seule chose qui me retint de donner un coup de poing dans le mur. Dieu m'était témoin que cela m'était souvent arrivé, enfant.

Le souvenir de cette violence m'aidait à comprendre combien il avait été facile pour Hugh de laver le cerveau de Christopher, qui voyait régulièrement son grand frère piquer des crises de rage et tout casser autour de lui.

— Christopher ne l'aurait jamais cru, assura Chris. J'eus un haussement d'épaules las.

— Christopher m'a dit récemment que je souhaitais sa mort depuis qu'il était né. Je n'ai pas compris sur le moment, mais à présent…

— Laisse-moi lire, fit Chris en reportant son attention sur l'écran. Va prendre ta douche. Nous boirons le café après. Peut-être même quelque chose de plus fort.

Je me dirigeais vers la porte, puis m'arrêtai et me tournai vers Chris, déjà absorbé dans sa lecture.

— Tu ne connaissais pas Hugh aussi bien que moi, dis-je. Cette façon qu'il avait de déformer les faits… de te faire croire des choses…

Chris leva les yeux et soutint mon regard.

— Tu n'as pas besoin de me convaincre, Gideon. Ta parole me suffit.

Je me détournai en hâte. Avait-il la moindre idée de ce que ces quatre mots signifiaient pour moi ? Je n'aurais pas pu le lui dire ; ma gorge était trop nouée.

Je l'abandonnai à sa lecture sur un bref signe de tête.

Je mis plus de temps que je n'aurais dû pour m'habiller. J'avais choisi mes vêtements en pensant à Eva. Le pantalon gris qu'elle adorait. Un T-shirt noir à col en V.

On frappa à la porte.

— Entrez.

— Les inspecteurs sont dans l'ascenseur, m'annonça Angus.

— Très bien.

Je le suivis dans le couloir qui menait au salon.

Ma femme était assise sur le canapé en chaussettes, pantalon de jogging et sweat informe. Sa tête reposait sur l'épaule de Victor tandis qu'elle caressait les cheveux de Cary, assis sur un coussin à ses pieds. Tous trois étaient intimement connectés. Le téléviseur était allumé, mais aucun d'eux ne regardait le film qui passait.

— Eva.

Elle leva lentement les yeux vers moi.

— La police est là, dis-je en lui tendant la main.

Victor se redressa, forçant ma femme à l'imiter. Un coup frappé à la porte d'entrée mit tout le monde sur le qui-vive.

Je me rapprochai du canapé, la main toujours tendue. Eva se leva. Elle était très pâle. Elle glissa sa main dans la mienne et j'exhalai un soupir de soulagement. Je l'attirai à moi, lui entourai les épaules du bras avant de l'embrasser sur le front.

— Je t'aime, murmurai-je en la guidant vers la porte.

Son bras m'entoura la taille et elle s'appuya contre moi.

— Je sais.

J'ouvris la porte de l'appartement.

— Inspecteurs. Je vous en prie, entrez.

Graves franchit le seuil la première, son regard bleu acéré se fixant d'emblée sur Eva. Michna la suivit, sa haute stature l'autorisant à river son regard au mien.

— Monsieur Cross, me salua-t-il.

Eva s'écarta de moi quand je refermai la porte.

— Toutes nos condoléances, madame Cross, dit Graves, les mots résonnant dans sa bouche comme une formule trop souvent prononcée.

— Vous vous souvenez peut-être du père d'Eva, Victor Reyes, dis-je. Et le grand Écossais là-bas, c'est Angus McLeod.

Les deux inspecteurs hochèrent la tête, mais ce fut Graves qui prit la parole, comme d'habitude.

— Inspecteur Shelley Graves, se présenta-t-elle, et mon partenaire, l'inspecteur Richard Michna. M. Taylor, ajouta-t-elle à l'adresse de Cary avec qui elle s'était entretenue quelques heures plus tôt.

— Asseyez-vous, dis-je en indiquant la grande table de la salle à manger.

Ma femme repoussa ses cheveux en arrière d'un geste mal assuré.

— Puis-je vous proposer du café ? Ou de l'eau ?

— Un café, ce ne serait pas de refus, répondit Michna en tirant une chaise.

— Je m'en occupe, proposa Chris, qui venait d'entrer dans la pièce. Bonjour, je suis le beau-père de Gideon, Chris Vidal.

Les policiers le saluèrent.

Graves prit place à côté de son partenaire et posa une sacoche de cuir usé près de son coude. Elle était aussi mince qu'il était dodu. Ses cheveux bruns bouclés étaient retenus en une queue-de-cheval aussi sévère que son visage de renard. Les cheveux de Michna grisonnaient et se clairsemaient, ses yeux étaient sombres, ses traits, rudes.

Graves m'observa tandis que je tirais une chaise pour ma femme. Je croisai son regard et le soutins. J'y lus la sombre certitude de mon crime. En retour, je lui laissai voir ma détermination. Oui, j'avais commis des actes immoraux à seule fin de protéger ma femme. Ces choix m'appartenaient et je comptais bien les emporter avec moi dans ma tombe.

Je m'assis à côté d'Eva et lui pris la main. Victor s'installa face à nous avec Cary. Angus se tenait derrière moi.

— Pouvez-vous tous deux nous raconter votre soirée, à partir de votre arrivée ? demanda Michna.

Je m'exécutai le premier, douloureusement conscient de l'attention qu'Eva prêtait à chacune de mes paroles. Seuls les derniers instants avaient été perdus pour elle, mais je savais que ces quelques minutes étaient capitales.

— Vous n'avez pas vu le tireur ? insista Graves.

— Non. J'ai entendu Raúl crier et j'ai plaqué Eva au sol. Le protocole de mon équipe de sécurité consiste à évacuer les lieux au premier signe de danger. Ils nous ont emmenés dans la direction opposée et je n'ai pas regardé derrière moi. J'étais concentré sur ma femme, qui était inconsciente à ce moment-là.

— Vous n'avez pas vu tomber Monica Stanton ?

La main d'Eva se crispa dans la mienne.

— Non. J'ignorais que quelqu'un avait été blessé. Je ne l'ai su que quelques minutes après que nous avons quitté les lieux.

Michna regarda Eva.

— À quel moment avez-vous perdu connaissance, madame Cross ?

Elle humecta ses lèvres qui commençaient à se fendiller.

— J'ai heurté le trottoir assez violemment. Gideon a roulé sur moi et m'a maintenue à terre. Je ne pouvais plus respirer, et puis quelqu'un s'est jeté sur Gideon. Ils étaient tellement lourds... Je crois avoir entendu deux, peut-être trois coups de feu. Je ne suis pas sûre. Quand j'ai repris connaissance, j'étais dans la voiture.

— Bien, dit Michna. Je vous remercie.

433

Graves ouvrit sa sacoche et en sortit un dossier. Elle en tira un portrait d'identification judiciaire et le posa sur la table, devant nous.

— L'un de vous reconnaît-il cet homme ?

Je me penchai en avant. Un homme d'âge moyen. Blond aux yeux verts. Une barbe soignée.

— Oui, dit Angus. C'est le type qu'on a pourchassé à Westport. Celui qui prenait des photos.

— Nous aurons besoin de recueillir votre déclaration, monsieur McLeod, l'avertit Michna.

— Bien sûr, répondit-il en croisant les bras. C'est lui qui a tiré sur Mme Stanton ?

— Oui. Il s'appelle Roland Tyler Hall. Avez-vous déjà eu un contact avec cet homme, monsieur Cross ? Vous souvenez-vous de lui avoir parlé ?

— Non, répondis-je après avoir vainement fouillé dans ma mémoire.

— Est-ce qu'il pistait ma mère ? s'enquit Eva. Est-ce que c'est une sorte d'obsédé ?

Elle s'était exprimée d'une voix douce, son chagrin muet teinté d'une colère froide. La première étincelle de vie que je lui voyais depuis que je lui avais annoncé la nouvelle. Au même instant, je me souvins de lui avoir caché autre chose : le passé obscur de Monica. Un passé complexe qui était peut-être à l'origine de sa mort.

Graves fit glisser vers nous toute une série de clichés qui commençait avec les photos de Westport.

— Ce n'est pas sur votre mère que Hall fait une fixation.

Quoi ? L'effroi qui me saisit annula la peur qui ne m'avait pas lâché de la nuit.

Il y avait tant d'images qu'il était difficile de se concentrer sur une seule. Beaucoup de photos prises devant le Crossfire. D'autres, lors d'événements en tous genres, évoquaient les clichés habituels des paparazzis. D'autres encore, prises en différents endroits de la ville.

Eva attrapa le coin de l'une d'elles, la tira vers elle et tressaillit. Il s'agissait de la photo sur laquelle je l'embrassais passionnément sur un trottoir encombré de piétons, devant un Cross Trainer.

Cette photo était la première de nous à s'être répandue sur la Toile. En réponse aux questions pressantes des médias, j'avais confirmé qu'Eva était bien la femme qui comptait dans ma vie, et c'était à cette occasion qu'elle s'était ouverte à moi au sujet de Nathan et de son passé.

Il y avait aussi le cliché qui avait fait couler beaucoup d'encre – celui de notre dispute à Bryant Park. Une autre photo de nous au parc, prise un autre jour, sur laquelle nous étions enlacés. Je ne l'avais encore jamais vue.

— Il ne les a pas toutes vendues, dis-je.

Graves secoua la tête.

— Hall prenait surtout ces photos pour lui. Quand il était à court d'argent, il en vendait quelques-unes. Il ne travaille plus depuis des mois et vit dans sa voiture.

Je fis glisser la couche supérieure de photos pour révéler celles qui se trouvaient dessous et m'aperçus que presque chaque fois qu'Eva et moi avions remarqué un photographe, c'était Hall qui se trouvait derrière l'objectif.

Je m'adossai à ma chaise et passai le bras autour d'Eva. Hall avait approché ma femme de très près sans que nous nous doutions de rien.

— Faites voir, dit Victor.

En poussant les photos vers lui, j'en découvris d'autres qui m'incitèrent à me redresser sur ma chaise. Je tirai le fameux cliché sur lequel Magdalene se tenait près de moi – cliché qui avait été à l'origine de ma dispute

435

avec Eva à Bryant Park. Et un autre de Corinne et moi pris au lancement de la vodka Kingsman.

Le souffle court, je lâchai Eva pour fouiller à deux mains dans les photos.

— Ce type était juste un mauvais tireur ou est-ce qu'il a pris Monica pour Eva ? demanda Cary, qui s'était penché vers Victor pour regarder les photos.

— Ce n'était pas Eva qui l'obsédait, articulai-je alors que l'affreuse réalité me frappait de plein fouet.

J'attrapai la photo du night-club sur laquelle je figurais en compagnie de deux femmes. Prise en mai, elle précédait l'arrivée d'Eva à New York.

Graves répondit d'un hochement de tête à la question silencieuse que je lui adressais.

— C'est *vous* qui l'obsédez, monsieur Cross, confirma-t-elle.

Ce qui signifiait qu'en plus d'avoir caché le passé de Monica à ma femme, j'étais indirectement responsable de sa mort.

15

Je me rapprochai de la table, posai la main sur le dos de Gideon. Ses muscles étaient noués sous le coton léger de son T-shirt.

Chris réapparut avec un plateau chargé de tasses, d'un pot de crème et d'un sucrier. Il le posa près de Michna, seul coin de la table qui ne soit pas recouvert de photos.

Les inspecteurs le remercièrent. Graves prenait son café noir. Michna ajouta au sien une cuillerée de crème et une autre de sucre en poudre.

Je n'avais rencontré Michna qu'au cours de l'enquête sur la mort de Nathan. Je connaissais un peu mieux Graves, l'ayant eue pour partenaire pendant un cours de krav maga. Il me semblait qu'elle m'appréciait ou du moins que je ne lui étais pas antipathique. Et j'étais certaine que c'était l'amour que Gideon éprouvait pour moi qui l'avait incitée à clore l'affaire Nathan alors qu'elle s'interrogeait encore.

Cela me rassurait que ce soit eux qui dirigent l'enquête.

— Je veux être sûre de bien comprendre, dis-je, luttant contre le chagrin qui m'embrumait l'esprit depuis le réveil. Cet homme épiait Gideon ?

— Hall a-t-il visé ma fille ou Cross ? intervint mon père.

— Hall estime qu'en se mariant, Cross l'a trahi, expliqua Graves.

Je la dévisageai. Elle ne portait ni maquillage ni bijoux, et pourtant, elle était fascinante. Malmenée par les réalités de son métier, elle avait encore la passion de la justice – même si celle-ci se situait au-delà des limites de la loi.

— S'il ne pouvait avoir Gideon, personne ne l'aurait ? hasardai-je.

— Pas tout à fait. Hall est persuadé qu'une sorte de pacte cosmique lie son destin au vôtre, expliqua-t-elle à Gideon, et que votre mariage a rompu ce pacte. Vous tuer était la seule façon d'empêcher sa vie de s'engager dans une direction qu'il refusait.

— Tout ça est censé avoir un sens ? demanda Cary, les coudes sur la table, la tête entre les mains.

— La fixation de Hall n'est pas d'ordre sexuel, précisa Michna, le visage marqué par la fatigue d'une nuit sans sommeil. Ce n'est même pas du délire amoureux. Il clame qu'il est hétérosexuel.

Graves sortit une autre photo du dossier et la plaça sur la pile.

— Vous connaissez tous deux cette femme.

Anne. Mes paumes devinrent moites. Je sentis Gideon se tendre comme un arc.

— Nom de Dieu, marmonna Cary en frappant des deux poings sur la table.

— Je l'ai vue hier soir, dit Chris en s'asseyant à côté de Gideon. Elle était au dîner.

— Qui est-ce ? s'enquit mon père d'une voix ferme.

— Le Dr Anne Leslie Lucas, répondit Graves. C'est la psychiatre qui suivait Hall, bien qu'elle se soit fait passer pour le Dr Aris Matevosian et qu'elle l'ait reçu dans un cabinet voisin du sien.

— Je connais ce nom, déclara Gideon.

Graves concentra son attention sur lui, le regard perçant.

— D'où le connaissez-vous ?

— Un instant. Je vais vous montrer.

Il se leva et se dirigea vers le couloir. Je le regardai s'éloigner, Lucky trottinant derrière lui. Ce dernier était resté collé à moi toute la matinée, comme s'il estimait que j'avais plus besoin de lui que Gideon. Il venait apparemment de changer d'avis. Son baromètre émotionnel étant plus précis que le mien à cet instant, je décidai de m'y fier.

— Quelqu'un pourrait-il m'expliquer qui est le Dr Lucas et ce qu'elle a à voir avec Hall et Monica ? demanda mon père.

— Nous laisserons le soin à Cross de nous expliquer tout cela, répondit Michna.

— Gideon et le Dr Lucas ont eu une relation sexuelle autrefois, intervins-je afin de soulager Gideon du fardeau d'avoir à l'avouer – je savais qu'il avait honte de ce qu'il avait fait.

Je ramenai les genoux contre ma poitrine et les entourai de mes bras autour pour tenter de me réchauffer. Je devais choisir mes mots avec soin. Raconter toute la vérité ne serait pas facile dans la mesure où mon père verrait mon mari sous un jour peu flatteur.

— Elle s'est prise au jeu au point de vouloir quitter son mari, enchaînai-je, alors Gideon a rompu. Elle n'a pas réussi à tourner la page. Elle s'est présentée devant chez moi un jour, et elle a approché Cary à deux reprises en portant une perruque et en se faisant passer pour quelqu'un d'autre.

Graves m'avait écoutée attentivement.

— Nous avons consulté la plainte qu'elle a déposée contre vous, dit-elle. Cross et vous-même êtes allés la trouver chacun de votre côté.

— Bon sang, Eva, grommela mon père en me fusillant du regard. Tu n'as donc rien appris ?

— Appris quoi ? répliquai-je. Je ne comprends rien à cette histoire. Elle harcelait mon mari et mon meilleur ami. Je suis allée lui conseiller de garder ses distances.

Gideon revint, et tendit son portable sur lequel apparaissait une photo. Michna l'examina.

— Un flacon de médicaments prescrits à Corinne Giroux par le Dr Aris Matevosian. Comment se fait-il que ceci se trouve en votre possession ?

— J'ai pris cette photo il y a deux mois, répondit Gideon en se rasseyant, à l'époque où le comportement de Corinne a changé. J'ai découvert que c'était les antidépresseurs qu'elle prenait qui étaient responsables de ces changements d'humeur. J'ai photographié l'étiquette du flacon pour savoir qui contacter si elle continuait à avoir des problèmes.

Gideon m'enlaça. Dès que je fus contre lui, je le sentis se détendre, comme si me tenir était un soulagement. Je passai le bras autour de sa taille et sentis ses lèvres contre ma tempe.

— Anne était donc le psychiatre de Hall, reprit-il d'une voix rauque de fatigue. Et pourquoi ce pseudonyme ?

— Elle se croit maligne, répondit Graves, mais nous sommes plus malins qu'elle. Si Hall est perturbé, il est aussi très coopératif. Il a avoué dès qu'on s'est assis en face de lui. Il a été assez intelligent – ou paranoïaque – pour enregistrer toutes ses séances avec le Dr Lucas. Nous avons trouvé ces enregistrements en fouillant son véhicule.

— C'est elle qui l'a poussé à faire ça ? demandai-je pour éviter tout malentendu.

— Je pense que Hall n'a jamais eu toute sa tête, reconnut Michna. Mais il avait un travail autrefois, et un appartement, et il ne s'intéressait pas particulièrement à M. Cross. Anne Lucas l'a manipulé.

Graves entreprit de rassembler les photos avec l'aide de son coéquipier.

— Il a dit au Dr Lucas qu'il avait dû interrompre ses études parce que ses grands-parents avaient été victimes de l'escroquerie du père de Cross. Alors qu'il ne lui en tenait pas rigueur, elle l'a amené à penser que sa vie et celle de Cross étaient parallèles, en quelque sorte.

— Peut-elle aller en prison pour cela ? demandai-je. Ce qu'elle a fait... C'est en partie à cause d'elle que ma mère est... morte. Elle ne peut pas s'en tirer comme ça, quand même ?

— Nous sommes allés la cueillir il y a une heure, déclara Graves. Nous l'interrogerons lorsque son avocat sera là.

— Le bureau du procureur décidera des chefs d'inculpation, ajouta Michna. Mais entre les enregistrements de Hall et les enregistrements des caméras de surveillance sur lesquels on voit Hall et Lucas entrer et sortir de son cabinet secondaire, nous avons du solide.

— Vous nous tiendrez informés, intervint mon père.

— Bien sûr, dit Graves en rangeant le dossier dans sa sacoche. Avez-vous vu le Dr Lucas à la soirée, monsieur Cross ?

— Oui. Eva me l'a montrée.

— L'un de vous deux a-t-il discuté avec elle ? voulut savoir Michna.

— Non, répondit Gideon avant de m'adresser un regard interrogateur.

— Je l'ai gratifiée de loin d'un doigt d'honneur discret, confessai-je. Elle affichait un sourire narquois. C'est peut-être pour ça qu'elle était là, pour voir ce qui allait se passer.

— Mon ange, souffla Gideon en m'enveloppant de ses bras.

— Bien. Nous avons ce qu'il nous faut pour le moment, annonça Michna. Nous allons prendre la déposition de M. McLeod au sujet de l'incident de Westport et nous vous laisserons.

Tout le monde se leva.

— Eva, dit Graves en cherchant mon regard, je suis sincèrement désolée pour votre mère, murmura-t-elle, abandonnant un instant son rôle de flic.

— Merci.

Soudain mal à l'aise, je détournai la tête. Trouvait-elle étrange que j'aie les yeux secs ? Dieu savait que le fait de ne pas avoir pleuré m'intriguait moi-même. Même si elle m'énervait souvent, j'aimais ma mère. Quel genre de fille ne ressent rien à la mort de sa mère ?

Gideon me prit la main et m'entraîna à l'écart.

— Il faut que je passe un instant avec toi.

— Oui, bien sûr, acquiesçai-je, perplexe.

Il s'avança dans le couloir menant à notre chambre.

— Cross.

La voix de mon père nous fit nous retourner.

— Oui ?

— Nous devons parler, déclara mon père, le visage dur et le regard farouche.

— Entendu, répondit Gideon. Accordez-moi juste quelques minutes avec ma femme.

Et il continua d'avancer dans le couloir sans laisser à mon père la possibilité d'objecter. Je le suivis jusqu'à la chambre, Lucky s'élançant derrière nous. Gideon referma la porte sur nous trois, puis se retourna et me scruta.

— Tu devrais te reposer, lui dis-je. Tu as l'air fatigué.

Et cela m'inquiétait. Je ne l'avais encore jamais vu aussi lessivé.

— Est-ce que tu me vois ? demanda-t-il d'une voix rauque. Quand tu me regardes, est-ce que tu me vois vraiment ?

Je fronçai les sourcils et le parcourus de la tête aux pieds. Oh ! Il s'était habillé pour moi. En pensant à moi.

— Oui.

Il me caressa le visage. Son regard tourmenté rivé au mien.

— J'ai l'impression d'être invisible à tes yeux.

— Je te vois.

— Je... je suis désolé, Eva, articula-t-il, le souffle court comme s'il venait de courir. Désolé à cause d'Anne... à cause d'hier soir...

— Je sais.

Évidemment que je le savais.

Il était tellement bouleversé. Bien plus que moi. Pourquoi ? Je n'avais jamais pu rivaliser avec lui en matière de maîtrise de soi. Pourtant, il avait suffi que j'apprenne la vérité pour qu'une détermination glaciale prenne forme tout au fond de moi. Je ne la comprenais pas, mais je l'utilisais. Pour répondre aux questions de la police. Pour parler à Cary et à mon père, qui avaient besoin que je sois forte pour eux.

— Bon sang, gronda-t-il en encadrant mon visage de ses mains. Crie-moi après. Frappe-moi. Pour l'amour du ciel...

— Pourquoi ?

— *Pourquoi ?* répéta-t-il en me dévisageant comme si j'étais folle. Parce que c'est ma faute ! Anne était mon problème et je ne l'ai pas réglé. Je n'ai pas...

— Tu n'es pas responsable de ses actes, Gideon, répliquai-je, irritée par sa façon de voir les choses. Pourquoi le serais-tu ? C'est ridicule.

Il me prit aux épaules, me secoua légèrement.

— C'est toi qui es ridicule ! Je t'ai caché la mort de ta mère et tu ne réagis pas. Alors que tu es devenue folle quand j'ai recruté Mark sans te le dire. Tu m'as quitté...

Sa voix se brisa.

— Ne me quitte pas à cause de ça, Eva. On va s'en sortir... On trouvera le moyen de dépasser ça.

— Je ne vais pas te quitter, murmurai-je en posant la main sur son visage. Tu as besoin de sommeil, Gideon.

— Seigneur, souffla-t-il avant de s'emparer de ma bouche.

Je l'enlaçai et lui caressai le dos pour tenter de le calmer.

— Où es-tu ? murmura-t-il. Reviens-moi.

Il me prit le menton de ses doigts tremblants, m'incita à ouvrir la bouche. Dès que je m'exécutai, sa langue se mêla à la mienne avec ferveur tandis qu'il me plaquait contre lui en gémissant.

Un flot de chaleur m'envahit. Dedans. Dehors. Parce que j'avais désespérément besoin que le froid en moi reflue, je lui rendis son baiser avec ardeur.

— Eva.

Gideon relâcha son étreinte, ses mains se promenant sur mon corps, le long de mon dos, de mes bras.

Je me hissai sur la pointe des pieds pour approfondir notre baiser. Je glissai la main sous son T-shirt et il tressaillit au contact de mes doigts glacés. Je le caressai, cherchant sa chaleur.

— Oui, souffla-t-il contre mes lèvres. Mon Dieu, Eva. Je t'aime.

Je lui léchai les lèvres, lui suçai la langue quand il lécha les miennes en retour. Il laissa échapper un gémissement de douleur et de soulagement mêlés, referma les mains sur mes fesses et me pressa contre lui. Je me cramponnai à lui, éperdue. C'était de lui que j'avais besoin. Je ne pensais à rien d'autre quand il me serrait dans ses bras.

— Dis-moi que tu m'aimes, haleta-t-il. Que tu me pardonneras. La semaine prochaine... l'année prochaine... un jour.

— Je t'aime.

Il m'étreignit à m'étouffer. Mes pieds se détachèrent du sol, ma tempe appuya contre la sienne.

— Je saurai me faire pardonner, jura-t-il. Je trouverai le moyen.

— Chuut...

C'était là, dans un coin de ma tête. Le désarroi. La souffrance. Mais j'ignorais si c'était lié à Gideon ou à ma mère.

Je fermai les yeux et me concentrai sur son odeur adorée, rassurante.

— Embrasse-moi encore.

Gideon tourna la tête, ses lèvres trouvèrent les miennes. Je voulais quelque chose de fort, de profond, mais il me le refusa. Le baiser qu'il m'offrit fut aussi doux que le premier avait été passionné. Tendre. Je gémis une protestation et enfouis les mains dans ses cheveux pour l'attirer à moi.

— Mon ange, chuchota-t-il en frottant son nez contre mon cou. Ton père attend.

Oh, Dieu ! J'adorais mon père, mais la souffrance et la rage impuissante qui émanaient de lui me torturaient. Je ne savais pas comment le réconforter ni l'apaiser. Il y avait ce vide en moi, comme si je n'avais plus rien à donner à personne. Alors que tout le monde avait besoin de moi.

Gideon me reposa sur le sol et me scruta de nouveau.

— Permets-moi d'être là pour toi. Ne me repousse pas.

— Je n'essaie pas de le faire.

Je tournai les yeux vers la salle de bains. « Il y a une serviette par terre, notai-je. Qu'est-ce qu'elle fait là ? »

— Il y a un truc qui cloche.

— Oui. Tout, répondit-il d'un ton crispé. Tout est absurde. Je ne sais pas quoi faire.

— Non. Il y a un truc qui cloche en moi.

— Eva. Comment peux-tu dire cela ? Il n'y a rien qui cloche chez toi.

Il reprit mon visage entre ses mains et le tourna vers lui.

— Tu t'es coupé en te rasant, dis-je en effleurant la petite trace de sang séché sur son menton. Ça ne t'arrive jamais d'habitude.

— Qu'est-ce qui se passe dans ta tête ? dit-il en m'entourant de ses bras. Je ne sais pas quoi faire, répéta-t-il. Je ne sais pas quoi faire.

Gideon garda ma main dans la sienne quand nous retournâmes au salon.

Mon père, qui était assis dans le canapé, nous jeta un coup d'œil et se leva. Jean usé. T-shirt Université de Californie San Diego délavé. Un début de barbe bleuissant sa mâchoire carrée.

Gideon s'était rasé. Pourquoi ne l'avais-je pas compris quand j'avais remarqué la coupure de rasoir ? Pourquoi n'avais-je pas remarqué qu'il s'était changé ?

Certaines choses m'apparaissaient avec une étrange clarté tandis que d'autres se perdaient dans le brouillard de mon esprit.

Les inspecteurs étaient partis. Recroquevillé contre l'un des accoudoirs du canapé, Cary dormait profondément, la bouche entrouverte. Je l'entendais ronfler doucement.

— Nous pouvons passer dans mon bureau, proposa Gideon en me lâchant la main pour désigner le couloir.

— Après vous, fit mon père.

Gideon s'engagea dans le couloir et je lui emboîtai le pas.

— Eva.

La voix de mon père m'arrêta et je me retournai.

— Je souhaite m'entretenir avec Cross seul à seul.

— Pourquoi ?

— J'ai des choses à lui dire que tu n'as pas besoin d'entendre.

— Non, rétorquai-je en secouant lentement la tête.

Il émit un bruit agacé.

— Papa, je ne suis plus une gamine. Quoi que tu aies à dire à mon mari, cela me regarde forcément et je pense que ma présence est nécessaire.

— Je n'ai aucune objection, déclara Gideon en revenant vers moi.

Mon père serra la mâchoire et son regard fit un aller-retour entre mon mari et moi.

— Très bien.

Nous gagnâmes le bureau tous ensemble. Assis dans le fauteuil de Gideon, Chris était au téléphone. Il recula son siège et se leva quand nous entrâmes.

— Dès que tu auras fini ta journée, dit-il à son interlocuteur. Je t'expliquerai cela de vive voix. À tout à l'heure, fils.

— J'ai besoin de mon bureau une minute, lui dit Gideon quand il raccrocha.

— Bien sûr, dit Chris, qui balaya nos trois visages d'un regard inquiet. Je vais sortir des assiettes et de quoi déjeuner. Nous avons tous besoin de manger.

Il quitta la pièce et mon regard fut attiré par mon père, qui regardait le grand mur de photos. Celle qui figurait au centre était une photo de moi endormie. C'était une image intime, le genre de cliché qu'un homme prend pour se souvenir de ce qu'il a fait à son amante avant que celle-ci s'endorme.

Je passai les autres photos en revue, en remarquai une de Gideon et moi dont je savais à présent qu'elle avait été prise par Hall. Un frisson courut le long de ma colonne vertébrale et je détournai la tête.

Par peur ? Hall m'avait pris ma mère, mais celui qu'il voulait réellement, c'était Gideon. J'aurais pu être en train de pleurer mon mari à l'heure qu'il était. Mon ventre se serra si atrocement à cette pensée que je me courbai en avant.

— Mon ange.

Gideon se matérialisa près de moi et me fit aussitôt asseoir sur l'une des chaises devant son bureau.

— Qu'est-ce qui ne va pas ? s'enquit mon père en se penchant sur moi, le regard affolé.

Si je n'arrivais pas à mettre des mots sur ce que je ressentais, je voyais ce que lui éprouvait. Il avait peur pour moi, il s'inquiétait plus que de raison.

— Ça va, leur assurai-je alors même que j'agrippais la main de Gideon et m'y cramponnais.

— Tu dois absolument manger quelque chose, décida-t-il.

— Toi aussi, répliquai-je. Plus vite vous en aurez fini, plus vite nous irons déjeuner.

Penser à la nourriture me donnait la nausée, mais à quoi bon le dire ? Tous deux se faisaient déjà assez de souci pour moi.

— J'ai parlé à ma famille, dit mon père à Gideon en se redressant. Ils veulent toujours venir et être là pour Eva. Et pour moi.

Se perchant sur le bord de son bureau, Gideon se passa la main dans les cheveux.

— Très bien. Il était prévu qu'ils atterrissent directement en Caroline du Nord. Il suffira de changer le plan de vol.

— Je vous en serais reconnaissant, marmonna mon père à contrecœur.

— Alors c'est entendu. Ne vous souciez de rien.

— Dans ce cas pourquoi sembles-tu aussi inquiet ? demandai-je à Gideon, qui fronçait les sourcils.

— C'est juste que... c'est de la folie devant l'immeuble en ce moment. On peut faire entrer votre famille par le parking, mais si leur présence en ville vient à être connue, ils risquent de se trouver confrontés à des photographes à leur hôtel ou chaque fois qu'ils se promèneront.

— Ils ne viennent pas pour faire du tourisme, rappela mon père.

— Ce n'est pas ce que je voulais dire, Victor, soupira Gideon. Je me contentais de penser à voix haute. Nous trouverons un moyen de les protéger. Considércz le problème comme réglé.

Je me représentai le cirque qui devait régner devant l'immeuble, et j'imaginai ma grand-mère et mes cousins traversant la meute de curieux et de journalistes. J'eus soudain un éclair de lucidité.

— S'ils tiennent à venir, nous ferions mieux d'aller dans les Outer Banks comme prévu. Leurs chambres sont déjà réservées là-bas. Ce serait plus calme et plus intime.

Tout à coup, j'avais envie d'être au bord de la mer. De sentir le vent dans mes cheveux, les vagues léchant mes pieds nus. Je m'étais sentie vivante là-bas. Je voulais me sentir de nouveau vivante.

— Tout est réglé avec le traiteur. Il y aurait à boire et à manger pour tout le monde.

Gideon me regarda.

— J'ai demandé à Scott de contacter Kristin. Tout est annulé.

— Cela fait seulement quelques heures. L'hôtel ne peut être complet en si peu de temps. Et le traiteur a sans doute déjà largement entamé les préparatifs.

— Tu veux vraiment aller là-bas ? me demanda-t-il posément.

J'acquiesçai. La maison de la plage n'abritait aucun souvenir de ma mère alors qu'en ville... Et si l'envie me prenait de sortir faire un tour, personne ne viendrait m'embêter.

— Entendu. Je m'en occupe.

Je regardai mon père, espérant que ce projet lui plairait. Il se tenait près de moi, bras croisés, les yeux rivés sur ses pieds.

— Ce qui vient de se passer change tout, commença-t-il. Pour nous tous. J'ai décidé de m'installer à New York.

Surprise, je regardai Gideon, puis mon père.

— Vraiment ?

— Il va falloir que je m'organise, entre le boulot et la vente de la maison, mais je ne peux pas rester là-bas, dit-il en me regardant. Je veux être près de toi. Tu es tout ce qu'il me reste.

— Oh, papa ! Tu adores ton boulot.

— Tu comptes bien davantage pour moi.

— Dans quel domaine comptez-vous travailler ? s'enquit Gideon.

Quelque chose dans sa voix retint mon attention. Il observait mon père avec intérêt, et ne semblait pas surpris le moins du monde.

— C'est justement de cela que je souhaitais m'entretenir avec vous, répondit mon père, son beau visage plus sérieux que jamais.

— Eva a besoin de sa propre équipe de sécurité, avec un chef qui lui soit exclusivement dédié, le devança Gideon. Angus et Raúl sont débordés.

Sa déclaration me laissa un instant bouche bée.

— Quoi ? Non, Gideon ! me révoltai-je.

Il haussa les sourcils.

— Pourquoi pas ? Ce serait l'idéal. Je ne pourrais avoir davantage confiance qu'en ton propre père pour assurer ta protection.

— Parce que c'est... déplacé, d'accord ? Papa est quelqu'un de farouchement indépendant. Ce serait bizarre qu'il soit l'employé de mon mari. Ce ne serait pas... normal.

— Angus est ce que j'ai qui se rapproche le plus d'un père, objecta-t-il, et il fait le même boulot. Je ne l'en estime pas moins, ajouta-t-il en tournant les yeux vers mon père. Et Chris, en tant que directeur d'une société dont je suis l'actionnaire majoritaire, travaille aussi pour moi d'une certaine façon.

— Ce n'est pas pareil, m'entêtai-je.

— Eva, dit mon père en posant la main sur mon épaule, si j'ai pu me faire à cette idée, tu le peux aussi.

Je le considérai d'un air effaré.

— Tu es sérieux ? Tu veux dire que tu y avais pensé avant qu'il te le propose ?

Il hocha la tête.

— J'y pense depuis qu'il m'a appelé au sujet de... ta mère. Cross a raison. Je ne ferais confiance à personne d'autre qu'à moi-même pour te protéger.

— Protéger de quoi ? Ce qui s'est passé hier n'est pas près de se reproduire.

Je ne parvenais pas à penser différemment. Vivre dans la crainte perpétuelle d'un danger guettant Gideon ? Je serais devenue folle. Et je ne pourrais pas vivre non plus en sachant mon père aussi exposé.

— Eva, cette année je t'ai vue davantage à la télé, sur Internet et dans les magazines qu'en chair et en os – et tu as passé la majeure partie de l'année à San Diego. Dieu fasse que tu ne coures aucun risque, mais je ne peux pas me contenter de m'en remettre au Seigneur. Et Cross a l'intention de recruter quelqu'un, de toute façon. Autant que ce soit moi.

— C'est vrai ? demandai-je à Gideon.

— Absolument, confirma-t-il.

— Ça ne me plaît pas.

— Désolé, mon ange, dit-il d'un ton qui signifiait que je n'avais pas le choix.

— Je n'accepterai ni avantage ni compensation qui iraient au-delà de la rémunération de vos autres employés, annonça mon père.

Gideon passa derrière son bureau, ouvrit un tiroir et en sortit une liasse de feuillets maintenus ensemble par un trombone.

— Angus et Raúl ont accepté de me laisser vous communiquer le montant de leur salaire. J'ai également indiqué le montant du salaire de départ auquel vous pouviez prétendre.

— Je n'y crois pas, me plaignis-je. Tu as réfléchi en détail à ce projet et tu ne m'as rien dit ?

— J'ai travaillé dessus ce matin. Et je ne voulais pas dire quoi que ce soit tant que ton père n'avait pas parlé de venir vivre à New York.

C'était du Gideon Cross tout craché : toujours à l'affût d'une nouvelle opportunité.

Mon père s'empara des feuillets, parcourut celui du dessus, puis considéra Gideon d'un air incrédule.

— Je ne rêve pas ? dit-il.

— Angus a pratiquement toujours travaillé pour moi. Et ses références sont impressionnantes. En clair, son salaire est mérité, déclara Gideon tandis que mon père soulevait la première page. Raúl est avec moi depuis moins longtemps, ce qui explique qu'il ne soit pas au même niveau qu'Angus – pas encore. Mais il est très doué et remarquablement expérimenté.

Mon père exhala bruyamment après avoir consulté la page suivante.

— Ma foi, c'est…

— Sans doute plus que ce à quoi vous vous attendiez, mais ce tableau vous donne un aperçu comparatif. Le salaire que je vous propose est juste. Il suppose aussi que vous acceptiez de suivre l'entraînement nécessaire à l'obtention des différents permis, licences et homologations requis.

Mon père redressa les épaules et le menton, le pli buté que formait sa bouche s'atténua.

— Entendu.

— Vous noterez que les frais d'hébergement sont inclus, poursuivit Gideon d'un ton faussement détaché. Si cela vous convient, il y a un appartement vacant, et meublé, juste à côté de celui qu'Eva occupait jusqu'ici.

— Je vais y réfléchir, dit mon père.

— Il y a un autre point auquel j'aimerais que vous réfléchissiez, continua Gideon. Il concerne mon mariage avec votre fille. Il va de soi que votre rôle personnel auprès d'Eva sera respecté. Mais respecter votre place en tant que père n'empêchera cependant pas une certaine intimité entre nous.

Oh, mon Dieu ! Je courbai les épaules, horriblement embarrassée, puis fusillai Gideon du regard. Mon père en fit autant.

Il lui fallut un long moment pour desserrer les dents et répondre :

— Je garderai cela à l'esprit pendant que je réfléchirai à la question.

— Parfait, approuva Gideon. Y a-t-il d'autres choses dont vous souhaitiez me parler ?

Mon père secoua la tête.

— Pas pour le moment.

Je croisai les bras, sachant que j'aurais quant à moi des choses à dire à Gideon le moment venu.

— Lorsque tu seras prête à en découdre, mon ange, tu sauras où me trouver, déclara mon mari en me tendant la main. D'ici là, je suggère que nous allions manger.

Le Dr Petersen arriva vers 15 heures, l'air un peu secoué. Traverser la foule massée sur le trottoir avait été une épreuve, visiblement. Gideon le présenta à tout le monde et je tâchai d'évaluer sa réaction face à des personnes à propos desquelles je lui avais raconté des choses intimes.

Il s'entretint brièvement avec moi, m'offrant ses condoléances. Il était évident qu'il était affecté par la mort de ma mère, ce qui m'incita à me demander si je l'étais aussi. J'eus ensuite du mal à lui répondre quand il me demanda comment j'allais.

Il parla un peu plus longuement avec Gideon, se retirant avec lui dans la salle à manger où ils discutèrent à voix basse.

Gideon se tourna bientôt vers moi et je compris que leur conversation était terminée. En raccompagnant le Dr Petersen à la porte, je découvris ma pochette sur la console de l'entrée.

Je sortis mon portable et trouvai plusieurs dizaines d'appels manqués et de messages. Megumi, Will,

Shawna, le Dr Travis... même Brett. Je lus les messages et commençais à y répondre quand mon téléphone vibra. En voyant le nom s'afficher sur l'écran, je jetai un coup d'œil à Cary, qui parlait avec mon père, puis m'engageai dans le couloir pour gagner la chambre.

L'après-midi était déjà bien avancé, à en juger par la lumière qui entrait par les fenêtres, et je songeais qu'il ferait nuit dans quelques heures, mettant un terme à la première journée de ma vie sans ma mère.

— Salut, Trey.

— Eva. Je... je ne devrais probablement pas m'immiscer dans ta vie dans un moment pareil, mais je viens d'apprendre la nouvelle et je t'ai appelée sans réfléchir. Je voulais juste te dire à quel point je suis désolé.

Je m'assis dans un fauteuil, me refusant à penser à ce que devaient clamer les gros titres en ce moment même.

— Je suis touchée que tu aies pensé à moi.

— Je n'arrive pas à croire à ce qui s'est passé. Si tu as besoin de quoi que ce soit, n'hésite surtout pas.

J'appuyai la tête contre le dossier de mon siège et fermai les yeux. Je revoyais le beau visage de Trey, son doux regard noisette et la petite bosse sur son nez, qui avait été cassé autrefois.

— Trey, je ne veux surtout pas te culpabiliser, mais il faut que tu saches que ma mère comptait beaucoup pour Cary. Elle était pour lui une sorte de mère adoptive. Il souffre énormément en ce moment.

Il soupira.

— Je suis désolé d'apprendre cela.

— J'avais l'intention de t'appeler... avant. Pour prendre de tes nouvelles, mais pas seulement. Je sais que tu dois faire ce qui est le mieux pour toi, cela dit, si tu envisages de reprendre un jour contact avec Cary, tu ferais bien de te dépêcher. La porte est en train de se refermer.

— Laisse-moi deviner. Il a rencontré quelqu'un, dit-il d'une voix dépourvue d'intonations.

— Non, c'est exactement le contraire. Il prend du temps pour lui et réévalue ses priorités. Tu sais qu'il a rompu avec Tatiana, n'est-ce pas ?

— C'est ce qu'il dit.

— Si tu ne lui fais pas suffisamment confiance pour croire qu'il te dit la vérité, tu as bien fait de rompre avec lui.

— Désolé, soupira-t-il. Je me suis mal exprimé.

— Cary est en phase de guérison, Trey. Bientôt, il sera prêt à passer à autre chose. C'est un truc auquel il faut que tu penses.

— Je n'ai rien fait d'autre que d'y penser. Et je n'ai toujours pas de réponse.

Je me frottai le front.

— Peut-être que tu ne te poses pas la bonne question, hasardai-je. Es-tu plus heureux avec ou sans lui ? Une fois que tu auras répondu à ça, je pense que le reste ira de soi.

— Merci, Eva.

— Pour ce que ça vaut, je crois que nous avons pris le même chemin, toi et moi. Avec Gideon, on disait toujours qu'on allait s'en sortir, mais en fait c'était juste… je ne sais pas… de la vantardise. De l'entêtement. C'était une part de notre problème, au fond, on savait très bien qu'on ne construisait rien de plus qu'un château de cartes. On ne prenait pas le temps de rendre les choses solides. Tu vois ce que je veux dire ?

— Oui.

— Mais on a tous deux accepté de changer, comme Cary l'a fait pour toi. De faire des grosses concessions.

J'entendis mon mari entrer dans la chambre.

— Ça valait le coup, Trey, ajoutai-je d'une voix douce. On ne se contente plus de vœux pieux, désormais. Il y a encore des hauts et des bas, et notre chemin sera sûrement jalonné d'embûches, en revanche, quand on dit qu'on va surmonter une épreuve, c'est la vérité.

— En gros, tu me conseilles d'accorder une deuxième chance à Cary.

Je tendis la main vers Gideon et mon cœur palpita doucement quand il s'approcha de moi.

— Je dis que je crois que tu apprécieras les changements qu'il a opérés. Et que si tu fais la moitié du chemin pour le rejoindre, tu risques de trouver que ça en valait la peine.

Chris quitta le penthouse peu après 18 heures pour aller dîner avec Christopher. Mon mari et lui échangèrent un long regard avant son départ. Je m'abstins de demander des explications à Gideon. Leur relation s'était transformée. La méfiance qu'il y avait autrefois entre eux avait disparu. Je n'allais pas le contester ni inciter mon mari à s'appesantir dessus. Il était temps pour lui de prendre des décisions avec son cœur.

Mon père et Cary partirent vers 21 heures pour mon ancien appartement où il y avait suffisamment de chambres. Mon père occuperait-il celle dans laquelle il avait fait une dernière fois l'amour avec ma mère ? Le supporterait-il ? Quand nous nous étions séparés, Gideon et moi, je m'étais installée chez Stanton. Ma chambre était pleine de souvenirs de Gideon et je n'avais certes pas besoin de ces rappels de ce que je désirais plus que tout et redoutais de ne pas avoir.

Gideon éteignit une à une toutes les lumières du penthouse, Lucky sur ses talons. Mon mari avait le pas plus lourd que d'habitude. Il était si fatigué. Je me demandais comment il avait réussi à tenir jusque-là

– après le déjeuner, il avait appelé Kristin pour tout régler avec elle, s'était entretenu à plusieurs reprises avec Scott et avait relaté à Arash la visite de la police.

— Mon ange, dit-il en me tendant la main.

Je la considérai un instant. Toute la journée, il m'avait tendu la main. La signification de ce geste tout simple me frappa soudain. « Je suis là, disait-il. Tu n'es pas toute seule. On peut y arriver, ensemble. »

Je me levai, nouai mes doigts aux siens et le laissai me guider jusqu'à la salle de bains. Là, je me livrai à la même routine que lui : brossage des dents et nettoyage du visage. Gideon prit un des comprimés que lui avait prescrits le Dr Petersen. Je le suivis dans la chambre et le laissai me déshabiller, puis m'enfiler un T-shirt propre. Il me borda en ma gratifiant d'un doux baiser.

— Où vas-tu ? demandai-je comme il s'éloignait.

— Nulle part.

Il se déshabilla rapidement, ne gardant que son caleçon, puis me rejoignit dans le lit. Il aida Lucky à grimper avant d'éteindre la lumière.

Se collant contre moi, il passa le bras autour de ma taille et m'attira à lui, mon dos contre son torse. La chaleur de son corps me tira un gémissement doublé d'un frisson.

Je fermai les yeux et me concentrai sur le bruit de sa respiration qui ne tarda guère à adopter le rythme régulier du sommeil.

Le vent s'engouffre dans mes cheveux tandis que je marche le long du rivage, mes pieds s'enfoncent dans le sable mouillé et les vagues effacent chacun de mes pas. Devant moi, je vois les tuiles délavées de la maison que Gideon a achetée pour nous. Elle est perchée au-dessus de l'eau sur de hauts pilotis et ses multiples fenêtres offrent une vue panoramique sur l'océan. Des goélands volent en cercle au-dessus de ma tête en poussant des cris, leur vol plané ponctué de rapides descentes en piqué formant un ballet dans la brise chargée d'embruns.

— Je n'arrive pas à croire que je vais manquer la réception.

Je tourne la tête et découvre ma mère près de moi. Elle porte le fourreau élégant dans lequel je l'ai vue pour la dernière fois. Elle est si belle. À couper le souffle, vraiment. J'en ai les yeux qui piquent.

— Nous allons tous la manquer.

— Je sais. Dire que je m'étais donné tant de mal pour tout organiser, soupire-t-elle avant de me jeter un coup d'œil. J'ai réussi à ajouter quelques touches de rouge.

— C'est vrai ?

Je souris en dépit de mon chagrin. Elle m'aime vraiment du mieux qu'elle peut. Qu'elle ne le fasse pas toujours comme je le voudrais ne rend pas son amour moins précieux.

— C'est une couleur un peu criarde pour un mariage, cependant. Ça n'a pas été simple.

— C'est un peu ta faute, tu sais. C'est toi qui m'avais acheté la robe rouge que j'ai portée pour mon premier rendez-vous avec Gideon.

— C'est pour cela que tu voulais du rouge ? dit-elle. La prochaine fois, tu choisiras une teinte plus discrète.

— Il n'y aura pas de prochaine fois. Gideon est l'homme de ma vie.

Je ramasse un coquillage et le rejette à la mer.

— Il m'est arrivé parfois de ne pas être sûre que ça marcherait, nous deux, mais cela ne m'inquiète plus désormais. Notre pire ennemi, c'était nous-mêmes, et nous nous sommes délestés de ce passé qui nous encombrait.

— Les premiers mois sont censés être les plus faciles, observe ma mère en s'éloignant d'un pas dansant plein

459

de grâce. Le rituel de séduction. Les voyages fabuleux et les bijoux somptueux.

Je ricane

— Pour nous, ça n'a pas été facile. Nos débuts ont tangué très fort. Mais cela devient chaque jour plus paisible.

— Il faudra que tu aides ton père à trouver quelqu'un, dit-elle, l'émerveillement enfantin ayant déserté sa voix. Il est seul depuis si longtemps.

— Tu es difficile à remplacer. Il t'aime toujours.

Elle m'adresse un sourire triste, puis tourne les yeux vers l'océan.

— J'avais Richard... C'est un homme si bon. J'aimerais qu'il retrouve le bonheur.

Penser à mon beau-père me rend soucieuse. Ma mère était tout pour lui. Qu'est-ce qui lui rendra le sourire maintenant qu'elle n'est plus ?

— Je ne serai jamais grand-mère, murmure-t-elle, pensive. Je suis morte dans la fleur de l'âge. Ce n'est pas si terrible, au fond, tu ne crois pas ?

— Comment peux-tu me demander cela ?

Je laisse couler mes larmes. J'ai fouillé en moi toute la journée parce que je n'arrivais pas à pleurer. Je les accueille avec bonheur maintenant qu'elles sont là. C'est comme si une digue s'était rompue.

— Ne pleure pas, ma chérie.

Elle s'immobilise et me serre dans ses bras, emplissant l'air que je respire de son parfum.

— Tu verras que...

Un violent sursaut me tira de mon sommeil. Lucky gémissait et me pétrissait le ventre. Je lui caressai le crâne d'une main et séchai mes larmes de l'autre. Mais mes yeux étaient secs. Le chagrin ressenti dans mon rêve se dissipait déjà tel un lointain souvenir.

— Viens là, chuchota Gideon, sa voix me guidant tel un phare dans notre chambre éclairée par la lune.

Je me tournai vers lui, cherchai sa bouche, et le gratifiai d'un long baiser sensuel. Il se figea un instant, surpris, puis sa main se referma sur mon crâne et il prit les rênes.

Je mêlai mes jambes aux siennes, savourant la tiédeur de sa peau sur les muscles puissants. Les caresses de sa langue m'apaisaient et m'excitaient tout à la fois. Gideon embrassait comme personne. Sa bouche exigeante était d'une sensualité brûlante qui savait rester tendre. Respectueuse. Ses lèvres douces et fermes se montraient taquines lorsqu'elles frôlaient les miennes.

Je pris son sexe dans ma main et le caressai avec une exigence qui faisait écho à la sienne. Il durcit sous ma paume et s'allongea jusqu'à émerger de son caleçon. Il gémit, encouragea mes caresses d'un mouvement des hanches.

— Eva.

Je perçus la question dans sa façon de prononcer mon nom.

— Fais-moi *ressentir*, murmurai-je.

Sa main glissa sous mon T-shirt, m'effleura le ventre avec la légèreté d'une plume, puis recouvrit mon sein. Il le pétrit, avant que ses doigts habiles enserrent le mamelon. Il fit rouler la pointe érigée, puis tira doucement dessus, libérant un flot de plaisir dans mon corps tout entier.

Je gémis, au comble de l'excitation. Mes jambes prirent la sienne en étau et je frottai mon sexe moite contre sa cuisse.

— Ta petite chatte te fait souffrir, mon ange ? demanda-t-il en me mordillant le coin des lèvres. Qu'est-ce qui la soulagerait ? Ma langue… mes doigts… ma queue ?

— Gideon.

Je gémis sans honte aucune quand il s'écarta, et mes bras se tendirent vers lui lorsqu'il se redressa. Murmurant des paroles rassurantes, il déposa Lucky sur le sol avec précaution. Puis ses mains furent sur mes hanches, baissèrent mon slip jusqu'aux genoux.

— Tu ne m'as pas répondu, Eva. Que veux-tu que je mette dans ta petite chatte affamée ? Tout ce que je t'ai proposé ?

— Oui... Tout.

Il me souleva les jambes, puis sa tête brune s'inclina sur mon entrejambe.

Je retins mon souffle.

Le velours chaud et humide de sa langue s'insinua entre les replis délicats de mon sexe.

— Oh, mon Dieu ! m'écriai-je en creusant les reins.

Gideon ronronna. Je tentais de me presser contre sa bouche, source et promesse d'extase, mais il plaqua les mains sur mes cuisses pour m'immobiliser et me savourer à son rythme, sa langue passant et repassant le long de ma fente... jouant avec l'idée de la plonger en moi sans pour autant s'y résoudre. Ses lèvres encerclèrent mon clitoris et se mirent à le sucer.

— S'il te plaît...

Peu m'importait de le supplier. Plus je lui donnais, plus il me rendait.

Mais il me fit attendre et poursuivit son festin, ses cheveux caressant la peau sensible de mes cuisses, sa langue massant suavement mon clitoris.

— C'est si bon... soupirai-je. Ne t'arrête surtout pas...

J'ouvris la bouche quand les caresses de sa langue ralentirent ; la pointe plongea une fraction de seconde dans l'ouverture... puis plus bas encore et effleura la rosette qui palpita sous le frôlement soyeux.

— *Oh !* suffoquai-je, rendue à moitié folle par le déluge de sensations qui me submergea après ces heures d'engourdissement.

Gideon émit un grondement qui me traversa de part en part. Mon corps se cabra quand il me donna enfin ce que je voulais, sa langue s'immisça dans la chaleur de ma fente d'une lente et délicieuse poussée.

— Oui, haletai-je. Baise-moi.

Sa bouche exquise était la source de tous les plaisirs et de tous les tourments, et sa langue soumettait sans relâche ma chair intime à ses assauts sensuels.

Gideon festoyait avec une application si gourmande et avide que je me tordais d'extase. Une pression, puis son pouce glissa entre mes fesses et se mit à aller et venir dans la tendre ouverture. L'invasion contrastait divinement avec les poussées rythmiques de sa langue. Mon ventre se contracta et je me sentis planer au-dessus du gouffre de l'orgasme…

Je criai son nom, le corps en feu, la peau brûlante et moite. Le plaisir qui me consumait me ramenait à la vie. La décharge de l'orgasme me secoua, me fit voler en éclats. Gideon ne m'accorda aucun répit et sa langue remonta sur mon clitoris. Un nouvel orgasme succéda au premier.

Je sanglotai en réaction à une jouissance aussi violente qu'infinie et pressai mes poings contre mes yeux.

— Arrête, le suppliai-je d'une voix enrouée, les membres tremblants, mon ventre se contractant comme une nouvelle vague de plaisir déferlait. Je n'en peux plus.

Le matelas se creusa quand il changea de position. J'entendis claquer l'élastique quand il baissa son caleçon.

— Comment me veux-tu ? demanda-t-il. Tendre ou brutal ?

Oh, Seigneur...

— Profond, articulai-je, les lèvres sèches. Fort.

Il se plaça au-dessus de moi, me plia davantage les jambes.

— Je t'aime, lâcha-t-il d'un ton farouche.

L'extrémité engorgée de sa queue plongea entre les lèvres de mon sexe déjà gonflées et sensibles.

Pliée comme je l'étais, les jambes entravées au niveau des genoux, ma fente était plus étroite que jamais et la taille de son sexe me parut prodigieuse. Il m'écartelait alors qu'il ne me possédait pas encore complètement.

Ondulant des hanches, Gideon se retira et revint en moi encore plus profondément.

— Tu sens ça, mon ange ? demanda-t-il, la voix rauque de désir.

— Je ne sens plus que toi, gémis-je.

J'aurais voulu pouvoir bouger, l'avaler entièrement. Mais il me maintenait entravée et me baisait avec un talent destructeur.

La sensation du va-et-vient de son sexe... si ferme... ses lentes poussées impitoyables...

Mes doigts agrippaient le drap. Mon sexe se contractait frénétiquement autour de lui. Chaque retrait me laissait vide et chaque nouveau coup de reins m'inondait de plaisir.

— Eva. Bon sang !

Ombre mouvante dans le clair de lune, Gideon m'évoquait un ange déchu ténébreux. Le désir durcissait ses beaux traits et ses yeux rivés sur moi scintillaient dans la pénombre. Ses bras étaient raidis par la tension qui ciselait les muscles de son torse.

— Continue à aspirer ma queue dans ta petite chatte et je vais jouir. C'est ce que tu veux, mon ange ? Tu veux que ce soit fini avant que ça ait vraiment commencé ?

— Non ! soufflai-je.

Il ondula du bassin, inspirant brièvement quand je l'accueillis plus profondément.

— Eva... Ta chatte adore ma queue.

Agrippant la tête du lit, Gideon s'étendit au-dessus de moi, mes jambes emprisonnées entre nous. Complètement exposée et renversée en arrière pour son plaisir, je ne pouvais rien faire d'autre que le regarder me pénétrer jusqu'à la garde.

Une plainte rauque m'échappa, le plaisir éprouvé étant si intense qu'il en devenait douloureux. J'entendis vaguement Gideon lâcher un juron, puis son corps frissonna.

— Ça va ? demanda-t-il entre ses dents.

J'essayai de retrouver mon souffle, d'emplir mes poumons le plus possible.

— Eva, gronda-t-il. Est-ce que ça va ?

Incapable de parler, je le saisis aux hanches, m'aperçus qu'il avait encore son caleçon. Qu'il n'ait pas pris le temps de nous déshabiller ne fit que m'échauffer davantage...

Il se mit alors en devoir de me baiser, de me pilonner à un rythme impitoyable, son sexe coulissant en moi sur toute la longueur, me clouant sur le matelas.

Je jouis si fort que ma vision s'obscurcit, j'étais comme piégée à l'intérieur de mon corps, en proie à un plaisir intense, ballottée par les lames de fond des sensations érotiques.

Ma peau me picotait de la tête aux pieds. Gideon s'interrompit au milieu d'une poussée, laissant ma vulve se contracter avidement autour de son sexe d'acier.

— Tu m'étreins tellement fort, gronda-t-il.

Je tremblais si violemment que je luttais pour respirer.

Quand je m'affaissai sur le matelas, sans forces, Gideon se retira de ma fente encore frissonnante et quitta le lit.

Me sentant abandonnée, je tendis la main vers lui.

— Où vas-tu ?

Il bandait toujours, la queue fièrement dressée et luisante de mon orgasme – mais il ne m'avait pas offert le sien.

— Tu n'as pas joui.

J'étais trop alanguie pour l'aider quand il ôta mon slip. Glissant la main sous mon dos, il me souleva et me débarrassa de mon T-shirt. Ses lèvres me frôlèrent le front.

— Tu m'as voulu brutal, mais moi je préfère la tendresse.

Il revint sur moi, se nichant cette fois au creux de mes jambes écartées, et je l'enlaçai. Dès que je sentis le poids de son corps, sa chaleur, son désir, je me rendis compte que c'était ce que je voulais, moi aussi – sa tendresse. Les larmes jaillirent alors, finalement, libérées par l'ardeur de sa passion et la ferveur de son amour.

— Tu es tout pour moi, sanglotai-je, la voix étranglée.

— Eva.

Gideon me pénétra en douceur, prenant tout son temps pour me combler entièrement. Ses lèvres se pressèrent sur les miennes, la caresse de sa langue presque plus érotique que celle de son sexe.

— Serre-moi, chuchota-t-il en repliant les bras sous mes épaules pour envelopper ma tête de ses mains.

J'affermis mon étreinte et lui caressai le dos.

— Je t'aime, murmura-t-il. Tu le sens ?

— Oui.

Je vis le plaisir prendre possession de son visage tandis qu'il commençait à se mouvoir en moi.

Je l'étreignis quand il gémit, le corps frissonnant dans l'orgasme.

Je chassai ses larmes de mes baisers quand il pleura silencieusement avec moi.

Et je libérai mon chagrin entre ses bras, sachant que dans la joie ou la douleur, Gideon ne faisait qu'un avec moi.

— Je n'en reviens pas.

Cary posa les mains sur la rampe de la terrasse qui faisait tout le tour de la maison et contempla l'océan, le vent lui agitant les cheveux.

— Cette maison est géniale. On a l'impression d'être à des kilomètres du reste du monde. Et cette vue… c'est carrément la folie.

— N'est-ce pas ?

Je m'appuyai contre la rampe, dos à la mer. De l'autre côté de la porte vitrée, la famille Reyes s'activait telle une nuée d'abeilles dans la cuisine et le grand salon, ma grand-mère et mes deux tantes retenant Gideon captif.

Vue à travers mes yeux, leur humeur joyeuse se teintait d'amertume. Ma mère n'avait jamais fait partie de cette famille et n'en aurait plus jamais l'occasion. Mais la vie continuait.

Deux de mes plus jeunes cousins coursaient Lucky autour du canapé tandis que trois autres plus âgés jouaient à un jeu vidéo avec Chris. Mon oncle Tony et mon père bavardaient dans le coin bibliothèque, mon père faisant sauter sur son genou sa petite nièce qui n'était encore qu'un bébé.

Gideon redoutait la famille comme il redoutait peu de choses, et son beau visage reflétait perplexité et désarroi chaque fois qu'il considérait le chaos ambiant. Je distinguais aussi une lueur de panique dans ses yeux, mais je ne pouvais pas venir à son secours. Ma grand-mère gardait en permanence un œil sur lui.

Cary regarda par-dessus son épaule, histoire de voir ce qui retenait mon attention.

— J'attends le moment où ton mec va se sauver en courant.

Je ris.

— C'est pour ça que j'ai demandé à Chris de venir. Pour que Gideon ait au moins un allié dans la place.

Notre groupe – Gideon, moi, Cary, mon père et Chris – était arrivé vers 10 heures. Il était un peu plus de midi quand la famille de mon père avait débarqué, chargée de sacs d'épicerie afin que ma grand-mère puisse nous régaler de son célèbre *posole*. Elle prétendait que cette spécialité mexicaine avait le pouvoir d'apaiser les âmes meurtries. Que ce fût vrai ou non, je savais d'expérience que celle qu'elle préparait était délicieuse.

— Chris se retrouve sans personne pour le défendre, releva-t-il. Et toi non plus.

— Qu'est-ce que je peux y faire ? Oh, non ! m'esclaffai-je. Ma mamie vient de donner un tablier à Gideon.

J'étais un peu nerveuse quand tout le monde était arrivé. Je n'avais pas passé beaucoup de temps avec la famille de mon père quand j'étais petite et n'étais allé que deux fois au Texas avec lui quand j'avais intégré l'université de San Diego. Les Reyes s'étaient montrés un peu réservés et je m'étais demandé si c'était parce que je ressemblais trop à la femme qui avait brisé le cœur de mon père. Ils ne l'avaient vue qu'une fois et avaient désapprouvé, disant à mon père qu'il visait trop haut et que son histoire d'amour finirait mal.

Aussi, quand j'avais vu ma grand-mère marcher droit sur Gideon et prendre son visage entre ses mains, j'avais retenu mon souffle en même temps que lui.

Ma grand-mère avait écarté les cheveux de son visage, lui avait fait pivoter la tête à droite, puis à gauche, et avait déclaré qu'il ressemblait beaucoup à mon père. Gideon, qui comprenait l'espagnol, lui avait répondu dans la même langue qu'il prenait cela pour un compliment. Ma grand-mère avait été ravie. Depuis, elle ne s'adressait plus à lui qu'en espagnol avec un débit de mitraillette.

— Trey m'a appelé, hier, annonça nonchalamment Cary.

— Ah bon ? Comment ça s'est passé ?

— Tu ne lui aurais pas conseillé de m'appeler, par hasard, baby girl ?

— Qu'est-ce qui te fait croire ça ? répondis-je, m'efforçant d'avoir l'air innocent.

Il me gratifia d'un regard entendu.

— J'en étais sûr.

— Je me suis contentée de lui dire que tu ne l'attendrais pas éternellement.

— Ouais, fit-il, affichant à son tour un air innocent. Tu sais que j'adore qu'on me baise parce que je fais trop pitié. C'est gentil d'avoir fait ça pour moi.

— Tu racontes n'importe quoi, répliquai-je en lui donnant une tape sur l'épaule.

— C'est vrai, reconnut-il avec un grand sourire sincère. J'avoue cependant que l'idée de m'envoyer Trey ne me laisse pas indifférent. Et comme il risque d'être lui aussi tenté, je pourrais utiliser ça à mon avantage.

— Vous allez vous voir ?

— Il vient avec moi chez Stanton pour la commémoration, lundi prochain.

— Ah, soufflai-je, sentant ressurgir mon chagrin.

Clancy avait appelé Gideon dans la matinée pour lui transmettre l'information.

Aurais-je dû organiser cette commémoration moi-même pour épargner cette peine à Stanton ? Je ne savais tout simplement pas. J'en étais encore à tenter de me convaincre que ma mère était partie pour de bon. Après avoir passé des heures à pleurer, la nuit passée, je m'étais sentie affreusement coupable. Je lui avais dit tant de choses que je regrettais, j'avais si souvent pensé à elle avec colère et irrespect.

Quelle ironie, rétrospectivement, que son principal défaut ait été de m'aimer trop.

Comme mon beau-père l'avait aimée – démesurément.

— J'ai essayé d'appeler Stanton, dis-je, mais je suis tombée sur sa messagerie.

— Moi aussi, fit Cary en se frottant le menton. J'espère que ça va, mais je réalise que c'est impossible.

— Il faudra du temps avant que l'un de nous aille mieux.

Un silence suivit, qui n'avait rien de pesant. Ce fut Cary qui le brisa le premier.

— J'ai parlé avec ton père, ce matin, avant qu'on parte pour l'aéroport. Il m'a dit qu'il avait l'intention de venir vivre à New York.

Je plissai le nez.

— J'adorerais l'avoir près de moi, mais je ne peux pas m'empêcher de trouver bizarre qu'il travaille pour Gideon.

— J'avoue, reconnut Cary.

— Qu'est-ce que tu en penses ?

Il pivota à demi pour me faire face.

— Tu es au courant que le simple fait de savoir qu'une femme portait mon enfant a changé ma vie, n'est-ce pas ? Alors multiplie ça par vingt-quatre années dans ton cas, et tu auras une idée de ce qu'un père aimant serait disposé à faire pour le bien-être de sa fille unique.

Oui, Cary avait décidément franchi un cap. Il suffit parfois d'un choc violent pour vous pousser dans la bonne direction. Pour Cary, ce choc s'était produit à

470

l'idée d'être père. Pour moi, c'était la rencontre avec Gideon. Et pour Gideon, la possibilité de me perdre.

— Toujours est-il, reprit Cary, que ton père m'a dit qu'il envisageait de partager l'appartement avec moi.

— Waouh. D'accord...

Cela faisait beaucoup de choses à digérer. Un, mon père prenait visiblement très au sérieux la proposition de Gideon. Et deux, mon meilleur ami envisageait de vivre loin de moi. Je ne savais trop qu'en penser.

— J'avais peur que mon père ne trouve difficile de dormir dans cette chambre après que ma mère et lui... tu sais.

— Oui, je me suis posé la question, avoua Cary. Mais tu sais, les souvenirs, c'est tout ce que Victor a jamais vraiment eu de Monica.

J'acquiesçai. Au fil des ans, mon père avait dû se demander plus d'une fois si cet amour avait toujours été à sens unique. Après cet après-midi passé en compagnie de ma mère, il avait peut-être réalisé que ce n'était pas le cas. Cette chambre renfermait donc un bon souvenir.

— Tu envisages donc de rester à l'appartement, repris-je. Ma mère m'avait dit qu'elle te l'avait proposé.

— J'y songe, oui, répondit-il avec un sourire teinté de mélancolie. Ce sera plus simple si ton père est là. Je l'ai prévenu qu'il y aurait un bébé de temps en temps, mais j'ai eu l'impression que l'idée lui plaisait plutôt.

Je reportai mon attention sur le salon et regardai mon père faire des grimaces pour amuser ma petite cousine. Il était le seul de ses frères et sœurs à avoir eu un enfant unique, et j'étais adulte.

Je fronçai les sourcils en voyant Gideon se diriger vers la porte d'entrée. Où diable allait-il avec ce tablier noué autour de la taille ? Il ouvrit la porte et demeura immobile une longue minute. Quelqu'un avait dû frapper, mais comme il me bloquait la vue, je ne savais pas de qui il s'agissait.

Cary, qui avait suivi la direction de mon regard, se rembrunit.

— Qu'est-ce qu'il fait là ? demanda-t-il.

En voyant entrer le frère de Gideon, je me posai la même question. Puis Ireland apparut derrière lui, un sac cadeau à la main.

— Est-ce qu'on doit redouter un cadeau de mariage impossible à échanger ? s'inquiéta Cary.

— Non, répondis-je en étudiant le logo du sac, trop festif et coloré pour un mariage. C'est un cadeau d'anniversaire.

— Merde, souffla Cary. J'ai complètement zappé.

Quand Gideon referma la porte, je compris qu'Elizabeth ne ferait pas même une apparition pour l'anniversaire de son fils aîné. Le mélange de compassion et de chagrin qui m'envahit me fit serrer les poings.

Qu'est-ce qui ne tournait pas rond chez cette femme ? Elle n'avait pas donné signe de vie depuis que Gideon lui avait dit ses quatre vérités dans son bureau. Un jour pareil, son absence était d'une indélicatesse sidérante.

Je me rendis soudain compte que je n'étais pas la seule à avoir perdu ma mère ces derniers jours.

Chris se leva pour accueillir ses enfants. Il serra Christopher dans ses bras tandis qu'Ireland embrassait mon mari. Elle lui sourit, lui offrit le sac. Il le prit, se retourna et désigna l'endroit où je me tenais sur la terrasse.

Fraîche et ravissante dans une jolie robe d'été à l'imprimé délicat, Ireland nous rejoignit.

— Waouh, Eva ! Cet endroit est sublime.

— Ça te plaît ? demandai-je en l'étreignant.

— Difficile de ne pas aimer, répondit-elle avant de serrer Cary dans ses bras. Je suis désolée pour ta maman, Eva, ajouta-t-elle, son joli visage soudain grave.

Les larmes, qui n'étaient jamais bien loin, me picotèrent les yeux.

— Merci.

— Je ne peux même pas imaginer, souffla-t-elle. Et pourtant, je n'aime pas ma mère en ce moment.

Quoi que je pense d'Elizabeth, je ne souhaitais à personne, surtout pas à Ireland, d'éprouver les regrets qui me taraudaient.

— J'espère que vous vous réconcilierez, murmurai-je en posant la main sur son bras. Si ma mère pouvait revenir, j'effacerais bien des choses que j'ai pu dire ou faire.

L'avouer me donna envie de pleurer. Je m'excusai, descendis l'escalier qui donnait sur la plage et courus jusqu'au rivage. Je m'arrêtai quand l'eau me couvrit les chevilles et laissai la brise sécher mes larmes.

Je fermai les yeux et ordonnai à mon chagrin de retourner dans la boîte où je l'avais rangé pour la journée. C'était l'anniversaire de Gideon, une occasion que je voulais fêter car elle célébrait le jour de sa venue au monde et, finalement, dans ma vie.

Je sursautai quand des bras musclés m'entourèrent la taille et me plaquèrent contre un corps familier.

Gideon cala le menton sur le sommet de mon crâne. Je sentis sa poitrine se dilater, puis libérer un profond soupir quand je drapai mes bras sur les siens.

— Ma grand-mère t'a laissé sortir ? le taquinai-je une fois que je me fus ressaisie.

Il laissa échapper un rire bref.

— Elle dit que je lui rappelle ton père, mais moi, c'est à toi qu'elle me fait penser.

Ce qui justifiait, supposai-je, qu'on m'ait donné son nom.

— Parce que je te retiens entre mes griffes avides ?

— Parce qu'elle a beau me terroriser, je n'arrive pas à m'en aller.

Touchée, je tournai la tête et appuyai la joue contre son cœur pour en écouter le battement régulier.

— Je ne savais pas que ton frère et ta sœur allaient venir.

— Moi non plus.

— Qu'est-ce que ça te fait que Christopher soit là ?

Il haussa les épaules.

— Ni chaud ni froid.

Si l'apparition inattendue de son frère ne dérangeait pas Gideon, je ne laisserais pas sa présence me perturber.

— J'aurais des choses à te confier au sujet de Christopher, dit-il. Plus tard.

Je faillis objecter, mais me retins. Gideon avait raison. Nous aurions dû renouveler nos vœux aujourd'hui, entourés de nos familles et de nos amis. Nous aurions dû fêter son anniversaire et être si joyeux qu'il n'y aurait pas eu de place pour le chagrin et les regrets. Au lieu de quoi la journée était assombrie par une tristesse que nous devions cacher. Il n'y avait cependant pas de raisons d'ajouter davantage de désagrément.

— J'ai quelque chose pour toi, lui dis-je.

— Hmm... Je suis tenté, mon ange, mais il y a trop de monde.

Il me fallut une seconde pour comprendre qu'il me taquinait.

— Oh, mon Dieu ! Espèce de démon.

Je glissai la main dans ma poche et repliai les doigts sur son cadeau, bien à l'abri dans sa pochette de velours noir. J'avais choisi de le garder sur moi afin de le lui donner à un moment propice. Je ne voulais pas le lui offrir en même temps que ses autres cadeaux.

Je me tournai vers lui, sortis le cadeau de ma poche et le lui tendis, posé au creux de mes mains jointes.

— Joyeux anniversaire, champion.

Son regard passa de mes mains à mon visage. Il y avait dans ses yeux cet éclat que je ne voyais que lorsque je lui offrais quelque chose. Comme chaque fois, j'eus envie de lui donner davantage, de tout lui donner. Mon mari méritait tellement d'être heureux. La mission de ma vie consistait à veiller à ce qu'il le soit toujours.

Gideon prit la pochette et dénoua le lien.

— Je veux juste que tu saches, commençai-je, m'efforçant de dissimuler ma nervosité, que c'est affreusement difficile d'offrir quelque chose à quelqu'un qui a tout.

— Je ne m'attendais à rien, mais j'aime toujours tes cadeaux.

— Tu ne souhaiteras peut-être pas t'en servir, ce qui ne me vexera pas. Je veux dire que tu ne dois pas te sentir obligé de...

La montre de gousset en platine Vacheron Constantin étincela au soleil. Me mordant la lèvre, j'attendis qu'il l'ouvre et regarde à l'intérieur.

Gideon lut à voix haute les mots que j'avais fait graver. *À toi pour toujours, Eva.*

— On peut mettre une petite photo sur l'inscription. J'avais pensé que ce serait une photo du renouvellement de nos vœux, mais...

Je m'éclaircis la voix quand il me regarda avec tant d'amour que mon cœur se serra.

— Je sais que c'est vieux jeu. Mais comme tu portes des gilets, j'ai pensé que tu pourrais en avoir l'usage.

Enfin, je sais que tu as déjà une montre au poignet, alors c'est peut-être inutile...

Il m'embrassa pour me faire taire.

— Je la chérirai. Merci.

— Je suis contente, fis-je en passant la langue sur mes lèvres pour savourer le goût de sa bouche. Il y a une chaîne qui va avec dans l'écrin.

Il remit soigneusement la montre dans la pochette et glissa celle-ci dans sa poche.

— J'ai quelque chose pour toi, moi aussi.

— Un peu de tenue, Gideon, le taquinai-je. Nous ne sommes pas seuls.

Jetant un coup d'œil par-dessus son épaule, il découvrit que nos invités étaient sortis sur la terrasse. Le traiteur avait dressé le buffet à l'extérieur et les gens commençaient à picorer des amuse-bouches pendant que la viande pour le *posole* cuisait dans le four.

Il tendit sa main fermée, la retourna et déplia les doigts, révélant une somptueuse alliance. Des diamants arrondis qui étincelaient de mille feux faisaient tout le tour de l'anneau.

Mes yeux s'emplirent à nouveau de larmes. Les mouettes planaient dans la brise chargée d'embruns en poussant des cris plaintifs. Les vagues qui venaient me lécher les pieds à intervalles réguliers m'ancraient dans l'instant présent.

Je fis mine de m'emparer de la bague, mais Gideon referma la main.

— Pas encore, sourit-il.

— Quoi ? m'insurgeai-je. Ne me fais pas languir !

— Ah, mais je tiens toujours mes promesses, ronronna-t-il.

Je le fusillai du regard et son sourire moqueur disparut.

476

— Je suis si fier d'être ton mari, déclara-t-il, solennel, en me caressant la joue. Que tu m'aies jugé digne d'un tel honneur est ma plus grande réussite.

— Oh, Gideon ! soufflai-je.

Il me bouleversait. J'étais confondue, comblée par son amour.

— C'est moi qui suis honorée.

— Tu as changé ma vie, Eva. Et tu as réussi l'impossible : tu m'as transformé. J'aime celui que je suis devenu. Je n'aurais jamais pensé que cela arriverait.

— Tu as toujours été merveilleux, déclarai-je avec ferveur. Je t'ai aimé au premier regard. Je t'aime encore plus aujourd'hui.

— Il n'y a pas de mots pour exprimer ce que tu représentes pour moi, déclara-t-il en rouvrant la main. Mais j'espère que lorsque tu regarderas cette bague à ton doigt, tu te souviendras que tu brilles autant qu'un diamant dans ma vie et que tu m'es infiniment plus précieuse.

Je me hissai sur la pointe des pieds, cherchai ses lèvres et faillis sangloter de bonheur quand il m'embrassa.

— Tu es ce qui m'est arrivé de mieux dans toute ma vie, soufflai-je.

Il souriait quand il glissa l'alliance à mon doigt, l'ajustant au-dessus du magnifique diamant Asscher qu'il m'avait offert à notre mariage.

Des applaudissements ponctués d'acclamations nous firent tressaillir. Nous nous tournâmes vers la maison. Alignés sur la terrasse, tous nos proches réunis nous regardaient. Les enfants dévalaient déjà l'escalier, courant derrière Lucky, qui était pressé de retrouver Gideon.

Je ne comprenais que trop ce sentiment. Pour le restant de nos vies, je courrai toujours pour le rejoindre.

Je pris une profonde inspiration purificatrice et laissai l'espoir et la joie chasser la culpabilité et le chagrin, juste pour un moment.

— C'est parfait, murmurai-je, le vent emportant mes paroles.

Pas de robe, pas de fleurs, pas de formalités ni de rituel. Rien que Gideon et moi, engagés l'un envers l'autre, entourés de ceux qui nous aimaient.

Gideon me souleva dans ses bras et me fit tourner en l'air, m'arrachant un rire de pur plaisir.

— Je t'aime ! criai-je à la face du monde.

Mon mari me reposa et m'embrassa à perdre haleine. Approchant ensuite les lèvres de mon oreille, il chuchota :

— Crossfire.

16

C'était difficile de regarder Eva tenter de conso-
ler Richard Stanton, qui n'était plus que l'ombre de
l'homme avec qui nous avions passé le week-end à
Westport. Il était alors plein de vie, paraissant plus
jeune que son âge. À présent, il semblait fragile, ses
larges épaules voûtées par le poids du chagrin.

Une profusion de fleurs blanches couvrait chaque
surface libre du salon du penthouse de Stanton. Des
photos de Monica étaient disséminées parmi les bou-
quets, la montrant dans les meilleurs moments de sa
vie avec lui.

Victor était assis avec Cary et Trey dans un petit
salon à l'écart. Quand nous étions arrivés, le père d'Eva
et Stanton étaient restés un instant figés l'un devant
l'autre. Je suspectais chacun de ne pas accepter ce que
l'autre avait eu de Monica : Victor avait eu son amour,
Stanton avait eu la femme elle-même.

On sonna à la porte. Eva et Martin allèrent ouvrir.
Stanton ne bougea pas de son fauteuil, visiblement
perdu dans ses pensées. J'avais perçu sa douleur quand,
nous accueillant dans l'entrée, il avait sursauté à la
vue d'Eva.

Ma femme et moi gagnerions l'aéroport dès que ce serait fini et je m'en félicitai. Pendant un mois, nous serions loin de la ville et des projecteurs. J'espérais qu'à notre retour, Stanton supporterait de poser les yeux sur ma femme, qui ressemblait tellement à celle qu'il avait aimée.

— Cross.

Je tournai la tête et découvris Clancy. Comme celui de l'inspecteur Graves, le regard de Clancy disait qu'il savait ce que j'avais fait pour éliminer la menace que Nathan Barker représentait pour ma femme. Mais contrairement à Graves, Clancy m'avait aidé à couvrir mes traces, modifiant la scène du crime afin que celui-ci soit attribué à un mort qui avait payé ses propres crimes de sa vie et ne risquait donc pas de payer pour le mien.

Je haussai les sourcils, l'interrogation en silence.

— Il faut que je vous parle, dit-il, indiquant le couloir sans attendre que j'acquiesce.

Je le suivis dans la bibliothèque. La pièce garnie de livres et décorée dans les tons havane et vert sentait le cuir et le papier. De profonds divans et fauteuils ainsi qu'un bar bien fourni invitaient celui qui pénétrait là à se mettre à l'aise et à se délasser.

Clancy referma la porte derrière nous et s'assit dans un des deux fauteuils club face à la cheminée. Je pris l'autre. Il alla droit au but.

— Mme Stanton laisse derrière elle vingt-cinq années de journaux intimes manuscrits et sur disque dur. Elle m'avait demandé de les remettre à Eva après sa mort.

— Je veillerai à ce qu'ils lui reviennent, dis-je.

Les coudes sur ses genoux, il se pencha vers moi. Benjamin Clancy était grand, musclé, les cheveux coupé ras, un éclat froid dans le regard – regard qui se réchauffait cependant quand il posait les yeux sur Eva, tel un grand frère protecteur.

— Vous jugerez du moment opportun pour les lui remettre, dit-il. Si toutefois vous décidez de le faire.

— Je vois.

Il me chargeait donc de les lire. Cette idée me mit mal à l'aise.

— Par ailleurs, poursuivit-il, vous aurez désormais une nouvelle responsabilité financière puisque vous allez devoir prendre en charge un certain problème à sa place. Il est loin d'être négligeable, mais vous saurez le gérer, j'en suis sûr.

Je m'étais raidi en l'entendant mentionner Monica sous le nom de Lauren et restai sur mes gardes tandis qu'il ajoutait :

— Vous avez enquêté sur son passé après la mort des Tramell.

— Mais vous aviez effectué un grand nettoyage, observai-je, cela m'apparaissant comme une évidence.

— J'ai effacé ce que j'ai pu. J'ai fouillé dans son passé quand sa relation avec M. Stanton est devenue sérieuse. Quand je suis allé la trouver, elle m'a dit ce que je m'apprête à vous révéler – M. Stanton n'est au courant de rien. J'aimerais que cela continue. Il était heureux. La personne qu'elle était avant de le connaître ne l'affectait en rien, il n'a donc pas besoin de savoir.

Clancy s'était clairement laissé influencer. Restait à voir si je ferais de même.

— Vous trouverez sans doute plus d'explications dans les journaux. Je ne les ai pas lus, mais l'histoire de Lauren est certainement plus poignante que les faits bruts que je vais vous exposer.

— Je comprends. Allez-y.

— Lauren Kittrie est née dans une petite ville de la banlieue d'Austin. Sa famille était pauvre. Sa mère

481

l'a abandonnée, en même temps que sa sœur jumelle, quand elle a quitté son père, qui était ouvrier agricole dans une ferme de la région. C'était un homme occupé qui ne s'intéressait pas à ses deux filles, aussi jolies qu'impétueuses, et n'était de toute façon pas capable de les élever.

Je m'adossai au fauteuil et tâchai de me représenter deux Monica adolescentes. L'image était plus que saisissante.

— Comme vous vous en doutez, poursuivit Clancy, elles ne passaient pas inaperçues. Alors qu'elles finissaient le secondaire, un groupe d'étudiants fortunés d'Austin s'est intéressé à elles. Des petits voyous, persuadés que tout leur est dû. Le chef de la bande s'appelait Jackson Tramell.

— Elle l'a épousé, acquiesçai-je.

— Cela ne s'est fait que plus tard. Lauren a toujours eu de la jugeote s'agissant des hommes. Elle ne voulait pas de la vie qu'avaient eue ses parents, mais elle avait le don de sentir le danger. Elle a repoussé Tramell à plusieurs reprises. Sa sœur Katherine était moins futée qu'elle. Elle a vu en Tramell une chance d'échapper à sa condition.

Je commençai à ressentir un vague malaise.

— Ce long préambule est-il vraiment nécessaire ?

— Contre l'avis de Lauren, Katherine a accepté de sortir avec lui. Elle n'est pas rentrée à la maison ce soir-là ni le lendemain, aussi Lauren a-t-elle appelé la police. Un fermier du coin a retrouvé Katherine dans son champ, à peine consciente suite à une ingestion massive d'alcool et de drogues diverses. Elle avait été violemment agressée. Bien que cela n'ait pas été prouvé, on suspecta la participation de plusieurs individus.

— Seigneur...

— Katherine était dans un sale état, poursuivit Clancy. L'effet des drogues hallucinogènes combiné au traumatisme physique d'un viol collectif avait causé des dommages irréversibles sur le plan cérébral. Elle avait besoin de soins permanents pour une durée indéfinie que leur père n'avait pas les moyens de lui offrir.

Nerveux, je me levai et m'approchai du bar avant de prendre conscience qu'un verre était la dernière chose dont j'avais envie.

— Lauren est allée trouver les Tramell et leur a dit ce qu'elle soupçonnait leur fils d'avoir fait. Jackson a nié et, sans preuves matérielles, il n'y avait aucun moyen de le relier à ce crime. Mais il a vu là l'occasion d'obtenir ce qu'il voulait : Lauren. Il a donc obtenu de ses parents que ceux-ci paient les soins de Katherine en échange de Lauren elle-même et de son silence au sujet de l'agression.

Je me tournai vers lui et le dévisageai. L'argent peut dissimuler une multitude de péchés. Le fait que Stanton soit parvenu à enterrer le passé d'Eva en était la preuve. Cela dit, le père de Nathan Barker avait exigé que son fils paie pour ses crimes. Alors que les Tramell s'étaient donné beaucoup de mal pour cacher ceux de leur fils.

Clancy se redressa.

— Jackson voulait coucher avec Lauren. Lauren a négocié un mariage avec ses parents afin de garantir les soins de Katherine sur le long terme.

Je changeai d'avis à propos de l'alcool et me servis un scotch.

— Pendant quelques mois, la situation entre Lauren et Jackson est restée stable. Ils vivaient...

— Stable ? relevai-je avec un rire rauque. Elle s'était vendue à l'homme qui avait organisé le viol collectif de sa sœur jumelle. Mon Dieu...

J'avalai une longue gorgée d'alcool.

Monica – ou Lauren – avait été plus forte qu'aucun de nous ne l'aurait cru possible. Mais Eva méritait-elle de l'apprendre, au vu de l'horreur du reste de l'histoire ?

— La situation était stable, répéta Clancy, jusqu'à ce qu'elle rencontre Victor.

Je croisai son regard. Sa mâchoire se crispa.

— Elle est tombée enceinte d'Eva. Quand Jackson a découvert que l'enfant qu'elle portait n'était pas le sien, il a voulu s'en occuper – à coups de poing. Ils vivaient chez les parents de Jackson, mais les vieux Tramell ne s'interposaient jamais en cas de dispute. Lauren en est venue à craindre pour la vie de son enfant.

— Elle a tué Jackson, dis-je en fourrageant dans mes cheveux. Origine de la mort indéterminée – elle l'a tué.

Clancy me laissa le temps d'encaisser cette révélation. Je n'étais donc pas le seul à avoir tué pour protéger Eva.

Je me mis à marcher de long en large.

— Les Tramell ont aidé Lauren à s'en tirer. Ils le devaient. Pourquoi ?

— Alors qu'elle vivait avec Jackson, Lauren avait secrètement rassemblé tout ce qu'elle pourrait utiliser un jour contre lui. Les Tramell tenaient à leur réputation – ainsi qu'à celle de leur fille, Monica, qui n'était pas encore mariée – et tout ce qu'ils voulaient, c'était que Lauren s'en aille avec tous les problèmes qu'elle avait causés.

Elle est donc partie, n'emportant que les vêtements qu'elle avait sur elle, les soins de Katherine étant désormais sous son entière responsabilité.

— Elle avait fait tout cela pour rien, marmonnai-je. Elle se retrouvait au point de départ.

L'information essentielle m'apparut soudain avec une clarté aveuglante.

— Katherine est toujours vivante.

Cela expliquait les mariages de Monica avec des hommes fortunés et sa préoccupation au sujet de l'argent. Durant toutes ces années, elle avait dû savoir que sa fille la jugeait superficielle, mais elle avait préféré le lui laisser croire plutôt que de lui révéler la vérité.

N'avais-je pas moi-même espéré qu'Eva n'apprenne jamais ce que j'avais fait à Nathan ? Parce que je craignais qu'elle ne me voie comme un monstre.

Clancy se leva souplement en dépit de sa corpulence.

— Et comme je vous l'ai dit au début, les soins de Katherine se trouvent désormais sous votre responsabilité financière. C'est à vous qu'il revient de décider ce que vous souhaitez ou non révéler à Eva.

Jc l'étudiai un instant, puis :

— Pourquoi me faites-vous confiance ?

Il tira sur les pans de sa veste.

— Je vous ai vu plaquer Eva au sol quand Hall a ouvert le feu. Si je me fie à la façon dont vous avez réglé le problème Barker, il me semble évident que vous êtes prêt à tout pour protéger Eva. Si vous estimez qu'elle doit savoir, vous le lui direz en temps voulu.

Sur ce, il hocha la tête et quitta la pièce.

Je m'attardai dans la bibliothèque pour rassembler mes pensées.

— Hello, toi.

Je me retournai et regardai Eva pénétrer dans la pièce.

— Qu'est-ce que tu fais ici ? demanda-t-elle, très belle dans sa petite robe noire toute simple. Je t'ai cherché partout. C'est Clancy qui m'a dit où tu étais.

— Je buvais un verre, éludai-je.

— Un seul ? fit-elle, l'étincelle dans son regard m'apprenant qu'elle ne m'en tenait pas rigueur. Ça fait un moment que tu es ici, champion. On doit emmener papa à l'aéroport.

Surpris, je consultai ma montre et découvris que j'étais perdu dans mes pensées depuis un bout de temps. Reprendre pied dans le présent et cesser de ruminer sur le passé tragique de Lauren demandait un effort.

Si je ne pouvais pas changer le passé, ce que j'avais à faire était assez clair dans mon esprit. J'allais veiller au bien-être de sa sœur. Je prendrai soin de sa fille tant aimée. Je rendrai ainsi hommage à la femme qu'avait été Monica. Et un jour, s'il me semblait que c'était la chose à faire, je présenterai cette femme à Eva.

— Je t'aime, dis-je à ma femme en lui prenant la main.

— Ça va ? murmura-t-elle, parce qu'elle me connaissait si bien.

— Oui, assurai-je avec un sourire. Allons-y.

Épilogue

Drôle de choix, cet hôtel, pour une lune de miel.

Je tourne la tête et découvre ma mère allongée à côté de moi sur la chaise longue du balcon. Elle porte un bikini violet, sa peau est légèrement bronzée et ses ongles sont vernis couleur chair.

Une joie intense m'envahit. Je suis si heureuse de la revoir.

— C'est un gag entre nous, je lui explique, le regard tourné vers l'océan Pacifique qui scintille au-delà du ruban émeraude de la forêt qui se trouve devant nous. J'ai dit à Gideon que je fantasmais sur Tarzan, alors il nous a trouvé une maison dans les arbres.

J'ai été ravie en découvrant la suite perchée dans la ramure d'un vieux banian. La vue du balcon est époustouflante et Gideon et moi en profitons chaque fois que nous sortons de notre boudoir feuillu.

— Tu es donc sa Jane... dit ma mère en secouant la tête. Je préfère m'abstenir de tout commentaire.

Je souris, ravie d'être encore capable de la choquer.

Elle renverse la tête en arrière avec un soupir et ferme les yeux.

— Je suis contente que ton père ait décidé de vivre à New York. Cela me tranquillise de savoir qu'il sera là pour toi.

— Oui… je commence à me faire à l'idée.

Accepter que ma mère soit entièrement différente de ce que je croyais qu'elle était est plus difficile. J'hésite à aborder le sujet. Je ne veux pas gâcher la joie de nos retrouvailles. Mais son journal était rédigé comme une longue suite de lettres qui m'étaient adressées et j'ai besoin de réponses.

— J'ai lu tes journaux, dis-je.

— Je sais.

Sa réponse est désinvolte. Je ressens de la colère et de la frustration, mais je les chasse.

— Pourquoi ne m'avais-tu pas parlé de ton passé ?

— Je le souhaitais, répond-elle en tournant la tête vers moi. Quand tu étais petite, j'avais l'intention de le faire un jour. Et puis il y a eu Nathan… et j'ai attendu que tu te remettes. Après quoi, tu as rencontré Gideon. Je pensais toujours que j'avais le temps.

Je sais que ce n'est pas entièrement vrai. Elle aurait toujours trouvé un prétexte pour remettre à plus tard. Ma mère n'avait pas attendu que je sois prête à accepter ce qu'elle avait fait dans l'intérêt de sa sœur ; elle avait attendu d'être elle-même prête.

Il lui avait fallu beaucoup de force pour faire certains de ses choix et agir comme elle l'avait fait. J'étais heureuse de savoir cela d'elle, et plus encore de connaître l'origine de sa fragilité. Ma mère avait été tourmentée par le tour que sa vie avait pris. Tuer Jackson l'avait hantée parce qu'elle l'avait haï et que sa mort était été source de joie, quand bien même le meurtre en lui-même l'avait horrifiée.

Quitter mon père avait détruit un élément vital en elle, de même que vivre comme si sa sœur Katherine n'existait

pas. Ma mère avait été séparée de deux parties de son cœur,
mais elle avait trouvé le moyen de faire face. Je m'expliquais
mieux sa tendance à me protéger à l'excès, à présent – elle
n'imaginait pas survivre si elle me perdait, moi aussi.

— Gideon dit que nous irons voir Katherine à notre
retour. Nous songeons à l'installer plus près pour qu'elle
puisse faire partie de notre vie.

Je m'efforce de m'y préparer, sachant que ma tante est
la sœur jumelle de ma mère.

Ma mère me regarde avec un sourire triste.

— Elle sera contente de te voir. Elle entend parler de
toi depuis si longtemps.

— C'est vrai ?

Je sais grâce à ses journaux intimes que ma mère
voyait rarement Katherine, ses époux successifs se mon-
trant jalousement protecteurs à son endroit. Les mails et
les appels téléphoniques laissant des traces, elle devait se
contenter d'échanges épistolaires.

— Évidemment. Je ne peux pas m'empêcher de me
vanter. Et je suis si fière de toi.

J'en ai les larmes aux yeux.

Elle offre son visage au soleil.

— Pendant longtemps, ce que Katherine avait subi
m'a plongé dans une colère indicible – je n'ai jamais
retrouvé la sœur que j'avais connue. Et puis j'ai fini par
me rendre compte que son esprit la protégeait de cette
nuit de cauchemar. Elle ne s'en souvient pas. Elle a des
pensées toutes simples et se réjouit de la moindre chose
comme une enfant.

— Nous veillerons sur elle, je te le promets.

Ma mère me tend la main et je m'en empare.

— Est-ce qu'on trouve du champagne dans une mai-
son dans les arbres ?

Je ris et lui serre les doigts.

— Bien sûr.

J'émergeai paresseusement des profondeurs du sommeil. Des taches de soleil filtraient à travers la moustiquaire drapée autour du lit. Je m'étirai, tâtonnai vers mon mari, mais il n'était pas allongé près de moi.

Je le découvris debout devant la fenêtre de l'alcôve qui lui tenait lieu de bureau, parlant au téléphone. Je m'attardai un instant, me repaissant de sa vue. Les cheveux en bataille, pas encore rasé, il était si sexy qu'il me faisait chavirer. Que Lucky soit couché à ses pieds ne faisait qu'ajouter à ma joie.

Gideon portait juste un bermuda. Le premier bouton était défait, et il était clair qu'il était prêt à passer à l'action. C'était à peu près le seul vêtement qu'il tolérait depuis que nous étions en lune de miel. Certains jours, il ne portait que sa sueur et je le trouvais si beau, son odeur m'excitait tellement, que je veillais à le faire transpirer encore davantage.

Quant à moi, j'avais eu la surprise de trouver dans mes bagages tout un tas de robes tubes sans bretelles à quoi s'ajoutait une remarquable absence de sous-vêtements. Il m'arrivait régulièrement de me retrouver courbée en avant, la jupe retroussée, une partie de l'anatomie de mon mari s'immisçant en moi. Nous en étions à deux semaines de lune de miel et Gideon avait habitué mon corps à anticiper son désir. Il pouvait m'exciter en un clin d'œil et nous satisfaire tous deux aussi promptement.

C'était délicieusement hédoniste. Je ne m'en lassais pas.

Entre deux épisodes polissons, nous passions du temps à parler et à faire des projets pour le jour où nous retrouverions le monde civilisé. Nous regardions des films et jouions aux cartes, Gideon s'efforçant de m'apprendre à jouer correctement. Il lui arrivait parfois d'être obligé de travailler et dans ces moments-là, je lisais les journaux intimes que ma mère m'avait laissés.

490

Il lui avait fallu deux jours pour m'en parler, mais il avait trouvé le bon moment.

Nous parlions aussi beaucoup de ces journaux.

— C'est une exigence déraisonnable, déclara Gideon au téléphone tout en lorgnant mon corps revêtu d'un peignoir de soie court. On a encore une marge de manœuvre. Ils ont intérêt à en tenir compte.

Je soufflai un baiser vers lui, et me dirigeai vers la cuisine.

J'allai sur le balcon pendant que le café passait et promenai les yeux sur les taillis, les arbres et l'océan au-delà. Nous irions peut-être à la plage aujourd'hui. Nous avions un coin pour nous seuls. Pour le moment, nous voulions juste être ensemble.

Un frisson remonta le long de ma colonne vertébrale quand j'entendis le cliquetis des griffes de Lucky sur le plancher. Sa venue annonçait forcément celle de Gideon qu'il suivait comme son ombre. Mon mari était plus qu'entiché de Lucky, lui aussi. Ses cauchemars étaient de moins en moins fréquents, mais quand ils survenaient, la présence de Lucky était bien commode.

— Bonjour, murmura Gideon en m'encerclant de ses bras.

Je me laissai aller contre lui.

— Techniquement, je crois que c'est l'après-midi.

— On pourrait retourner se coucher jusqu'à ce soir, ronronna-t-il contre mon cou.

— Je n'arrive pas à croire que tu ne te sois pas encore lassé de moi.

— Mon ange, si tu t'ennuies, je te promets de mettre plus de cœur à l'ouvrage.

L'image que fit surgir ces mots dans mon esprit me tira un frisson. Gideon était d'ordinaire un amant vigoureux. Depuis le début de notre lune de miel, il était même plus que cela. L'exercice qu'il prenait avec moi avait suffi à rendre son corps encore plus mince et plus tonique qu'auparavant, je l'aurais juré. Et je ne m'étais jamais sentie aussi bien dans ma peau.

— Avec qui étais-tu au téléphone ? demandai-je.

— Mon frère.

— Tiens. C'est au moins la troisième fois en deux semaines, non ?

— Ne sois pas jalouse. Tu es infiniment plus sexy que lui.

Je lui donnai un petit coup de coude.

Gideon m'avait parlé des fichiers de Hugh et de la conversation que Chris avait eue avec Christopher. Nous ignorions ce qu'ils s'étaient dit. C'était une question privée qui ne regardait qu'eux. Quoi qu'il en soit, depuis, Christopher avait envoyé deux mails à Gideon pour solliciter son avis.

— C'était encore pour parler affaires qu'il t'appelait ?

— Oui, mais les questions qu'il pose... Il en connaît déjà les réponses.

— Rien de personnel ?

Chris avait assuré à Gideon qu'il n'avait rien dit à son frère au sujet du viol dont il avait été victime. Christopher avait déjà fait beaucoup de mal, et sans excuses de sa part Gideon n'était pas prêt à lui accorder son pardon.

— Il demande si on s'amuse bien et quel temps il fait, répondit-il avec un haussement d'épaules. Ce genre de trucs.

— J'imagine que c'est sa façon de te tendre la main. Tu veux qu'on aille à la plage ?

— On pourrait...

Je pivotai entre ses bras.

— Tu as une autre idée en tête ?

— Il y a deux ou trois choses dont j'aimerais discuter avec toi avant de laisser le travail de côté.

— D'accord. Le temps d'avaler ma dose de caféine et je suis à toi.

Je souriais en préparant nos tasses. Une fois que nous fûmes dans son bureau, il ralluma son ordinateur portable.

L'image qui apparut à l'écran parlait d'elle-même. Je tirai une chaise et m'assis.

— Toujours la pub GenTen ?

Il m'avait déjà présenté une dizaine de concepts. Le message véhiculé par certains était malin, d'autres trop malins, et d'autres trop prosaïques.

— Des améliorations sur la dernière mouture, répondit-il en posant une main sur le dossier de ma chaise et l'autre sur le bureau, m'enveloppant de son délicieux parfum viril. Et de nouvelles pistes.

Nous passâmes toutes les planches en revue et j'approuvai la plupart. L'une d'elles toutefois me fit secouer la tête.

— Celle-là, à dégager.

— Elle ne me plaisait pas non plus, reconnut Gideon. Mais qu'est-ce qui fait qu'elle ne fonctionne pas pour toi ?

— Je crois qu'elle envoie le mauvais message. Le cliché de l'épouse-maman-qui-travaille-débordée et qui n'est un peu tranquille que lorsque sa famille s'occupe avec GenTen est dépassé. Les femmes sont capables d'endosser facilement tous ces rôles, ajoutai-je en le regardant. Il faut la montrer en train de jouer avec sa famille ou de s'éclater toute seule avec la GenTen.

Il hocha la tête.

— J'avais dit que je te le demanderais plus, mais puisque nous parlons des femmes qui endossent tous les rôles... Tu ne regrettes pas d'avoir arrêté de travailler ?

— Non, répondis-je sans hésiter. Je veux toujours travailler, précisai-je, et t'aider sur des trucs où tu n'as pas vraiment besoin de mon aide ne me satisfera pas éternellement. Mais on finira bien par trouver un poste où je serai utile.

— J'apprécie vraiment ton aide, assura-t-il, sinon je ne la solliciterais pas.

— Tu sais ce que je veux dire.

— Oui.

Il effleura le pavé tactile et afficha un tableau de présentation.

— Voilà la liste des nouveaux projets prioritaires. Jettes-y un œil quand tu auras le temps et dis-moi lesquels t'intéressent le plus.

— Ils t'intéressent tous, n'est-ce pas ?

— Évidemment.

— D'accord.

Je dresserais quelques listes, les classerais par ordre d'intérêt, corpus de connaissances et champ de compétences. Puis je les croiserais entre elles. Et surtout, je discuterais de tout avec Gideon. C'était cc que j'aimais le plus dans le fait de travailler avec lui – me confronter à cet esprit affûté si fascinant.

— Je ne veux pas t'attacher, déclara-t-il posément, sa main glissant le long de mon bras. Je veux que tu t'épanouisses.

— Je sais, champion.

J'attrapai sa main et y déposai un baiser.

Tout était possible avec un mari qui vous aimait ainsi.

Le soleil qui sombrait sous la ligne d'horizon incendiait l'océan.

Gideon remplit nos flûtes de champagne et une petite coulée de liquide doré franchit le rebord quand une vague fit tanguer le yacht.

— C'est agréable, dit-il en m'adressant un sourire tranquille.

— Je suis contente que ça te plaise.

Je n'avais pas l'habitude de le voir aussi heureux et détendu. J'avais toujours associé Gideon Cross à l'orage. Éclairs et tonnerre, puissance à la fois belle et féroce qui pouvait se révéler aussi dangereuse qu'attirante. À peine contenue, tel l'œil du cyclone.

En cet instant, il évoquait plutôt le calme après la tempête, ce qui faisait de lui une force de la nature encore plus redoutable. Nous avions tous deux trouvé notre point d'équilibre. Nous étions confiants, engagés. Être ensemble rendait tout réalisable.

Et c'était tout cela qui m'avait donné l'idée de ce dîner à bord d'un yacht. Gideon se leva.

— Viens ici, mon ange, dit-il, la main tendue.

Nos flûtes de champagne à la main, nous quittâmes la table éclairée aux chandelles pour rejoindre la luxueuse chaise longue pour deux. Nous nous y étendîmes, serrés l'un contre l'autre.

— Je pense à un ciel limpide et à une mer étale, murmura-t-il.

Je souris. Nos pensées empruntaient si souvent des chemins identiques.

— On commence à s'y habituer.

Gideon inclina la tête pour m'embrasser avec une infinie tendresse, réaffirmant le lien qui nous unissait et se renforçait jour après jour. Les fantômes de notre passé n'étaient plus que des ombres qui avaient déjà commencé à se dissiper avant que nous renouvelions nos vœux.

Un jour, ils disparaîtraient définitivement. En attendant, nous serions ensemble. Nous n'avions besoin de rien d'autre.

Note de l'auteur

Chers amis,

Il est toujours difficile de se dire au revoir au terme d'un voyage, de quitter des compagnons qu'on en est venu à aimer. Dire adieu à Eva et à Gideon me laisse un sentiment doux-amer. J'ai partagé plusieurs années avec eux et des centaines de milliers de mots (*Exalte-moi* est le plus long roman que j'ai écrit au cours d'une carrière qui s'étale sur une douzaine d'années !), pourtant, maintenant que la série *Crossfire* est terminée, je sais qu'Eva et Gideon sont désormais capables de poursuivre leur vie sans moi. Ils n'ont plus besoin de mon aide.

Il est temps à présent de vous présenter Kane Black. L'amour héroïque et ravageur qu'il voue à Lily m'a extraordinairement touchée. Contrairement à la série *Crossfire*, qui ne s'étale que sur quelques mois, la série *Blacklist* suit Kane et Lily sur plusieurs années. Le Kane qui tombe amoureux de Lily n'est pas le même homme que celui qui se bat pour la reconquérir, mais j'aime autant sa version jeune que sa version plus mûre. Je sais qu'il vous plaira aussi.

Je vous propose de découvrir Kane dans les pages qui suivent. Son histoire ne fait que commencer...

Amicalement,

Sylvia

Extrait de la prochaine série
de Sylvia Day : *Blacklist*

SO CLOSE

À l'instant où la belle brune franchit la porte je sais que mon employeur va la séduire. Elle est au bras d'un autre homme, mais cela n'a aucune importance. Elle succombera ; elles succombent toutes.

Sa ressemblance avec les photos que M. Black conserve précieusement saute aux yeux. Elle correspond exactement à son type de femmes : cheveux noirs brillants, yeux verts étincelants, peau claire, lèvres rouges.

Je salue les nouveaux venus d'un hochement de tête.

— Bonsoir. Puis-je vous prendre vos manteaux ?

Tandis que l'homme aide sa compagne à enlever le sien, je jette un coup d'œil dans le vaste salon pour m'assurer de la bonne marche du service – les extras sont chargés de proposer canapés et boissons, et de débarrasser discrètement.

Au-delà de l'immense baie vitrée du penthouse, Manhattan déploie son manteau de lumières. La réception de ce soir est en l'honneur d'une nouvelle start-up. M. Black aime organiser des fêtes et s'entourer de monde, comme si cela pouvait insuffler en lui la vie qui lui fait défaut.

Son appartement, tout de verre, d'acier et de cuir, est dépourvu de couleur et de chaleur. À défaut d'être hospitalier, le salon ponctué d'œuvres d'art monumentales judicieusement disposées est ouvert et spacieux. La vitrine idéale pour mettre en valeur la puissance conquérante qui exsude de mon employeur par tous les pores.

Sa prédilection pour le noir et blanc reflète-t-elle la vision qu'il a du monde ? Terne et sans vie ?

J'observe M. Black, guettant sa réaction à la vue de la nouvelle venue. Comme prévu, il se fige à l'instant où il l'aperçoit, puis il la dévore des yeux. Sa mâchoire se crispe. Les signes extérieurs sont subtils, mais je perçois sa déception, et le sursaut de colère qui lui succède.

Il avait espéré que ce serait elle. *Lily.* La femme dont l'image orne toutes les pièces privées de son appartement.

Je ne connais pas Lily ; elle avait disparu de sa vie avant que je travaille pour lui. Je ne connais son nom que parce qu'il l'a laissé échapper un soir qu'il était ivre et délirait à moitié. Je connais aussi l'ascendant qu'elle a sur lui ; je le perçois chaque fois que je pose les yeux sur l'immense photographie sur toile accrochée au-dessus de son lit.

Ses portraits sont les seules touches de couleur de tout l'appartement, mais ce n'est pas cela qui les rend saisissants. Ce sont ses yeux, la confiance absolue et le désir fulgurant qu'ils reflètent.

Lily, quelle qu'elle fût, a aimé Kane Black de toute son âme.

— Merci, murmure la belle brune tandis que son compagnon me tend son manteau.

C'est à moi qu'elle s'adresse, mais M. Black a déjà capté son attention, et son regard est fixé sur lui.

Sombre orage seulement contenu par une volonté hors norme, personne ne peut l'ignorer.

Il est récemment devenu le meilleur parti de Manhattan, quand le précédent tenant du titre a révélé son mariage secret sur les chaînes de la télévision nationale. M. Black n'a pas trente ans et il a déjà les moyens de s'offrir mes services d'intendante anglaise de haute lignée, septième génération en exercice. C'est un être charismatique ; son charme agit sur les femmes comme un aimant, et il est si puissant qu'elles en oublient tout instinct de survie. Ma fille prétend qu'il est d'une beauté hors du commun et doté d'un attrait supplémentaire : un pur magnétisme animal. Il lui semble d'autant plus irrésistible qu'il apparaît inaccessible.

Je crains cependant qu'il ne s'agisse pas seulement d'une posture. Ses nombreuses aventures sexuelles mises à part, M. Black est déjà pris au sens le plus profond du terme.

Il a donné son cœur à Lily et l'a perdu en même temps qu'elle. Il ne reste plus que la coquille d'un homme que j'aime comme s'il était mon propre fils.

— L'avez-vous raccompagnée à la porte ?

Le lendemain matin, M. Black pénètre dans la cuisine vêtu pour sa journée de travail – costume immaculé et cravate impeccablement nouée. Il ne possédait aucun de ces effets avant de me recruter. C'est moi qui lui ai enseigné l'art de l'habillement sur mesure et il a assimilé la leçon avec cette inextinguible soif d'apprendre qui le caractérise.

Son apparence ne laisse deviner en rien quel jeune homme inculte il était lorsqu'il m'a embauchée. Il a opéré une transformation totale, s'attelant à la tâche de manière obsessionnelle.

Je me retourne et dépose son petit déjeuner devant lui : œufs, bacon, fruits frais – son régime de base.

— Oui, Mlle Ferrari est partie pendant que vous étiez sous la douche.

Il hausse un sourcil brun.

— Ferrari ? Vraiment ?

Je ne suis pas surprise qu'il ne lui ait pas même demandé son nom, juste attristée. Leur identité lui importe peu. Seule compte leur ressemblance avec Lily.

Il s'empare de sa tasse de café, ne songeant déjà plus qu'à son plan d'attaque de la journée, sa dernière amante ayant définitivement quitté ses pensées.

Je lui ai conseillé un jour de prendre le temps de savourer ce qu'il avait accompli. Il m'a répondu qu'il savourerait davantage la vie après sa mort.

— Vous avez fait du bon travail, hier soir, Witte, lâche-t-il d'un air absent. Comme toujours, d'ailleurs. Mais cela ne fait pas dc mal de dire que je vous apprécie, n'est-ce pas ? ajoute-t-il avec un demi-sourire.

— Non, monsieur Black. Merci.

Je l'abandonne à son déjeuner et à la lecture du journal pour gagner la partie privée de l'appartement, celle qu'il ne partage avec personne. La belle Mlle Ferrari a passé la nuit à l'autre bout du penthouse, un espace dépouillé du spectre visuel de Lily.

M'arrêtant sur le seuil de la chambre, je perçois dans l'air l'humidité d'une douche prise récemment. Mon regard est attiré par l'immense toile accrochée au mur juste en face de moi. Elle représente une scène intime. Lily est allongée sur un lit défait, un drap blanc entortillé autour de ses longues jambes, sa brune chevelure répandue sur l'oreiller. Lèvres rougies et enflées par les baisers, pommettes rosies et paupières lourdes, son visage exsude le désir et la sensualité.

Comment est-elle morte ? Un accident tragique ? Une maladie insidieuse ?

Elle était si jeune, tout juste femme. J'aurais aimé connaître mon employeur quand il était avec elle. Quelle force de la nature il devait être alors.

Je ne peux m'empêcher d'éprouver du chagrin. C'est si triste de voir deux flammes aussi vives soufflées en pleine jeunesse.

Au volant de la Range Rover, je me glisse dans la circulation pendant que M. Black transmet des ordres brefs sur son portable. Il est à peine 8 heures du matin et il est déjà complètement immergé dans la gestion des différentes branches de son conglomérat tentaculaire.

Autour de nous Manhattan grouille d'activité et le flot ininterrompu de voitures se déploie dans toutes les directions. Par endroits, des sacs d'ordures attendant d'être ramassés forment des tas de plusieurs mètres de haut au bord de la chaussée. Cette vision m'avait choquée à mon arrivée à New York, à présent je n'y vois plus qu'un simple élément du décor.

J'en suis venue à apprécier cette ville, pourtant si différente des vallées verdoyantes de ma terre natale. Il n'existe rien qui ne puisse se trouver sur cette petite île, et l'énergie de sa population... sa diversité et sa complexité... ne se rencontrent nulle part ailleurs.

Mon regard passe sans cesse de la circulation aux piétons. Devant nous, la rue à sens unique est bloquée par un camion de livraison. Sur le trottoir de gauche, un homme avec une barbe promène une demi-douzaine de chiens surexcités qu'il tient en laisse d'une main experte. À droite, une mère en tenue de sport se dirige vers le parc, poussant devant elle une voiture d'enfant. Le soleil brille, mais les hauts immeubles et l'épais feuillage des arbres ombragent la rue. L'attente se prolonge et les Klaxons commencent à retentir.

M. Black poursuit ses tractations d'une voix calme et pleine d'assurance. La file de voitures se met doucement en branle, puis prend de la vitesse. Nous nous dirigeons vers le centre-ville. La chance joue un bref instant en notre faveur et nous franchissons trois feux verts d'affilée. Puis elle tourne et je suis arrêtée par un feu rouge.

Une marée humaine se déverse devant nous. La plupart des piétons ont la tête baissée, certains d'entre eux sont équipés de casques ou d'oreillettes qui leur offrent sans doute un répit bienvenu dans cette cacophonie. Je consulte l'heure sur le tableau de bord pour m'assurer que nous sommes dans les temps.

Un gémissement à demi étranglé, presque inhumain me fige soudain les sangs. Je jette un coup d'œil alarmé vers la banquette arrière.

M. Black est immobile, les pupilles dilatées, le visage blême. Il suit des yeux le flot de piétons qui traversent. Je l'imite, m'efforçant de repérer ce qui a retenu son attention.

Une jeune femme brune et mince marche d'un pas vif pour atteindre le trottoir opposé avant que le feu change de couleur. Ses cheveux courts lui dégagent la nuque, puis s'allongent devant, lui encadrant le menton. Ce n'est pas la luxuriante crinière de Lily, pas du tout. Mais quand elle tourne la tête au moment d'aborder le trottoir, je me dis qu'il pourrait bien s'agir de son visage.

La portière arrière s'ouvre à la volée. M. Black bondit hors de la voiture alors que le feu passe au vert. Derrière nous, un chauffeur de taxi garde la main pressée sur l'avertisseur, mais j'entends mon employeur crier :

— *Lily !*

La jeune femme brune tourne les yeux vers nous. Fait un faux pas. Se pétrifie.

Elle pâlit, elle aussi. Je vois ses lèvres articuler : *Kane*.

Certes, les gens connaissent son visage et savent qui il est, mais l'expression de l'inconnue, où la reconnaissance le dispute à la stupeur, relève de l'intime, c'est évident. Tout comme le désespoir qu'elle ne parvient pas à dissimuler.

C'est *elle*.

M. Black jette un bref regard au trafic, puis s'élance entre les voitures en mouvement, manquant de justesse de provoquer un accident. Le concert de Klaxons devient assourdissant.

Le bruit la fait sursauter. Elle se met à courir, se frayant un chemin à travers la foule qui encombre le trottoir, visiblement affolée, sa robe vert émeraude la rendant aisément repérable.

Et M. Black, cet homme qui obtient tout ce qu'il désire sans avoir à lever le petit doigt, se lance à sa poursuite.

Sylvia Day

Tête de liste du *New York Times*, Sylvia Day est l'auteure best-seller, de renommée internationale, d'une vingtaine de romans primés, vendus dans plus de quarante pays. Numéro un dans vingt-huit pays, ses livres ont été imprimés à des dizaines de millions d'exemplaires. La société Lionsgate a acheté les droits télévisés de la série *Crossfire*.

Rendez-lui visite sur son site : www.sylviaday.com, sa page Facebook : Facebook.com/AuthorSylviaDay et sur son compte Twitter : @SylDay

Crossfire

Ce qu'ils en disent...

« Terriblement "plaisir coupable", sans les kilos en trop. »
Josée Blanchette, *Le Devoir*

« Une nouvelle nuance d'érotisme. »
Paris Match

« *Dévoile-moi* se révèle un peu plus piquant dans les descriptions de scènes érotiques que *Fifty Shades of Grey*. »
ELLE

« Romance érotique à New York [...] Sylvia Day a répondu aux attentes des lecteurs. »
Le Journal de Montréal

« Leur union sera intense et ravivera toutes sortes de blessures intimes et de désirs vertigineux. L'amour entre les deux sera d'une grande profondeur. »
Échos Vedettes

« L'œuvre de Sylvia Day tient du phénomène. »
Le Parisien

« Quand il s'agit de créer une synergie sexuelle malicieusement jouissive, Sylvia Day a peu de rivaux littéraires. »
American Library Association

« *Dévoile-moi* éclipse toute compétition. [...] Unique et inoubliable. »
Joyfully Reviewed